CHUCI YIPING

楚辞译评

赵逵夫 译注

中国教育出版传媒集团 语文出版社

·北京·

图书在版编目（CIP）数据

楚辞译评 / 赵逵夫译注. -- 北京 ： 语文出版社，
2024.10
ISBN 978-7-5187-1941-9

Ⅰ. ①楚… Ⅱ. ①赵… Ⅲ. ①楚辞－译文②楚辞－注
释 Ⅳ. ①I222.3

中国国家版本馆CIP数据核字(2024)第085292号

责任编辑 康　宁
装帧设计 徐晓森
出　　版 语文出版社
地　　址 北京市东城区朝阳门内南小街51号　100010
电子信箱 ywcbsywp@163.com
排　　版 北京大有艺彩图文设计有限公司
印刷装订 河北新华第一印刷有限责任公司
发　　行 语文出版社　新华书店经销
规　　格 787mm×1092mm
开　　本 1/16
印　　张 19.75
字　　数 332千字
版　　次 2024年10月第1版
印　　次 2024年10月第1次印刷
定　　价 39.00元

010-65253954(咨询) 010-65251033(购书) 010-65250075(印装质量)

目　　录

序

赵逵夫教授是国内著名的楚辞研究专家，在楚辞学和屈原研究领域成果丰硕，享誉学界，他是中华传统文化百部经典之一——《楚辞》的解读者。他的《楚辞译评》一书，特别针对青少年读者，是学术大家特别撰写适合普及阅读的大家小书，其特点是功力深厚、雅俗共赏。

《楚辞译评》既继承了传统文化经典解读的路数，便于读者对《楚辞》基本内容和精神的领会理解，也具有解读者个人的独立见解，它不同于传统本子的作品排序和作品取名。例如，作者舍弃了西汉时刘向仿《九歌》而编定的《九章》之名，将九篇作品分别定下实际作者名；在作品排序上，按诗作者的创作时间先后，而不拘泥于王逸《楚辞章句》的原排序，体现了独家特色。

全书为考虑青少年读者和一般外国人学习汉语的方便，特别改正了不少错字，将古体字改用今体字，异体字改为正体字。特别值得一说的是，全书的译诗，尽可能准确表现了原诗的本意和原诗作者的情感，又体现了译诗本身的韵味，真可谓诗歌的二度创作，让读者从中能获得诗歌艺术的美的享受。

《楚辞译评》的"前言"，提纲挈领，综述楚辞要义和核心内容，每篇诗歌前的"解题"，要言不烦，点明诗旨，全书注释简明准确，评析文字切中内涵。

总之，这是一部非常适合青少年读者阅读的好书，对于青少年读者学习了解古籍经典，很有实际帮助，值得推荐。

徐志啸

凡　例

一、本书只收战国末年楚辞作品，包括可以考定为屈原、宋玉、唐勒、景瑳的楚辞作品。王逸《楚辞章句》中的汉代人之作不收。

二、为了将同一作者的同类作品列在一起，又尽量减小同《楚辞章句》排序的差距，本书将所收录作品分为三辑：第一辑为屈原诗作，第二辑为景瑳、宋玉、唐勒诗作，第三辑为近于赋体之作品（全为屈原之作）。原列入“九章”中之《惜往日》应为景瑳之作，《悲回风》应为宋玉之作，归入第二辑。“九章”之名本汉代人仿“九歌”而取，司马迁即单称《哀郢》而不称“九章”。今去“九章”之名。

三、第一辑、第三辑为屈原作品，均按创作时间先后编排；第二辑中同一作者的作品排在一起。

四、《楚辞》在长期流传中产生了一些文字上的讹误与歧义，历代学者提出过一些看法。本书在前人基础上进行深入研究，尽可能做妥善处理。正文基本上据《中华传统文化百部经典》中本书作者所解读《楚辞》（国家图书馆出版社 2019 年版），校记并参《楚辞语言词典》所附《〈楚辞〉原文与校正》（本书作者主编，上海辞书出版社 2013 年版）。

五、本书所用底本是洪兴祖《楚辞补注》。底本是而他本误，或底本为正体而他本用古体、异体者，概不出校。如《离骚》“乘骐骥以驰骋兮”，朱熹《集注》本“乘”作“椉”，“驰”作“驼”，只依洪兴祖《楚辞补注》，不出校。

六、全书采用简化字。另外，为减少一般读者阅读的困难，便于他们诵读，也便于学习汉语、热心中国文化的外国读者阅读，本书做了以下几个方面的工作：

（一）正文中有充分理由证明系错字者径改，并出校记说明依据。

（二）古今字之古体写法今日较难认，也难理解，凡古代重要传本有用今体者，据以改为今体；如无版本依据，但此前有学者讲出充分理由为古今字者，也据以改用今体。

如"顾菟"之"菟"改为"兔","从横"的"从"改为"纵","鼂"改为"朝","窴"改为"填","竚"改为"伫","茝"改为"芷"等。

(三)异体字一般改为正体。如"蜺"改为"霓","脩"改为"修","陞"改为"升","竢"改为"俟","汎""氾"改为"泛"等。但改后会产生歧义者则不改。

(四)联绵词与今日的书写不同,而读音与今日书写相同者,一般不改;如原来用字的读音与今日常用该联绵词不同者,则改。如"委蛇"同"逶迤",但今"蛇"无"yí"之一音,为了诵读的方便,改为"迤"。联绵词之义主要在音,而与字形关系不大,如《离骚》中的"赫戏"同今之"赫曦",读音相同,"戏"字也好认,而且《离骚》中"赫戏"的写法历来为学人所熟知,很多引文也作"赫戏",故不改。

(五)通假字,有重要传本作本字或引一本作本字者,即据以改用本字。如"维""惟"用作"唯","敖"用作"傲","反"用作"返"等。没有版本依据者一般不改。但若假借字读音今日已与本字读音不同者,为方便诵读和减少阅读困难,改为本字。如《离骚》中"来吾道夫先路"句中"道"用为"导"(繁体作"導"),今"道"字没有第三声(上声)的读音,而洪兴祖、朱熹各引一本作"导",今为便于诵读,改为"导"。"亡"用作"忘","女"用作"汝","详"用作"佯","憍"用作"骄","沈"用作"沉","离"用作"罹"等,皆属此类。

以上五种情况,学者们在看法上有明显分歧者则不改,只在注释中列出本书作者的看法。

七、《楚辞》早期流传中因编绳中断等原因形成窜简,本书在由本书作者所解读的《楚辞》《楚辞语言词典》书后所附《〈楚辞〉原文与校正》基础上对所收作品中存在的问题作了校改。为便于阅读,本书校勘尽量避免过于烦琐。想进一步了解的读者,可参看上举两书。

八、注释力求简要。结合译文即可以理解者不注。除难认、难理解的词义和句意以及历史文化词语之外,有些词语的准确含义在译文中难以反映出来,为便于深入理解原文,也加以注解。

九、译文首先考虑能准确表现原诗之意与情感,也尽可能体现出诗的韵味。

十、每篇之后的评析,主要对作品的思想内容、结构、艺术成就与特色等作一简要评说。

前　言

一

从公元前四世纪以前的世界抒情诗范围来说，屈原是最辉煌的巨星。屈原的《离骚》等作品不仅是中国文学的优秀文化遗产，也是世界文学的瑰宝。

屈原（前353—前283）名原，字平。[①]生于楚宣王十七年（前353）。[②]屈氏的远祖伯庸是西周末年楚君熊渠的长子，当时楚人居于丹阳（今河南省西南丹江、淅水之间）。因伯庸伐西周小国庸国（在今湖北省东北部）而有其地，被封于句亶，为句亶王，在甲水边上，“句”“甲”“屈”古音同，句亶王也即屈亶王，屈氏古也作“甲氏”。屈氏自春秋时世裔莫敖之职，负责北部防卫。屈原的父亲即楚怀王初年的莫敖屈阳为（《包山楚简》第7—8简）。[③]汉代东方朔《七谏》中说：“平（屈平）生于国

① 参拙文《屈原的名、字与〈渔父〉〈卜居〉的作者、作时、作地问题》,《兰州大学学报》2009年第1期。

② 关于屈原生年，各家之说不同。胡念贻在浦江清研究的基础上进行深入研究，得出结论：屈原生于前353年。避免了各家主张中一些无法克服的矛盾。(胡念贻《屈原生年新考》，刊《文史》第五辑)，收入其《先秦文学论集》(中国社会科学出版社1981年版，第381页)；金开诚《屈原辞研究》第二章《关于屈原》中回顾此前研究，作了分析比较以后说：“迄今为止，关于屈原生年的考证，还有多种说法，但比较而言都不如胡氏之说为近是。因为从系统的观点来看，屈原的生年问题是不能孤立地加以考察的，必须与屈原生平的其他事情联系起来进行分析和验证；而采用胡氏之说，则屈原的各种事迹才能形成一个较为优化的有序结构。”(《屈原辞研究》，江苏古籍出版社1992年版，第45页)。金开诚、董洪利、高路明《屈原集校注》(中华书局1996年版）之《前言》中表达了相同的观点。

③ 拙著《屈原与他的时代》(人民文学出版社2002年第2版）据《包山楚简》(湖北省荆沙铁路考古队整理，文物出版社1991年版）释文作“屈阳”，而原文作“大莫嚣屈昜（阳）为命邦人内（纳）其粱（弱）典，臧（藏）王之墨”。“命”为句中动词，“为”为人名的第二字。

兮，长于原野。”屈原小时候应生活在汉北云梦之地，故他在二十岁行冠礼（成丁礼）时所作《橘颂》，以橘自喻。当时云梦（即今湖北天门、云梦一带）之橘在六国之中很有名，屈原以橘自喻，表现了他的爱国思想与高尚品质。[①]

楚国从春秋时期起已将北方的《书》《诗》等典籍作为教育贵族子弟的教材。《国语·楚语上》载春秋时楚庄王让士亹（wěi）任太子之师，士亹向博学的贤大夫申叔时请教如何教太子。申叔时说：

> 教之《春秋》，而为之耸善而抑恶焉，以戒劝其心；教之《世》，而为之昭明德而废幽昏焉，以休惧其动；教之《诗》，而为之导广显德，以耀明其志；教之《礼》，使知上下之则；教之乐，以疏其秽而镇其浮。

以下所说《令》《语》《故志》《训典》，应即后来之《尚书》一类经典，因为是在孔子之前七八十年，《尚书》尚未编定，各类文献还在分类流传。可知楚国的贵族教育中，也是用《诗》《书》《礼》《乐》《易》《春秋》等中华早期经典的。屈原受过良好的教育，这使他形成强烈的中华一统观念，将尧、舜、禹、汤、文、武看作圣君典范，希望由楚国完成统一各国之大任。诗人在政治上失意后以诗抒怀，因其远大的政治抱负、深厚的传统文化素养和高尚的品质，虽无意做诗人却终成为空前绝后的伟大诗人。

秦国自孝公起用商鞅实行变法，不数年民富国强，于是向东扩张。楚宣王十九年（前 351）在商（今陕西省东南的丹凤县）筑塞，后又占去包括楚人发祥地古丹阳一带在内的整个商於（wū）之地。楚宣王三十年（前 340），秦又封卫鞅于商，称为“商君”，楚宣王闻讯受到极大打击，一病不起，很快殒命。其子改名为“商”后继位，立志必夺回其地，此即楚威王（前 339—前 329）。春秋战国之时，楚国长期地处江汉一带，同三晋、齐、鲁比相对较独立，受他国的冲击影响小，尤其旧贵族势力几乎没有受到什么冲击。吴起主张变法，因此在楚悼王死后被车裂。此后楚国仍然是旧贵族掌控朝政，维持旧制。楚威王胸怀大志，但缺乏像楚悼王那样锐利的政治眼光和力排障碍支持政治改革的能力。当时的莫敖沈尹章（字子华，古文献中又称“莫敖子华”）劝他进行政治改革，一些旧贵族担心伤害到自己的利益而中伤沈尹章，

① 参拙文《屈原的冠礼与早期任职》，同上，第 110—129 页。

楚威王便疏远了他。由于秦、齐国力发展快，楚国压力很大。威王在位 11 年而亡，其子改名“槐”继位，即楚怀王。古丹阳之地多槐，很早就有“槐里”之地名见于史籍。怀王也是想在自己手上尽早将丹阳一带收回。

楚威王逝世时屈原有《大招》之作，表现出他杰出的才华与强国之梦。当时屈原应在负责王族子弟教育的兰台任职，此后得到重视。《九歌》中除《湘君》《湘夫人》以外的九篇应是屈原在怀王初年为国家祭祀仪式写的歌舞辞（《九歌》只九篇）。怀王十年（前 319）屈原官至左徒，主要负责外交。因为怀王对他的信任，也常同他商讨内政方面的问题。

屈原任左徒之后干的第一件大事是“城广陵”，即在今扬州之地筑城，加强对吴地的经营。屈原希望中华大地统一，并认为楚国在南方的发展空间很大，有广泛的后方，因而有统一各国的条件。他主张对内进行政治改革，加强法治，施行仁政。出于这样的思想，屈原任左徒的当年，楚国即支持魏相公孙衍的合纵主张，次年公孙衍即联合五国伐秦。这是屈原任左徒之后干的第二件大事。只是这次伐秦因五国不够齐心，未能成功。

在这种情况下屈原将重点放在国内的变法改革上。《史记·屈原列传》中说：

> 怀王使屈原造为宪令，屈平属草稿未定，上官大夫见而欲夺之。屈平不与，因谗之曰：“王使屈平为令，众莫不知，每一令出，平伐其功，曰以为‘非我莫能为’也。”王怒而疏屈平。

“造宪令”就是制定变法的条例。上官大夫代表着旧贵族的利益，想让屈原改变其中损伤到旧贵族利益的条款。“夺”是改变的意思，如《论语·子罕》“三军可夺帅也，匹夫不可夺志也”的“夺”；“不与”是不允许、不许可的意思，如《公羊传·隐公七年》“曷为大之？不与夷狄之执中国也”。因为屈原不同意修改宪令，旧贵族便合力攻击陷害屈原。当时反对屈原进行政治改革的腐朽旧贵族，如司马子椒、昭雎、靳尚，与怀王的爱妃郑袖等合起来与屈原作对。糊涂的楚怀王听信这些人的谗言疏远了屈原，使他离开左徒之职，改任教育王族子弟的三闾大夫。从《史记》中“每一令出”的说法看，屈原的变法条例是公布了一些的。根据屈原作品所反映的，可以看出屈原主张的变法应主要是坚持法治、举贤授能、力耕强本、禁止朋党等内容[①]，与吴起、商鞅的变法思想相近。

屈原离开朝廷决策机构之后，秦国派张仪对楚怀王说，如楚国与齐国断绝关系，秦国就把商於之地六百里还给楚国。楚国于是与齐国断交，并派人至齐国骂齐王以表示态度之坚决。但当楚国派使者去秦国接受土地时，张仪却说当时答应的是六里，不是六百里。楚怀王大怒，“大兴师伐秦。秦发兵击之，大破楚师于丹淅，斩首八万，虏楚将屈匄，遂取楚之汉中地”（《史记·屈原列传》）。可谓惨败！即便如此，楚怀王也不是反省自己在用人和外交方面的错误，而是采取极端的办法，调动国内全部兵力伐秦，“战于蓝田。魏闻之，袭楚至邓。楚兵惧，自秦归。而齐竟怒不救楚，楚大困”（同上）。此时的秦国完全扼住了楚国的咽喉，于是张仪又以归还鄢郢、汉中之地为诱饵，让楚国亲秦的大夫昭雎劝楚王把屈原之外的另两个合纵派人物昭滑、陈轸赶出朝廷。屈原听到这个消息之后写信给昭滑，揭露秦国的阴谋，要昭滑向怀王推荐自己出使齐国，以恢复齐楚邦交。这次屈原的使齐是成功的。在屈原使齐期间，张仪又至楚。怀王本来对张仪恨之入骨，但张仪以重礼贿赂了楚怀王的宠臣靳尚，又设诡辩说动了怀王的宠姬郑袖，最终张仪还是被放走了。等屈原由齐国回来后听说此事，“谏怀王曰：‘何不杀张仪？’怀王悔，追张仪，不及”[②]。

由于两次的惨败，楚怀王对屈原恢复了一点信任。怀王十八年（前 311），楚怀王听从屈原之计，派昭滑到越国去，经营五年，在怀王二十三年（前 306）灭了越国，将其并入楚国境内。[③]然而，楚怀王不是有政治眼光之人。就在这一年秦昭王继位，因其国内有矛盾，以厚礼拉拢楚怀王，秦至楚迎妇[④]。在亲秦派的诋毁下，怀王二十四年（前 305）初夏，屈原被放逐于汉北，使他完全离开朝廷。

这个打击对屈原来说是极大的。屈原在汉北担任掌梦之职，负责云梦泽之渔猎、

---

① 参汤炳正《草“宪”发微》，见其《屈赋新探》，齐鲁书社 1984 年版，第 176—207 页；商务印书馆 2019 年版，第 179—213 页。又拙文《屈原的对内政策及同旧贵族的斗争》，收入《屈原与他的时代》，人民文学出版社 2002 年版，第 171—198 页。

② 参拙文《〈战国策·张仪相秦谓昭雎章〉发微》，同上，第 199—212 页。

③ 参拙文《昭滑灭越与屈原统一南方的政治主张》，同上，第 213—247 页。

④《史记·楚世家》作“楚往迎妇”，而《六国年表》作“秦来迎妇”。梁玉绳《史记志疑》云：“《屈原传》云‘秦昭王与楚婚’。则是秦迎妇于楚，非楚迎妇于秦也。此误。楚迎女秦，前有楚宣王十三年，后有顷襄王七年，非怀王二十四年事也。”所言甚是。

进贡和君王贵族的狩猎之事。《周礼·地官》:“泽虞，掌国泽之政令，为之厉禁。使其地之人守其财物，以时入之于玉府，颁其余于万民。凡祭祀、宾客，共（供）泽物之奠。丧纪，共（供）其苇蒲之事。若大田猎，则莱泽野；及弊田，植虞旌以属禽。”《招魂》就是他任掌梦之职时因怀王射野牛时受惊，为招怀王之魂而作。[①]屈原在汉北先后写了《渔父》《抽思》《思美人》《惜诵》《招魂》《卜居》《离骚》《天问》。诗人通过这些作品表现了他对国事、国君的思念，对只知为自己和家族利益而结党营私之权臣的愤恨。他迫切希望重回朝廷，为国家出力，极度想向怀王表白，但没有机会。

楚怀王二十八年（前 301）秦攻楚，齐国与韩、魏也联合攻楚，战于垂沙，齐军杀楚将唐蔑。这本来是楚国亲秦路线的彻底失败，但亲秦派嫁祸于主张联齐抗秦的合纵派。主张合纵的庄蹻被迫起事，对旧贵族造成极大的伤害。于是怀王将屈原从汉北召回，以平息事态。至屈原回郢都，庄蹻的军队已退出郢都开往沅水流域（湘西），向南而去。[②]

怀王三十年（前 299），秦昭王与楚王室再次联姻，提出让楚怀王赴秦与秦王相会。怀王欲行，屈原和昭滑[③]阻谏:“秦，虎狼之国，不可信。不如毋行。”但怀王幼子认为不应该拒绝秦国和好的心愿，劝怀王去相会。结果怀王一入武关，秦人即伏兵绝其后，留下怀王，以求割地。楚国内大臣商议后从齐国迎太子回国，立为王，即楚顷襄王。秦出兵攻楚，大败楚兵，斩首五万。顷襄王三年（前 296），怀王死于秦国。

楚顷襄王一继位，屈原就被流放于江南之野，即与郢都一带对应的长江以南。屈原离开郢都时，正是顷襄王元年（前 298）秦兵进攻楚国之时，郢都老百姓沿汉水、夏水和长江向东逃亡。诗人在九年之后回忆这段情景，写了《哀郢》一诗。诗人于顷襄王元年从水路行至彭蠡泽以南的陵阳，停留了将近半年，于初秋起身溯江而上，经鄂渚（今武昌）、枉渚、辰阳，沿沅水南下，沿着垂沙之战失败后庄蹻南行的路线向南。看来屈原是为了解庄蹻的状况。他一直到溆浦，在那停留了一段时间，

① 参拙文《汉北云梦与屈原被放汉北任“掌梦”之职考》，见《屈原与他的时代》第 307—337 页。

② 参拙文《庄蹻事迹与屈原晚期的经历》，同上，第 351—410 页。

③ 今本《史记》“昭滑”的“滑”误作“雎”。昭雎为亲秦派，几次赴秦疏通秦楚关系。

写下《涉江》。然后回到了湘水下游，即汨罗江一带。那里也属陵阳。1953 年曾在湖南长沙仰天湖出土了写有“躎阳公”之字的遣策楚简，学者们认为“躎阳”即“陵阳”，则当时长沙以东属陵阳。

屈原被放江南之野有十五年多，对那里的风土人情也有所了解。他看到民间的祭祀歌舞，创作了比朝廷祭祀歌舞《九歌》更有戏剧性的《湘君》《湘夫人》，表现了沅湘一带丰富的民俗文化。

顷襄王十六年（前 283）四月，屈原又一次作辰阳、沅水之行，最后创作了《怀沙》。“怀沙”表面上的意思是思念垂沙之战。实际上是惦念脱离朝廷而南行的庄蹻之军。那时庄蹻已借楚朝廷名义入滇，只是楚国后来越来越弱，已无力统一南方，庄蹻遂在滇称王。

当屈原由沅入湘，顺湘水北行至汨罗江边时，听到顷襄王与秦昭王会于楚故都鄢郢的消息，觉得楚亡国已在眼前，遂于五月初五抱石投汨罗江而死。中国历史上第一个伟大的诗人巨星陨落了。①

屈原本希望在楚国推行仁政，依法治国，使国家富强，从而实现中华大地统一，结束 300 多年的分裂与混战局面。他无意成为诗人，只是在现实中不能施展才能的情况下，以诗抒发忧愤之情。由于他从小所受良好的传统文化教育，熟读了《诗经》等典籍，使他在吸收楚地民歌的基础上，创造出句子长、带有语助词“兮”、便于抒发感情的骚体诗。因为他善于继承和创造，从而将中国抒情诗推向高峰。他的小赋《渔父》《卜居》，咏物诗《橘颂》和《大招》《招魂》也同样具有开创之功。

二

在屈原的影响下，其后楚国产生了几位杰出的诗人和作家。突出的是宋玉、唐勒、景瑳（《史记》中作“差”，为“瑳”字之借。参《汉书·古今人表》）此三人皆主要仕于楚顷襄王朝（前 298—前 263）。

宋玉在顷襄王时为文学侍臣，作过一些类似于屈原《渔父》《卜居》的小赋，如《风赋》《钓赋》《登徒子好色赋》等。而这期间最杰出的是《高唐赋》《神女赋》，对

① 参拙文《〈哀郢〉释疑并探屈原的一段行踪》《屈原在江南的行踪与卒年》，见《屈原与他的时代》，第 411—435 页、436—459 页。

汉代骋辞大赋有很大影响。这两篇赋内容上独立，但“述客主以首引”(《文心雕龙·诠赋》)的构思，使其在情节上又有联系，这对汉代几篇著名大赋的构思有明显的影响，如司马相如的《子虚赋》《上林赋》、班固的《西都赋》《东都赋》、张衡的《西京赋》《东京赋》，都是两篇赋作既相互独立，又有关联。当然，更重要在“铺采摛文，体物写志”的行文特征上，这正是继承屈原《大招》《招魂》的体式创造而成的。所以刘勰在《文心雕龙·诠赋》中说：“及灵均唱《骚》，始广声貌。然则赋也者，受命于诗人，而拓宇于楚辞者也。”这里“灵均”指屈原。[①]

宋玉是第一个以“赋”命篇名的作家，因而也是第一个举起“赋”旗帜的作家。大约在考烈王初年他受到排挤被罢职，写下《悲回风》和《九辩》这两篇杰出的悲秋之作，被后人称作“悲秋之祖”。宋玉在朝时写了大量赋作，被疏放之后才用骚体诗创作，这两篇作品都充满悲伤之情。

上面这一点也对我们认识屈原创作前后风格的变化及不同体裁作品反映不同思想情怀很有启发意义。屈原的《大招》写于早年入仕不久时，一则年轻气盛，二则要考虑仪式性与社会效果，故极力铺排；作《招魂》时虽放于汉北，担任下级官吏，未完全脱离行政，故虽带悲伤之情，但重铺排的特征与前一篇相同。而其大量的骚体诗则全作于被放之时，且全是抒发个人情感，一字一句都带有诗人血泪。我们从这个角度来观察宋玉的作品，同时也才能作出准确评价。过去有的学者简单地将宋玉在朝时所作的赋同屈原的作品相比较来评价宋玉，是欠妥的，这很难对他作出科学而符合实际的评价。

关于唐勒，过去学者们知道得很少。据汉代纬书《春秋文耀钩》中说：

> 太史唐勒以葭灰遗于地，乃更灭。拂之，其苍云为之半减；又遗灰如前，乃尽去之。[②]

唐勒本是楚国掌天文的太史。他的《论义御》发现于山东银雀山出土的汉简。由

---

① 《离骚》中说：“名余曰正则兮，字余曰灵均。”“正则”为“原”之意（今曰“原则”），“灵均”为“平”之义（今曰“平均”）。故灵均为屈原表字之化名。

② 见台北中图藏孤本《事类寄奇》卷一引《春秋文耀钩》。明董说《七国考》引晋张华《感应类从志》文字略同。

《论义御》来看，《远游》《惜誓》中表现了突出的仙道家思想，尤其《远游》中有很多以星象为喻的段落，是唐勒之作无疑。[①]

景瑳应是政治主张与屈原相近的景翠、景缺的子侄辈，受他们的影响，也具有法治思想。悼念屈原的《惜往日》应是他的作品。[②]

《史记·屈原列传》中说，宋玉、唐勒、景瑳“皆祖屈原之从容辞令，终莫敢直谏”。其后数十年楚国便灭亡了。三人的创作从不同方面继承了屈原的创作传统，弘扬了屈原“深固难徙，廓其无求”和“苏世独立，横而不流”的精神。

三

这里谈谈整理中的一些感受，同读者朋友交流一下《楚辞》的阅读心得。

二十世纪六十年代至七十年代，日本形成了一股“屈原否定论”的风气。五十年代，日本已有学者提出《离骚》《哀郢》等均非屈原所作的谬论，这是针对司马迁所说“余读《离骚》《天问》《招魂》《哀郢》，悲其志。适长沙，观屈原所自沉渊，未尝不垂涕，想见其为人”这段话而发的。到六十年代和七十年代，日本有二十个高校联合编了一部《中国文学史》的教材，其《导论》中进一步剥夺屈原对《九歌》《九章》《离骚》的著作权，说“屈原名下流传的那些作品，则是围绕着屈原传说，经过一个时期，由不确定的多数人集约而成的文艺作品”。[③]日本这些学者为什么会造出这种谬论？除了一些日本学者在对中国文化接受上存在局限之外，也同我们自己的研究有关。

首先是对屈原家世、生平研究的不足。如《离骚》中“朕皇考曰伯庸”，王逸以来都说伯庸是屈原父亲，但有关战国后期的史料中见不到一点关于伯庸的信息；关于屈原的生年、卒年各家说法分歧很大，共有十来种，而不考虑哪些说法与屈原生平并不合；看不出当时楚国一些重大事件同屈原有什么关系，等等。

其次是关于其中几篇作品作者的认定，大多数人依据旧说作牵强附会的解释，

---

① 参拙文《唐勒〈论义御〉与楚辞向汉赋的转变——兼论〈远游〉的作者问题》，见《屈原与他的时代》，第514—538页。

② 参拙文《再论〈惜往日〉〈悲回风〉的作者与作时》，《文献》2009年第3期，第7—16页。

③ 参阅拙著《屈原与他的时代》之《前言》，人民文学出版社2002年版，第3页。

有的虽提出不同说法，但缺乏深入细致的研究，难以站得住脚。如以《远游》为屈原作说，分明与屈原思想不合，而多作牵强附会的解释。最突出的是编入《九章》中的《惜往日》《悲回风》，北宋时即有学者提出怀疑，至近代仍有学者提出非屈原所作。别的不说，只《惜往日》中“临沅湘之玄渊兮，遂自忍而沉流”二句，曹道衡先生在1956年的一篇文章中就说：“在这段文字中，屈原已遂自沉而‘卒没身’，哪里还能赋诗？如非相信有鬼，恐怕没法子让已死的屈原来写这篇《惜往日》了吧！‘遂’和‘卒’分明是已经完成了的话。……再说这里的‘贞臣’‘壅君’等辞和文句本身，都显然是第三者追述之口气。”[①]《悲回风》中的“骤谏君而不听兮，任重石之何益”，也分明是后人的话，非屈原所自言，如屈原活着时有这种思想，他就不会跳汨罗江。何况屈原对楚怀王一直是尊敬的，常表示怀念，他认为自己的被疏放主要是那些极力维护旧贵族利益和受到秦国收买的奸佞诬陷的结果，因此从来没有对怀王用过贬称。从两诗所表现的思想风格看，《悲回风》为宋玉之作，《惜往日》为景瑳之作无疑。但至今很多注本都仍将这两首诗的著作权归于屈原，这就正给一些日本学者提出屈原作品为“不确定的多数人集约而成”的谬说提供了口实。《远游》全篇充满仙道家思想，表现出对星象知识的熟悉。唐勒本是掌天文的史官，而上古之掌天文者的观念也往往同仙道思想接近；又楚顷襄王迁都于陈之后，距早期神仙家产生地齐鲁一带和道家产生地宋国较近，故仙道思想盛行，则《远游》《惜誓》皆唐勒之作无疑。而一些人硬要将此诗贴在屈原身上，则必然会引起不少疑问。

至于《招魂》《大招》，也有学者认为非屈原之作，有的认为《招魂》为宋玉作，有的认为《大招》为景瑳作，解释为招屈原之魂。两篇中所写魂归来所在地为王宫，其歌舞宴饮也全是国君才能有的铺排档次，宋玉、景瑳也不至于糊涂到这个程度。当然，这些问题的解决，也不是拍一拍脑袋就能定下来的。如关于唐勒掌天文星象的几种材料，在我之前历代楚辞学者没有人引用过。屈原生平与《楚辞》研究上一些问题不能彻底解决，不能不引起人们的疑惑。故此书也对一些有疑问有争议之处特别予以关注，尽可能作出合理的解释。

关于本书的用字、错简、分段情况等说明如下。

一、为便于青少年和古代文学、古汉语、古典文献专业之外的同志阅读，书中

---

① 曹道衡《评〈关于屈原作品的真伪问题〉》，《光明日报》1956年4月1日《文学遗产》专栏。

专家们公认的错别字径改为正确写法，古今字之古体，如有版本依据或理由充分者，改为今体。如“芷”字，全书中作“芷”者六处，又有七处作“茝”。古今各书都是两字并存，甚至有的注本对“茝”标注另外的读音，看作两字，给读者造成阅读困难与误解。《离骚》中“岂唯纫夫蕙芷”，芷本作“茝”，朱熹、汪瑗和毛晋《屈子》均引一本作“芷”，朱骏声曰：“茝、芷，古今字。”其他几处，《文选》、洪兴祖、朱熹等也都有引一本作“芷”或径作“芷”者。《说文》作“虈”，段玉裁注：“茝，《本草经》谓之白芷，‘茝’‘芷’同字。”“茝”字之字义，所有《楚辞》注本和辞书都作“白芷”，而“白芷”在武威发现的医药汉简中又作“白茝”，则二字本为一字无疑。《悲回风》中“兰茝”，《离骚》中作“兰芷”，也可说明本为一字，故本书改“茝”为“芷”，全书一致，消除疑惑。异体字也按国家公布有关规定，只要改过之后不引起理解上之歧义者，均改为正体。这些在《凡例》中已作了说明。

二、文字窜乱问题。先秦两汉时期，文人书写较长的文字使用竹简记录。但简书使用时间长了，绳子会断，故有孔子读《易》“韦编三绝”之说（《史记·孔子世家》）。断简以后重编时难免会有放错位置的情况。尤其《楚辞》开始时流传于民间，至西汉末年才基本编定，较广泛传开是在东汉时，不似《诗》《书》《易》《礼》《春秋》等经典，官、私传本多，《楚辞》难以找到完整者编排或据以订正，难免产生窜乱。这当中最突出的是《天问》，有的学者认为其问事忽前忽后，内容混乱实际是由于部分错简，使其结构显得不清晰。其实，《天问》开头先问天宇方面，再问九州大地；第三部分是依次问夏之兴、夏之建国、夏之亡；第四部分也是先问商之兴，由简狄吞玄鸟蛋生契开始，这就回到同夏之兴大体相当的时期，至商之建国，则时间与夏之亡重合；第五部分同样先问周之兴，从后稷初生时说起，又回到同第三、第四两部分开始时大体相当的时间，下面问周之建国，又到了同商之亡相同的时间。所以，这当中作为主体的三大部分在时间、情节上有交错，但不是没有层次。只是由于错简使这种结构方式不易被看出，显得一片混乱。本书所收《天问》即对部分错简进行了调整。其他篇也有这种情况，只是没有《天问》的突出。本书有所校正者，也在注中加以说明。

三、关于各诗的分段。自古至今，《楚辞》中作品在划分段落上也是分歧不小。姜亮夫先生曾说：“关于《离骚》的分段，历来不一，归纳起来大体有 95 家之多。”[①]

① 姜亮夫《楚辞今译讲录》，北京出版社 1981 年版，第 40 页。

要具体讨论起分歧来，很复杂，这里也不好说。我觉得一些人在对作品段落的划分时似乎是用划分议论文或者说理文篇章层次的方法，对诗歌表现感情和意识活动中由上一层引出下一层的意思，相关事物间多联想，一部分同一部分间往往藕断丝连的情形关注不够。当然，谈起具体问题来我有我的理由，别人可能会讲出比我更充分的理由。但是，也不能因为各有各的看法而完全没有标准。首先的原则是不能出现硬伤。骚体诗具有突出的诗体特征，这便是四句为一节，其中第一、三句句末带“兮”，第二、四句之末一字为韵脚。押韵都是以节为单位。同一韵在一节之后可以连续，形成数节连韵，但一节之内不合韵的情形不存在（这里是就先秦古韵而言）。即《渔父》《卜居》《大招》《招魂》《九歌》也带有这个特征，只是有时是八句为一节，有时是六句为一节，《九辩》《远游》在特殊的位置如一段的结尾或开头变为六句一节，但整体上保持这个特征。诗节是骚体诗的重要诗体特征，不能不重视。但是，有的书在分段时将一节诗的前两句归于上一段或上一部分，将后两句归于下一段或下一部分。以《远游》为例，有某个注译本，将第一段中“漠虚静以恬愉兮，澹无为而自得。闻赤松之清尘兮，愿承风乎遗则”四句的前两句归于上一段，后两句归于下一段，不但把相关联的意思分在两处，而且都变成不押韵的句子。在先秦古韵中“得”“则”均属职部，前后合韵，是不能分的。第三段中“集重阳入帝宫兮，造旬始而观清都。朝发轫于太仪兮，夕始临乎于微闾”四句，也是将前两句归上一段，后两句归下一段。而“都”“闾”均属先秦古韵鱼部，四句为一节，也是不能分的。第四段中“指炎神而直驰兮，吾将往乎南疑。览方外之荒忽兮，沛罔象而自浮”，也将前两句和后两句分归在上下两段。“疑”“浮”二字为之部、幽部两相近韵部合韵。这种分段，不仅使诗人表达的意思中断，又造成不押韵的句子。类似例子不必多举，且这也不是个别现象。

还有一种情况虽然不能说是硬伤，但也是一眼能看得出的，不像从表现思想、内容的连接与转换上很难说清，这种情况主要体现在诗的结构上。本书中归入第一辑、第二辑的作品都是诗，如闻一多先生所说，诗除了音韵美，还有建筑美、色彩美。比如上面说的四句为一节，便是建筑美的体现。宋玉的《九辩》，虽然基本上为四句一节，但一段结束时，则多为六句一节（《九歌》中《东君》《云中君》即如此。《山鬼》近于此。《湘君》《湘夫人》是篇末为六句），来突出或强调要表达的意思。《远游》则多是一段开头一节为六句，似乎有先张开一面大旗后再表现的意思。当然，由于文字的窜乱，这一点变得不太齐整，但仍可以看出。如果能关注到这些方面，在分段、认识其结构时会更贴近诗人当时的思想情绪与心理，使我们的整理、评说更贴近原诗本来所承载的诗情，也能体现出原诗的建筑美。

注释方面牵扯的问题很多，这里不便细说。就只对原诗内容理解影响较大的方面说，如《湘君》《湘夫人》，不少学者认为《湘君》的抒情主人公是湘君，《湘夫人》的抒情主人公是湘夫人，但这同诗中称呼对方的词语不合。这牵扯到对这两篇作品中不少词语的解读，也牵扯到对两篇作品思想内容的认识。至于全书中一些具体词语的阐释，则问题更多，这里不必细说。

关于评析，我以为不能只是用一些美好的词语说这里好、那里好，方的便说方得好，圆的便说圆得好，而应落到要理解作品的深意与艺术上的成就时必须注意的地方，点到为止，其他让读者自己去体会。这个问题就不必多谈。

总之，我认为要将《楚辞》这部书整理、注释、翻译好，又作出简要而得当的评析，并不是容易的事。我在此书之前做过一次注释、解读的工作，这次用新诗的形式进行翻译，又有很多体会，写出以上几点同广大读者交流，也请读者同志共商。

橘　颂

屈　原

在《楚辞章句》中，本篇被收入《九章》。关于《九章》里的九篇，宋代朱熹《楚辞集注》提出:“后人辑之，得其九章，合为一卷，非必出于一时之言。”清蒋骥《楚辞余论》中认为《惜诵》当作于《离骚》之前,《思美人》宜在《抽思》之后；并认为《涉江》《哀郢》时间、地点与前几篇不同;《怀沙》为屈原绝笔;《惜往日》《悲回风》二篇，宋代李壁已有诗曰:“《回风》《惜往日》，音韵何凄其！追吊属后来，文类玉与差。”认为像是宋玉、景瑳之作。明许学夷和清代以来的很多杰出学者从各方面指出此二篇非屈原所作。今考定《悲回风》为宋玉之作,《惜往日》为景瑳之作。今对屈作七篇创作先后作一调整，景瑳《惜往日》、宋玉《悲回风》移于后。

《橘颂》作于楚威王六年（前334)，是屈原二十岁（虚岁）行冠礼时言志之作。冠礼即成丁礼，古代贵族子弟在二十岁时举行，意思是从此要放弃少年之时依靠家庭的意识，自此要担起家庭与国家、社会的一些责任。冠辞也叫“冠颂”，本篇是诗人以橘自喻，借橘以明志的作品，故题作“橘颂”。《仪礼·士冠礼》和《孔子家语》所载几篇冠颂，都是四言的形式。《橘颂》在体式上与之相同。冠礼也叫“嘉礼”，本篇第一句“后皇嘉树”，用“嘉”字是借树以表示此诗为自己行嘉礼时明志之作。《士冠礼》中所载冠辞中有“弃尔幼志”之句，这也同本篇“嗟尔幼志，有以异兮”意反而文同。

后皇嘉树[1]，	皇天后土孕育下的美好树木，
橘徕服兮[2]。	橘树你生来就适宜这片水土。
受命不迁[3]，	在这里禀受天命而不再改变，
生南国兮。	认定了将生存在南方的荆楚。
深固难徙，	你的根扎得又深又牢难以迁移，
更壹志兮。	可以看出你是怎样的志向专一。
绿叶素荣，	绿色的叶片映衬着白色的花瓣，
纷其可喜兮。	繁密茂盛叫人看着都感到欣喜。
曾枝剡棘[4]，	层层的树枝上长有利刺，
圆果抟兮[5]。	圆圆的果实显得饱满充实。
青黄杂糅[6]，	青色黄色的满树相杂相映，
文章烂兮[7]。	那色泽花纹实在光彩绚丽。
精色内白[8]，	你外皮精纯内瓤又莹洁明亮，
类任道兮[9]。	本属于纯正坚守道义的一类。
纷缊宜修[10]，	枝叶繁茂又修饰得恰到好处，
姱而不丑兮[11]。	内外兼美没有什么可以匹配。

【注】

[1] 后皇：皇天后土，指天地。嘉树：嘉美的树。屈原以橘树自喻。

[2] 徕：同“来”。服：服习适宜。

[3] 受命：受天命。不迁：不能移植，不轻易改变生长的地方。《晏子春秋·杂下》中说：“橘生淮南则为橘，生于淮北则为枳。”屈原生于策士游说、朝秦暮楚之时，所以特别以此明志。

[4] 曾（céng）：通“层”，重叠。剡（yǎn）：锐利。棘：树木上的刺。

[5] 抟（tuán）：同“团”，圆的样子。

[6] 杂糅（róu）：混杂而连为一体。橘子由未熟到成熟时颜色由青向黄变化。

[7] 文章：花纹。烂：光彩鲜明的样子。

［8］精色内白：指橘子的外皮精纯。精，不杂他色。白，形容莹洁明亮。

［9］类任道：就像能承担道义的一类人。

［10］纷缊（yùn）：盛多的样子。这里指枝叶繁盛。宜修：修饰得适宜。

［11］姱（kuā）：美好。不丑：犹言“不群”。《国语·楚语下》：“官有十丑。”韦昭注：“丑，类也。”林云铭《楚辞灯》：“丑，类也。又合全树而总言之，见其所得皆善，不与他树为类也。”

第一段写橘，各句以橘喻人，末四句“类任道”云云，语意双关明显。

嗟尔幼志[1]，	赞叹你幼年时就树立大志，
有以异兮。	早早表现出不平凡的气质。
独立不迁，	巍然屹立不会如草般飘走，
岂不可喜兮。	这种操守怎能不令人欢喜！
深固难徙，	你根深蒂固而难以迁移，
廓其无求兮[2]。	树冠恢宏宽大无求于世。
苏世独立[3]，	清醒地独立于天地之间，
横而不流兮[4]。	横渡直行而不俯从流俗。
闭心自慎[5]，	你摒除种种杂念谨慎地保持洁净，
终不失过兮。	一生不会有什么损害操守的过失。
秉德无私，	保持自己有益于人世的良好品质，
参天地兮[6]。	可以与高天和大地一样坦荡无私。
愿岁并谢[7]，	愿我们的岁月能一起流逝，
与长友兮。	同你建立深深的长久友谊。
淑离不淫[8]，	你善良美丽又不矫揉造作，
梗其有理兮[9]。	正直坚硬有着细密的纹理。

年岁虽少，	虽然你现在只算是青春少年，
可师长兮。	却可以成为我人生道路上的老师。
行比伯夷[10]，	你的品行像贤人伯夷般始终如一，
置以为像兮[11]。	将成为永久的楷模留在我的心里。

【注】

[1] 嗟（jiē）：感叹。尔：你，指橘树。以下内容都为诗人自我的抒发，故此句实为联系全诗的象征体与本体之关键。

[2] 廓：恢宏宽大。此句言其心胸开阔。

[3] 苏：醒，苏醒。

[4] 横而不流：这是以行船为喻言，言能不受急流大浪的冲击而横渡直行。横，横渡。

[5] 闭心：不为外物所染。

[6] 参：比，并。

[7] 谢：过去，指时光流逝。

[8] 淑离：善良又美丽。淑，善。离，通“丽”。淫，“过分”的意思。

[9] 理：指木的纹理。喻人正直重理，有法有度。

[10] 伯夷：尧之贤臣，曾协助尧制定典礼刑法（见《尚书》之《尧典》《吕刑》）。

[11] 置：树立。汪瑗《楚辞集解》：“置，犹植立也。”“置”“植”古通。像：榜样。

第二段以“嗟尔幼志，有以异兮”领起，表示此前有大志，此后继而行之，将始终不殆者。

【评析】

《橘颂》形式上与《诗经》接近，情调上与被放逐时所写的完全不同，显得轻快活泼。从其中说“嗟尔幼志，有以异兮”和“年岁虽少，可师长兮”等句看，显然是青年时所作。联系《仪礼·士冠礼》等文献来看，此篇为屈原二十岁加冠礼时借咏橘明志之作无疑。冠辞中特别强调品德修养，《橘颂》中也从头到尾歌颂一种高尚的品德，这种品德不是仅指一般的个人修养，而是“受命不迁，生南国兮。深固难徙，更壹志兮”，同诗人强烈的民族感情结合在一起。

《橘颂》不仅在形式、句式、结构、篇幅上同先秦时的冠辞一样，且一些词语，甚至有的句子也同冠辞相似，如《仪礼·士冠礼》中所载冠辞“弃尔幼志，顺尔成德”，便同《橘颂》中文意很相近。先秦时称冠辞为“颂”，《孔子家语·冠颂》的篇题及其中文字均说明这一点。冠辞中常用的一些词如“嘉”“德”“服”“志”等，也都见于《橘颂》。

至于屈原为何要以橘自喻，由东方朔《七谏》看，屈原的少年时代有可能在云梦泽一带度过。《七谏·初放》：“平生于国兮，长于原野。”说屈原是在云梦之地长大的。他父亲屈阳为任莫敖之职，其职为掌管北部防卫，而汉北云梦北部也在其管理范围之中。另外汉北云梦是楚国贬谪大臣之处，其父因事而被贬谪于此，也有可能。云梦以出产好的橘柚而出名。《吕氏春秋·本味》论“果之美者”，即举“江浦之橘，云梦之柚”。云梦即在江汉之北，此处是互文见义。《战国策·赵策二》中苏秦说到楚国的“橘柚云梦之地”，将云梦之橘作为楚国有代表性的富庶之物。这样，屈原以橘为喻，就可以理解了。

这首诗是我国咏物诗、咏物赋之祖。其前半部分侧重正面写橘的特征，赞颂其美好的品德，而且几乎在每一层意思的表现中都有一两句是语意双关，既可理解为写橘，也可理解为写人，如“受命不迁，生南国兮”等。后半部分似乎在直接歌颂人的美德，而实际上仍是由橘树的本性生发而出的。其抒情与咏物之关系，在不即不离之间。故刘熙载言其“不迁而妙”“品藻精至”（《艺概·赋概》）。

九　歌

屈　原

《楚辞》中《九歌》今共11篇。从其大部分作品歌辞的清新、调子的轻快看，正如郭沫若《屈原赋今译》所说，“是屈原未失意时的作品”。金开诚《屈原辞研究》从屈原的流放经历、作者的身份和情感发展三个方面论证，认为“它绝不可能是屈原晚年流放在沅湘地区时所作”（江苏古籍出版社1992年版，第163页）。从湖北江陵天星观一号楚墓竹简载楚国所祭神灵多有与《九歌》所祭神灵相合这一点看，《九歌》中主要部分是屈原根据楚国国家祭典的需要而创作的祭歌。其中只有《湘君》《湘夫人》二篇所表现的为沅湘一带的民间传说，情节、风格具有明显的民间色彩，形式上也带有民间戏剧表演的因素。“二湘”作于沅湘流域，后来编辑《楚辞》者以其内容、体例相近，而加入《九歌》之中，并认为其他九篇反映地域特征不明显者皆作于沅湘之地。从形式上说，这两篇情节相连相关，表演性强，与祭典的歌舞风格差距较大。只有这两篇是据被放江南之野时所见民间祭祀歌舞所写，其他九篇为朝廷祭祀歌舞辞。

《九歌》中除《礼魂》是送神曲之外，《东皇太一》《东君》《云中君》《大司命》《少司命》都是祭天神的歌舞辞。《东皇太一》因所祭为最高神，又兼有迎众神的意义，故为参祭群巫的合唱，其他四篇皆为受祭神灵（由充作神灵的灵巫承担）和参祭巫觋的对唱。《河伯》《山鬼》《湘君》《湘夫人》是祭地祇的，都是独唱。《国殇》是祭人鬼的，所祭乃为国牺牲的英雄，故也用合唱形式。

东皇太一[1]

吉日兮辰良，
穆将愉兮上皇[2]。
抚长剑兮玉珥[3]，
璆锵鸣兮琳琅[4]。

吉祥日子美好的时辰，
恭恭敬敬地祭祀上皇。
手握的长剑玉镶剑鼻，
身上的佩玉叮叮当当。

瑶席兮玉瑱[5]，
盍将把兮琼芳[6]。
蕙肴蒸兮兰藉[7]，
奠桂酒兮椒浆[8]。

华美的座席以玉为瑱，
大把的鲜花馥郁芬芳。
进献蕙肴以兰叶为垫，
献祭桂酒又陈上椒汤。

扬枹兮拊鼓[9]，
疏缓节兮安歌，
陈竽瑟兮浩倡[10]。
灵偃蹇兮姣服[11]，
芳菲菲兮满堂。
五音纷兮繁会[12]，
君欣欣兮乐康。

举起鼓槌来擂起乐鼓，
舒缓节奏中歌声悠扬，
吹竽又鼓瑟放声齐唱。
灵巫动作自如服饰华美。
阵阵的香气充满祠堂。
五音交织着众乐齐奏，
望东皇神灵愉快安康。

【注】

[1] 东皇太一：楚人所祭祀的最高神，即诗开头说的“上皇”，等于后代所说“天帝”。本篇为参祭群巫的合唱。

[2] 穆：恭敬。

[3] 抚：手持。玉珥（ěr）：镶有玉石的剑鼻（即柄前伸出的两个半圆形）。

[4] 璆锵（qiú qiāng）：佩玉碰撞之声。

[5] 玉瑱（zhèn）：压席的玉块。

[6] 盍：通“合”，集合。将、把：以手持之。琼芳：色泽如玉而芳香的花草。

[7] 蕙肴：拌有蕙烹制的肉。蕙，一种香草。肴，此处指熟肉。蒸：进献。

藉（jiè）：祭祀朝聘时陈列物品的垫物。

［8］桂：木名，秋季开花，极芳香。椒浆：用花椒浸制的酒浆。

［9］枹（fú）：同“桴”，鼓槌。

［10］浩倡：浩，大。倡，同“唱”，这里是指齐唱（以别于“歌”）。

［11］灵：指扮神之灵巫。偃蹇（yǎn jiǎn）：舞蹈时屈伸自如的样子。

［12］五音：指宫、商、角、徵、羽，古代五声音阶上的五个级。

【评析】

楚朝廷祭祀仪式应该首先是祭东皇太一。《东皇太一》一方面表现出祭祀场面的庄严盛大，气氛之热烈；另一方面赞颂了已光临祭场的东皇太一。祭祀时主要颂扬东皇太一，表现祭祀场面的盛况，唱词不多。先秦时祭祀神灵和祖先，都有人代表受祭的神灵，着其服饰，象征其身份，被称为“尸”。陈国及南方的楚国则是由巫充当被祭之人，称作“灵巫”。祭祀者将其迎上座后对其行祭祀之礼，进行歌舞。

本篇是由参与祭祀的群巫合唱。由群巫合唱的，只有本篇与作为送神曲的《礼魂》。

诗的开头首先说了祭祀东皇太一选了好日子、好时辰。这正说明了整个祭祀活动是以东皇太一为中心的。“上皇”就表明东皇太一是最高和最尊贵的神灵。诗中以装饰表现神灵的尊贵、威严与神秘，因为人们是通过灵巫的衣着、佩饰来想象其灵异的。其次，通过祭祀场面的宏大盛奢来表现祭祀的不同凡响。再次，后面七句先从音乐声响的方面写祭典之盛，然后再次将目光转到饰东皇太一的灵巫身上。因为神灵东皇太一是整个祭祀仪式的中心，为人们目光所聚。“五音纷兮繁会，君欣欣兮乐康”是对整个场面的概说，因为祭祀的目的就是要让东皇太一高兴，给人们带来安康和幸福。

本篇在内容上，一是着重于反映整体场面和气氛，二是突出表现东皇太一这一神灵的形象。全诗中没有如《东君》《云中君》《大司命》《少司命》那样表示对神灵的喜爱、思念之类的文字，而主要表现出一种肃敬、感戴的感情。篇幅虽小，一以贯之，内容集中亦颇有传神之笔，如“疏缓节兮安歌”等，就很能调动读者对当时情景的想象。

东　君[1]

“暾将出兮东方，	“喷薄红日我将升起在东方，
照吾槛兮扶桑[2]。	照耀着居处的栏杆和扶桑。
抚余马兮安驱，	轻拍着我的马舒缓地行走，
夜皎皎兮既明。	夜色渐退大地上露出曙光。
驾龙辀兮乘雷[3]，	驾起龙车来雷声大响，
载云旗兮委迤[4]。	云霓为旗在车顶摆动飘扬。
长太息兮将上，	我感叹着即将升向高空，
心低佪兮顾怀[5]。	又牵动情感而留恋彷徨。
羌声色兮娱人[6]，	祭祀场面的色彩音乐令人欢畅，
观者憺兮忘归[7]”。	观看祭祀者安然不动忘记折返。”

【注】

[1] 东君：上古时楚人信奉的日神。日出于东，故名为“东君”。本篇为东君（扮东君的灵巫承担）和主祭女巫的对唱。

[2] 以下两节是东君所唱。暾（tūn）：初升的太阳。这里是东君自指，表现出一种自负的情绪。槛（jiàn）：栏杆。扶桑：神话中长在东方日升之处的大树。本是地名，指东方日升之处。

[3] 辀（zhōu）：本指车辕，此处代指车。乘雷：形容车声似雷。

[4] 载：竖起。委迤：这里是摆动的样子。迤，原作“蛇”，古音同。《太平御览》卷三四〇作“迤”，今据改。

[5] 低佪（huái）：流连徘徊。顾怀：眷顾怀念。

[6] 羌：句首语助词，无义。

[7] 憺（dàn）：安乐。

“縆瑟兮交鼓[1]，	“清脆急促的瑟乐配着对击的鼓声，
萧钟兮瑶簴[2]，	有力地敲着铜钟连钟架都在摆动，
鸣篪兮吹竽[3]，	篪乐的曲调中配合着竽的吹奏，

思灵保兮贤姱[4]。　　思念神灵你善良美好的尊容。

翾飞兮翠曾[5]，　　回旋地飞舞着又迅速地跃起。
展诗兮会舞。　　唱诵着赞诗都加入舞队之中。
应律兮合节，　　应着音乐旋律合着舞蹈节拍，
灵之来兮蔽日。”　　东君侍从成群而来遮蔽天空。

【注】

[1] 以下两节是主祭的女巫所唱。緪（gēng）瑟：将瑟的弦绷紧，急促地奏瑟。交鼓：对面击鼓。

[2] 萧："攕"字之省借。攕，撞击。瑶："摇"字之借。这里为使动用法。簴（jù）：悬钟磬等乐器的木架。

[3] 篪（chí）：原作"篪"，同"篪"。一种竹制的吹奏乐器。洪兴祖、朱熹均引一本作"篪"，今据改。

[4] 灵保：指扮演东君的灵巫。贤姱（kuā）：善良而美丽的样子。姱，美好。

[5] 翾（xuān）飞：回旋飞翔。翠曾（zēng）："卒翻（zēng）"之误。传写中将"羽"误置于"卒"字之上。卒，通"猝"，迅速，忽然。翻，飞。

"青云衣兮白霓裳[1]，　　"我穿着青云上衣和白霓裙裳，
举长矢兮射天狼[2]。　　举起搭在弓上的长箭直射天狼。
操余弧兮反沦降[3]，　　持着我的天弓转身向西方降落，
援北斗兮酌桂浆[4]。　　端起北斗来盛上桂花酿的酒浆。
撰余辔兮高驰[5]，　　手执着马缰我在高空奔驰，
杳冥冥兮东行。"　　又从幽暗的地下回到东方。"

【注】

[1] 以下是东君所唱。裳：下身衣服，如同今之裙子，男女皆着。

[2] 天狼：天狼星。古人认为是制造灾祸的恶星。

[3] 弧：指弧矢星，其状九星相连。这里是将弧矢星想象为东君的弓箭。

[4] 援：执，拿。北斗：本星宿名。此处想象东君以北斗为酒器，以酌美酒。

"斗"本为方形而有柄的酒器,"北斗七星"即因似斗而名。

[5] 撰:手执。辔:马缰绳。

【评析】

古人常日、月对举,日为阳而月为阴,故日神为男神。《九歌》中祭男性神,是由女巫迎神、娱神。

由诗的内容、情感表达可以看出篇中对唱身份的转换。第一段显出了东君神灵的威严,对于祭祀活动的赞许,以及对参祭人员虔诚态度的肯定,希望日神对人间更为关照。

第二段为主祭的女巫所唱,从祭神者角度,先说各种乐器的演奏盛况,接着说迎神、娱神歌舞的热烈,也赞美了东君在仪仗簇拥下降临的壮观景象。

第三段又为东君所唱,先是通过对自身高大宏伟形象的描写,表现出非凡的气势。《晋书·天文志上》言天狼星在东井东南,"主侵掠"。诗中以弧星为东君所持弓,以狼星喻秦国,表现了屈原抗秦强国的思想。这里完全以天上的星为描写对象,以衬托东君的形象,显出其气势之宏大,与以上关于其衣裳、乘驾的描写相一致。末两句是以古人对于太阳运行的知识为基础,言日神入于地下之后向东冥行,至第二天再东升而普照大地,表现出他对民众永不停歇的关顾。

本篇从不同角度表现东君的形象,从不同方面显示了下民对他的敬仰、惦念与他对人间的关心与庇护。诗中没有表现柔情软语的句子,也不侧重写花草之姿、芳香之味,而是重在表现太阳的博大、光辉,以及带给人类以幸福,带给人间以生机。全诗以东君的唱词为主,当中加入娱神女巫的一段唱,适当变换角度,克服了表演情节的单一,生动且层次清楚地表现了东君威严、爱民及人间民众对他的敬仰,富于诗情。

云中君[1]

"浴兰汤兮沐芳,	"用兰汤沐浴后带着一身的芳香,
华采衣兮若英[2]。	鲜艳多彩的盛装就像花朵一样。
灵连蜷兮既留[3],	灵子盘旋着起舞神灵已经附身,

烂昭昭兮未央[4]。”	他身上不断地放出闪闪神光。”

【注】

[1] 云中君：云神。全诗是由饰云中君的灵巫和主祭女巫的对唱。

[2] 以下是主祭女巫所唱。华采衣：盛服彩衣。采，古同“彩”。若：如同。英：花朵。

[3] 灵：灵巫，饰云中君的巫。连蜷（quán）：曲屈回环的样子。

[4] 未央：未尽。

“蹇将憺兮寿宫[1]，	“我将在寿宫中逗留安乐宴享，
与日月兮齐光。	与太阳和月亮一样放射光芒。
龙驾兮帝服[2]，	龙车上插着五方之帝的旌旗，
聊翱游兮周章[3]。”	姑且在人间遨游着观览四方。”

【注】

[1] 以下是云中君所唱。蹇（jiǎn）：句首语词。憺（dàn）：安乐，安定。寿宫：供神、祭神的场所。

[2] 服：车驾上所树旌旗。

[3] 聊：暂且。周章：周游。

“灵皇皇兮既降[1]，	“光明灿烂的云神已经降临，
猋远举兮云中[2]。	突然间像旋风一样升向云中。
览冀州兮有余[3]，	俯览中原目光及于九州之外，
横四海兮焉穷[4]。	横跨四海你的踪迹无尽无穷。
思夫君兮太息[5]，	思念那云神啊我只能叹息，
极劳心兮忡忡[6]。”	无比的相思让我忧心忡忡！”

【注】

[1] 以下是主祭女巫所唱。皇皇：同“煌煌”，光明灿烂的样子。

[2] 猋（biāo）：快速奔跑、升起的样子。远举：高飞。举，起来。

［3］冀州：上古九州之一，这里代指九州之地。

［4］横：横渡。此二句是赞扬云中君登上天空之后，看得十分开阔。

［5］夫：指示代词，那。君：云中君。

［6］极：程度副词，很。劳心：忧伤的样子。

【评析】

《云中君》全诗为对唱的形式。开头一节四句是主祭女巫所唱，说她用兰草所煮的香汤沐浴之后，穿着花团锦簇的盛装来迎神。她的唱词中说已被神附身的灵子翩翩起舞，身上放出神光。这是用了间接描写的办法，表现迎神女巫的心情与愿望，同时也引出下节云中君的唱词。

云中君唱："与日月兮齐光。"这表现了云神的特征：可以借日光而生辉，也可以使日月失去光芒。"龙驾兮帝服"，表现了其威严的排场；"聊翱游兮周章"表示不负人们祭祀之意。古人以为雨是云下的，云师有下雨的职责。"屏翳"旧说或以为云师之称，或以为雨师之称，其实是一回事。

"灵皇皇兮既降，猋远举兮云中"是主祭女巫唱，说祭享结束之后，云中君像旋风一般上升而去。这也是用了间接描写之法。"览冀州兮有余，横四海兮焉穷"是颂扬云中君在高空所见，表现其高覆九州、广被四海的能力，当然也体现着希望云神能为九州百姓造福的愿望。最后两句表现出主祭女巫内心对云神的依赖。

古代中国是一个以农业经济为主的国家，对于大自然尤其对于雨水的依赖性很强。所以，这虽然是娱神所唱，但也反映出当时南方社会经济的状况。

大司命[1]

"广开兮天门，	"大大地打开天宫的门，
纷吾乘兮玄云。	乘驾着团团连接的黑云。
令飘风兮先驱，	我命令旋风在前面开路，
使涷雨兮洒尘[2]。	使暴雨洗净空中的飞尘。
君回翔兮以下，	少司命盘旋着即将降临，

逾空桑兮从汝[3]。	我越过空桑山将你紧跟。
纷总总兮九州，	密麻麻九州的黎民百姓，
何寿夭兮在予！	长寿或夭亡都在我手中！
高飞兮安翔，	我高高地飞起安闲地回翔，
乘清气兮御阴阳。	乘着清明之气驾驭着阴阳。
吾与君兮齐速[4]，	我依随着你一并向前趋进，
导帝之兮九冈[5]。	引导天帝直到达九冈山上。
灵衣兮披披[6]，	我的衣裳长长地飘动，
玉佩兮陆离[7]。	腰间的玉佩叮叮当当。
一阴兮一阳，	万物有着阴阳生成之理，
众莫知兮余所为。”	众人都不知道我的职掌。”

【注】

[1] 大司命：掌管生死之神，为男性神，演唱中由男巫扮。大司命管生死，少司命管子嗣（生子、求子嗣为妇人之事，故以少司命为女性）。在职能上二者有一定关系，所以在传说中二神也有一定关联。本篇是大司命（灵巫充当）与少司命（主祭女巫充当）的对唱。楚国受儒家影响较小，人们根据现实生活去设想神灵世界，二神间有爱恋之情。此下四节为大司命所唱。

[2] 涷（dōng）雨：暴雨。

[3] 空桑：山名，在东方，出琴瑟之材。据《吕氏春秋·本味》载，有侁（shēn）氏得婴儿于空桑，献于其君。因婴儿得于伊水之上，故名之为伊尹。因此后来的传说中，空桑同主管生育与婴儿的神灵有关。汝：指少司命。原作“女”，通“汝”，为便于诵读，改作“汝”。

[4] 吾：大司命自称。君：指少司命。

[5] 帝：东皇太一。古人认为人之生死及子嗣生育是由上天（上皇）决定的，大司命、少司命不过是具体执掌而已，因此这里设想大司命约少司命一起做前导，引领上皇（东皇太一）至九冈山隆重祭祀之处。之：到。九冈：九冈山，在今荆州松滋，时为郢都之标志。冈，原作“阬”，同“冈”。

[6] 披披：长长飘动的样子。原作“被被”，据洪兴祖、朱熹引一本改。洪兴祖注“被同‘披’”。

[7] 陆离：直长的样子。

“折疏麻兮瑶华[1]，	“折下升麻上白玉般的花朵，
将以遗兮离居[2]。	拿来赠给离居之人聊表心愿。
老冉冉兮既极，	老暮之年渐渐已来到眼前，
不浸近兮愈疏[3]。	没有变得亲近反而更加疏远。
乘龙兮辚辚[4]，	你驾起龙来云车隆隆，
高驰兮冲天。	向高处飞驰冲上天空。
结桂枝兮延伫[5]，	编结着桂树枝向远方张望，
羌愈思兮愁人！	为什么越思念越忧心忡忡！
愁人兮奈何，	令人忧愁的思绪无法摆脱，
愿若今兮无亏。	但愿像今天这样不失礼敬。
固人命兮有当，	人的寿命本来就各有短长，
孰离合兮可为？”	谁又能消除悲欢离合之恨？”

【注】

[1] 疏麻：即升麻，开白花。瑶华：美玉般的白花。

[2] 遗（wèi）：赠送。离居：指离别远居之人。因大司命即将离去，所以称后者为离居。此下三节为主祭女巫以少司命口吻所唱。

[3] 浸近：渐渐接近。

[4] 辚（lín）辚：象声词。形容车轮滚动之声。

[5] 结：编结。延伫（zhù）：久久远望。伫，“眝”字之借。

【评析】

“大司命”“司命”早见于金文、楚简。大司命所唱“纷总总兮九州，何寿夭兮在予”“高飞兮安翔，乘清气兮御阴阳”与诗开头所表现出的呼风唤雨、声势夺人的气概一致。末尾说“一阴兮一阳，众莫知兮余所为”，也反映出他对人之善恶的观察在无形之中。大司命几次“吾”“予”“余”的自称，体现出他自信、唯我独正的自我意识。

第一段充分表现大司命的气派。他要到人间是“广开天门”，以龙为马，以云为车，旋风在前开路，暴雨澄清旷宇，显示出比其他任何神灵的权力都大的尊神形象。另一方面，他能够接受祭祀而到人间来，也体现了一种重民情、亲民意的观念；而作为一个执法者，也是应该有阳刚之气的。

第二段“折疏麻兮瑶华”“结桂枝”等句表现出女性特征。麻秆折断后皮仍连在一起，因此这里又有以“折麻”喻藕断丝连之意，表现久别后一时不能相见的愁情。因为这一段是主祭女巫以少司命的口吻表示对大司命的敬爱之意，实际上也代表了所有参祭人员的崇敬之意。“乘龙兮辚辚，高驰兮冲天”两句，是说看到大司命飞升而去。照应了诗开头所写大司命以云为车、以龙为马的描写。神将离去，少司命表现出恋念的情绪，以及希望以后常会见面的亲切之意。诗中说：大司命是主宰人的寿命的，人的寿命本来就有定数，但天地间的悲欢离合谁又能管得了呢？这里问出了一个千百年来无数多情男女都永远得不到答案的问题。可以说，本诗通过写神灵而表达了人世间最普遍的情感经历。

少司命[1]

“秋兰兮麋芜[2]，	“秋天的兰草和丛生的蘼芜，
罗生兮堂下[3]。	成片地生长在堂下的庭院。
绿叶兮素华，	嫩绿的叶子夹着白色小花，
芳菲菲兮袭予[4]。	喷喷的香气扑人脸面。
夫人自有兮美子，	世人都有着好儿好女，
荪何以兮愁苦[5]？”	你为什么却忧思不断？”

【注】

［1］少司命：主子嗣生育之神。大司命与少司命名称上有联系，祭祀中他们被看作互有爱慕之心。本篇的演唱形式是少司命与大司命的对唱。

［2］此节为大司命所唱。麋芜（mí wú）：即蘼芜，古代指芎䓖。其根茎可入药，治妇人无子。

［3］罗生：成片生长。堂：祭堂。

［4］袭：指香气扑人。予：我，大司命自谓。

［5］荪：溪荪，即菖蒲，一种香草。楚辞中用以代指君王等尊贵者。诗中指少司命。

“秋兰兮青青[1]，	“一片片秋兰青翠茂盛，
绿叶兮紫茎。	嫩绿叶中伸出紫色花茎。
满堂兮美人[2]，	满堂都是迎神的美人儿，
忽独与余兮目成[3]。	忽然间都与我致意传情。
入不言兮出不辞，	我来时无语走时也不告辞，
乘回风兮载云旗。	驾起旋风竖起云霞的旗帜。
悲莫悲兮生别离，	悲伤莫过于永不相见的别离，
乐莫乐兮新相知。	快乐莫过于新近结识了相知。
荷衣兮蕙带，	穿起荷花衣裳系上蕙草带，
倏而来兮忽而逝。	我很快地降临又忽然离去。
夕宿兮帝郊[4]，	日暮时住宿在天宫的郊野，
君谁须兮云之际[5]？”	你等待谁久久停留在云际？”

【注】

［1］以下三节为少司命所唱。青青：借为“菁菁”，茂盛的样子。

［2］美人：指祈神求子和来看祭祀歌舞的妇女。

［3］余：我，少司命自谓。

［4］帝郊：天帝的郊野，指天边。

［5］君：少司命称大司命。须：等待。因大司命受祭结束后升上云端等待，故少司命这样问。

“与汝沐兮咸池[1]，　　“同你一起到咸池去洗头，
晞汝发兮阳之阿[2]。　　到日出之处把头发晾干。
望美人兮未来[3]，　　远望美人啊仍没有来到，
临风怳兮浩歌[4]。　　我迎风高唱抒发着幽怨。

孔盖兮翠旍[5]，　　孔雀翎做车盖翠羽饰旌旗，
登九天兮抚彗星。　　你升到九天高处扶持彗星。
竦长剑兮拥幼艾[6]，　　一手握着长剑一手抱着幼儿，
荪独宜兮为民正！”　　只有你最适合为民作主持正！”

【注】

[1] 以下两节为男巫以大司命的口吻所唱。汝：你。原作“女”，通“汝”。与下一“女”字并改作“汝”。咸池：神话中日落后入咸池，在咸池中向东。

[2] 晞（xī）：晒干。阳之阿（ē）：即阳谷，也作旸谷，神话中日所出处。

[3] 美人：大司命称少司命。少司命尚在人间受祭，所以说“望美人兮未来”。

[4] 怳（huǎng）：同“恍”，神思恍惚惆怅的样子。

[5] 孔盖：孔雀羽毛做的车盖。翠旍：翠鸟羽毛装饰的旌旗。

[6] 竦（sǒng）：肃立，此处指笔直地握着。拥：抱着。幼艾：幼儿。

【评析】

本篇的演唱同前一篇是相连的，少司命、大司命已在场，故再没有下神、迎神的话，后面这一篇的宾主关系与上一篇相反。从情绪的承接来说，前篇少司命反复表现出愁苦的心情，故此篇开头大司命说：“夫人自有兮美子，荪何以兮愁苦？”

大司命开头唱“秋兰兮麋芜，罗生兮堂下”，既是对少司命这个爱护生命的女神的烘托，也暗示此祭祀为的是求子嗣。宋代罗愿的《尔雅翼》中说：“兰为国香，人服媚之，古以为生子之祥。而蘼芜之根主妇人无子。故《少司命》引之。”古代所说“蘼芜”指芎䓖，其根茎可以入药，治妇女血闭无子。（《证类本草》）

少司命唱词一开始就赞叹的也是兰草，因为古人以兰为生子之兆。“满堂兮美人，忽独与余兮目成”，是说来参加祭祀的妇女多，都希望生儿育女。少司命同这些人既已“目成”，她们也就没有愁苦了。她又认识了很多相知，感到十分快活；而对于一同参加祭祀的人即将分离，又感到伤情，这实际上是人们对善良女神的期望。少司命的“荷衣兮蕙带”同大司命充满阳刚之气的“云衣兮被被，玉佩兮陆离”比起来，也带有女性的特征。

最后大司命先是回答少司命的问话：“等待你，是要陪你到咸池去洗头，在阳谷之地晾发。因为一直等不来，才在云端恍然而立，临风高歌。”文中通过大司命之口描述了少司命升上天空，显示出一个保护儿童的光辉形象：“荪独宜兮为民正！”唱出了广大人民群众对少司命的崇敬与爱戴。

本篇塑造了温柔多情的少司命形象，体现出她的阴柔之美。少司命除多情和善感之外，在保护儿童方面，也具有刚毅而凛然不可犯的一面。

河　伯[1]

与汝游兮九河[2]，	与你游览众多支流的地方，
冲风起兮横波[3]。	大风一来掀起了巨浪洪波。
乘水车兮荷盖[4]，	以波涛为车身荷叶为车盖，
驾两龙兮骖螭[5]。	驾起两龙又有螭龙在两旁。
登昆仑兮四望，	登上昆仑山顶向四面远望，
心飞扬兮浩荡。	我的心情像河水一样激荡。
日将暮兮憺忘归，	时间已日暮我们乐而忘返，
惟极浦兮寤怀[6]。	思念遥远渡口引起深深怀想。

【注】

[1] 河伯：黄河之神。据姜亮夫考证，楚人最早是由西北的黄河上游迁至陕南商於之地，再向南发展的，故宫廷祭典中也祭河神。诗中祭者想象中与河神共游，登昆仑山，又入其水中之宫，见诸怪奇，然后辞去。《九歌》中祭地祇的几

篇都是独唱的形式。本篇是主祭河伯的女巫以爱慕的口吻演唱的。

［2］九河：对黄河众多支流的总称。

［3］冲风：两山间的大风。因顺山谷而冲出，风力大。横波：波涛卷起。

［4］水车：河神是驾波涛而行，所以叫“水车”。

［5］骖螭（cān chī）：车前两旁的螭龙。古代四马拉一车，中间的两马称“服”，两侧的称“骖”，此处作动词，驾在两旁。螭，传说中无角的龙。

［6］惟：思，念。极浦：遥远的渡口，指水边的家乡。寤（wù）怀：即顾怀，眷念挂怀之意。

鱼鳞屋兮龙堂，	有鱼鳞为瓦的房舍和蛟龙装饰的厅堂，
紫贝阙兮珠宫，	还有紫纹贝的门阙和珍珠镶嵌的宫廷，
灵何为兮水中[1]？	河伯你为什么却喜欢时时沿河而游？

乘白鼋兮逐文鱼[2]，	乘着白色的大鳖随着满身花纹的鱼群，
与汝游兮河之渚[3]，	与你一起顺流而下又来到河中的小洲，
流澌纷兮将来下[4]。	解冻的冰块在河水中哗哗地向前翻滚。

【注】

［1］灵：指河伯。

［2］白鼋（yuán）：白色的大鳖。文鱼：神话传说中一种有花纹的鱼。

［3］汝：指河伯。河渚：河中的小洲。

［4］流澌：河面解冰后的流水。“澌”为“凘”字之借。凘，指开始消解的冰。纷：水波纷乱的样子。

子交手兮东行[1]，	你拱手与我告别准备向东而行，
送美人兮南浦[2]。	我送别心中的美人到河的南岸。
波滔滔兮来迎，	波涛滚滚已来迎接你离去，
鱼鳞鳞兮媵予[3]。	成群的鱼儿也陪伴我归还。

【注】

［1］子：古人对男子的尊称或美称，这里指河伯。交手：拱手，两手在胸前相抱。这是告别的姿态，也表示恭敬。

［2］美人：指河伯。这个词古代男女通用。南浦：南面的水滨。浦，水边，河岸。

［3］鳞鳞，众多的样子。媵（yìng）：送行，相送。予：人称代词“我”，唱祭河伯的巫自称。

【评析】

《左传·宣公十二年》载，楚庄王“祀于河，作先君宫，告成事而还”。可见在楚人意识中，黄河同楚人先祖的活动有些关系。

从“河伯”这个名称可以看出，河伯为男性神。篇中所表现主祭河伯者为女巫。全诗是以一个河伯的仰慕者、追随者的口吻歌唱自己同河伯在黄河下游分流之地及传说中河源的最高处昆仑山顶一起游玩的过程。从内容来说，分三层：

第一层唱与河伯从九河之地（黄河众多支流处）游览起，上至昆仑山顶。昆仑山上是众神居住之地，令人心胸开阔，忘记归家。“惟极浦兮寤怀”则表现出希望河伯能使祭祀者家乡平安丰足的愿望。

第二层歌唱昆仑山上河伯的居所之美和由此东行游览之乐。《山海经》《尔雅·释水》《史记·大宛列传》都说到黄河出于昆仑，则诗中写河伯的仰慕者追随河伯至众神居处。河伯虽有这样华丽的宫室，仍要时时沿河而游，表现了河伯对于自己职责的尽心。结果他们又乘白鼋、随文鱼而下，来到河中小洲上。其叙情可谓一波三折，极尽缱绻之意。这是通过想象，赞扬了河伯的尽心尽职，以及对广大人民的爱护。因为上古时生产工具原始、人口稀少，对河道的治理是十分有限的，黄河常常会泛滥，所以这些描写都表现了广大老百姓的愿望。

第三层唱与河伯分手的情节，也是充满诗意。爱慕者依依不舍，又送他至向阳的南浦之地，才分手而别。从送别的情形说，有滚滚的波涛来迎河伯，又有成群的鱼儿送爱恋者归去。末尾两句在写双方分别时河伯对祭者的重视，实际上体现着对下民的关心。

屈原《九歌》为楚朝廷祭祀歌舞辞，其内容与风格有一定继承性。《河伯》包含的神话因素体现出楚人的远古历史，对研究楚人的来源有重要的参考价值。

山　鬼[1]

若有人兮山之阿[2]，	尚且有人停留在高山的山湾，
被薜荔兮带女萝[3]。	身上披着薜荔腰间系着松萝。
既含睇兮又宜笑[4]，	两眼深情又有着好看的笑容，
子慕予兮善窈窕[5]。	公子你爱慕我姿态自然婀娜。
乘赤豹兮从文狸[6]，	驾着红毛黑斑豹领着花斑野猫，
辛夷车兮结桂旗[7]。	辛夷木车上插着桂树花枝的旗帜。
被石兰兮带杜衡[8]，	披着山兰外套系着马蹄香的青藤，
折芳馨兮遗所思[9]。	折取鲜花芳草赠给所思念的公子。
余处幽篁兮终不见天[10]，	我身处昏暗竹林长年见不到天日，
路险难兮独后来。	又因为路途艰险以至于姗姗来迟。

【注】

[1]《文选·别赋》李善注引宋玉《高唐赋》云："我帝之季女，名曰瑶姬，未行而亡，封于巫山之台，精魂为草，实曰灵芝。"此为巫山神女的来源。所谓"未行"即订婚而尚未出嫁。又《山海经·中山经》于姑媱之山云："帝女死焉，其名曰女尸，化为䔄草……服之媚于人。"可见这个传说产生很早。此篇为饰山鬼的灵巫（女巫）独唱之词。

[2] 若：发语词。山之阿（ē）：山弯。

[3] 被：通"披"。薜荔（bì lì）：一种蔓生的常绿灌木。带：系着。女萝：即松萝，一种蔓状寄生植物，多附于松柏树上。

[4] 含睇（dì）：含情流盼。睇，斜视。宜笑：善笑，笑得好看。

[5] 子：对男子的美称。慕：思慕，爱慕。这里指山鬼一直企盼的灵修。窈窕：姿态美好的样子。

[6] 从：使跟从于后，领着。使动用法。文狸：毛色黑黄相杂的野猫。

[7] 辛夷：又名木笔，木兰一类的花树。

[8] 石兰：兰草的一种，即山兰。杜衡：又名杜葵、马蹄香，多年生草本植物，冬日根际间开暗紫色花。全株有辛香味。

［9］芳馨：芳香的花草。遗（wèi）：赠送。

［10］篁（huáng）：竹林。终：一直。

表独立兮山之上[1]，	我一个人孤独地站立在山上，
云容容兮而在下[2]。	只看到一层白云在下面飘荡。
杳冥冥兮羌昼晦[3]，	灰蒙蒙一片白日里也昏暗不明，
东风飘兮神灵雨[4]。	东风猛起神灵便使大雨普降。
留灵修兮憺忘归[5]，	为在这里见到灵修我忘记回还，
岁既晏兮孰华予[6]。	年岁已大谁还能使我容颜华美。
采三秀兮於山间[7]，	我在大山里寻找着灵芝采摘，
石磊磊兮葛蔓蔓[8]。	乱石堆积葛藤又到处蔓延着。
怨公子兮怅忘归[9]，	抱怨公子不来忧伤中我忘记归去，
君思我兮不得闲[10]。	又怀疑公子思念我只是没有时间。

【注】

［1］表：特出的样子。

［2］容容：云气飞动的样子。

［3］杳冥冥：阴暗的样子。羌：楚方言，何乃，为什么。这里表示“竟然”的语气。

［4］飘：风刮得大。雨：用为动词，下雨。

［5］灵修：楚人对国君、公子的美称。传说中山鬼的恋人是公子（见下文）。

［6］岁既晏：年岁已大。晏，晚暮。孰华予：谁还能使我同以前一样美丽可爱。华，同“花”，此处为使动用法。

［7］三秀：灵芝。因其一岁三次开花，故又名“三秀”。於（wū）山：巫山。“於”为“巫”之借。

［8］磊（lěi）磊：乱石堆积的样子。葛：一种藤本蔓生的植物。

［9］公子：即上文的“灵修”。怅：失意，伤感。

［10］君：用为第二人称代词，指上面说的灵修公子。此句是推想之词。

山中人兮芳杜若，　　长年在山中的我像杜若一样芳香，
饮石泉兮荫松柏。　　饮着石泉水用松柏树荫遮蔽自己。
君思我兮然疑作[1]。　　公子对我的深情我还是时信时疑。
雷填填兮雨冥冥[2]，　　轰轰的雷声夹着大雨一时间天昏地暗，
猿啾啾兮狖夜鸣。　　猿猴的凄声又伴着长尾猿的半夜嚎叫。
风飒飒兮木萧萧[3]，　　飒飒大风吹动树木的枝叶哗哗作响，
思公子兮徒离忧[4]。　　因为对公子的思念我才遭受这烦恼。

【注】

[1] 然疑作：一会儿相信，一会儿怀疑。

[2] 填填：雷声。雨冥冥：形容雨大天色昏暗。狖（yòu）：黑色长尾猿。

[3] 飒飒（sà）：风声。萧萧：树木被风吹动的声音。

[4] 离：通“罹”，遭受。

【评析】

《山鬼》的抒情主人公为山鬼。全篇倾诉了山鬼在山上恶劣的环境中对恋人无尽的企盼。全诗分四段。

第一段表现了山鬼的形貌特征、生活环境及沉浸在深深眷恋中的心理状态。她虽然无年无月地生活在山上，处于悲凄的境遇之中，但仍然没有失去对幸福的期待，永远保持着纯真的感情和对生活的热爱。“子慕予兮善窈窕”一句则揭示了抒情主人公的内心：她的心中时时有着一个人。她的一切自白，好像都是说给心上人听。这里不是说她对恋人坚贞不渝的爱，而是说她知道“恋人一定倾慕我有着动人的姿态”，写少女之心，细致入微，曲尽其妙。

第二段表现了山鬼打扮后去会恋人时一路的心理状态。不但根据山上的自然之物装饰了行李、换了新装，而且给恋人准备了香花，但她担心仍然见不到恋人。她是“未字而亡”的，她永远保持着生前的内心情感和愿望。山鬼内心的美，外貌的美，以及她对爱情的企盼、执着，使这个形象达到十分动人的程度。

第三段写山鬼到常常等待恋人的地方守候的情景，从实际行动上表现了山鬼的心态。她总以为她的希望会在这渺茫的云海上忽然出现，却一直未见。然而，即使是狂风大雨之中她还是纹丝不动地站在那里望着、等着。

三秀即芝草，对于山鬼（瑶姬）来说，是精灵之所系。她采三秀欲付所思之人，不啻付出一片丹心。然而，总是不见所思之人到来。“怨公子兮怅忘归，君思我兮不得闲？”她一面抱怨，一面又寻找原因，为之解脱。作品通过抒情主人公的这种矛盾心情来表现她纯真的感情，进一步加深了山鬼故事的悲剧情调。

第四段表现了在巫山风雨之夜竹吼猿鸣的可怕景况中，山鬼企盼恋人的心理。可以说，唯一支持着她不散的精魂的，是她生死难忘的爱情。巫山之阿，竹林深处，松柏之下，山鬼的精魂反复地哀吟着她无尽的悲歌。轰轰的雷声，突然间划破了黑暗夜空的闪电，远处又传来凄厉的猿鸣之声，这一切，与穿过黑暗中山坳林莽的飒飒风声，和在风吹雨打中哗哗作响的树叶声交织成一片，就像山鬼自己的心声，她思念公子——她心中的灵修，死生难忘的恋人。

“雷填填兮雨冥冥，猿啾啾兮狖夜鸣。风飒飒兮木萧萧，思公子兮徒离忧！”诗人所创造的孤寂、可怕的意境，给读者留下了难忘的印象。读者从这个意境中感到的是山鬼那皇天难盖、大地难埋的悲伤！在这个令人惊怖的幽远境况中，使读者最难忘记的，是山鬼一动不动地站着企盼的形象和永远保持忠贞的心志。历代很多地方的望夫石、望夫山等所体现的，也正是《山鬼》这首诗的悲剧主题。由此可以看出这首诗的典型意义。

国　殇[1]

“操吴戈兮被犀甲[2]，　　“手持着吴地的利戈身穿犀甲，
车错毂兮短兵接[3]。　　敌我的战车交错已是短兵争斗。
旌蔽日兮敌若云[4]，　　旌旗遮天蔽日敌军黑云般冲下，
矢交坠兮士争先。　　乱箭纷纷落下勇士们争先恐后。

凌余阵兮躐余行[5]，　　敌军冲散我方军阵踩踏我方士卒，
左骖殪兮右刃伤[6]。　　左边的骖马已死右边的也在流血。
霾两轮兮絷四马[7]，　　已经埋定了车轮又挽住四匹战马，
援玉枹兮击鸣鼓[8]。　　使劲地抡起鼓槌让战鼓之声不歇。
天时坠兮威灵怒[9]，　　好像天塌了一般天神都为之震怒，

严杀尽兮弃原野。”　　异常残酷的厮杀后将士尸陈原野。”

【注】

［1］国殇：指为国作战死于外者。1987年出土的包山楚简中有“新王父殇”“殇东陵连嚣”等，也证明《国殇》为楚国朝廷祭典中所有。蒋骥《山带阁注楚辞》中说：“《国殇》所祀，盖指上将言，观援枹击鼓之语，知非泛言兵死者矣。”《九歌》中祭国殇之辞同祭天神之辞一样，是饰为受祭将领的灵巫同行祭群巫的对唱。由此也可以看出楚人对为国牺牲者的尊崇。

［2］吴戈：吴地所制的戈。春秋战国时期吴地所制的剑、戈很有名。戈，一种长柄武器。被：同“披”。犀甲：用犀牛皮做的铠甲，厚而坚牢。由其装备服饰可以看出是一位将军的自述。

［3］毂（gǔ）：车轮中心安插车轴的部分，此处指毂轴。毂长出车轮之外，轴又长于毂。短兵：一般指刀剑之类的短柄兵器。开头两节以为国牺牲主将的口吻所唱。

［4］敌若云：形容敌人多。联系“旌蔽日”一句看，敌军是由高处向下冲来的。

［5］凌：侵犯。余：我。此处等于说“我方”。躐（liè）：践踏。行（háng）：行列。此处指阵上的士卒。

［6］左骖（cān）：左侧的边马。古人多一车四马，中间两匹称为“服”，两边的称为“骖”。殪（yì）：死。

［7］霾（mái）：借作“埋”。埋轮是指主将在形势极为严重情况下，在自己战车的车轮下铲坑，将车轮陷下去，用土壅定。絷（zhí）四马：绊住四匹马的腿。此均表示决不后退。《孙子兵法·九地》中说过“方马埋轮”，“方马”即絷四马。

［8］援：执。玉枹（fú）：上面嵌有玉饰的鼓槌，主将指挥军队所用。古代指挥作战，击鼓为进，鸣金为退。

［9］天时坠：形容当时战斗的气氛，如天塌一般。天时，指运行的日月星辰。威灵：神灵。

“出不入兮往不反，　　“出了家门不再想着何时能回还，平原忽兮路超远[1]。　　战场离家乡的平原路途渺茫遥远。
带长剑兮挟秦弓，　　身上挎着长剑携带着秦地的劲弓，
首身离兮心不惩[2]。　　即使身首分离英雄志气不会消减。

诚既勇兮又以武[3]，　　真正是英勇无畏一身威武之气，
终刚强兮不可凌。　　始终刚烈强悍决不会受人欺凌。
身既死兮神以灵[4]，　　将士们为国而死但威灵显赫，
魂魄毅兮为鬼雄！”　　魂魄刚强坚毅是鬼中的英雄！”

【注】

[1] 忽：形容宽阔渺茫。超远：遥远。此句既包含有将士走很远的路去征战之意，也包含有英魂难归之意。以下两节为参与祭祀的群巫所唱。

[2] 惩：因受创而戒惧。“心不惩”等于说“至死不悔”。

[3] 诚：确实。勇：精神勇敢。

[4] 神以灵：精神威灵显赫。

【评析】

《国殇》一诗，是祭祀为国壮烈献身者的歌舞辞。前一部分是一位在战斗中因敌我力量悬殊，拼死坚守在前线指挥战斗直至最后牺牲的主将的独唱。后一部分为参与祭祀的群巫的合唱。

第一部分前四句写整个战斗的形势。战斗至短兵相接的阶段。从“旌蔽日兮敌若云”和“矢交坠”等句看，敌军不仅人数多，而且是由高处向下冲来，乱箭交错而至，但我方将士们奋勇争先，无所畏惧。这是从总的方面来写。

后六句是表现主将的决心和做法，然后展示了这一场激烈战斗的结果。敌人冲向我方的军阵，打乱了我军的队伍。作为主帅，自己战车的马已是一死一伤。他埋定车轮，又挽定了马，下定决心，拼死一战，不后退一步。“埋轮絷马”是主将表示决心的做法。以往不少学者未能弄清这一段中抒情主人公的身份，也未弄清“埋两轮”和“絷四马”的含义。其实由“玉枹”也可以看出这几句的抒情主人公是军队的最高指挥。这次战斗可谓十分惨烈，整个战场如同天塌地陷，其最后的惨状，可想而知。

第二部分承上一部分后两句，由群巫一起颂扬牺牲于战场的将士。如果说上一段写得震撼人心，本段则是以很强的抒情诗句引起人们对这些为国捐躯的英烈们的尊敬。他们为国而献身，没有一丝犹豫。他们虽然身首分离，但他们的精神会激励着后人为了国家的安全、为了广大民众的生存而献身！他们魂魄刚毅，是人们心中永远的英雄！

本篇文字不长，但激情奔放，震撼人心。语言上也比较凝练与含蓄，比如上面所举埋轮絷马、援玉枹等，也因此造成很多误解。这首诗虽然短，却很值得反复品味。它也是屈原作品中最适宜高声朗诵的诗篇之一。

礼　魂[1]

成礼兮会鼓[2]，	祭祀仪式完毕后各种乐器齐奏，
传芭兮代舞[3]，	大家手里传递着花束更迭起舞，
姱女倡兮容与[4]。	美女歌唱的姿态是那样的舒徐。
春兰兮秋菊，	春祭供奉兰花啊秋祭供奉香菊，
长无绝兮终古。	对诸神的祭祀永不停息终千古。

【注】

[1]《礼魂》是仪式结束时的送神曲。魂，在这里为诸神的统称。《礼魂》在这里是以礼相送的意思。

[2] 成礼：祭礼完成。会鼓：所有打击乐器都响起来。鼓，动词，指敲击。

[3] 传芭：舞者相互传花。芭，“葩”的异文。葩，即花。代：更迭。

[4] 姱（kuā）女：美女，指参与祭祀活动的女巫。倡：众人齐唱，以别于“歌”，领唱。

【评析】

篇名“礼魂”，是包含对天神、地祇、人鬼在内的所有神灵的礼敬。整个仪式结束了，以礼相送。“成礼”二字已说明，至此整个祭祀的仪式就完成了。

诗中写到所有的敲击乐器都响起，形成整个仪式中最热烈的高潮。所有参与祭祀的巫觋合唱，吹奏的乐器也一起演奏起来。这在几天来参加祭祀的人们心中也已留下深刻的印象。《礼魂》这个送神歌舞合唱的欢乐场面与今日盛大演出结束时的情形很相似。

“传芭（葩）兮代舞”不仅说出了仪式结尾的情景，也是对整个娱乐歌舞的照应。末二句说明春、秋之祭年年会有，不会中断。这里实际也说到明年此时还会祭祀，引起人们对下一年祭祀活动的企盼。

抽　思

屈　原

楚怀王二十四年（前 305），秦国求与楚和好，并来楚娶妇。屈原为此与亲秦的旧贵族抗争，被放于汉北。本诗即作于屈原被放汉北之时。这由诗中以鸟为喻言“来集汉北”即可知。

汉北其地，在郢都东北面，即云梦泽一带。《抽思》当作于被放汉北不久，为屈原在汉北创作最早的作品，也是屈原在创作《橘颂》《大招》《渔父》之后的第一篇骚体作品，故形式上受楚国京都音乐结构的影响较大。从“悲秋风之动容兮”一句看，应作于楚怀王二十四年秋。

本篇开头说“心郁郁之忧思兮，独永叹而增伤”，所谓“思”即指此；又少歌部分云“与美人抽怨兮，并日夜而无正。骄吾以其美好兮，傲朕辞而不听”。“抽思”“抽怨”含义相近。篇题“抽思”是说把自己的忧思、思绪抒写出来，“抽”是理出头绪加以陈述之义。

心郁郁之忧思兮[1]，
独永叹而增伤[2]。
思蹇产之不释兮[3]，
曼遭夜之方长。

内心忧思郁结陷入忧愁思绪，
我常常独自叹息不断地哀伤。
思绪如乱麻一般总是无法排除，
又遇深秋漫漫长夜难以到天亮。

悲秋风之动容兮，
何回极之浮浮[4]。
数惟荪之多怒兮[5]，
伤余心之忧忧。

外面的秋风吹得一切都在响动，
怎么像整个天宇都在摇摆动荡？
常想到君王的一次次发火动怒，
我的内心就会感到无比的伤痛。

愿摇起而横奔兮[6]，
览民尤以自镇[7]。
结微情以陈词兮[8]，
矫以遗夫美人[9]。

有时真想疾速而起率性跑向远方，
但看到百姓的苦难我又强作镇定。
小臣我将对君王的深情写为陈词，
举起来奉献给心中最思念的人君。

【注】

[1] 郁郁：忧思郁结的样子。之：相当于“而”，表连接作用。

[2] 永叹：长叹。增伤：不断地哀伤。增，一再地。

[3] 蹇（jiǎn）产：屈曲纠缠。这里形容心绪不舒展。释：放开，排除。

[4] 回极：天体的回旋。极，天极。浮浮：形容天体在空中回旋转动。

[5] 数（shuò）：屡次。惟：思。荪：溪荪，也叫菖蒲，多年生草本植物，全株具有香味。古代祭祀时以菖蒲缩酒（将酒倒在成束的菖蒲叶上，表示神明已享用）。楚人用“荪”代称君王或神灵。这里代指楚怀王。

[6] 摇起：疾速而起。《方言》：“摇，疾也。”横奔：乱跑。

[7] 览：观看。尤：罪孽。

[8] 结：总括。微情：婉曲深微之情。

[9] 矫：借为“挢”，举起。遗（wèi）：赠予。美人：指楚怀王。

第一段抒发诗人当时的心情，说明欲向楚王陈辞之缘由。

昔君与我成言兮，	当初君王您曾和我有过约定，
曰黄昏以为期[1]。	说一定将变法革新进行到老。
羌中道而回畔兮[2]，	为何在半道上忽然将臣抛弃，
反既有此他志。	产生另外想法将改良一笔勾销。
骄吾以其美好兮[3]，	向我夸耀现在的情形如何美好，
览余以其修姱[4]。	向我展示他认为有本事的能臣。
与余言而不信兮，	当初同我说过的话都不再算数，
盍为余而造怒[5]。	不知为什么竟然对我大发雷霆。
愿承间而自察兮[6]，	我希望有机会向君王加以解释，
心震悼而不敢。	然而胆战心惊不敢有这种举动。
悲夷犹而冀进兮[7]，	伤心中犹豫着希望能靠近君王，
心怛伤之憺憺[8]。	但内心常处在惊恐与悲痛之中。

【注】

[1] 黄昏：这里比喻人之晚年。期：约定。

[2] 羌：何，何乃。这里表反诘语气。回畔：转变得同此前完全不同。回，回转。畔，通“叛”，背离。

[3] 骄：骄傲，矜骄。原作“憍”，洪兴祖《补注》：“读若骄。”朱熹《集注》：“憍与骄同。”今据改。

[4] 修姱（kuā）：美好。喻怀王所认为的朝中有才能之人。

[5] 盍（hé）：何故，为什么。造怒：故意发火。

[6] 承间：趁空，找机会。自察：自明。

[7] 夷犹：犹豫。冀：希望。

[8] 怛（dá）伤：恐惧，悲伤。怛，畏惧，惊恐。憺（dàn）憺：震悼的样子。

第二段是诗人向怀王陈辞的内容。

历兹情以陈辞兮[1]，	我一一表白事情的真实情形，
荪佯聋而不闻[2]。	君王您却装作耳聋不闻不问。
固切言之不媚兮，	切直之言本不如花言巧语动听，
众果以我为患。	众臣果然把我看作他们的祸患。
初吾所陈之耿著兮，	当初我将想法陈说得明明白白，
岂至今其庸忘[3]？	难道到今天您就忘得干干净净？
何独乐斯謇謇兮[4]？	我为什么只愿意这样忠言直谏？
愿荪美之可光。	总希望君王的美德能光照后人。
望三王以为像兮[5]，	希望君王以功勋卓著的楚三王为榜样，
指彭咸以为仪[6]。	臣下我是以楚先贤彭咸作为典范。
夫何极而不至兮[7]，	如果能这样有什么办不到的事情？
故远闻而难亏[8]。	仁君美政的名声就会长久地流传。
善不由外来兮，	好的品德不是外人可以凭空加上，
名不可以虚作。	一个人的名声也不可能作假弄虚。
孰无施而有报兮[9]，	哪个人没有付出就可以得到回报？
孰不实而有获？	哪个人没有栽种果实而可以收获？

【注】

[1] 历兹情：历叙此情。

[2] 荪：代指楚怀王。佯（yáng）：假装。原作“详”。洪兴祖引一本作“佯”。朱熹：“详音‘佯’，与‘佯’同。”今据改。

[3] 庸：遽，很快地。忘：原作“亡”，张诗《屈子贯》云：“亡，同‘忘’。”胡文英《屈骚指掌》、刘梦鹏《屈子章句》俱以“亡”同“忘”。今据改。

[4] 独：只是。乐（yào）：喜爱。斯：此。謇（jiǎn）謇：耿直敢言的样子。

[5] 望：仰视。“三王”原作“三五”，形近而误。《世本》载，西周末年楚君熊渠之子“有三人，其孟之名为庸，为句袒王。其中之名为红，为鄂王。其季之名为疵，为就章王”。此即楚三王。像：榜样。

［6］指：确定。彭咸：楚先贤。清陈远新《屈子说志》云："大抵咸（按指彭咸）是处有为、出不苟、才节兼优、三闾心悦诚服之人。"仪：典范。

［7］极：目标。

［8］闻：声誉。亏：歇，减损。

［9］孰：谁。施：给予，付出。

第三段诗人回忆陈辞后被疏远与当时的痛苦心情。

原文	译文
少歌曰[1]：	独唱：
与美人抽怨兮[2]，	我向君王倾吐内心的哀怨，
并日夜而无正[3]。	白天黑夜述说却无人评判。
骄吾以其美好兮，	君王向我炫耀他所谓美好，
傲朕辞而不听[4]。	对我的申辩如同没有听见。

【注】

［1］少歌：战国时楚地歌舞辞中的一种音乐形式，应由主唱者一人唱。下段的"倡曰"指全体合唱。其他则为数人的合唱。

［2］抽怨：抒发幽怨。

［3］正：评判，决断。

［4］傲：慢视。辞：申辩。

第四段对以上情形的归纳重述。

原文	译文
倡曰[1]：	齐唱：
有鸟自南兮[2]，	有一只来自南面郢都的鸟儿，
来集汉北[3]。	飞落到了东北方的汉北之地。
好姱佳丽兮[4]，	抱有美好的政治理想坚守美德，
牉独处此异域[5]。	却被赶出朝廷到了这荒野之地。
既惸独而不群兮[6]，	身边没有亲友完全是独自而处，

又无良媒在其侧[7]。
道逴远而日忘兮[8]，
愿自申而不得。

也没有能替我向君王解释的人。
路程遥远我一天天被君王遗忘，
想自己去申诉又完全没有可能。

佩缤纷以缭转兮，
遂萎绝而离异。[9]
望南山而流涕兮[10]，
临流水而太息。

本来佩带的香花繁多缭绕全身，
今已枯萎断烂一束束都被丢弃。
我望着郢都向的南山不住落泪，
站在郢都向的水边长长地叹息。

望孟夏之短夜兮[11]，
何晦明之若岁！
惟郢路之辽远兮，
魂一夕而九逝[12]。

我在初夏短夜里常等不到天亮，
从黄昏到天明长得像一年一样。
通向郢都的道路是那样的遥远，
我的灵魂一夜之间要来往多趟。

曾不知路之曲直兮，
南指月与列星[13]。
愿径逝而未得兮[14]，
魂识路之营营[15]。

不知道去郢都的路怎样行走，
只能向南看着星月仔细辨认。
想抄小路到郢都却常常走错，
梦魂整夜间在路上往来不停。

何灵魂之信直兮，
人之心不与吾心同！
理弱而媒不通兮[16]，
尚不知余之从容[17]。

为什么我的灵魂这样忠诚正直？
别人的心却与我的心并不相同。
替我从中说解疏通的人能力有限，
也体会不到我痛苦难熬的心情。

【注】

[1] 倡：同“唱”，这里是齐唱的意思，有别于“歌”。此下另为一层意思，即诗人回忆初至汉北时的情形。

[2] 鸟：屈原自喻。

[3] 集：鸟栖于树上。汉北：较宽泛的地名，是当时郢都一带人所称。其地应指汉水下游（在郢都以东折而东行一段）之北面地，即今应城、京山、云梦一

带，也即“汉北云梦泽”之地。楚王常在此处狩猎，流放大臣也在这里。

［4］好姱佳丽：指这只鸟十分美丽。屈赋中多以外貌之美喻内心之美。

［5］牉（pàn）：将一物分之为二。这里指分离。异域：以鸟的离巢喻自己离开了朝廷，故称汉北为异域。

［6］惸（qióng）独：孤单。惸，本义为无兄弟，这里喻举目无亲。不群：失群。

［7］良媒：喻可以替自己向楚王传达心意的人。

［8］逴（chuò）远：遥远。逴，原作“卓”，洪兴祖、朱熹皆引一本作“逴”，今据改。

［9］缤纷：繁盛的样子。缭转：缭绕。此二句本在《思美人》中，不成一节。应是窜简所造成。据闻一多说移于此。

［10］南山：原作“北山”。洪兴祖、朱熹皆引一本作“南山”。戴震《屈原赋注》作“南山”。1973 年在长沙马王堆三号墓出土《相马经》提到“江”“汉”“南山”等楚北部地名，则南山应为汉北东南方之山名。今据改。

［11］孟夏：初夏，即农历四月。此应是回忆初至汉北时的情形。据此，屈原之被放，当在四月，而本诗作于当年秋（由开头“悲秋风之动容兮”可知）。

［12］九：虚数，言其多。逝：往。

［13］指：指以为目标。屈原被放汉北，欲向郢都，得先向南行。此句写灵魂不记得返回郢都的路，故根据月与列星辨识方向。

［14］径：小路，捷道。逝：往。

［15］营营：往来不停的样子。

［16］理：上古也叫“行理”，双方间说解疏通的人。

［17］从容：举动，行为。这里指自己言行中体现的情义。

第五段表现了诗人被放汉北期间，急切希望返回朝廷的心情。

原文	译文
乱曰[1]：	尾声：
长濑湍流[2]，	沙石滩上长长的浅水急流，
泝江潭兮[3]。	我逆着江潭向放逐之地行进。
狂顾南行，	急切地左顾右盼中折而向南，

聊以娱心兮。	姑且安慰不想远离京都之心。
轸石崴嵬[4]，	路上巨大的石块重叠耸立，
蹇吾愿兮[5]。	阻碍着我想走近郢都的心。
超回志度[6]，	绕过漩涡暗自记下渡口所在，
行隐进兮。	我只能在偏僻之地独自向前。
低徊夷犹[7]，	我就这样徘徊着迟疑不前，
宿北姑兮[8]。	到了晚上寄宿在北岵之山。
烦冤瞀容[9]，	心中抑郁烦闷一片纷乱，
实沛徂兮[10]。	在颠仆沮丧中来把路探。
愁叹苦神，	我忧愁悲叹精神无比痛苦，
灵遥思兮。	心中仍然思念留恋着郢都。
路远处幽，	路途遥远又处于偏僻之地，
又无行媒兮[11]。	无人替我传话我无比孤独。
道思作颂[12]，	在路途中一面走一面吟诵，
聊以自救兮。	姑且自诵自听且自我排解。
忧心不遂，	一直挂念之事已无法实现，
斯言谁告兮[13]！	这些话又能向谁倾吐诉说？

【注】

[1] 乱：本是指演唱结束时各种乐器的合奏和乐人的合唱，这里指尾声。

[2] 濑（lài）：沙石滩上的急流。湍（tuān）：急流。

[3] 泝：同“溯”，逆流而上。江潭：指汉水边上的水潭。

[4] 轸（zhěn）石：山上的相叠的巨石。崴嵬（wēi wéi）：突兀不平的样子。

[5] 蹇：梗阻，滞碍。

[6] 回：水回旋之处，深渊。志度：记下渡口之处。志，作记号之义。度，通“渡”。

［7］低徊（huái）：徘徊。夷犹：迟疑不前。

［8］北姑：即“北岵”，北面多石而无草木的山，当在郢都西北。“姑”为“岵”之借，山无草木曰岵。

［9］烦冤：烦闷抑郁。瞀（mào）容：指胸中纷乱，心神不安。瞀，昏乱。容，通“傛”（yǒng），不安的样子。

［10］沛徂（zǔ）：颠沛奔走。以上三节是诗人回忆被放汉北途中因留恋京师而有时南行的情节。

［11］行媒：相关两方之间沟通意见的人。

［12］道思：陈说忧思，与“作颂”并列。颂：通“诵”。

［13］斯言：这些话，指以上所表白。谁告：向谁说。

第六段为乱辞，写诗人在思情难耐的情况下独自前行的心情。

【评析】

本篇题曰“抽思”，即抒发情绪，有所申说。全诗以回忆为主。开头写诗人在漫长的秋夜失眠，只听见秋风吹动。本来也想同当时的很多士人一样前往别处，但看到老百姓的痛苦又冷静下来，希望向国君陈述自己对一些问题的看法，也回顾了同怀王一起进行政治改革的情形，但觉得怀王不会听。有时晚上梦见向郢都走去却不知道路，看着星光，一夜摸索。一次南行中，诗人夜宿于一个没有草木的石山上，后又摸索而行。全诗的心理描写达于极致。从结构上说，此篇用了穿插和倒叙的手法。全篇所表现的思想和大约三年后诗人所写的抒情长诗《离骚》是一样的，只是本诗有更多对君王的思念和对朝廷的牵挂与不舍。

《抽思》在体式上受当时楚国朝堂音乐的影响较大，联系后半部分“少歌”“倡曰”“乱曰”来看，其本来的音乐结构为前半部分是几个人的合唱，或者根据内容分段轮流唱，再由一主唱者独唱几句，对以上内容加以总结，然后是参与歌舞者的齐唱。至于乱辞，是全诗的结尾，应是全部人员合唱，所有乐器同时合奏。这是楚国某些场合歌舞演唱的形式，诗人模拟而成此篇。这是诗人“骚体诗”的初创之作，保持原来的音乐结构多一些。前人多不得其要领，因而不能举中心之意一以贯之，对其构思及对诗题同全篇关系的解说也不甚明了。其实，本篇开头由当时的环境引入回忆之后，主要写了诗人被放之前对君王的辩白与劝谏，以及被放之初的心情与对朝廷之事的惦记和对君王的思念。

从《抽思》也可以看到《离骚》的部分雏形。本篇中说到对怀王的陈辞，在《离骚》中变为对帝舜的陈辞，由回忆变成了想象，成为由现实社会向幻想世界转变的过渡。其第三段“孰无施而有报兮，孰不实而有获”，也同《离骚》陈辞末尾的“夫孰非义而可用兮，孰非善而可服”的意思一样。“狂顾南行，聊以娱心兮”和“愿摇起而横奔兮，览民尤以自镇”，在《离骚》中变成了“邅吾道夫昆仑”等一大段浪漫主义的想象描写。

在《离骚》中也能看到有些句子受本篇的影响。如“理弱而媒拙兮”（本篇为“理弱而媒不通兮”），“初既与余成言兮，后悔遁而有他”（本篇为“昔君与我成言兮，曰黄昏以为期。羌中道而回畔兮，反既有此他志”），等等。可以说，《离骚》的孕育是发端于《抽思》《思美人》和《惜诵》的。

《抽思》在楚辞发展史上的意义不止上面所说。其“悲秋风之动容兮”等句所表现“悲秋”的观念，“倡曰”部分细致而成功的心理描写，对后来宋玉的《九辩》有明显的影响，《九辩》中不少精彩的心理描写及通过写景表现心情、烘托气氛的地方，都可以在本篇中看到其表现手段的来源。所以，本篇在屈原的创作史及先秦辞赋的发展史上，都具有重要的意义。

思 美 人

屈 原

本篇为屈原被放汉北时所作，由“媒绝路阻”和“遵江夏以娱忧”等句可以看出。如果是作于顷襄王朝放江南之野时，则知道返回朝廷已完全没有可能，就不会有希望同国君或朝廷联系的想法。由篇题及篇中内容看，本篇为思念怀王而作。蒋骥《山带阁注楚辞》说:“此亦怀王时斥居汉北之辞，盖继《抽思》而作者也。美人，即《抽思》所欲陈词之美人，谓君也。”关于“指嶓冢之西隈兮，与曛黄以为期”二句，蒋骥说:“嶓冢，山名，汉水发源之处。……原居汉北，举汉水所出以立言也。”又诗中说“遵江夏以娱忧”，也说明创作地点在长江以北的夏水一带。在与《抽思》写作时间先后顺序的看法上，蒋骥之说也合于作品的实际。据以上这些看，诗中说“开春发岁兮，白日出之悠悠”，则本篇作于怀王二十五年（前304）春。此篇因经时稍久，主要是思念怀王，很想通过有关人员将此信息传递给怀王。

思美人兮，	思念我心中完美的君王啊，
揽涕而伫眙[1]。	我揩拭眼泪久久站着向郢都远望。
媒绝路阻兮[2]，	没有人传送信息道路又漫长艰险，
言不可结而诒[3]。	很多话没法写好扎起来带给君王。
蹇蹇之烦冤兮[4]，	因为耿直而造成一次次的冤屈，
陷滞而不发。	沉陷郁结在胸中无处可以发散。
申旦以舒中情兮[5]，	夜以继日地书写着内心的情感，
志沉菀而莫达[6]。	改革政治的愿望沉没无法实现。
愿寄言于浮云兮，	想把给君王说的话让白云带去，
遇丰隆而不将[7]。	但云神丰隆却不肯给我以帮助。
因归鸟而致辞兮[8]，	想让南飞的鸿雁转达我的陈辞，
羌迅高而难当[9]？	但不知为什么它飞得又快又高。
高辛之灵盛兮[10]，	当初高辛氏帝喾真是神德充盈，
遭玄鸟而致诒[11]。	遇到燕子给简狄送去了礼品。
欲变节以从俗兮，	我想要放弃志节而追随流俗，
愧易初而屈志[12]。	又怕因违背初心而惭愧终生。
独历年而罹愍兮[13]，	独自长年经受着忧痛煎熬，
羌冯心犹未化[14]？	满腔的愤懑一直没有化解。
宁隐闵而寿考兮[15]，	我宁愿忍受内心的折磨至死，
何变易之可为！	也不愿改变坚守正义的气节。

【注】

[1] 揽涕：拭泪。揽，收。原作“擥”，“揽”的异体字。汪瑗本即作“揽”。涕，泪。伫眙（zhù chì）：长时间站着远望。伫，长时间站立。眙，远望。

[2] 媒：指可以传话语、通关说者。

[3] 结：扎。古人在竹木片上写成书信，扎起来并在挽结处加以泥封，即所

谓“书札”。诒（yí）：赠送，呈递。

［4］蹇蹇：耿直的样子。烦冤：烦闷冤屈。

［5］申旦：通宵达旦。中情：心情。志：思想感情。

［6］沉菀（yù）：沉郁，郁结。沉，原作“沈”，古同“沉”。达：通。

［7］丰隆：云神。将：扶助，帮助。《诗经·烈祖》：“我受命溥将。”郑玄笺：“将，犹助也。”

［8］因：凭借。归鸟：指秋季飞向南方的鸿雁。

［9］迅高：鸟飞得快而且高。当：承担。

［10］高辛：高辛氏，上古部落首领帝喾的称号。灵盛：神德充盈。传说帝喾是黄帝曾孙，“生而神灵，自言其名”。

［11］遭：遇。玄鸟：燕子。致诒：送上礼物。

［12］易初：改变最初的思想。屈志：屈抑志向。

［13］罹（lí）：遭受。原作“离”，通“罹”。《山鬼》：“思公子兮徒离忧。”《文选》五臣注：“离，罹也。”朱熹《集注》同。为便于诵读，今改作“罹”。愍：忧。

［14］羌：何乃，楚方言。本为“何”“何为”之意，表反诘。此处为“何乃”之义。冯（píng）心：愤懑。

［15］隐闵：痛苦，忧伤。《诗经·邶风·柏舟》：“耿耿不寐，如有隐忧。”《毛传》：“隐，痛也。”寿考：寿终，老死。

第一段写诗人思念怀王，表示虽然一片忠贞之心不被怀王所理解，但仍然坚持自己的政治理想不会改变。

知前辙之不遂兮[1]，	我知道此前改革之人的下场，
未改此度[2]。	但我仍然不改变所主张的法度。
车既覆而马颠兮，	虽然落得车翻马倒的悲惨下场，
蹇独怀此异路[3]。	面对梗阻我仍惦记着改革之路。

勒骐骥而更驾兮，	套上骏马重新驾起车来，
造父为我操之[4]。	邀请造父为我持缰驾驭。

迁逡次而勿驱兮[5]，　慢慢向前暂不纵马疾驰，
聊假日以须时[6]。　借着闲暇之时等待时机。

解萹薄与杂菜兮[7]，　采摘清理了成丛的萹竹和杂菜，
备以为交佩[8]。　准备连接起来作为佩带的花环。
指嶓冢之西隈兮[9]，　指定嶓冢山以西的秦国为目标，
与曛黄以为期[10]。　直等到我这一生的迟暮之年。

【注】

［1］前辙：即所谓“前辙之鉴”的“前辙”，指前路上他人的经验或教训。遂：顺利。此处当是以吴起、商鞅这些改革家的下场为喻。

［2］此度：指不变节易志的做法。

［3］蹇：楚方言发语词，含梗阻之义。楚方言中往往将修饰语置于句首，如《离骚》“纷吾既有此内美兮”等。

［4］造父：周穆王时善于驾车的人，是秦人的祖先。操之：指执辔驾车。

［5］迁：迁延。逡（qūn）次：逡巡，徘徊不前的样子。

［6］假日：借着闲暇之时。假，借。须时：犹等待时机。须，等待。

［7］解：拆理。萹薄：成丛的萹蓄。萹，萹蓄，一名萹竹。薄，犹“丛”。杂菜：各种野菜。

［8］备：置备。交佩：交织相连的佩物。以上二句原窜在后面“惜吾不及古人兮，吾谁与玩此遗芳”之下，据闻一多说移于此。

［9］嶓冢（bō zhǒng）：山名，在今天水市秦州区西南、陇南市礼县东北部，是汉水的重要发源地（秦汉以前西汉水与东汉水相连，后因地震中断）。隈（wēi）：山的弯曲处。秦人发祥于这一带。这里以嶓冢之西隈代指秦。

［10］曛（xūn）黄：日落的余光，此指黄昏，喻晚年。曛，原作“纁”，洪兴祖、朱熹并引一本作“曛”。今据改。期：约定的时日，目标。

第二段表示虽然自己主张的政治改革因守旧派的反对而夭折，但他将再去寻找支持者，等待时机。

开春发岁兮[1]，
白日出之悠悠[2]。
吾将荡志而愉乐兮[3]，
遵江夏以娱忧[4]。

春天到来新的一年又开始，
太阳运行缓慢白天渐渐变长。
我将放开胸怀来寻找快乐，
沿着汉江夏水以消除忧伤。

揽大薄之芳茝兮[5]，
搴长洲之宿莽[6]。
惜吾不及古人兮[7]，
吾谁与玩此遗芳[8]？

在广袤的草丛中采集了芳香的白芷，
在长洲上采摘了可祛虫防蠹的水莽。
可惜我没有赶上前辈先贤那个时代，
有谁和我一起品鉴遗留下的香花芳草？

吾且儃佪以娱忧兮[9]，
观南人之变态[10]。
窃快在中心兮，
扬厥凭而不俟[11]。

我姑且在山野间徘徊着消散忧心，
等着观看结党营私者嘴脸的变换。
这样便心头暗暗产生了一丝快意，
一下子疏散了积聚在内心的愤懑。

芳与泽其杂糅兮，
羌芳华自中出[12]。
纷郁郁其远蒸兮[13]，
满内而外扬[14]。
情与质信可保兮[15]，
居重蔽而闻章[16]。

芳香之味和鲜艳的色泽相融相衬，
那芬芳的花朵总会从枝叶中开放。
浓郁的香味向远方慢慢飘散开来，
真是内有其质就必然会香气外扬。
只要我的真情和志向确实保持不变，
即使在重重遮蔽之中也会名声显亮。

【注】

[1] 发岁：新的一年开始。

[2] 悠悠：形容舒缓、缓慢。白日变长，古人觉得是太阳运行缓慢了。

[3] 荡志：放开心胸，纵情。

[4] 遵：沿着。江：长江。夏：夏水。长江、夏水在汉北之南。夏水本为夏季长江涨时溢出并向北流入汉水的一条水（其出江之处名夏首），但习俗上也称夏水流入汉水之后的一段江水为“夏水”，故汉水入江处古代也叫“夏口”。江夏，这里应主要指汉夏合流后的汉水。

[5] 揽：这里是采集的意思。薄：草木丛生之地。芳芷：芳香的白芷。

[6] 搴（qiān）：摘。长洲：长条形的水中高地。宿莽：一种越年生的草本植物，叶含香气，可以祛虫除蠹，也可以毒鱼。

[7] 古人：即《离骚》中的圣君，如舜、禹、汤及周文、武王等。

[8] 谁与：与谁。玩：鉴赏。遗芳：指寒冬百花凋零后遗留下来的香花芳草。

[9] 儃佪（chán huái）：徘徊。此前原有"佩缤纷以缭转兮，遂萎绝而离异"，不成一节，又与上下句皆不成韵，今据闻一多说移《抽思》中。

[10] 南人：此为不便明言的隐晦说法，指朝中群小。因郢都在汉北的西南，故以代指。

[11] 扬：抛弃。厥：其。凭：愤懑。俟（sì）：等待。

[12] 羌：此处只作发语词，无义。芳华：芳香之花。华为"花"本字。自中出：从中开放出来。

[13] 纷郁郁：形容香气的浓烈四散。其：而。远蒸：向远处散发。蒸，原作"承"，洪兴祖引一本作"蒸"。今据改。

[14] 满内：内部充盈。外扬：向外散发。

[15] 情：思想感情。质：品质。信：确实。保：保持。

[16] 居重蔽：原作"羌居蔽"，据洪兴祖、朱熹引一本改。闻：名声。章：同"彰"，显明。

第三段写诗人在思念怀王、惦念朝廷时沿着汉水、夏水消忧。

令薜荔以为理兮[1]，	想让薜荔做信使去转达心意，
惮举趾而缘木[2]。	我又不愿意抬起脚去爬上树。
因芙蓉而为媒兮，	想凭借芙蓉向君王解释说合，
惮褰裳而濡足[3]。	我又怕提裳下水会弄湿双足。
登高吾不悦兮[4]，	我并不喜欢只是向高处攀缘，
入下吾不能。	更不能躬身向下失去人格尊严。
固朕形之不服兮[5]，	本来我的秉性就不习惯这些行为，

然容与而狐疑[6]。	即使遇上能通天的人也犹豫不前。
广遂前画兮[7]，	希望能够实现此前所定的改革谋划，
未改此度也。	我的思想上从来没有改变有关态度。
命则处幽吾将罢兮[8]，	看来命运要使我在幽僻之地了此一生，
愿及白日之未暮也[9]。	我希望在白日未曾落山之时看到转机。
独茕茕而南行兮[10]，	孤零零一个人向南面郢都的方向前行，
思彭咸之故也[11]。	因为我总是想用先贤彭咸来勉励自己。

【注】

［1］薜荔：一种常绿的攀缘藤本植物，文中用来比喻他所培养、支持过的尚在朝廷中的人，与下面的芙蓉都比喻有一定关系的臣僚。二物本都在诗人香花善草的范围之中，然而《离骚》中说："何昔日之芳草兮，今直为此萧艾也。"在诗人受打击被放之后，原来有一定交谊的同僚也有变化，故诗人又不愿意向他们张口。理：媒人。

［2］惮：惧怕。举趾：抬脚。缘木：爬树。缘，循着，顺着。

［3］蹇：借为"褰（qiān）"，提起衣裙。裳：古代之下衣，略同于今之长裙。濡（rú）足：沾湿脚。

［4］登高：指缘木。不悦：不喜欢。悦，原作"说"。王逸注："好也。"朱熹注："音'悦'。"汪瑗本作"悦"。今据改。

［5］形：当是"性"字之误，二字音近。王逸注："我性婞直。"似王逸所据本作"性"。服：习惯。即今常说的"水土不服"的"服"。

［6］然：乃，于是。容与：徘徊不前。狐疑：犹豫不决。

［7］遂：实现。前画：从前的计划，指改革主张。

［8］命：命运。则：乃。处幽：指处于幽僻之地。

［9］未暮：在衰老之前。暮，天黑，喻人之晚年。

［10］茕（qióng）茕：孤单的样子。南行：指向郢都的方向走，表现了对朝廷和君王的不能忘记。

［11］彭咸：楚先贤。《离骚》"吾将从彭咸之所居"，《抽思》"指彭咸以为仪"，意思相近。汉北之西北距楚别都鄢较近，楚先王、先贤殿堂壁画上或有其

事迹。故：故事，旧事。

以上第四段与开头照应，有总结全篇之意，希望在有生之年能为国效力，实现自己进行改革的政治理想。

【评析】

清蒋骥《楚辞余论》言："《抽思》《思美人》，与《骚经》语意相近。"本篇称君王为"美人"，而《离骚》云"恐美人之迟暮"，《抽思》云"矫以遗夫美人"，因当时国君是怀王。至于在屈原放于江南之野的作品中，"美人"则变为贤臣了，如《哀郢》云"美超远而逾迈"，指在受亲秦势力的陷害打击而领军入滇的庄蹻。"媒绝路阻兮，言不可结而诒"中的意思，也是《离骚》《抽思》《惜诵》所反复表现的意思。由篇中"独历年而罹愍"和"开春发岁"二句看，应作于楚怀王二十五年（前304）春。

《思美人》作于《抽思》之后。因为"媒绝路阻兮，言不可结而诒"及"愿寄言于浮云兮，遇丰隆而不将。因归鸟而致辞兮，羌迅高而难当"，正是经历了相当一段时间，诗人在思君、念国之情与日俱增的情况下所写。"思美人"这个题目便突出地表现了本篇的中心思想。

相比《抽思》更多环境描写、细节写实和心理描写，甚至其想象也是通过梦境来表现的，本篇则更多地使用了"引类譬喻"的手法。比如"知前辙之不遂兮，未改此度"，比喻虽然此前一些贤人、改革家（如吴起、商鞅等）都未能得到好的下场，但自己也决不会改变初衷。这同《离骚》中"虽体解吾犹未变兮，岂余心之可惩"的思想是一致的，但这里却用的是比喻的手法；再如"解萹薄与杂菜兮，备以为交佩"，比喻保持个人的修养和为完成政治理想不断进行准备工作，同《离骚》的"扈江离与辟芷兮，纫秋兰以为佩""朝搴阰之木兰兮，夕揽洲之宿莽"如出一辙；还有"令薜荔以为理兮"等句同《离骚》中"吾令鸩为媒兮，鸩告余以不好"相比，一以植物，一以飞禽，有异曲同工之妙；"高辛之灵盛兮，遭玄鸟而致诒"及"令薜荔以为理兮，惮举趾而缘木。因芙蓉而为媒兮，惮蹇裳而濡足"等，似乎是《离骚》中求女构思的萌芽。其他还可以找出一些。

可以说,《离骚》中以善鸟香草喻忠贞，恶禽秽草比谗佞的表现手法，此处已见端倪。

其次，本篇打破时空界线，采用糅合了历史、神话与幻想的浪漫主义表现手法。如“愿寄言于浮云兮，遇丰隆而不将”“高辛之灵盛兮，遭玄鸟而致诒”等，说到神话中的云神玄鸟和传说中的历史人物高辛氏，形成了一种新的想象与构思的空间框架以及追溯远古的时间框架。这些在《离骚》中得到了进一步的发展，虽然这些在本篇中还不是十分清楚，但可以看出为其滥觞。

从诗体形式上说，一般六句为一节，也与《九歌》中《东君》《山鬼》相近。这种方式被宋玉的《九辩》和唐勒的《远游》所继承，成了篇幅较长的骚体诗调及格律的一种形式，也可以看出本诗对后来楚国诗人的影响。

惜　诵

屈　原

《惜诵》是屈原被放汉北之时所作。林云铭《楚辞灯》云:“玩是篇‘惩羹吹齑’及‘折臂成医’等语，其为前番既疏，犹谏，失左徒之位。此番又谏，无疑即得罪……”林氏在《抽思》篇解说中言怀王之迁屈原于汉北，“比前尤加疏耳”。蒋骥从其内容分析，言“《惜诵》当作于《离骚》之前”(《楚辞余论》卷下)。二家之说俱是。本篇不但在思想情绪上与《离骚》相近，其构思也有共同之处，当作于怀王二十六年（前 303）前后。《战国策・楚策一》:“于是楚王游于云梦，结驷千乘，旌旗蔽日……有狂兕触车依轮而至，王亲引弓而射，一发而殪。”《楚策四》庄辛谏顷襄王也说到顷襄王携其亲幸“与之驰骋乎云梦之中”。则汉北云梦为楚君臣狩猎之地可知。本诗中“矰弋机而在上兮”一节正是写侍候君王狩猎之事。

《惜诵》在《九章》中列于《涉江》之前。闻一多《楚辞斠补乙》就《涉江》开头的“被明月兮佩宝璐”至“与日月兮同光”八句说:“篇首言驾虬骖螭，游瑶圃，登昆仑，皆游仙之语，而自‘哀南夷之莫吾知兮’以至篇末，又复语语平实，境界迥别。且既言‘高驰不顾’，‘与天地同寿，与日月同光’，则是离群高举，永臻乐界矣，而下文复云:‘固将愁苦而终穷’，此则一篇之中，态度矛盾，尤为可疑。(黄文焕、贺宽辈谓后段意境与前句句相左，最是，而蒋骥斥为“两厥之见”，诬矣）今案此段当是《惜诵》末段及乱词而窜入本篇者，其间复有缺夺，语次亦稍颠倒。”并对文字次序加以厘正。（《清华学报》1936年6月）其《楚辞校补》对此又加以论述与厘正，《九章解诂》即据此以录文。今依闻先生之说加以校正。

“惜诵”即痛切进谏之意。《国语·楚语》：“宴居有师工之诵。”韦昭注：“诵，谓箴谏也。”又《说文》：“诵，讽也。”

惜诵以致愍兮[1]，	痛惜我称诵古训劝谏招致忧患，
发愤以抒情。	今天我发泄心中愤懑抒写衷情。
所非忠而言之兮[2]，	如果不是出于忠心而有所陈说，
指苍天以为正[3]。	我敢指着苍天请他来给予论定。
令五帝以折中兮[4]，	让主管五方的神灵来评判事理，
戒六神与向服[5]。	告诫日月星六宗之神对质事实。
俾山川以备御兮[6]，	让所有的山川之神来参加陪审，
命咎繇使听直[7]。	命令虞舜的法官皋陶判定曲直。
竭忠诚以事君兮，	我竭尽忠诚来为君王图谋国事，
反离群而赘疣[8]。	反被一些人看作另类视为多余。
忘儇媚以背众兮[9]，	不会用巧媚手段而背离很多权臣，
待明君其知之。	只希望英明的君王明白我的心思。
言与行其可迹兮[10]，	我说过的话和一切行事都经得起考察，
情与貌其不变。	我内心所想和表现出的态度完全一致。
故相臣莫若君兮[11]，	本来对臣子的观察谁也不如君王清楚，
所以证之不远。	何况证明我对错之事是君王亲见亲历。
吾谊先君而后身兮[12]，	我行事准则是先君国利益再考虑自身，
羌众人之所仇[13]？	不料却因此而被一些平庸之辈所仇恨。
专惟君而无他兮，	只考虑君王所关心的大事而不顾其他，
又众兆之所雠[14]，	我又被朝中很多人看作是共同的仇人。

壹心而不豫兮，　　一心一意为国家毫不犹豫，
羌不可保也？　　为什么竟然弄得自身难保？
疾亲君而无他兮，　　急切想亲近国君而不顾其他，
有招祸之道也[15]。　　这实际上正是我招祸的根苗。

【注】

[1] 惜：悼惜，痛惜。诵：箴谏。愍（mǐn）：忧患。

[2] 所：这里相当于“若”“假如”。非忠：不忠诚。

[3] 正：评判。

[4] 五帝：战国秦汉间所说五方之神。折中：评判。

[5] 戒：告诫。六神：王逸谓指六宗之神，据《尚书·舜典》孔传的说法，即日、月、星、水旱、四时、寒暑之神（朱熹即取此说）。与：以。向服：即质对事理的是非曲直。向，对证。服，事实。王逸：“服，事也。”

[6] 俾：使。备御：意思是参与评判。

[7] 咎繇（gāo yáo）：即皋陶，舜之士（法官）。听直：听审。直，通“值”，得其当。

[8] 赘疣（zhuì yóu）：身体上多余的肉瘤。

[9] 儇（xuān）：轻佻巧慧。媚：谄媚。

[10] 迹：脚印，这里用为动词，循迹考察。

[11] 相（xiàng）：观察。

[12] 谊：通“义”，指做人行事的道理、准则。

[13] 羌：此处意思为“何”“何至于”。众人：指楚朝廷的群小。仇：嫉恶。

[14] 众兆：很多人。指朝廷中的谗邪小人。雠（chóu）：仇敌。汤炳正：“雠，以言语相诋毁。”戴震《屈原赋注·音义》云：“仇、雠连举，则仇为怨，雠为敌。”

[15] 有：借为“又”。道：途径，根由。

第一段言自己一片忠心为国效力反而获罪的冤屈。

思君其莫我忠兮，　　心中总是惦念着君王没有人比我更为忠诚，

忽忘身之贱贫[1]；	恍惚中忘记了自己是从低贱中被提拔起用。
事君而不贰兮，	我替君王办事没有一点私心杂念，
迷不知宠之门。	痴迷于君国之事从不会钻营邀宠。
忠何罪以遇罚兮，	忠心于朝廷有什么罪而遭受惩罚，
亦非余心之所志[2]。	我怎么也弄不明白这当中的道理。
行不群以颠越兮[3]，	行事不能随俗从众因而一蹶不振，
又众兆之所咍[4]。	又成一些人幸灾乐祸的嘻笑谈资。
纷逢尤以罹谤兮，	被群起而诽谤受到无数责难，
謇不可释也[5]。	我张口结舌而难以一一辩解。
情沉抑而不达兮，	心情压抑沉闷无法抒发宣泄，
又蔽而莫之白也[6]。	又佞臣阻隔不能向君王陈说。
心郁邑余侘傺兮[7]，	内心忧愁郁懑常常怅然而失神，
又莫察余之善恶[8]。	又没有人细心考察我内心的苦衷。
固烦言不可结诒兮[9]，	本来很多的话难以用书简说清，
愿陈志而无路。	要将自己的心思上达也无路可寻。
退静默而莫余知兮，	退下来沉默不语没有人了解我内心，
进号呼又莫吾闻。	但我大声呼喊很多人也是充耳不闻。
申侘傺之烦惑兮[10]，	时时迷茫失神处于烦乱迷惑之中，
中闷瞀之忳忳[11]。	我胸中苦闷烦乱总感到忧思沉沉。

【注】

[1] 忽忘：恍惚中忘却。贱贫：屈原本楚贵族后裔，但与王族相去已远，唯因世有贤能，得在朝任职。屈原父亲可能也曾被流放于汉北，故自言低贱。

[2] 志：知道。《礼记·缁衣》："为下可述而志也。"郑玄注："志，犹知也。"

[3] 不群：不同于群小。以：因而。颠越：跌落。指被流放。

[4] 咍（hāi）：嗤笑。

［5］謇：说话梗阻难言，结巴。释：解释。

［6］蔽：蒙蔽，此指国君被群小所蒙蔽。莫之白：无法表白。

［7］郁邑：同“郁悒”，忧愁郁闷。余：我。侘傺（chà chì）：怅然失神的样子。

［8］察：洞悉。善恶：原作“中情”。朱熹《集注》说：“‘中情’，以韵叶之，当作‘善恶’。”其说是。此涉《离骚》“孰云察余之中情”语而误。

［9］烦言：纷繁的话。结：扎，系，缄。古代的书札，多以木片为之，然后若干篇书牍相合扎在一起以寄收书人。诒（yí）：通“贻”，赠送。

［10］申：重复，一再。烦惑：烦闷迷惑。

［11］闷瞀（mào）：忧闷烦乱。忳（tún）忳：忧伤的样子。

第二段述说被放汉北“愿陈志而无路”的忧苦。

昔余梦登天兮，	以前我曾经梦见自己将要登上云天，
魂中道而无航[1]。	灵魂到了半空却云海茫茫失了渡船。
吾使厉神占之兮，	我让主持杀罚的厉神为我占卜吉凶，
曰“有志极而无旁”[2]。	他说我“有远大的目标但无依无援”。
“终危独以离异兮？”	“最终要落得危险孤独又君臣分道吗？”
曰“君可思而不可恃[3]。	他说：“君王只能思念而不能以为依靠。
故众口其铄金兮[4]，	所以说众口一词可以将金子熔化为水，
初若是而逢殆。	当初是君臣相得到后来就会大祸难逃。
惩热羹而吹齑兮[5]，	有被热羹烫过的教训见到凉菜也要吹吹，
何不变此志也？	你为什么就一直不能改变耿直的心志？
欲释阶而登天兮，	想丢开身边的阶梯不用而凭空登天，
犹有曩之态也[6]。	还是从前坚守正义不知变通的样子。
众骇遽以离心兮[7]，	庸人见到你便惊恐害怕赶快离开，
又何以为此伴也？	你又怎么能同他们结为亲密伴侣？

同极而异路兮[8]，又何以为此援也？

看起来目标一致但完全是两条路，又怎能希望得到他们的支持帮助？

晋申生之孝子兮[9]，父信谗而不好。行婞直而不豫兮[10]，鲧功用而不就[11]。”

晋国的太子申生是百依百顺的孝子，他父亲晋献公却听信谗言并不宽容。因为行为刚直而不懂得权变的道理，伯鲧治水的功业也就没有能够完成。”

吾闻作忠以造怨兮，忽谓之过言[12]。九折臂而成医兮[13]，吾至今而知其信然。

我听说忠诚行事会招来怨恨，曾轻率地认为这是言过其实。多次地折断胳膊才成为医生，现在才明白事实上确是如此。

【注】

[1] 航：渡船。比喻实现美政的途径或支持者。

[2] 志极：志向，目标。旁：辅助者，支持者。

[3] 曰：此“曰”字上下皆巫以厉神口吻所言。所述为其要点，非连贯语，故加“曰”以示强调。恃：依赖。

[4] 铄（shuò）：熔化。金：金属，指铜。“众口铄金”喻谗言可畏。

[5] 惩：因吃过亏而有所戒备。羹：热汤。齑（jī）：切得细碎的凉菜。“惩羹吹齑”是因吃一次亏而格外小心。

[6] 曩（nǎng）：从前。

[7] 众：一般人，庸人。《荀子·修身》：“狭隘褊小，则廓之以广大；卑湿、重迟、贪利，则抗之以高志；庸众驽散，则劫之以师友……”则“庸、众、驽、散”意思相近，都是庸劣之意。骇遽：惊慌害怕。

[8] 同极：目标相同，此言屈原与群小皆事楚王。极：目标。异路：所走的路不同。

[9] 申生：晋献公的太子。献公宠幸骊姬，听信其谗言，迫害申生。申生恐影响父亲的欢情，不予辩白，终被逼死。于是后人称申生为孝子。之：是。

[10] 行：行为。婞（xìng）直：借为“悻直”，刚直。不豫：不变。

[11] 鲧（gǔn）：夏禹之父，不听尧之命，被舜幽禁于羽山而死。功：事，此指治水之事。用：因。就：成功。

[12] 忽：轻视，不经心。过言：夸大其实之语。

[13] 九：泛指多次。同《离骚》"虽九死其犹未悔"句的用法。

第三段通过占梦者之语表现了自己孤独无依的悲苦。

矰弋机而在上兮[1]，	带绳的矰和捕猎的机关设在山林高处，
罻罗张而在下[2]。	将大小的网罗铺设在沼泽和低洼之地。
设张辟以娱君兮[3]，	我精心设置这些都是为了君王的欢娱，
愿侧身而无所[4]。	希望能靠近君王那里却没有我的位置。
欲儃佪以干际兮[5]，	想徘徊于周边寻找机会上前叩见，
恐重患而離尤。	又担心增加罪名再一次招致祸殃。
欲高飞而远集兮[6]，	想远走高飞到其他地方去落脚，
君罔谓汝何之[7]？	君王会不会又责问"你想去何方！"
欲横奔而失路兮[8]，	有时想肆意奔走再不论什么道路，
盖志坚而不忍。	但我从来志向坚定不忍改变初衷。
背膺牉以交痛兮[9]，	后背和前胸如同撕裂一面比一面疼痛，
心郁结而纡轸[10]。	内心的愁绪缠结没有一丝一毫的放松。
捣木兰以矫蕙兮[11]，	捣碎木兰花和蕙草杂糅到一起，
糳申椒以为粮[12]。	再舂细了申椒准备制作成干粮。
播江离与滋菊兮[13]，	播种了江蓠又精心培植了菊花，
愿春日以为糗芳[14]。	希望来年春天感受到香气芬芳。
恐情质之不信兮[15]，	恐怕这内心的想法最后会成为空谈，
故重著以自明[16]。	所以反复申说使自己有明白的记忆。
世混浊而莫余知兮[17]，	世道混浊没有人知道我的本心和遭遇，

吾方高驰而不顾。	我将超脱一切奔走远去不再有任何顾虑。

【注】

［1］矰弋（zēng yì）：带丝绳的短箭。机：矰弋上的机栝，此处用为动词，指设置好机关准备射出。

［2］罻（wèi）罗：均为捕鸟兽的网。张：张设。当时诗人被放汉北云梦，掌管君王与臣僚的狩猎事宜。

［3］设：置。张辟：捕鸟兽的罗网。辟，借为"䍥"，一种捕鸟的网。

［4］侧身：借为"厕身"，即置身。

［5］儃徊（chán huái）：徘徊。干（gān）际：寻求仕进的机会。际，原作"傺"，旧解多牵强难以成立。唐代《一切经音义》引作"际"。清王闿运、曾国藩、马其昶皆主当作"际"。为便于诵读，今改作"际"。

［6］远集：到远处去落脚。集，鸟栖止树上。诗人被放于山林泽薮之中，故以鸟自喻。

［7］罔（wǎng）：犹言"得无"，揣测疑问之语。之：往。

［8］失路：离开正路而走捷径、邪路。此指变节易志。

［9］背：脊背。膺：胸口。牉（pàn）：物分为二。交痛：几处并痛。

［10］郁结：忧愁聚结。纡（yū）：缠绕。轸（zhěn）：通"紾"，缠结。

［11］木兰：香树名，其花大而芳香。矫：通"挢"，揉。蕙：香草名。

［12］糳（zuò）：舂米使其精。申椒：花椒。古代申地（在楚国北部）一带产的椒有名，称"申椒"。

［13］江离：或写作"江蓠"，香草名。滋：培植。

［14］糗（qiǔ）：干粮。

［15］情质：情实，即内心真情。信：诚信，不变。

［16］重（chóng）著：反复申述。著，显著。这里用为动词。

［17］混：原作"溷"，"混"之异体。今改为正体。今本《楚辞·惜诵》篇末有"矫兹媚以私处兮，愿曾思而远身"二句。本是《涉江》第一段中文字，今移归彼处。而《涉江》中"世溷浊而莫余知兮，吾方高驰而不顾"二句系《惜诵》中文字，与"恐情质之不信兮，故重著以自明"二句为一节，阳鱼合韵。今参考闻一多《楚辞校补》加以校理。

第四段写了诗人在汉北为国君田猎打杂的情形和尖锐的思想斗争：现实环境中难以实现政治理想，而离开祖国又像要撕裂自己的身躯一般难受，因而诗人产生了一种脱离现实世界的空想。

乱曰[1]：	尾声：
驾青虬兮骖白螭[2]，	无角的青龙驾车白龙两边拉套，
吾与重华游兮瑶之圃[3]。	我要与舜帝同到昆仑悬圃游玩。
披明月兮佩宝璐[4]，	身上缀着明月之珠佩带着美玉，
登昆仑兮食玉英。	登上昆仑山以琼玉之花为餐。
与天地兮同寿，	让精神与天地一样长久永存，
与日月兮齐光。	让声名与日月一样光芒灿烂。

【注】

［1］乱曰：此二字据闻一多《九章解诂》补。此下之句原窜入《涉江》开头，据闻一多说移于此。

［2］虬（qiú）：神话中无鳞无角的龙。骖白螭：以白螭为骖。骖，驾车时位于两旁的马，此处用为动词。螭，无角的龙。诗人笔下所写自己乘驾的龙都是由马变化而来，在地上为马，升上天空则为龙，故皆无角。

［3］重（chóng）华：虞舜的名。瑶之圃：长玉英瑶草的园圃，指神仙所居之地。

［4］披：原作“被”。王逸注：“在背曰被。”则同“披”。今“被”已无“披”字之音、义。为便于诵读，改为“披”。明月：明月之珠，即夜明珠。“被明月兮佩宝璐”一句原在“世溷浊”二句之前，但其“兮”字在句中，应属乱词部分，今移此。

乱辞，写自己到了昆仑悬圃，实际上是在现实问题无法解决的情况下产生的一种空想，反映了诗人对现状的无奈。

【评析】

《惜诵》作于《抽思》《思美人》之后。由其中“欲儃佪以干际兮”等可以看出诗人对返回朝廷尚抱有希望，不像顷襄王时放于江南之野所作的《涉江》《哀郢》《怀沙》，对重返朝廷已完全失去了信心。同时，其中对于国君的态度，如“故相臣莫若君兮，所以证之不远”等，也完全是对自己侍奉了二十来年、曾有一段君臣相得经历的楚怀王的口吻。又篇中写到为楚王狩猎尽职之事，故可以肯定此篇作于到汉北一段时间之后，时间上较《抽思》《思美人》稍迟。然而如蒋骥所说，应作于《离骚》之前，屈原又经过一段时间的酝酿，才创作了标志着中国古代抒情诗高峰的长篇抒情诗《离骚》。则本诗当作于楚怀王二十六年前后。

诗的开头说，因为箴谏而招致忧患，故写此以抒发愤懑，可谓开门见山。诗人满腔悲愤，但首先想要表达的，是自己的努力是为了国家，为了人民，不含有一点私欲。“令五帝以折中兮”以下四句，是“指苍天以为正”的进一步申说。以下四节具体言之，明确指出由于自己完全忠于国君、以国家利益为重，才触动了群小的利益，受到陷害。屈原的被流放也同秦国的离间有关，但主要还是因为他主张变法，“循绳墨而不颇”，反对“偭规矩而改错”“背绳墨以追曲”，也就是坚持实行法制，反对为了自身的利益而践踏法规；他也力主“举贤授能”“尚贤士”“举杰压陛，诛讥罢只（疲）”。他主张“诛茅草以力耕”，而限制“游大人以成名”。同时，他特别反对臣子拉帮结派，不以国家利益为重，这在《离骚》等前期所作的诗作中都有突出的表现。这些做法引起了那些靠祖荫窃据高位的腐朽贵族的怨恨。显然，在当时只有具有政治远见的国君才能全力支持他，不然，他就只能成为政治斗争中的失败者。诗人的反问、怨愤，实质上已转向了楚怀王，只是他还不可能直接对君王有所抱怨。

第二段写诗人省察自己以往的所作所为，抱着沉痛的心情，想对君王加以申说，却没有机会，因而感到无比的忧愁与悲哀。诗人可谓呼天喊地，然而也只是自己悲怆而已。抒写内心，十分感人。

第三段诗人把自己努力的过程用浪漫的手法加以表现。写做梦到了天上，因无渡船而中途被阻。这在《离骚》中则变成了天上三日游和“求女”的情节。“吾使厉神占之兮，曰‘有志极而无旁’。”用想象表现自己无路可走的苦闷和有时产生的矛盾心理，这在《离骚》中发展为灵氛占卜与巫咸夕降的情节。我们由这篇作品也可以看出长篇抒情之作《离骚》构思和酝酿的过程。

第四段写了在汉北所任之事，表现出诗人壮志难酬的悲伤与苦闷。屈原在汉北任掌梦之职（掌管云梦泽游猎区的官吏），无非设矰弋、张罻罗之类，以便使君王、卿大夫能尽兴欢娱。各种想法在胸中的交战，使他就像胸和背要裂成两半一样。诗中写他准备好食物，打算远远离开这个环境，这是想象而非实情。这从作品中“捣木兰以矫蕙兮，糳申椒以为粮”的浪漫主义表现手法上就可以看出。这种内心的激烈斗争在《离骚》中转化为去与留的斗争，生发出灵氛占卜、巫咸决疑等情节。末尾一节对本段意思加以归纳。

第五段为乱辞，承接前两段之意，想象到昆仑瑶之圃，以保持自身的修洁、高尚的人格。认为这种品质、这种人格、这种理想将与天地同寿，与日月齐光。社会不断发展，虽然曲曲折折，但总的局势是国家走向统一，政治由专制逐步走向法治。从这点说，本篇乱辞用浪漫主义的手法道出了一个颠扑不破的真理。从艺术表现手法上说，这一段实际上是《离骚》中“为余驾飞龙兮”一段想象在空中远行的滥觞。

因本篇同《抽思》《思美人》《离骚》作于相同背景之下，故句意、思想、构思除同《离骚》多相近之外，同《抽思》《思美人》也多相通。这一点，蒋骥《楚辞余论》卷下云：“《惜诵》《抽思》《思美人》，与《骚经》皆作于怀王时，其立言与《哀郢》《涉江》以下六篇绝异。《骚经》之自言曰‘余焉能忍而与此终古’，《惜诵》曰‘愿陈志而无路’，《抽思》曰‘愿自申而不得’，《思美人》曰‘愿及白日之未暮’。所谓不忘欲返者，其志甚奢。《骚经》之言君曰‘伤灵修之数化’，《惜诵》曰‘待明君其知之’，《抽思》曰‘矫以遗夫美人’，《思美人》曰‘思美人兮，揽涕而伫眙’。所谓冀君之一悟者，其望甚厚。”将这几篇联系起来品味其中的含义，可以对它们有更深的理解。

特别应该注意的是本篇带有突出的浪漫主义风格，同《抽思》用回忆、诉说来表现的方式不同，比《思美人》中浪漫主义手法更为突出。由此也可以看出屈原浪漫主义表现手法的形成过程。

离　骚

屈　原

楚怀王二十四年（前305），秦楚和好，屈原被放于汉北，任掌梦之职，执掌云梦泽的山林泽薮和君王狩猎事宜。屈原被放汉北期间，怀王至汉北狩猎，因射青兕受惊失魂，屈原作《招魂》，其开头即说到掌梦的责任。屈原在汉北所作《惜诵》中也说到掌梦的职责："矰弋机而在上兮，罻罗张而在下。设张辟以娱君兮，愿侧身而无所。"诗人到汉北一段时间之后曾北上到楚故都鄢郢（也是别都，在汉北的西北角汉水边上，今宜城稍南）拜谒先王之庙及公卿祠堂，回来后写成了《离骚》这篇充满激情的政治抒情诗。《楚辞章句·天问序》中说："屈原放逐，忧心愁悴，彷徨山泽，经历陵陆。嗟号昊旻，仰天叹息。见楚有先王之庙及公卿祠堂"云云。《离骚》应作于《抽思》《思美人》《惜诵》《卜居》之后，《天问》之前。因为《离骚》借占卜以表现心中难以化解的烦恼，《天问》实际上是将《离骚》中向重华陈辞部分表现的思想用"问"的方式又写成一首事例更丰富、方式更含蓄的诗，希望将来有机会呈献给怀王。此诗当成于楚怀王二十七年（前302）前后。故开头先说到楚人的远祖高阳和屈氏的始封君伯庸，结尾时又说看到楚人旧乡、故都，不忍背离国家而远去。诗中抒发了诗人在为实现美政理想而努力中遭受打击、排挤的悲愤情绪和强烈的爱国之情。

帝高阳之苗裔兮[1]，　　我是古帝高阳氏的后裔，
朕皇考曰伯庸[2]。　　屈氏的太祖叫作伯庸。
摄提贞于孟陬兮[3]，　　岁星在摄提格的建寅之月，
惟庚寅吾以降。　　正当庚寅的一天我便降生。

皇览揆余初度兮[4]，　　太祖根据我初生时的气度，
肇锡余以嘉名[5]。　　通过卦兆赐给我嘉美之名。
名余曰正则兮[6]，　　赐给我的名为"正则"，
字余曰灵均[7]。　　赐给我的字为"灵均"。

纷吾既有此内美兮[8]，　　我已具有很多内在美德，
又重之以修能[9]。　　我还要培养优异的才能。
扈江离与辟芷兮[10]，　　披上江蓠和系结的白芷，
纫秋兰以为佩[11]。　　又编织了秋兰佩带在身。

汩余若将不及兮[12]，　　时光像流水总是追赶不上，
恐年岁之不吾与。　　我怕这年岁不能将我等待。
朝搴阰之木兰兮[13]，　　早上到山坡上摘了木兰花，
夕揽洲之宿莽[14]。　　黄昏又到洲渚把宿莽采摘。

日月忽其不淹兮[15]，　　太阳和月亮运行匆匆永不停息，
春与秋其代序。　　春天和秋天循环往返互相替代。
惟草木之零落兮，　　一想到草木也有衰败零落之时，
恐美人之迟暮[16]。　　便担心美人啊，也会体衰年迈。

【注】

［1］帝高阳：高阳氏，即楚人的远祖祝融。苗裔：远末子孙。

［2］朕（zhèn）：我的。战国以前"朕"表第一人称的领属关系。自秦始皇时起专作帝王自称。皇考：太祖，始封之君。

［3］摄提：摄提格，即俗所谓寅年。联系战国后期，只有楚宣王十七年（公

元前 353 年)，既是寅年正月又有庚寅日。贞：正当。孟陬（zōu)：夏历正月。

［4］皇：皇考。览揆：审视，估量。初度：初生时的样子。楚俗是生子三月后由父亲在祖庙中求先祖的旨意，为子取名。

［5］肇（zhào)：借作“兆”，卦兆。锡（cì)：通“赐”。

［6］名：同下“字”都用为动词，取名，取字。“正则”包含着“原”的意思，至今“原则”二字连用。

［7］灵均：包含着“平”的意思，至今“平均”二字连用。作为文学作品，未直接写出名和字，用了暗示的手法。

［8］纷：多，盛。内美：指思想、精神、情操之美。

［9］重（chóng)：加上。修能：优异的才能。内美言品质，修能言才学。

［10］扈（hù)：披，楚方言。江离：即江蓠，也即大叶芎䓖。辟芷：缀织连接起来的白芷。辟，“擘”字之借，系结。芷：白芷，一种香草，开白花，有消肿、止痛等作用，其叶楚人也称之为“药”，用来煮水沐浴。

［11］纫：连结。秋兰：即古所谓兰草，秋末开淡紫色小花，香气更浓，可以防蠹藏衣。上古时楚人有佩带香草的习俗，这同南方多虫瘴有关。

［12］汩（yù)：水流急的样子。诗中比喻时间过得快。

［13］搴（qiān)：摘。阰（pí)：山坡。木兰：一种木本植物，其花内白外紫，长于深山者粗大。

［14］揽：采。宿莽：一种越年生草本植物，叶含香气，可以祛虫除蠹，也可以毒鱼。楚人名草曰“莽”。因此草经冬不死，故名“宿莽”。

［15］忽：倏忽，快的样子。淹：停留。

［16］美人：指君。

第一段叙述个人身世与一直重视品德、能力修养的状况。

不抚壮而弃秽兮[1]，	还不趁着盛壮之年抛弃恶德，
何不改乎此度？	君王啊，你为什么不转变态度？
乘骐骥以驰骋兮[2]，	乘着骏马骐骥尽情地奔驰吧，
来吾导夫先路！	来，我愿意在前面为你带路！

昔三后之纯粹兮[3]，
固众芳之所在。
杂申椒与菌桂兮[4]，
岂唯纫夫蕙茝[5]？

当初楚三王的德行纯正精粹，
本来就聚集了很多贤才俊士，
有申椒、菌桂等不同的香草，
何止仅仅是连缀了蕙草白芷？

彼尧舜之耿介兮[6]，
既遵道而得路。
何桀纣之猖披兮[7]，
夫唯捷径以窘步？

他们像尧舜那样的专一而有节度，
遵循着天地正道找到治国的途径。
王啊，你为何像桀纣那样放纵妄行，
一味地贪图捷径而弄得步履困窘？

惟夫党人之偷乐兮，
路幽昧以险隘。
岂余身之惮殃兮[8]，
恐皇舆之败绩[9]！

想起那些结党营私者贪图享乐，
使国家的前景昏暗又充满危险。
我难道害怕自身遭受灾殃？
怕的是国家社稷一朝颠陨！

忽奔走以先后兮，
及前王之踵武[10]。
荪不察余之中情兮[11]，
反信谗而齌怒[12]。

我匆匆地奔走在君王前后，
为的是追随楚三王的步伐。
王啊，你不体察我的忠心，
反倒听信谗言而怒气大发。

余固知謇謇之为患兮[13]，
忍而不能舍也。
指九天以为正兮[14]，
夫唯灵修之故也[15]！

我本知正直敢言会招来祸患，
但要我止住不说却终是不能。
手指着九重苍天来为我做证，
我确实只是为着君王的缘故。

初既与余成言兮[16]，
后悔遁而有他。
余既不难夫离别兮，
伤灵修之数化[17]。

当初已经同我有所约定，
后来又反悔而另有主张。
我不怕被弃而离开朝廷，
伤心的是君王反复无常。

【注】

［1］抚：持。秽：指恶德。怀王在位之中期好“鼓舞作乐”，淫游畋猎，屈原曾多次劝谏，因而受谗被放汉北。

［2］骐骥：喻国君的权力与威势，以车马喻国势为战国时革新家的通喻。如《韩非子·难势》：“以国位为车，以势为马，以号令为辔，以刑罚为鞭策。”

［3］三后：三王，指楚三王，西周末年楚君熊渠所封句亶王、鄂王、越章王。《史记·楚世家》云：“熊渠甚得江汉间民和，乃兴兵伐庸、杨粤，至于鄂。”楚三王之时为楚国第一次空前发展时期，其开拓南土，为楚国以后的发展奠定基础。纯粹：指精神的纯洁精粹。

［4］杂：兼收、汇集之意。申椒：申地所产的椒。同秦椒、蜀椒一样有名。申本姜姓之国，后灭于楚，其地在今河南省南阳市。菌桂：即肉桂，皮可用为香料、调料。

［5］唯：原作“维”，当作“唯”，古通用，为仅、只之义。蕙：蕙草，即零陵香，又名九层塔，全株有香味。

［6］彼：指三后。耿介：专一而行不苟且。

［7］猖披：放纵妄行。此句与下一句并承上一节“美人”一词，是对怀王的倾诉。

［8］惮（dàn）：害怕。

［9］皇舆（yú）：先王的灵舆，此处借指社稷。败绩：颠覆倾败。

［10］前王：指楚三王。踵武：踩着前人的足迹。

［11］荪：即溪荪，今叫菖蒲、石菖蒲，多年生草本植物，生水泽处。根茎可以入药，为芳香的健胃剂。原作“荃”。下文云：“荃蕙化而为茅。”以“荃”喻变节的臣僚，则“荃”非可以喻君王之香草。《抽思》“数惟荪之多怒兮”，王逸注：“荪，香草也，以喻君。”隋释智骞《楚辞音》与朱熹《集注》引一本皆作“荪”。① 今据改。

［12］齌（jì）怒：暴怒。齌，为猛火急炊之状。

① 智骞《楚辞音》，自《隋书·经籍志》以来皆误作者为道骞。参姜亮夫《敦煌写本隋释智骞楚辞音跋》，刊《中国社会科学》1980 年第 1 期，收入其《楚辞学论文集》（上海古籍出版社 1984 年版），第 368—371 页。

[13] 謇（jiǎn）謇：正直敢言的样子。

[14] 九天：古人以为天有九重，言其高。正："证"字之借。

[15] 灵修：楚人对君王的美称。

[16] 成言：彼此约定。此指怀王十年，朝廷任屈原为左徒联络五国伐秦，后又任命屈原草拟宪令进行变法之事。

[17] 数（shuò）：屡次。化：变化。

第二段，承上段之末"恐美人兮迟暮"表白对当下所受打击的不理解。

余既滋兰之九畹兮[1]，	我已经播种了九畹的秋兰，
又树蕙之百亩。	又栽上了蕙草有百亩之地。
畦留夷与揭车兮[2]，	畦垅上还种了留夷和揭车，
杂杜衡与芳芷[3]。	畦沟里套种了杜衡和芳芷。
冀枝叶之峻茂兮，	本希望这些香草可以枝叶茂盛，
愿俟时乎吾将刈[4]。	愿收割的时候我能够有所收获。
虽萎绝其亦何伤兮，	即使我被摧残枯折也没有什么，
哀众芳之芜秽！	痛心的是这些芳草都荒芜败落。
众皆竞进以贪婪兮，	小人们竞相钻营贪得无厌，
凭不厌乎求索[5]。	索求财物名位总不知满足，
羌内恕己以量人兮[6]，	都以自己的心思估量别人，
各兴心而嫉妒。	个个动着坏心眼满怀嫉妒。
忽驰骛以追逐兮，	急急忙忙都奔走着追逐私利，
非余心之所急。	这不是我心中所着急的事情。
老冉冉其将至兮[7]，	老迈之境已渐渐地向我逼近，
恐修名之不立。	我深恐此生不能够留下美名。
朝饮木兰之坠露兮，	早上饮了木兰上坠下的露水，

夕餐秋菊之落英。	晚上吃着秋菊上落下的花瓣。
苟余情其信姱以练要兮[8]，	只要我的情感确实美好专一，
长顑颔亦何伤[9]！	即使长期面黄肌瘦也不伤叹。

揽木根以结茝兮[10]，	采了兰槐的细根挽结白芷，
贯薜荔之落蕊[11]。	贯穿薜荔时花蕊纷纷落地。
矫菌桂以纫蕙兮[12]，	拉直了菌桂来连缀起蕙草，
索胡绳之纚纚[13]。	结缕草搓成绳索花叶纷披。

謇吾法夫前修兮[14]，	我效法前代贤人刚直不阿，
非世俗之所服。	这非世俗之人所愿意仿效。
虽不周于今之人兮[15]，	虽不合于当今庸人的看法，
愿依彭咸之遗则[16]。	我也愿意遵循彭咸的遗教。

【注】

[1] 滋：栽种。畹（wǎn）：三十亩。

[2] 畦：田垄。此处用作动词，指垄种。留夷：芍药，多年生草本植物，初夏开白色或红色的花，根可供药用。揭车：一种香草，即珍珠菜，高数尺，白花。

[3] 杜衡：杜葵、马蹄香。多年生草本植物，叶生于茎端，马蹄形。根茎可供药用。古人用以煮浴汤，或做香料。芳芷：即白芷。

[4] 俟（sì）：等待。刈（yì）：收割。

[5] 凭：饱满。求索：此处指搜刮勒索。

[6] 羌：楚方言，同于“何为”“何乃”“竟然”，表示“想不到”的意思。恕：以己之心推想他人。

[7] 冉冉：渐渐，同“荏苒”。

[8] 苟：假如。信：确实。姱（kuā）：美。练要：精诚专一。

[9] 顑颔（kǎn hàn）：因饥饿而面黄肌瘦的样子。

[10] 揽：持。揽，原作“擥”，汪瑗《楚辞集解》作“揽”。王力《楚辞韵读》：“擥，同揽，持。”今据改。木根：兰槐之根。

[11] 贯：穿过，串上。薜荔：常绿的攀缘藤本植物，也名木莲，上古作

药用。

［12］矫：使之直，即“矫正”的“矫”。

［13］索：搓绳。胡绳：一种香草，即结缕。纚（xǐ）纚：本义为多毛的样子，这里形容用胡绳搓成的绳子上带着花叶。

［14］謇：刚直不阿的样子，用于句首，其句式略同于“纷吾既有此内美兮”“耿吾既得此中正”中形容词提于句首。前修：前代贤人。

［15］周：合。

［16］彭咸：楚先贤。屈原作于汉北时的《抽思》《思美人》《天问》中也都提到彭咸。《抽思》中说：“望三王以为像兮，指彭咸以为仪。”看来彭咸是楚族早期历史上之贤人。遗则：遗留下的信条。

第三段屈原回忆去左徒之职后任三闾大夫为国培养人才的情况。因为旧贵族势力的强大，他培养的一些人才后来也发生变质。诗人对社会风气变坏痛心之极。

长太息以掩涕兮[1]，
哀民生之多艰。
余虽好修姱以鞿羁兮[2]，
謇朝谇而夕替[3]。

我长长地叹息，揩拭着眼泪，
哀伤人生的路途是如此艰难。
我只是喜好美洁而自我约束，
早上犯颜直谏，晚上即遭贬斥。

既替余以蕙纕兮[4]，
又申之以揽茝[5]。
亦余心之所善兮，
虽九死其犹未悔！

已经因为佩带蕙草而被解职，
又因为采摘了白芷而被加罪。
但只要是我所向往和喜欢的，
即使为此死去多次也不后悔！

怨灵修之浩荡兮，
终不察夫民心。
众女嫉余之蛾眉兮[6]，
谣诼谓余以善淫[7]。

抱怨君王太过于放荡恣纵，
始终不细心考察人的真情。
一群平庸女子嫉妒我的容貌，
造谣中伤说我品行不端正。

固时俗之工巧兮[8]，　　本来眼下的风气就是投机取巧，
偭规矩而改错[9]。　　面对着规矩不用而将举措更改。
背绳墨以追曲兮[10]，　　抛开墨斗之准绳而去追求邪曲，
竞周容以为度[11]。　　争相以苟合取容作为处世原则。

忳郁邑余侘傺兮[12]，　　愤懑抑郁常使得我失神而立，
吾独穷困乎此时也！　　唯独我此时竟落得如此困顿！
宁溘死以流亡兮[13]，　　我宁肯忽然死去让灵魂漂泊，
余不忍为此态也！　　也不忍做出此丑态苟且偷生！

鸷鸟之不群兮[14]，　　鹰隼性情专一而不合于群，
自前世而固然。　　自从前世以来就一直如此。
何方圜之能周兮[15]，　　方的与圆的怎能完全相合？
夫孰异道而相安？　　志趣不同又怎能相安无事？

屈心而抑志兮，　　内心委屈，强行压抑着情志，
忍尤而攘诟[16]。　　忍受着罪名而遭到小人侮辱。
伏清白以死直兮[17]，　　保持着清白本质为正道而死，
固前圣之所厚。　　这正是前代圣贤最为推许的。

【注】

[1] 太息：叹息。掩涕：即拉泪、拭泪。

[2] 虽：借为“唯”。好（hào）：喜好。修姱：美好，此处指美德。鞿羁（jī jī）：自我约束，行不苟且。

[3] 谇（suì）：骤谏、激谏。替：废弃。

[4] 以：因。纕（xiāng）：佩带。下文“解佩纕以结言兮”，佩纕即指此蕙纕——蕙草的带子。因为是佩带，故曰“解”。陈辞后“揽茹蕙以掩涕兮”，“茹蕙”也应指此蕙纕。

[5] 申：重，加上。

[6] 蛾眉：如蚕蛾触角一样细长而好看的眉，用以代指女子的美貌。

［7］谣诼（zhuó）：谮毁。

［8］固：本来。工巧：善于投机取巧。以上二句是比喻朝中反对政治改革的旧贵族嫉恨屈原政治改良的主张，而造谣说屈原行为不端。

［9］偭：面对着。规：画圆的工具。矩：画方的工具。规矩比喻法度和准则。错：同“措”，措施，设置。

［10］绳墨：木工用墨斗打的直线，此处比喻法制。追曲：热衷于邪曲枉法之事。

［11］周容：无原则相互包容。

［12］忳（tún）：忧懑烦乱之义。郁邑：（心情）抑郁不振。侘傺（chà chì）：茫然失神的样子。

［13］溘（kè）：忽然，很快地。

［14］鸷鸟：鹰隼之类猛禽，喻杰出刚直之士。

［15］圜：同“圆”。周：完全相合。

［16］尤：罪过。攘诟：隐忍诟耻。攘，取，与招致之意相近，如“以言取祸”。诟：耻辱。

［17］伏：读为“服”。本义为佩带，此处为保持、持守之义。

第四段表现了诗人对于正与邪、法治与心治斗争实质的认识，决心坚持自己的主张，决不屈服。

悔相道之不察兮[1]，	后悔当初把路看得不够仔细，
延伫乎吾将返[2]。	久久远望后我将向原路回返。
回朕车以复路兮，	调转我的车头回到了旧道，
及行迷之未远。	趁着迷失方向还不算太远。
步余马于兰皋兮[3]，	让马儿在长满兰草的泽畔悠闲漫步，
驰椒丘且焉止息[4]。	在满是椒树的山丘奔跑后就地歇息。
进不入以离尤兮[5]，	我想前进而有所作为，却反而获罪，
退将复修吾初服。	只好退回来重新修整我当初的服饰。

制芰荷以为衣兮，　　裁剪芰叶和莲叶编为上衣，
集芙蓉以为裳。　　缝缀红色的荷花制成下裳。
不吾知其亦已兮，　　没有人了解我也毫不在乎，
苟余情其信芳。　　只要我内心情感确实芬芳。

高余冠之岌岌兮[6]，　　让我的切云冠高高耸起，
长余佩之陆离[7]。　　让我的佩饰长长垂于地。
芳与泽其杂糅兮，　　内在的芬芳同外在光泽相合相应，
唯昭质其犹未亏。　　只有我光明的品质没有亏损缺失。

忽反顾以游目兮[8]，　　迷惘中回过头来纵目四望，
将往观乎四荒。　　我将到四方荒远寻求知音。
佩缤纷其繁饰兮，　　佩饰得五彩缤纷花样繁多，
芳菲菲其弥章[9]。　　喷喷香气更显得浓烈氤氲。

民生各有所乐兮，　　人生各有所喜好的事情，
余独好修以为常。　　我只以爱好修洁为习常。
虽体解吾犹未变兮[10]，　　即使将我肢体分解也不会更改，
岂余心之可惩[11]！　　我的心难道会因打击有所改变？

【注】

[1] 相（xiàng）：看。察：看得仔细。

[2] 延伫：即“延眝”（zhù），久久远望。“伫”为“眝”字之借。眝，张目远视。

[3] 步：徐行。皋：水湾处岸边。

[4] 且：将要。焉：于之，指在椒丘之上。

[5] 进不入：想前进而无法实现。此指诗人回忆在朝时进行政治改良而中断之事。其句式同于“听而不闻”“视而不见”。离：通“罹”，遭到。

[6] 高：用为动词，加高。岌岌：高的样子。

[7] 长：用为动词，加长。陆离：此处为长的样子。

[8] 忽：迷惘。反顾：回顾。游目：纵目远望。

[9] 芳菲菲：等于今"香喷喷"。弥：更。章：通"彰"，明显，突出。

[10] 体解：肢解。古代一种酷刑，即将四肢分解。商鞅变法，后遭车裂（亦属肢解）；吴起变法，"卒支解"。屈原此处是以吴起、商鞅等改革家自喻。

[11] 惩：因受打击而引起警戒或不再干。

第五段表现诗人虽然被剥夺了为国效力的权力，但仍然决定保持思想与品性的端正修洁，决不与腐朽势力同流合污。

以上第一部分，回顾身世、早期的理想与后来的遭遇，表达了诗人宁死不屈的精神。

女媭之婵媛兮[1]，	姐姐气喘吁吁声声长叹，
申申其詈予[2]。	一遍又一遍地将我斥责。
曰"鲧婞直以忘身兮[3]，	她说"鲧因刚直忘却安危，
终然夭乎羽之野[4]。	终究丧命于在羽山之地。
汝何博謇而好修兮[5]，	你为何处处直言又好修洁，
纷独有此姱饰[6]？	独有那么多美好的佩饰？
薋菉葹以盈室兮[7]，	王刍和卷耳堆积了满屋，
判独离而不服。	你却远远离开不愿一试。
众不可户说兮[8]，	庸人不能挨家挨户去劝说开导，
孰云察余之中情[9]！	谁会认真体察我们的内心怀抱？
世并举而好朋兮，	世人都并起而好结党营私，
夫何茕独而不予听[10]？"	你为什么孤芳自赏不听我劝告？"

【注】

[1] 女媭：屈原姊。婵媛（chán yuán）：指因情绪激动而喘息的样子。

[2] 申申：絮絮叨叨地。詈（lì）：骂，斥责。

[3] 鲧：禹的父亲。《天问》中也有关于鲧的传说与神话。在南方神话传说中，鲧是一个刚直不阿的人物。婞（xìng）直：刚直。忘身：不顾自身的安危。原作“亡”，“忘”字之借。闻一多引《五百家注韩昌黎集》三《永与行》后注引正作“忘”。游国恩《离骚纂义》说：“是古有作‘忘’之本。”刘永济《屈赋通笺》即改作“忘”。今亦据改。

[4] 终然：终于，结果。夭：早死，此处指被诛。羽：羽山，也作委羽之山，在东方。

[5] 博謇：处处直言。“博”为广泛之义。謇，直言。

[6] 姱饰：美好的佩饰。饰，原作“节”，不入韵，据清朱骏声《离骚补注》改。

[7] 薋（cí）：聚积。菉（lù）：草名，即王刍，俗名菉蓐草。葹（shī）：枲耳，又名卷耳，其味滑如葵。按：菉、葹皆普通草，为一般人所服。

[8] 众：一般人，平庸之辈。户说：一户户地去劝说。

[9] 孰：谁。云：语助词。余：此处用为复数，我们。

[10] 茕独：孤独。予：我，第一人称单数，与上“余”有别。

第二部分第一段，通过亲人也劝自己从俗的情节，表现了诗人无人理解的巨大悲哀。

依前圣以节中兮[1]，	我要依靠前代圣人来评判曲直，
喟凭心而历兹[2]。	慨叹遭遇这种忧患而无比愤懑。
济沅湘以南征兮，	渡过了沅水和湘水向南前行，
就重华而陈辞[3]。	来到帝舜的坟墓前请他理论。
“启九辩与九歌兮[4]，	“夏启有《九辩》《九歌》之曲，
夏康娱以自纵[5]。	夏朝在开国之初便荒淫恣纵。
不顾难以图后兮，	不考虑引起祸乱不图谋久远，
五子用夫家巷[6]。	到后来五个儿子也闹起内讧。
羿淫游以佚畋兮[7]，	后羿放荡好游乐又沉溺于畋猎，

又好射夫封狐[8]。
固乱流其鲜终兮[9]，
浞又贪夫厥家[10]。

还特别喜欢射猎那长大的狐狸。
本来政治昏乱便少有好的下场，
更何况寒浞要夺取后羿的妻室。

奡身被服强圉兮[11]，
纵欲而不忍。
日康娱而自忘兮，
厥首用夫颠陨[12]。

寒浞之子奡身穿坚固铠甲，
他也是放纵私欲不加克制。
天天寻欢作乐而忘却安危，
他的脑袋也因此轻易落地。

夏桀之常违兮[13]，
乃遂焉而逢殃[14]。
后辛之菹醢兮[15]，
殷宗用而不长。

夏桀行事因常常违背正道，
最终遭到杀身灭国的祸殃。
殷纣王施酷刑把人剁成肉酱，
商朝的宗祀因此也难以久长。

汤禹俨而祗敬兮[16]，
周论道而莫差[17]。
举贤而授能兮，
循绳墨而不颇[18]。

商汤夏禹处世都庄重谨慎，
文王武王讲道义没有差错。
选拔贤者而任用有才之人，
遵循法度一点也没有偏颇。

皇天无私阿兮，
览民德焉错辅[19]。
夫维圣哲以茂行兮[20]，
苟得用此下土[21]。

皇天公正不会有什么私好，
看人民拥戴谁就给谁辅助。
只有那英明聪慧有德之人，
才可能一统天下享有疆土。

瞻前而顾后兮，
相观民之计极[22]。
夫孰非义而可用兮，
孰非善而可服？

展望前景并回顾过去的历史，
观察人民背离或归顺的定准。
哪个国君不义而能统治天下，
哪个国君不善而能使人归顺？

阽余身而危死兮[23]，

即使把我置于濒死的境地，

览余初其犹未悔[24]。 我也毫不后悔当初的志向。
不量凿而正枘兮[25]， 不愿按照圆孔而修削方正，
固前修以菹醢。” 所以前代贤人被剁成肉酱。”

曾歔欷余郁邑兮[26]， 我一次次地哀泣抑郁又惆怅，
哀朕时之不当。 痛惜自己没有遇上好的时辰。
揽茹蕙以掩涕兮[27]， 拿起柔软的蕙带来揩拭眼泪，
沾余襟之浪浪[28]。 伤心的泪水沾湿了我的衣襟。

【注】

［1］节中：行事有节，合于中道。

［2］喟（kuì）：叹息。凭心：怨愤填胸。历兹：犹言逢此不幸。历，逢。兹，此。

［3］就：趋往。重华：虞舜之名。陈辞：诉讼，申辩。

［4］启：禹之子，荒淫无道，弄得天下不宁。九：言其多次。辩：辩说（动词）。歌：歌唱。此因传说启有《九辩》《九歌》之曲而言之。夏：泛指夏初朝廷，包括启、太康，与下文“周论道而莫差”之“周”指周初文王、武王相同。启名其子为“太康”，即可以看出他以为天下大势已定，他想怎样就怎样。则太康失国，夏启之时已埋下祸根。

［5］康娱：寻欢作乐。自纵：放纵自己。

［6］五子：启的五个儿子。据《竹书纪年》，夏启十一年启放其第五子武观于西河，十五年，武观以西河为据点而叛，启派人率兵收武观于朝。启死，其子太康继位，也是沉溺于打猎和歌舞逸乐，不恤民事，其弟趁势而起，成内讧。有穷氏首领羿趁机攻入夏都，取代了夏的政权。用夫：因而。家巷：内讧。巷，“閧（hòng）”字之借，“家閧”即内讧。启的五子内讧导致了夏朝的亡国。

［7］羿（yì）：后羿，有穷氏部落首领。夏代初年趁夏后启死、太康继位、启五子内讧，后羿夺取夏的朝权。淫：过度。佚：放纵。畋：打猎。

［8］封狐：大狐。

［9］乱流：比喻不顺理。此处指政治昏乱。鲜：少。终：正常的结局。

［10］浞（zhuó）：寒浞，本是伯明氏子弟中爱挑拨是非的一个，为伯明氏所

弃逐，后羿收了他并以为相。寒浞笼络后羿宫内亲近，收买臣民，又怂恿羿畋猎游乐，并在羿打猎归来之时杀羿而夺取其国。贪：夺取。家：妻室。

［11］奡（ào）：寒浞强占后羿妻室所生之子。原作“浇”，古通“奡”。为便于诵读，今改作“奡”。强圉（yǔ）：坚甲。古人战斗时所服。寒浞使其子奡帅师，灭斟灌、斟鄩。因奡有武力，寒浞利用他消灭了敌对势力。

［12］厥首：其头。用夫：同“因而”。颠陨：落地。夏灭之后，夏王相之王后缗有娠，逃于有仍氏而生少康，为有仍氏的牧正，后又逃到有虞氏，任庖正。有虞氏把女儿嫁给他，安置于邑，给以田地，又配以军队。寒浞得国之后，谗慝作伪而不德于民。夏朝的贵臣靡自有鬲氏收留斟灌及斟鄩二国之旧臣、逸民而灭浞，立少康。少康灭奡于过，少康之子后杼灭豷于戈，由后羿、寒浞篡夏所建的有穷政权遂亡。女艾（《天问》作“女岐”）是奡的异父同母兄之妻，受少康之计，骗奡而杀之。所谓“纵欲而不忍”即指奡上淫于嫂，以致人头落地。

［13］夏桀：夏代最后一个国君。常违：常违背道义。

［14］遂焉：同“终然”。夏桀不务德，又把商部族之首领汤囚于夏台。汤被释之后，修德爱民，诸侯皆归顺于汤。汤于是率兵伐夏桀。桀逃于鸣条，死去。

［15］后辛：殷纣王，名辛。上古“后”即帝王之义。菹醢（zū hǎi）：这里指将人杀死，剁成肉酱。据《史记·殷本纪》，帝辛贪图享乐，使师涓作淫声，对人民不断加重赋税，百姓怨恨，诸侯背叛。纣于是加重刑罚，有炮烙等酷刑。

［16］汤：商代的开国君主。禹：夏朝的奠基人。“汤禹”之称，看来上古时并称前人是近者在前、远者在后。俨（yǎn）：严肃。祗敬：谨慎。

［17］周：指周初的文王、武王。同《天问》“武发杀殷”，以“殷”代殷纣王的情形一样。

［18］绳墨：木工用墨斗打的线，用以比喻法度。颇：倾斜，偏差。

［19］览：察看。德：意动用法，认为有德的。错：通“措”，安置，给予。辅：辅助。

［20］维：同“唯”，只有。以：而，连词。茂行：有盛德高行者。

［21］苟：庶几，或许。用：享有。下土：犹言“天下”。

［22］相观：观察。计极：指谋虑的最终归向。计，计划，谋虑。极，终极。

［23］阽（diàn）：临近高危的境地。危死：几乎死去。

［24］初：当初。指被放汉北以前为推行政治主张所进行的种种努力。

［25］量：度量。凿：木工为衔接木条、木板凿的孔眼。正：修正。枘（ruì）：榫头。榫头之加工在外部，易为方正；凿之加工在内部，非技术纯熟者难以合于榫头，故技术拙劣者往往按所凿之孔眼的大小形状修正榫，以求相合。

［26］曾（céng）：通“层”，重叠，一次次地。歔欷（xū xī）：哀叹抽泣。

［27］揽：持，拿起。茹蕙：即前面所说“蕙纕”。茹，柔软。掩：拭去。

［28］沾：濡湿。浪（láng）浪：形容流淌不断的泪水。

第二部分第二段，写诗人跪在帝舜的坟墓前申辩，表现了自己的政治观念和希望国君依法行事、振兴国家的愿望。

跪敷衽以陈辞兮[1]，	跪着铺正衣襟向大舜进行申辩，
耿吾既得此中正[2]。	什么是中正之道心中已经洞明。
驷玉虬以乘鹥兮[3]，	驾起四条玉龙乘坐着鹥鸟之车，
溘埃风余上征[4]。	忽然狂风卷起飞尘我借此上行。
朝发轫于苍梧兮[5]，	清早从苍梧山脚下发轫启程，
夕余至乎悬圃[6]。	傍晚时我来到昆仑山的悬圃。
欲少留此灵琐兮[7]，	本打算在这神灵所聚处稍停，
日忽忽其将暮[8]。	太阳很快下落时间已近向暮。
吾令羲和弭节兮[9]，	我命令羲和慢速按节而行，
望崦嵫而勿迫[10]。	遥望着崦嵫山不急于靠近。
路曼曼其修远兮[11]，	前面的道路漫长且又辽远，
吾将上下而求索。	我将上上下下去寻求知音。
饮余马于咸池兮[12]，	让我的龙马在日浴之地咸池饮水，
总余辔乎扶桑[13]。	在扶桑揽六辔又开始一天的遨游。
折若木以拂日兮[14]，	折下若木枝叶来遮蔽阳光，
聊逍遥以相羊[15]。	姑且悠然自得地徘徊周流。

前望舒使先驱兮[16]，	让月御望舒在前面开路，
后飞廉使奔属[17]。	让风神飞廉奔走着跟随。
鸾皇为余先戒兮[18]，	五彩鸾鸟为我在前方警戒，
雷师告余以未具。	雷师告诉我准备尚未到位。
吾令凤鸟飞腾兮，	我命令凤鸟作仪仗一直飞腾，
继之以日夜。	无论白天黑夜都不中断休歇。
飘风屯其相离兮[19]，	旋风聚起一个个风柱前后相依，
帅云霓而来御[20]。	率领着云霞和虹霓前来迎接。
纷总总其离合兮[21]，	庞大的仪仗乱纷纷时聚时散，
斑陆离其上下[22]。	色彩缤纷此起彼伏走向天庭。
吾令帝阍开关兮[23]，	我命令天帝的门官打开天门，
倚阊阖而望予[24]。	他倚靠天门看着我无动于衷。
时暧暧其将罢兮[25]，	时间已近黄昏一天就要过去，
结幽兰而延伫[26]。	我系着幽香的兰草四面远望。
世混浊而不分兮[27]，	世道是这样混浊且善恶不分，
好蔽美而嫉妒。	喜好抹杀他人美德而嫉妒诽谤。

【注】

［1］敷：铺开。衽（rèn）：衣服前襟。古人双膝着地而坐，跪起时，前面铺正衣襟，显得庄重。

［2］耿：光明的样子。中正：适中，正确。

［3］驷：车前驾上四马。玉虬（qiú）：白色的龙马。虬，无角无鳞之龙，这里用以指龙马。鹥（yì）：一种身有五彩羽毛且成群飞的鸟，飞起时遮天蔽日，故曰“翳”（遮盖的意思），也作“鹥”。这句是说成群的鹥鸟作车，将诗人托起，前面有四匹白色的龙马前导。

［4］溘（kè）：忽然。埃风：犹言风云。古人认为云气是尘土地气所成，故曰“埃风”。

［5］发轫（rèn）：启程。轫，止车之木，取开则车起行。苍梧：即九嶷山，在湖南省宁远县。

［6］悬圃：昆仑山上的地名，意为高空中的圃薮。悬，原作“县”，通“悬”。

［7］少：短暂地，稍稍。琐：“薮”字之借。灵薮即悬圃，上古传说以其为神灵百兽与奇花异草所聚处，故又称“灵薮”。

［8］忽忽：迅疾的样子。

［9］羲和：日御。神话中又以为日是羲和所生，日行则又为车御。弭节：按节徐步。节，以竹竿和羽毛制成的符节，本为使者随身持以示信之用，故以“弭节”指放慢行程的速度，有时也指停息。

［10］崦嵫（yān zī）：神话中山名，日入之处，传说在天水西南。此神话应出于秦人。秦人发祥于今天水西南、礼县东北部一带。崦嵫山为早期秦人所见日落之处，属古之西县地。勿迫：不要太急切。

［11］曼曼：长远的样子。

［12］咸池：神话中太阳沐浴之处。日浴神话由太阳出现于东方之时，海平面上金光荡漾而来。海水咸，故曰咸池。

［13］总：拿在一起。辔：马缰。扶桑：神话中树名，在汤谷之上，太阳歇息之处。

［14］若木：神话中树名，在西方日落之处。

［15］相羊：同“徜徉”，随意徘徊。

［16］望舒：月御。

［17］飞廉：风伯。奔属（zhǔ）：奔走跟随。属，连接，跟从。

［18］鸾皇：即鸾鸟，状如翟（长尾山雉），五彩羽毛，长尾。

［19］飘风：旋风。屯：聚集。离：通“丽”，附依，相靠近。

［20］云霓：云彩。霓，与虹对称出现的色彩暗淡的虹影，或曰副虹，位于主虹外侧。御：通“迓（yà）”，迎接。

［21］纷总总：犹言乱纷纷。纷，盛多的样子。离合：忽聚忽散。

［22］斑：色彩驳杂的样子。陆离：此处为参差不齐的样子。

［23］帝阍：把守天宫之门者。关：门闩。

［24］阊阖（chāng hé）：天宫的门。

[25] 暧暧：日光昏暗的样子。

[26] 结：绾结，连缀。幽兰：兰草（秋兰）。以其多生于幽僻之处，故称“幽兰”。幽兰本为身上佩物，诗人绾结之，以此对知音者表示诚信（即所谓结言）。

[27] 混：原作“溷”，“混”之异体。今改为正体。下同。

第二部分第三段，写诗人由苍梧到了天上，想向天帝陈述冤屈，而被拒于宫门外。借以表现了君门九重、告诉无由的状况。

朝吾将济于白水兮[1]，	清早我渡过昆仑山下的白水，
登阆风而緤马[2]。	登上阆风后系起龙马的缰绳。
忽反顾以流涕兮，	忽然回头张望不禁痛哭流涕，
哀高丘之无女[3]。	哀伤这高山之上却没有知音。
溘吾游此春宫兮[4]，	我匆匆地游览这苑囿春宫，
折琼枝以继佩[5]。	折下琼树的枝条加长佩饰。
及荣华之未落兮，	趁着开放的花朵尚未凋谢，
相下女之可诒[6]。	物色可以馈赠的人间女子。
吾令丰隆乘云兮[7]，	我命云神丰隆驾起云朵，
求宓妃之所在[8]。	去寻找宓妃所在的住地。
解佩纕以结言兮[9]，	解下佩带用来定情结好，
吾令蹇修以为理[10]。	我让乐师做媒传情达意。
纷总总其离合兮，	媒人忙碌奔波来来去去，
忽纬繣其难迁[11]。	忽而对方执拗不给回话。
夕归次于穷石兮[12]，	晚上回到穷石过夜歇息，
朝濯发乎洧盘[13]。	早上在洧盘洗她的长发。
保厥美以骄傲兮，	倚仗着美貌她十分骄傲，
日康娱以淫游[14]。	成天寻欢作乐恣意嬉游。

虽信美而无礼兮，
来违弃而改求[15]。

虽确实美丽但过于无礼，
我只能丢开她转而他求。

览相观于四极兮[16]，
周流乎天余乃下[17]。
望瑶台之偃蹇兮[18]，
见有娀之佚女[19]。

到四方很远的地方观览察看，
在天界巡行一圈后下降落地。
见美玉装饰的高台蜿蜒曲折，
上面住着有娀氏的美女简狄。

吾令鸩为媒兮[20]，
鸩告余以不好。
雄鸠之鸣逝兮，
余犹恶其佻巧[21]。

命令鸩鸟做媒去为我传话，
鸩鸟却恶意地说简狄不好。
雄鸠一面鸣叫着一面飞开，
我也讨厌它浅薄且又轻佻。

心犹豫而狐疑兮，
欲自适而不可[22]。
凤皇既受诒兮[23]，
恐高辛之先我[24]。

我的心中犹豫而疑惑不定，
想自己前往又觉得不够稳妥。
凤凰已接受转送聘礼的委托，
我担心帝喾抢先与简狄成说。

欲远集而无所止兮[25]，
聊浮游以逍遥。
及少康之未家兮[26]，
留有虞之二姚[27]。

想远走高飞又无处可以安身，
我姑且随意漂泊，逍遥彷徨。
趁着少康还没有娶妻以成家，
留下有虞氏的两个姚姓姑娘。

理弱而媒拙兮[28]，
恐导言之不固。
世混浊而嫉贤兮，
好蔽美而称恶。

信使能力有限媒人又笨拙，
我担心他们传话并不牢靠。
世道混浊而嫉妒贤能之士，
喜好掩盖美德而随意编造。

闺中既以邃远兮[29]，
哲王又不寤[30]。

宫门深远本来就难以联络，
明君你又一点儿也不觉醒。

怀朕情而不发兮，	怀着一片诚心而不能抒发，
余焉能忍与此终古[31]！	我怎能永远忍受这种环境！

【注】

［1］济：渡过。白水：黄河上游。《尔雅》中说："河出昆仑虚，色白。"黄河在并入大量支流后颜色才变成黄色。

［2］阆（láng）风：传说中昆仑之上的地名。《淮南子·地形》："县圃、凉风、樊桐，在昆仑阊阖之中。"凉风即阆风。緤（xiè）：系。

［3］高丘：高山。此处指阆风。无女：比喻没有知音。

［4］溘（kè）：忽然。春宫：神话中之苑囿，在昆仑山上。

［5］琼枝：琼树之枝。神话中的昆仑多玉树琅玕，同昆仑山上常年冰雪裹树，又多冰瀑雪峰之情形有关。继佩：把玉佩加得长一些。

［6］相（xiàng）：看，察看。下女：人间之女。喻贤人之在下者。诒：赠给。

［7］丰隆：云师。

［8］宓（fú）妃：传说为伏羲氏之女，溺死于洛水，化为神。"宓""伏"古音同。伏羲氏起于今甘肃南部，而迁于陈（今河南淮阳），故传说中以为洛水之神。

［9］佩纕（xiāng）：一种佩带。结言：即约言、成言。此句言以佩纕为信物，以求订约。

［10］蹇修：乐师。诗中言令丰隆乘云求宓妃之所在。诗人并不知她在何处，无法以音乐达其意。周有采诗之官，振木铎以循于路，则蹇修当指此。理：行理。这里指做媒者。

［11］纬繣（huà）：乖戾，闹别扭。难迁：难以说动。

［12］次：舍，宿。穷石：神话中地名，有穷氏曾迁于此。据战国时传说，在今甘肃省山丹县兰门山（一名合黎山）。

［13］洧（wěi）盘：神话中水名，出崦嵫山。

［14］淫游：无度游荡。

［15］来：同于"来吾导夫先路"之"来"。违弃：去其地，舍其人。改求：别求他邦之女。

［16］览、相、观：三字意义相近，表示不同的观览方式。楚语中意义相近

的动词连用，表不同的角度、程度与方式，以示强调。四极：天之四方极远处。

[17] 周流：周游。

[18] 瑶台：美玉装饰的台。偃蹇：屈曲婉转。此言瑶台曲折延伸，规模大。

[19] 有娀（sōng）：传说中的古代部族名，就屈赋中所言方位，在今河西张掖一带。佚女：美女。帝喾有四妃，次妃即有娀氏之女，名曰简狄。

[20] 鸩（zhèn）：一种鸟，羽有毒。此处喻用心不良之人。

[21] 恶（wù）：厌恶。佻（tiāo）巧：轻佻不庄重而好花言巧语。

[22] 适：前往。

[23] 诒：作名词，指礼物。二句言担心凤凰受了高辛氏的委托向简狄关说。

[24] 高辛：高辛氏，指帝喾。

[25] 远集：到很远的地方去落脚。“集”为会意字，本义为鸟聚于树上。

[26] 少康：夏后相之子。未家：未成家。

[27] 有虞：上古部族名，舜之后。二姚：有虞氏的两个女儿，有虞氏把她们嫁给了少康。

[28] 理弱：媒理（即“媒人”）不得力。

[29] 闺中：宫中。闺，宫门。以：通“已”，甚，很。邃：深。

[30] 哲王：明哲之王。此是臣称说国君的套语。略同于后代的“圣上”。寤：醒来，引申为醒悟、理解。

[31] 终古：终身，引申为永远，此处作“终其身”解。“古”为“故”的意思，与“终”义同。

第二部分第四段，写诗人到了昆仑，进入神话境界以求女。象征了现实生活中对政治知音的追求。

第二部分通过女媭斥责、屈原向重华陈辞和在天界与仙界的追求，表现了诗人宽阔的胸怀、顽强的精神和不懈的努力。

索藑茅以筳篿兮[1]，	取来藑茅和截好的八段竹子，
命灵氛为余占之[2]。	让灵氛为我占卜应何去何从。
曰：“两美其必合兮[3]，	占辞说“两美一定会结合，

孰信修而莫念之[4]？	哪里会确实美好而不念真情？
思九州之博大兮，	想想九州之地如此广大，
岂唯是其有女[5]？”	难道美女只能在这里？”
曰“勉远逝而无狐疑兮[6]，	又说“远远地离去不要迟疑，
孰求美而释女[7]？	谁会寻求俊男而错过了你？
何所独无芳草兮，	哪个地方没有芳香的青草，
尔何怀乎故宇[8]？	你为什么定要依恋着故乡？
世幽昧以眩曜兮[9]，	世道的黑暗使得人心惑乱，
孰云察余之善恶[10]？	谁鉴别我们丑恶或是善良？
民好恶其不同兮，	世人的喜好厌恶各不相同，
惟此党人其独异。	只有结党营私者特别奇怪。
户服艾以盈要兮[11]，	家家男女的腰里系满艾蒿，
谓幽兰其不可佩！	却说幽香的兰花不可佩带。
览察草木其犹未得兮[12]，	观察草木尚且不能辨香臭，
岂珵美之能当[13]？	识别美玉又怎能精审恰当？
苏粪壤以充帏兮[14]，	取了粪土来填充香囊，
谓申椒其不芳！”	反倒说申椒并不芳香。”

【注】

[1] 索：取。藑（qióng）茅：一种长而厚的茅草叶片，楚人用以占卜。以：犹“与”。筳篿（tíng zhuān）：用截断的竹片制作的占卜用具。

[2] 灵氛：古代的神巫。

[3] 曰：此下十八句皆灵氛言占卜结果。

[4] 信修：确实美好。莫念：原作“慕”，闻一多《楚辞校补》以为“莫念”二字之误，其说是。“念之”同上“占之”押韵。

[5] 是：此，指楚国。女：美女，此承“两美必合”的喻义而来。

[6] 曰：表反复叮咛，以下也是灵氛之语。勉：努力。远逝：远去。

[7] 释：放掉，舍弃。女：同“汝”。

[8] 怀：思恋。故宇：旧居，此处代指故地、故国。

[9] 眩曜：眼光迷乱，此处为惑乱之意。

[10] 余：我们。与“孰云察余之中情”句的“余”字义同。

[11] 户：家家户户。服：佩带（动词）。艾：艾蒿。要：古同“腰”。

[12] 览察：细心察看。犹未得：尚不能弄清（香臭）。

[13] 珵（chéng）：一种美玉。美：美玉，美石。当（dàng）：得当，与上句的“得”为互文。

[14] 苏：抓取。帏：香囊。

第三部分第一段，写诗人求灵氛占卜，以帮助自己决定是去是留。

欲从灵氛之吉占兮，　想听从灵氛吉祥的占卜，
心犹豫而狐疑。　又心怀犹疑而踌躇不决。
巫咸将夕降兮[1]，　巫咸将在黄昏之时降神，
怀椒糈而要之[2]。　怀揣着花椒精米去迎接。

百神翳其备降兮[3]，　众神遮天蔽日一齐降临，
九疑缤其并迎[4]。　九嶷山的神灵纷纷相迎。
皇剡剡其扬灵兮[5]，　闪闪灵光表示尊神显灵，
告余以吉故[6]。　告诉我往日的吉祥事情。

曰：“勉升降以上下兮，　他说：“要上天下地努力查找，
求矩矱之所同[7]。　寻求与你遵循同一准则的同志。
汤禹严而求合兮[8]，　商汤夏禹郑重地寻找合来的良臣，
挚咎繇而能调[9]。　伊尹和咎繇因而同他们和衷共济。

苟中情其好修兮，　如果内心确实喜好贤士，
又何必用夫行媒？　又哪里用得着中介媒人？

说操筑于傅岩兮[10]，　傅说当初在傅岩下筑路，
武丁用而不疑[11]。　武丁荐为相而不生疑心。

吕望之鼓刀兮[12]，　吕望当初在街市操刀屠宰，
遭周文而得举[13]。　遇到周文王被予以重用，
宁戚之讴歌兮[14]，　宁戚做商贩敲着牛角唱歌，
齐桓闻以该辅[15]。　齐桓公听后就让他辅政。

及年岁之未晏兮，　要趁着年岁还不算太晚，
时亦犹其未央。　时机也还没有完全过去。
恐鹈鴂之先鸣兮[16]，　就怕子规鸟的叫声一起，
使夫百草为之不芳。”　使那百草忽然失去香气。”

【注】

［1］巫咸：传说中的神巫。夕降：夕时降神。古时降神都在夜间。

［2］椒糈（xǔ）：皆为祭神之物。椒因气味芬芳，气味可以上升于天，与点燃香烛同理。要（yāo）：拦截，这里是迎候之义。

［3］翳（yì）：遮蔽，言其多，一队队遮天蔽日。备：全，都。

［4］九疑：指九嶷山的山川之神。缤：盛多的样子。

［5］皇剡（yǎn）剡：灵光闪耀的样子。“皇”为“煌”的古字。“剡”借为“欻”或作“歘”。扬灵：灵气发扬。

［6］吉故：吉祥的故事，即历史上君臣遇合的事例。

［7］矩：画方的器具。矱（huò）：尺度。

［8］严：严肃恭谨。合：作名词，指志同道合者。

［9］挚：汤臣伊尹之名，为商代初年卓越的政治家，曾助汤灭夏，并为商建国初期的政治稳定作出贡献。商代卜辞中多次提到。咎繇（gāo yáo）：即皋陶（yáo），舜、禹之臣，掌刑狱之事。调：谐调。

［10］说（yuè）：傅说，商王武丁时贤相。筑：打土墙、筑路时用来捣土的工具。傅岩：地名。在今山西平陆县境内，处虞国、虢国之界。

［11］武丁：殷高宗，商代著名贤君。即位之后，志欲振兴殷国，而未得力

臣辅佐。三年不言，政事决定于冢宰，以观国风。当时傅说为胥靡，筑路于岩岸。武丁见而与他交谈，知其不凡，举荐为相，殷国得以大治。后得傅说之处后名傅岩。

［12］吕望：姜子牙，太公望，即姜尚，本为东海上人。姜尚穷困，又年老，曾屠牛于朝歌。后用渔钓的办法遇周西伯（后来的周文王），号曰“太公望”。立为师，封于吕，故曰吕望。鼓刀：拍刀以屠。

［13］遭：遇。举：拔擢任用。

［14］宁戚：齐桓公的贤臣。宁戚有才干，但因穷困没有办法得到举荐。于是装作商旅，驾车到齐国，暮宿于城郭门外。齐桓公郊迎客，从者很多，宁戚击牛角而歌。齐桓公听到后，认为是非常之人，载入宫。

［15］齐桓：齐桓公，春秋五霸之一。该辅：备辅佐。该，备。

［16］鹈鴂（tí jué）：即子规，又名杜鹃。春夏之间鸣时，百花开始凋谢。

第三部分第二段，写诗人在灵氛劝其远去的情况下再次决疑于巫咸。然而巫咸降神的结果，仍然是劝他趁着时机尚未过去而另求明君。

何琼佩之偃蹇兮[1]，　为什么我的玉佩如此好看，
众薆然而蔽之[2]。　庸人却一定要把它们遮蔽？
惟此党人之不谅兮[3]，　想到那些结党营私者最没有诚信，
恐嫉妒而折之。　恐怕还会出于嫉妒而把它们损坏。

时缤纷其变异兮，　时世纷乱且不断发生变故，
又何可以淹留？　我怎么能在这里长久停留？
兰芷变而不芳兮，　兰草和白芷都蜕变失去芳香，
荃蕙化而为茅！　溪荪和蕙草化成了一片茅莠。

何昔日之芳草兮，　为什么当初的香草，
今直为此萧艾也[4]？　今天都变成了萧艾？
岂其有他故兮，　难道有其他原因吗，
莫好修之害也！　是不好修洁的恶果！

余以兰为可恃兮，	我本以为秋兰可以倚靠，
羌无实而容长[5]。	却是华而不实外秀中空。
委厥美以从俗兮[6]，	丢弃固有美德追随流俗，
苟得列乎众芳。	实在是枉列入众芳之中。
椒专佞以慢慆兮[7]，	花椒专横谄上而傲慢无礼，
榝又欲充夫佩帏[8]。	茱萸想削尖脑袋钻入香囊。
既干进而务入兮，	既然是拼命钻营以求得逞，
又何芳之能祗[9]！	又怎么能够散发出芬芳！
固时俗之从流兮，	本来世俗都是随波逐流，
又孰能无变化？	又有什么不会转变消退？
览椒兰其若兹兮，	看看椒和兰竟然也是这样，
又况揭车与江离！	何况揭车江蓠等平庸之辈！
惟兹佩之可贵兮，	想来只有我的玉佩最为可贵，
委厥美而历兹[10]。	听任美质在磨砺中经历忧患。
芳菲菲其难亏兮，	浓烈的芳香气息难以亏损，
芬至今犹未沫[11]。	香气一片到如今仍未消减。
和调度以自娱兮[12]，	调整玉佩的声响自作欢娱，
聊浮游而求女。	姑且漫游闲荡寻求着好女。
及余饰之方壮兮[13]，	趁着我的佩饰正繁盛艳丽，
周流观乎上下。	上下巡回观览大地和天宇。

【注】

[1] 偃蹇：夭矫，委曲好看的样子。

[2] 薆（ài）然：遮蔽的样子。

[3] 谅：诚信。

[4] 直：径，干脆。萧：荻蒿，牛尾蒿。艾：艾蒿。

［5］羌：楚方言，表“为何竟……”的语气。容长：外表美之意。先秦时无论男女，均以高大健壮为美。

［6］委：丢弃。

［7］椒：花椒，味麻。专佞：专断而谄上。慢慆（tāo）：傲慢。

［8］樧（shā）：食茱萸，一种亚落叶乔木，似椒。

［9］祗（zhī）：振，散发。

［10］委：弃置，听任。历兹：逢此（忧患）。

［11］沬（mèi）：通“昧”，暗淡。

［12］和：调节使和谐。调（diào）：佩玉所发出的声响。度：有节奏的步伐。

［13］及：趁着。壮：壮盛。这一句同于巫咸所说的“年未晏”“时未央”之意。

第三部分第三段，诗人听了灵氛和巫咸的劝告后，又对现实进行了一次认真的审视，觉得留下也确实无济于事。

灵氛既告余以吉占兮，	灵氛已经告诉我占得吉卦，
历吉日乎吾将行[1]。	我选择了吉日将高飞远翔。
折琼枝以为羞兮[2]，	折下玉树的枝条当作菜肴，
精琼靡以为粻[3]。	又精制了玉屑来作为干粮。
为余驾飞龙兮，	为我驾起白色的飞龙神骏，
杂瑶象以为车。	混杂美玉和象牙制成乘轩。
何离心之可同兮，	哪有心志不同者可以共处，
吾将远逝以自疏。	我将远远离开，自行疏远。
邅吾道夫昆仑兮[4]，	我转道走向那昆仑山，
路修远以周流。	路途长远而迂曲难行。
扬云霓之晻蔼兮[5]，	举起云霞的旗帜遮天蔽日，
鸣玉鸾之啾啾。	玉石銮铃的响声宛如凤鸣。

朝发轫于天津兮[6]，
夕余至乎西极。
凤皇翼其承旂兮[7]，
高翱翔之翼翼[8]。

清早从天河渡口发车启行，
黄昏时到了西方极远之地。
凤凰伸展双翅上接云旗，
高高飞翔着肃穆而整齐。

忽吾行此流沙兮[9]，
遵赤水而容与[10]。
麾蛟龙使梁津兮[11]，
诏西皇使涉予[12]。

我迷惘地走到了流沙之地，
沿着赤水河岸徜徉又盘桓。
我指挥蛟龙在渡口架起桥梁，
又通告西皇保护我渡到对岸。

路修远以多艰兮，
腾众车使径待[13]。
路不周以左转兮[14]，
指西海以为期[15]。

路途漫长遥远又充满艰难，
我传告众车抄小路在前等待。
取道不周山的缺口转向西行，
约定了相聚在前方的西海。

屯余车其千乘兮，
齐玉轪而并驰[16]。
驾八龙之婉婉兮[17]，
载云旗之逶迤[18]。

会聚了我成千的随行云车，
排列整齐的玉轮同时向前。
我驾着八匹龙马蜿蜒而行，
车上的云霞之旗随风舒卷。

抑志而弭节兮[19]，
神高驰之邈邈。
奏《九歌》而舞《韶》兮[20]，
聊假日以媮乐[21]。

控制住心情放慢速度，
神思却高高飞向远方。
奏起《九歌》按《九韶》起舞，
姑且借着这悠闲时光愉乐一番。

陟升皇之赫戏兮[22]，
忽临睨夫旧乡[23]。
仆夫悲余马怀兮[24]，
蜷局顾而不行[25]。

地面升起先祖赫赫灵光，
我猛然瞥到了旧乡郢郢。
仆人悲怆我的马也无比恋念，
它屈身回望着不肯前行。

【注】

［1］历：选择。

［2］羞：此一义后作“馐”，美味的食物。

［3］精：用为动词，凿之使精，去其糠皮。琼爢（mí）：玉粒。粻（zhāng）：干粮。

［4］邅（zhān）：转。下文所言赤水、流沙，皆在昆仑以东。昆仑：神话中之山名。战国时流传神话中昆仑山之原型，即今河西走廊西南侧之祁连山。姜亮夫先生认为昆仑山“盖楚之先颛顼之生死嫔娶之地，亦即楚民族发祥之地也”。（《重订屈原赋校注》第120页）

［5］扬：举。晻（yǎn）蔼：旌旗蔽日的样子。

［6］天津：天河上的渡口。津，渡口。

［7］翼：翅，这里用作动词，展翅。承：承接，相连接。旂（qí）：上面画有双龙，竿头悬有铃铛的旗帜。

［8］翼翼：整齐的样子。

［9］流沙：神话中地名，在河西一带。

［10］遵：循着。赤水：神话中之水名，在昆仑山以东。容与：联绵词，徘徊。

［11］麾：用手指挥。蛟龙：也即蛟，传说生活于水中的巨大蛇状动物。梁津：指在渡口架起浮桥。

［12］诏：命令。西皇：主西方之神。涉予：帮我渡过。

［13］腾：传告。径待：抄小路先至而待之。径，小路。

［14］路不周：取路不周山的山口。不周，神话中之山名，据战国时传说，在昆仑西北。就当时之神话传说言之，当指祁连山西端今甘肃省敦煌以南当金山口左右之山（阿尔金山主峰与党河南山）。

［15］西海：神话中西北的湖名。当由今青海湖而来。期：约定。此处指约定的地点。此一节四句是对上一节的补充说明：本是驾的龙马，在高空之中，何以又“行此流沙”“遵赤水而容与”，并“麾蛟龙使梁津”“诏西皇使涉予”？因已使龙马之车从小路先行，自己在流沙、赤水之地容与徘徊。

［16］轪（dài）：车轮。

［17］蜿蜿：前后相连、逶迤而行的样子。蜿蜿，原作“婉婉”，据朱熹《集

注》本改。

[18] 逶迤：这里是卷曲飘动的样子。原作“委蛇”。《文选》五臣注本、六臣注本和洪兴祖引一本均作“逶迤”，今据改。

[19] 抑志：控制住自己的心志。弭节：放慢前进的速度。

[20]《九歌》：夏启时所作颂扬大禹功德之歌。《韶》：舜乐。

[21] 假日：趁着眼下的时光。假，借。媮：同“愉”。

[22] 陟升：升起。皇：皇考。即前“皇览揆余初度”之“皇”。此指屈氏先祖的神灵。赫戏：闪耀的灵光。

[23] 临睨：从上向下斜看。旧乡：指楚别都鄢（也是楚国旧都），其地在今湖北省宜城东南。

[24] 怀：依恋，思念。引申为留恋不舍。

[25] 蜷（quán）局：屈曲，这里形容龙马回转身子的样子。顾：回头看。

以上第三部分第四段，写在决定远走他方之后，诗人放下了负担，心情变得轻松。然而当他在高空看到先祖的灵光升起，斜睨到楚人旧乡之时，一腔热血涌上心头，再不忍舍离故国而去。

第三部分表现诗人在去留问题上的思想斗争，最后是爱国之情压倒了一切。

乱曰[1]：	尾声：
已矣哉！	算了吧！
国无人莫我知兮[2]，	国家缺少忠良无人理解我。
又何怀乎故都[3]！	又何必深深地怀恋着故都！
既莫足与为美政兮[4]，	既然不能够一起推行美政，
吾将从彭咸之所居。	我将追随彭咸去他的居处。

【注】

[1] 乱：乐之卒章，即诗之尾声。歌辞末尾，撮其大要，以为乱辞。

[2] 国无人：国家无贤人。

[3] 故都：郢都（纪郢），当时的楚国都城，今湖北江陵。

［4］莫足与为美政：不能够一起来实现美政。可见《离骚》全篇之主旨在于推行美政，诗人受到沉重的打击，就在于推行变法、争取实现美政上。这一点在向重华陈辞部分已讲得很明白。

以上为乱辞，也即尾声，说明诗人的爱国之情同美政理想是统一的。诗人一生的政治理想是国家实现美政。在几次受到打击的情况下虽努力，仍无效果，觉得在楚国实现仁政和法治已完全没有可能，才产生了去他国实现美政的想法。但当他想到楚先祖，看到楚故都后，一腔爱国热血涌起，终究还是留了下来。

【评析】

战国之时“七雄”间争权激烈，于是一些有政治远见的思想家、政治家便从不同的方面、站在不同的立场上考虑如何才能“一天下”，使社会得到正常发展。儒、墨、道、法宣扬各自的理论，而各国的执政者和政治家都希望由自己的国家统一天下。至战国后期，明显只有秦国和楚国有这个条件。秦以西地域广阔，楚之南部也很广大。齐虽然比起中原几个大国来要好一些，但毕竟发展余地有限。故唯秦、楚两国后方广大，财力、人力皆为雄厚。

在此情况下，屈原主张对外先统一南方，故于楚怀王十年任左徒后在广陵筑城；对内则进行变法，实行美政。但楚国旧贵族为维护自身利益而合力反对政治改良，竟接受秦国的拉拢而破坏合纵之策。怀王十六年，屈原因旧贵族的陷害被削去左徒之职。后来楚国接连在丹阳、蓝田大败于秦，屈原受命出使齐国，以恢复齐楚联盟。又促成昭滑赴越一事，五年而灭越。但到怀王二十四年秦楚联姻，屈原被流放于汉北。《离骚》就作于屈原被放汉北之时。

汉北在郢都以东汉水折而东流一段的北面，即今天门、应城、京山、云梦一带，西北距楚别都鄢（今宜城）不远。屈原被放逐后，到鄢郢拜谒了先王之庙及公卿祠堂后写下《离骚》，故诗一开头即追述楚之远祖及屈氏太祖，中间又写到灵氛占卜、巫咸降神等情节，末尾写看见地面升起先祖的赫赫灵光，得“临睨旧乡”。从这些方面说，此篇应作于《卜居》之后；从艺术构思方面同《抽思》《思美人》《惜诵》比较，也应作于这三篇之后；而从篇幅之宏大方面看，似受《招魂》鸿篇结构之启发，应作于其后。综合来看，应作于怀王二十七年前后。

《离骚》中写诗人在人间受到打击无处诉说，到了天界想向天帝倾诉，然而为天帝守天门者不让他进去，他无法见到天帝，因而表现出无比的孤独与悲愤之情。诗人设想的天界是在高空云层蓝天之上，这是与从原始社会开始形成的一般意识和原型神话一致的。《离骚》中设计了一个龙马，通过它由马变龙和由龙变马暗示了诗人由人间到了天界以及由天界到了人间的过程。我国古代传说中龙的原型之一即神化的马，《周礼·夏官》中说“马八尺以上为龙”。在人间为马，升天后即为龙，向下穿过云层能看到地面时又变为马，本来只是地面与高空之分，但由于龙马变化的暗示，蓝天之上的高空成了天界。诗人借助自己由人间到天上，再由天上到人间的情节变化，向读者展现出两个世界。

全诗分三大部分和一个结尾（乱辞）。

第一部分回顾自己从小抱有崇高的政治理想，因而不断自我完善，以及惨遭失败后不断同环境斗争的心路历程。末尾说：“虽体解吾犹未变兮，岂余心之可惩！”

第二部分由受到亲人的劝说和指责引起，在无比的孤独中以向重华陈辞作为由现实世界向幻想世界的一个过渡。然后是巡行天上，想见天帝诉说悲苦而不能，便上下求女，寻求知音，终一无所获，末尾说：“怀朕情而不发兮，余焉能忍与此终古！”

第三部分先是说先后请灵氛和巫咸为自己做决定是去还是留。灵氛占卜的结果是劝其另求明君。然而诗人下不了去国的决心，于是又趁着巫咸夕降的机会，再次求指点。巫咸列举一系列古代事例，认为他应尽快寻找能实现政治理想的地方，不必迟疑。诗人于是再次回顾现实，然后决定离开楚国，到别处去实现政治理想，但在升上高空之后看到先祖灵光、看到旧乡而悲切不忍离去。

三大部分从情感表现上说是一层高过一层，而第三部分中又是分了几层，将诗人离去的决心层层加大，将诗人的政治理想与楚国现实之间的矛盾不断强化。诗中没有正面写自己的情感状况，而从“仆夫悲余马怀兮，蜷局顾而不行”二句即可看出，其爱国之情压倒一切。

乱辞。“既莫足与为美政兮，吾将从彭咸之所居”表明诗人在去留上的思想斗争只是为实现美政理想，而爱国之情压倒一切。乱辞实为点睛之笔。

《离骚》塑造了一个高大的抒情主人公形象。

首先，外部形象特征，是“高余冠之岌岌兮，长余佩之陆离”“扈江离与辟芷兮，纫秋兰以为佩”。

其次，思想与性格特征，“忽驰骛以追逐兮，非余心之所急。老冉冉其将至兮，恐修名之不立”“苟余情之信姱以练要兮，长顑颔亦何伤”。而品德修养方面，“好修姱以鞿羁”“好修以为常”。

最后，政治思想与主张：第一，主张法治（“循绳墨而不颇”），主张举贤授能。第二，具有民本思想，主张美政（“皇天无私阿兮，览民德焉错辅”），反对统治者的荒淫暴虐和臣子的追逐私利（由陈辞可见）。第三，为追求真理，宁死不屈（“亦余心之所善兮，虽九死其犹未悔”“虽体解吾犹未变兮，岂余心之可惩”）。这是中华民族精神的集中体现，两千多年来成为无数进步政治家、仁人志士品格与行为的典范，也给予他们力量。

《离骚》的语言是相当美的。

首先，大量运用了比喻象征的手法。如以采摘香草喻加强自身修养，佩带香草喻保持修洁等。但诗人的表现手段却比一般的比喻高明得多。如“制芰荷以为衣兮，集芙蓉以为裳。不吾知其亦已兮，苟余情其信芳”。第四句中的“芳”自然由“芰荷”“芙蓉”而来，是照应前两句的，但它又是用来形容“情”的。所以虽然没有“似”“如”“若”之类的字眼，也未加说明，却喻义自明。

其次，运用了不同的花、草比喻不同类型的人，用香花、香草来象征性地表现政治、思想意识方面比较抽象的概念，不仅显得含蓄，富有韵味，而且从直觉上增添了作品的色彩美。

再次，全诗以四句为一节，用固定的偶句韵，形成诗歌在外部结构上即形式上的最小单位，不仅增加了诗歌的建筑美，也使读者在预期的阅读节奏中进行，显得顺畅而连贯。

第四，从音韵上说，除固定的偶句韵之外，每节中非韵脚句子的句末都带有“兮”，吟诵中声韵拖长，且贯穿全诗，既增加了诗的音乐性，也因这种辅助韵脚的存在，使全诗一直在回环往复的旋律中进行，具有很强的节奏感。诗人情感的变化，则通过诗句的长短、句子的结构和韵律的变化来体现。

第五，运用了多种修辞手法。如在魏晋以后被普遍运用的对偶，在《离骚》中就很多。将“兮”字去掉，则有“固时俗之工巧，偭规矩而改错”“依前圣以节中，喟凭心而历兹”“夕归次于穷石，朝濯发乎洧盘”“苏粪壤以充帏，谓申椒其不芳”“百神翳其备降，九疑缤其并迎”“惟兹佩之可贵，委厥美而历兹”等，对偶之工整与唐宋律诗对仗无异。

东汉时卓越的文学家、史学家班固在《离骚序》中称《离骚》为“辞赋宗”。伟大的文学评论家刘勰在《文心雕龙·辨骚》中说：“自《风》《雅》寝声，莫或抽绪，奇文郁起，其《离骚》哉！”李白的诗中说：“屈平词赋悬日月，楚王台榭空山丘。”（《江上吟》）洪兴祖《楚辞补注》引宋初著名学者、词人宋祁所称“《离骚》为词赋之祖”。鲁迅、郭沫若也都给以《离骚》为代表的屈原作品以很高的评价。《离骚》也是世界文学的瑰宝。苏联科学院院士费德林在《屈原辞赋垂千古》一文中说：“屈原作品是属于这种具有世界历史意义的文化现象，它的伟大和社会意义，越是到后来，便显得越充分、越清楚。”这方面的代表作便是《离骚》。

天　问

屈　原

王逸《楚辞章句》中说，屈原被放之后“见楚有先王之庙及公卿祠堂”，看到庙堂中“天地山川神灵”的壁画，因而有《天问》之作。楚人得长江以南之地较迟，那里不可能有先王之庙及公卿祠堂，当时只有汉北才有，其西北即楚之故都（也是别都）鄢郢，在汉水东侧。屈原被疏放的情况下不能回都城，只有到鄢郢去拜谒先王先祖以寄托对家国的思念之情。则《天问》作于屈原被放汉北之时。从所表现的思想和内容看，《天问》是《离骚》中向重华陈辞一段的扩张，是以更具体细致的事实表现“皇天无私阿兮，览民德焉错辅。夫维圣哲以茂行兮，苟得用此下土”，“瞻前而顾后兮，相欢民之计极。夫孰非义而可用兮，孰非善而可服”的思想，只是用了比较含蓄的发问形式来表现，由大自然的天道至人类社会方面的天道，使读者不禁思考天道不能违背的道理。则《天问》应写成于《离骚》之后。

曰：遂古之初[1]，　　远古阶段那初始时的情形，
谁传道之[2]？　　是谁传说而使它流传至今？
上下未形[3]，　　天地还没有形成时的状况，
何由考之[4]？　　又是根据什么而考究分明？

冥昭瞢暗[5]，　　白天黑夜尚未形成时上下混沌，
谁能极之？　　是谁能穷究出它初始时的情形？
冯翼惟像[6]，　　只有充满宇宙的大气不断变幻，
何以识之？　　后人凭借什么能够推知此情？

明明暗暗，　　白天黑夜一直交替出现，
惟时何为[7]？　　形成这个现象的原因又是什么？
阴阳三合[8]，　　阴阳二气的交合产生冷暖推移，
何本何化[9]？　　是依据什么又怎样使它们变化？

【注】

[1] 曰：表示以下为希望读此者能思考回答的问题。遂：通“邃”，深远。

[2] 传道：传说。道，犹“言”。

[3] 上下：指天地。形：形成。《广雅》：“轻清者上为天，重浊者下为地。”

[4] 由：因。考：稽考，考究。

[5] 冥昭：指黑夜和白天。瞢（méng）暗：混沌尚不分明。

[6] 冯（píng）翼：大气充满之貌。惟像：只有想象。惟，通“唯”。

[7] 惟：彼。时：是。

[8] 三合：即参合，参错相合。三（叁），此处同“参”。

[9] 本：根源。化：变化，化生。

以上问宇宙形成之初的状况。

圜则九重[1]，　　据说那天体共有九重，
孰营度之[2]？　　是谁把它们丈量化分？

惟兹何功[3]，　　这是多么巨大的工程，
孰初作之？　　谁先想到做这个事情？

斡维焉系[4]？　　拴着天幕转轴的绳子挂在何处？
天极焉加[5]？　　天体的两极又架在什么上面？
八柱何当[6]？　　顶着天体的八根柱子支撑在天的何处？
西北何亏[7]？　　西北方有何亏损使日月星辰永向西转？

九天之际[8]，　　包括八方和中央的九天都有边际，
安放安属[9]？　　其边际是架在哪里又同什么连起？
隅隈多有[10]，　　各部分的相接应该形成不少角落，
谁知其数？　　又有谁知道这角落总共有多少数？

【注】

[1] 圜：同“圆”，指天体。九重：九层。古人认为天是圆的，有九层。

[2] 营：筹谋。度（duó）：度量。

[3] 惟：副词。兹：此。何功：惊叹工程之大。

[4] 斡（guǎn）：古代镶在车毂孔内的金属管。维：系中轴的绳索。古代有所谓盖天说，认为天体像车轮一样旋转。北斗即靠近中轴处。

[5] 天极：天体运转的中心之处，这里指中轴。

[6] 八柱：古人认为有八座高山作擎柱将天撑起。当：撑持。

[7] 西北：原作“东南”。涉下“地何故以东南倾”而误。此为问天，非问地。《列子·汤问》言共工怒触不周山，“折天柱，绝地维，故天倾西北，日月星辰就焉；地不满东南，故百川水潦归焉”。下面“地何故以东南倾”才问地。此当作“西北”，今正。

[8] 九天之际：九天的边际。此就置八柱之八方而言。九天，古人将天宇分为八方与中央。

[9] 属（zhǔ）：系属，联结。

[10] 隅（yú）：角落。《淮南子·天文训》中说：“天有九野，九千九百九十九隅。”隈（wēi）：弯曲之处。

以上问关于天宇方面的问题。

天何所沓[1]？	天的边缘是在哪里与地面相接？
十二焉分[2]？	黄道上的十二等分依什么划分？
日月安属？	日月怎样不变地沿着黄道运行？
列星安陈？	满天的星星是怎样陈列在虚空？
出自旸谷[3]，	太阳早晨从旸谷升起，
次于蒙汜[4]。	晚上止宿在蒙汜之滨。
自明及晦，	从黎明之时直至黄昏，
所行几里？	总共能走多少里路程？
夜光何德[5]，	月亮有什么特别的秉性，
死则又育？	能慢慢消失又慢慢重生？
厥利维何，	对它究竟有什么好处呢，
而顾兔在腹[6]？	要把一个兔子养在腹中？

【注】

[1] 沓：相合，重叠。

[2] 十二：指十二次和十二辰。古人认为日、月、五星（金、木、水、土、火）在天上按一个圆周运行，这个圆周称为黄道，将黄道一周天划分为十二等分，叫十二次，自西向东依次命名为星纪、玄枵等。古人根据太阳在十二次上的位置以定二十四节气，又将十二次从东到西以十二地支命名，即十二辰之假想，又设想有一个太岁星与岁星背道而行，以为纪年的依据。

[3] 旸（yáng）谷：神话中日出的地方。《淮南子·天文训》："日出于旸谷。"旸，原作"汤"，通"旸"。

[4] 次：停宿。蒙汜：日落之处，即《尚书·尧典》中"分命和仲宅西曰昧谷"之"昧谷"，"蒙""昧"一声之转。

[5] 夜光：指月亮。德：性能。

[6] 顾兔：回头看的兔子。上古传说月亮中有顾兔，应是根据所见月中阴影

而来的。兔，原作“菟”，洪兴祖、朱熹均引一本作“兔”，今据改。

以上问关于日月星辰的问题。

女岐无合[1]，	女岐本来没有婚配，
夫焉取九子？	哪里来的九个孩子？
伯强何处[2]？	带着阴气的伯强在什么地方？
惠气安在[3]？	象征和合的惠气又是在哪里？
何阖而晦[4]？	天上什么地方关上就是黑夜？
何开而明？	什么地方打开了又一片光亮？
角宿未旦[5]，	东方角宿处尚未发亮的时候，
曜灵安藏[6]？	太阳又是藏在什么地方？
白霓婴茀[7]，	白霓长巾配上项链的盛装，
胡为此堂[8]？	嫦娥为什么那样高大硕壮？
安得夫良药，	后羿的不死之药从哪儿来？
不能固藏[9]？	他为什么没有好好地收藏？
天式纵横[10]，	天道的法则是阴阳此消而彼长，
阳离爰死[11]。	阳气一旦离开躯体人就会死亡。
大鸟何鸣[12]？	大鸟长鸣究竟是因为什么事情？
夫焉丧厥体？	被射死坠落的神鸟在什么地方？
蓱号起雨[13]，	雨师萍翳一声呼号便形成大雨，
何以兴之？	他怎么会有这么大的力气发动？
撰体胁鹿[14]，	集众兽特征于一身两胁张开的大鹿，
何以膺之[15]？	它是怎样利用前胸推动形成大风的？

【注】

［1］女岐：神话中的女神名，生九子。合：婚配。

［2］伯强：风伯，代指阴气。

［3］惠气：惠风，和风，代指阳气。古人言阴阳合和而有生。这是承上文女岐生子而言。

［4］阖：关闭。

［5］角宿（xiù）：二十八宿之一，在东方，日月五星都经过这里，故古天文学家称作天门。旦：天亮。

［6］曜（yào）灵：太阳。

［7］霓：副虹。婴：同“缨”，缠绕，编织。茀（fú）：妇女的首饰。这句应是上古时关于嫦娥形象的传说。

［8］堂：高大硕壮的样子。先秦之时女性以高大壮硕为美。“嫦娥”之“嫦”由“常”而来。八尺曰寻，倍寻曰常（古代之尺小）。“嫦娥”之本义即高大的美女。

［9］藏：原作“臧”，通“藏”。《太平御览》卷十四作“藏”，今据改。诗人认为是后羿自己不重视，才丢失不死之药。

［10］天式：天道的法则。纵横：即阴阳消长之道。

［11］阳离爰死：阴阳消长是自然的法则，阳气一离开躯体，人就要死亡。这两句是承上一节言之，是说不死之药的传说靠不住。

［12］大鸟何鸣：是问后羿射九日之事。神话中日中有鸟，射中则鸣而坠落。

［13］蓱（píng）：即萍翳，雨师。号：呼。

［14］撰体胁鹿：集飞禽走兽之特征于一体、张开两胁能飞的鹿。撰体：谓集众兽之形体于一身。撰，通“纂”，具有，聚集。胁鹿，鹿的上身。古代神话中的风神飞廉为鹿身、雀头、有角、豹尾。这里指长着鹿身的风神飞廉。

［15］膺：胸部。这里用为动词，指用上身推。

以上问有关天象的神话。

第一部分，问有关天象的神话传说，问宇宙之事。天问者，问有关上天、地下、人世皆存而不显的天道。故由问渺茫宇宙之事始，由远及近，渐及于人世之治乱兴衰。

不任汩鸿[1]，
师何以尚之[2]？
佥曰何忧[3]，
何不课而行之[4]？

既然鲧承担不了治洪水之事，
四岳又为什么要推举他去干？
都说任命他不会有任何担忧，
帝舜又为什么不先加以考验？

鸱龟曳衔[5]，
鲧何听焉？
顺欲成功，
帝何刑焉[6]？

鸱龟个个首尾相衔启示治水之法，
鲧怎么想到模仿它们把堤防修建？
如果按照水性加以疏导取得成功，
尧怎么还会惩治他而放逐于羽山？

永遏在羽山[7]，
夫何三年不施？
伯禹愎鲧[8]，
夫何以变化？

把鲧长久地囚禁在羽山之野，
为什么三年中都不施行刑罚？
大禹以为父亲鲧过于固执，
又怎样改变了治水的方法？

纂就前绪[9]，
遂成考功[10]。
何续初继业，
而厥谋不同[11]？

大禹继承了此前治水的工程，
终于完成了父亲未竟的事业。
为何接下相同的工程继续进行，
而他们的治理方式又有所不同？

洪泉极深[12]，
何以填之[13]？
地方九则[14]，
何以坟之[15]？

洪水的渊泉极其深邃，
禹用了什么办法将它填平？
他将土地的好坏分为九等，
是用怎样的办法加以区分？

应龙何画[16]，
河海何历？
雄虺九首[17]，

应龙如何用尾巴画地启示大禹，
黄河入海都经过了怎样的历程？
像九头之蛇一样分岔出很多江水，

倏忽焉在？	什么地方还有它迅猛乱流的情形？
阻穷西征[18]，	那西归的路程艰险阻隔，
岩何越焉？	鲧怎样跨过一座座山岩？
化为黄熊[19]，	他死之后又变成了黄熊，
巫何活焉？	巫神是怎样使他得以复活？
咸播秬黍，	平治水土后人民播种禾黍庄稼，
莆雚是营[20]。	原来的芦苇之地都被辟为农田。
何由并投，	为何把鲧同其他罪犯一样流放，
而鲧疾修盈[21]？	难道鲧的罪过真的是无际无边？
鲧何所营？	鲧是在哪个方面着力经营？
禹何所成？	禹又在哪个方面取得成功？
康回冯怒[22]，	为什么说是因为共工的大怒，
地何故以东南倾？	才形成大地东南方塌陷下沉？

【注】

[1] 任：胜任。汩（gǔ）：治理。鸿：通“洪”，洪水。

[2] 师：众人。尚：推崇，举荐。《尚书·尧典》记载尧时四岳（尧的四个臣）举荐鲧治理洪水，这是说鲧还是有一定能力的。

[3] 佥（qiān）：皆。

[4] 课：试。这是说当初没有让鲧先试治一段后再将这一重大任务交给他，这也是一个失误。

[5] 鸱（chī）龟：即《山海经·中山经》中说的旋龟，“其音如鸱”。曳衔：后者衔接着前者之尾，牵引而行。传说鲧治水时见到鸱龟之属曳衔而行，于是受启发筑堤坝堵洪水。古代直至近代由于生产工具和建筑设备上的局限，堤坝多是土筑而成，在临水的一面砌以石，在受水冲击处筑一个比较宽的土堆，或过一段筑一土堆，状如旋龟衔尾。

[6] 刑：施刑，治罪。《竹书纪年》载帝尧“黜崇伯鲧”。《尚书·洪范》作

"鲧则殛死",《孔传》曰:"放鲧至死不赦。"尧舜并未处死鲧，而是流放远鄙之地，至死不赦其罪责。故《离骚》中说:"鲧婞直以忘身兮，终然夭乎羽之野。"应是有人建议其将堵截与疏导相结合，而鲧未听从，因而发生了大的事故，舜才惩治他。

[7]永：长久。遏：禁闭。羽山：传说中的山名。远古三皇时代，人们常采华丽的羽毛供部落首领作冠上装饰之用。羽山为有此类羽毛之鸟所栖息之山。

[8]伯禹：即禹，禹称帝前曾封为夏伯，故称为伯禹。愎（bì）鲧：以为鲧过于固执。愎，刚愎，倔强。

[9]纂就：继续从事。前绪：前人之事业。

[10]考：对已死父亲的称呼。

[11]厥谋：其方略。

[12]洪泉：洪水渊泉。《淮南子》:"禹乃以息土填洪水，以为名山。"游国恩《天问纂义》:"禹继父治水，虽导其流，亦塞其原，原流兼治，乃克有功。"盖禹治水疏导与填塞之法并用，鲧则只知用堵截之法。

[13]填：原作"窴"，洪兴祖:"'窴'与'填'同。"今据改。

[14]方：分别。九则：九等。传说禹将全国的土地分为九等。

[15]坟:《禹贡》分土有"黑坟""白坟""赤埴坟"等，马融曰:"坟，有膏肥也。"这里用作动词，指区别土质肥沃的程度。

[16]应龙：神话中有翼的龙。传说禹治洪水时，应龙用尾画地形，禹就跟着治理，因而治之。

[17]雄虺（huǐ）：凶恶的毒蛇。

[18]阻穷：指道路艰险。放鲧之羽山在东海边，要越山岩而西归很不容易。

[19]黄熊：传说鲧死后，其神化为黄熊，入于羽渊。

[20]咸播秬（jù）黍，雚（huán）蒲是营：这是说鲧治水之后，人们在长满蒲草和芦苇的地方经营，都种上了黑黍。营，经营。雚蒲，原作"莆雚"，闻一多《楚辞校补》《天问疏证》以为当作"雚蒲"。"雚"同"萑"，"莆"同"蒲"，都是水边湿地上芦苇之类的植物。

[21]疾：恶。修：长。盈：满。

[22]康回：共工名。冯（píng）怒：盛怒。冯，盛、满的意思，《淮南子·天文训》言共工与颛顼争为帝，不得，怒而触不周之山，天柱折，地维绝，

故东南倾也。

以上问鲧禹治水，为向九州地理问题的过渡。

九州安错[1]？
川谷何洿[2]？
东流不溢[3]，
孰知其故？

九州的区域是怎样设置的？
山谷河道为什么又那样深？
江河都东流入海而不溢出，
谁能够说出这是什么原因？

东西南北，
其修孰多？
南北顺椭[4]，
其衍几何[5]？

大地的东西与大地南北相比，
哪个的长度大哪个的长度小？
既然地是南北长的狭长形状，
从南到北比东到西能长多少？

昆仑悬圃[6]，
其居安在？
增城九重[7]，
其高几里？

传说中昆仑山的悬圃，
到底是处在什么位置？
山上的增城共有九重，
其高度到底有多少里？

四方之门[8]，
其谁从焉？
西北辟启[9]，
何气通焉[10]？

增城四面必然有城门，
是谁在那里出出进进？
西北方的门打开之时，
是什么风从那里流通？

日安不到，
烛龙何照[11]？
羲和之未扬[12]，
若华何光[13]？

哪儿有太阳照不到的地方，
烛龙是在什么地方发光？
太阳还没有升起的时候，
若木的花靠什么放红光？

何所冬暖？

冬季的时候哪儿暖和？

何所夏寒？　　夏季的时候哪儿严寒？
焉有石林[14]？　　哪里有遍地的石林石笋？
何兽能言？　　什么野兽能通人的语言？

焉有虬龙，　　哪儿有没有角的虬龙，
负熊以游[15]？　　背上载着熊在水上游戏？
何所不死[16]？　　什么地方的人长生不死？
长人何守[17]？　　高大的人守着什么要地？

靡蓱九衢[18]，　　漂着的浮萍在水面向四处延伸，
枲华安居[19]？　　那枲麻之花又都生在什么地方？
一蛇吞象[20]，　　据说有灵蛇能吞食大象，
厥大何如？　　这种蛇到底有多么粗壮？

黑水玄趾[21]，　　西北的黑水和东南的玄趾，
三危安在[22]？　　还有那三危之地都在何处？
延年不死，　　传说那里的人长生不死，
寿何所止？　　他们究竟活到什么岁数？

鲮鱼何所[23]？　　鱼身而又人面人爪的鲮鱼在哪里？
鬿堆焉处[24]？　　哪里有白首鼠足虎爪的食人大鸟？
羿焉彃日[25]？　　后羿在哪里射落了九个太阳，
乌焉解羽[26]？　　太阳中的金乌又在哪里掉下羽毛？

以上问有关九州大地的各种传说。

【注】

[1] 错：同“措”，设置。

[2] 洿（wū）：深。

[3] 东流：指百川东流入海。溢：满，涨出。

［4］顺椭（tuǒ）：循着一个狭长形状。椭，狭长。

［5］衍：余，多出。古代历算家有的说南北的距离比东西短，有的则认为相反。屈原用后一说。

［6］悬圃：神话传说中昆仑山上的一个地方。悬，原作“县”，通“悬”，为便于诵读，今改作“悬”。

［7］增城：又作“层城”。九重：九层。《淮南子·地形训》言昆仑虚“有增城九重”。“增”“层”古字通。

［8］四方之门：《淮南子·地形训》言昆仑虚“旁有四百四十门，门间四里，里间九纯，纯丈五尺”。此四方之门当为昆仑之门。

［9］辟启：打开。

［10］气：风。洪兴祖《楚辞补注》：“《淮南》云‘昆仑虚，玉横维其西北隅，北门开以纳不周之风’。按不周山在昆仑西北，不周风自此出也。”

［11］烛龙：神话中发光的神龙，能照亮北方幽冥无日之国。当是由北极光传说而来。

［12］羲和：神话中为日驾车的神人，这里代指太阳。未扬：指未上升时。

［13］若华：若木的花。若木，神话传说中的树，生在昆仑山之西，太阳落处。其花放红光，能下照大地。

［14］石林：古代传说，西南有石树成林。

［15］负熊以游：似为大禹神话的演变。上古有禹化熊之传说。

［16］不死：《山海经·海外南经》载：不死民在交胫国东，“其人黑色，寿，不死”。《大荒南经》中有“不死国”，《海内经》言“流沙之东，黑水之间，有山名不死山”。均在南部和西北，似同古印度佛教的传说有关。

［17］长人：指防风氏。传说防风氏身长三丈。当由极北之地传说而来。

［18］靡（mí）：分散，蔓延。蓱：即萍，无根，浮水而生，故漂浮分散。衢（qú）：岔道。引申为岔枝延伸。“九”言其多。

［19］枲（xǐ）：一种麻类植物。华：花。安居：在什么地方。

［20］一蛇吞象：《山海经·海内南经》云“巴蛇食象，三岁而出其骨”。

［21］黑水：水名，在西北。玄趾：地名，在东南之地。《山海经·海外东经》：“玄股之国在其北，其为人股黑，衣鱼食鸥，使两鸟夹之。”乃由海边渔民传说而来。“两鸟”当由鱼鹰而来。玄，黑色。

［22］三危：地名，在甘肃敦煌东南。

［23］鲮（líng）鱼：传说中的一种鱼，人面人手鱼身，居于陵陆，故名鲮鱼。

［24］鬿（qí）堆：即鬿雀。《山海经·东山经》："有鸟焉，其状如鸡而白首，鼠足而虎爪，其名曰鬿雀，亦食人。"

［25］羿（yì）：尧时人名，善射。彃（bì）：射。《淮南子·本经训》言尧时十日并出，"草木焦枯，尧命羿仰射十日，中其九日，日中九乌皆死"。

［26］解羽：羽毛脱落，指乌死而羽毛落下来。

第二部分，由鲧禹治水问到九州大地之事，对一些传闻之事也提出疑问。都是从天道方面思考判断其可信与不可信，反映出诗人的唯物主义天道观。

舜闵在家[1]， 舜在家中忧愁辛劳，
父何以鱞[2]？ 他父亲为什么不为他聘娶妻室？
尧不姚告[3]， 帝尧没有向舜的父亲提议亲事，
二女何亲[4]？ 为什么就将两个女儿嫁他为妻？

舜服厥弟[5]， 舜对待异母弟弟象顺从和善，
终然为害[6]。 象却一次次谋害他成了祸根。
何肆犬豕[7]， 为什么舜容忍这种猪狗之人，
而厥身不危败[8]？ 而且始终没有因此危及自身？

禹之力献功， 禹力行有远见卓识的事业，
降省下土方[9]， 屈身到民间考察九州四方。
焉得彼涂山女[10]， 为何一遇到涂山氏的女子，
而通之于台桑[11]？ 便与她仓促地成婚于台桑？

闵妃匹合[12]， 禹爱怜涂山氏并与她成婚，
厥身是继[13]， 应是为了使自己后继有人。
胡维嗜欲同味[14]， 哪里是因为两人情投意合，

而快朝饥[15]？　　只图一时欢快才相爱相亲？

启代益作后[16]，　　启取代了益而继大禹为君，
卒然罹孽[17]，　　结果遭到被益拘禁的忧患。
何启惟忧，　　为什么启在遭遇忧患之时，
而能拘是达[18]？　　却能逃出拘禁避免了灾难？

皆归射鞠[19]，　　追随益的人全部都被治罪，
而无害厥躬。　　对启来说最后是毫发无损。
何后益作革[20]，　　为什么禅让即位的益被革除，
而禹播降[21]？　　而禹的基业却从此昌盛兴隆？

以上问夏之兴。

【注】

[1] 闵：借作“悯”，忧愁。

[2] 鳏：老而无妻。《尚书·尧典》：“有鳏在下，曰虞舜。”因舜父顽母嚚，不为他娶妇，他早已过了婚娶年龄，故曰“鳏”。

[3] 不姚告：即不告诉舜的父亲。姚，舜的姓，这里指舜父瞽叟。《孟子·万章》上：“帝（指尧）之妻舜而不告，何也？曰：帝亦知告焉则不得妻也。”

[4] 二女：指尧的两个女儿娥皇、女英。亲：成婚。

[5] 服：服从，服事。厥弟：其弟，指舜的弟弟象，舜之后母所生。

[6] 终然为害：最后象还是要杀他（舜），成为他的祸害。

[7] 何肆犬豕：为什么容忍这种心性如猪狗的人。

[8] 厥身不危败：其（舜）身不危败。这是说舜重德，又机智。

[9] 降：指下至民间。省：察看。下土方：九州各处。

[10] 涂山：古国名，在今安徽怀远。

[11] 通：通婚。台桑：地名。

[12] 闵：借作“悯”，爱怜。妃：指涂山氏。匹合：结婚。

[13] 厥身是继：是为了给自己延续后代。涂山氏生下启。

[14] 胡维：何为。嗜欲：喜好。“嗜欲”后原有一“不”字，据王逸注当无，洪兴祖引一本亦无，今删。

[15] 快朝（zhāo）饥：满足一朝之情欲。朝饥，是男女情事的隐语。

[16] 启：禹的儿子。益：禹手下的大臣。禹临死言传位于益，而民皆从启不从益。后：国君。

[17] 卒：借为“猝”（cù），忽然。罹（lí）：遭遇。原作“离”。王逸注：“遭也。”王夫之《通释》：“离去声，‘罹’也。”今据改。孽（niè）：灾祸。原作“蠥”，同“孽”。洪兴祖、朱熹并引一本作“孽”，今据改。

[18] 拘：拘禁。达：走开，逃脱。由《天问》看启继其位为帝之后，益反抗之，囚禁了启，启想办法得以逃脱，后启杀益。此句意思是因为人民感念禹的恩德而帮助启。

[19] 归：归顺。射鞠：治罪。

[20] 作：借为祚（zuò）。革：更替。

[21] 播降：假借为“蕃隆”。这是说即使是合法继承，如无功德或功德不大，老百姓仍不忘有大功大德之君王，从而支持他的后代。

启棘宾帝[1]，	启几次到天帝那里去做客，
九辩九歌。	多次辩说和歌颂夏人业绩。
何勤子屠母[2]，	为何禹爱子而使涂山氏身死，
而死分竟地[3]？	让她尸骨分裂而且四散于地？
帝降夷羿[4]，	天帝在东夷中降下了后羿，
革孽夏民[5]。	让他消除夏朝人民的忧患。
胡射夫河伯[6]，	他却为什么要射死河伯，
而妻彼雒嫔[7]？	将河伯的妻子洛嫔霸占？
冯珧利决[8]，	羿手持着考究的良弓百发百中，
封豨是射[9]。	灭掉野猪似的后夔氏之子伯封。
何献蒸肉之膏[10]，	他常给天帝献上蒸肉腊膏祭祀，
而后帝不若[11]？	为什么天帝并未让他顺意随心？

浞娶纯狐[12]，	寒浞霸占了后羿的妻子纯狐，
眩妻爰谋[13]。	后羿霸占的伯夔之妻参与了谋划。
何羿之射革[14]，	为什么后羿有射穿七层皮的力气，
而交吞揆之[15]？	他身边的人却要合伙算计谋害他？
鳌戴山抃[16]，	十五只巨鳌背负着五座山舞动四肢，
何以安之？	它们为什么能长期坚持而心安意顺？
释舟陵行[17]，	如果使这些鳌离开水而在地上搬运，
何以迁之？	要用怎样的办法才能将这些山移动？
惟浇在户[18]，	浇常守在他嫂子女岐的门口，
何求于嫂[19]？	对他嫂子有什么特殊的乞求？
何少康逐犬[20]，	为什么少康能放出了猛犬，
而颠陨厥首[21]？	很容易地砍掉了浇的人头？
女岐缝裳[22]，	女岐借着要替浇收拾衣裳，
而馆同爰止[23]，	与浇同寝而使他毫不生疑。
何颠易厥首[24]，	为什么自己的脑袋被人误砍，
而亲以逢殆[25]？	死在与自己合谋者的手里？

以上问夏建国之初的事。

【注】

［1］棘：急切。此说启到天帝那里做客，得《九辩》《九歌》之曲，到人间后多次演唱。本诗中“辩”“歌”都用为动词。

［2］勤子屠母：指启破母腹而降生的事。勤，殷勤（对待），爱惜（其子）。为使启尽快出生，剖其母之腹。屠，指剥裂。

［3］死分竟地：死，通“尸”，指涂山氏化为石头。竟地：满地。以上是说禹还是希望由其子继承对九州大地的管理。

［4］帝：天帝。夷羿：东夷有穷氏后羿，夏少康时人，弑夏后相而篡夏政。

［5］革孽夏民：革夏民之忧患。革，除去。孽，忧。这里是说从夏初太康失国到少康复国的一段历史。《离骚》有“启九辩与九歌兮，夏康娱而自纵。不顾难以图后兮，五子用夫家巷”即讲此。事又见《左传·襄公四年》。

［6］河伯：这里指河洛一带群落的首领。《穆天子传》中有河宗氏，名柏夭（一作伯夭）。后来演变为黄河之神。

［7］雒嫔：河伯之妻，神话中洛水女神。雒，同“洛”。后来，有穷后羿射杀河伯，娶雒嫔为妻。

［8］冯珧（píng yáo）：大的良弓。冯，大。珧，用贝壳作装饰的弓。利：精良。决：“玦”之借字，用玉石或骨角做的套在右手拇指上的扳指，拉弓时起护指作用。

［9］豨：野猪类的猛兽。这里是借以指后夔之子伯封。《左传·昭公二十八年》言伯封“实有豕心，贪婪无餍，忿纇无期，谓之‘封豕’”。封豨即封豕。

［10］蒸肉：祭天地之肉。蒸，通“烝”。冬祭曰“烝”。膏：脂。

［11］后帝：天帝。不若：不顺遂其心愿。指有穷后羿最终被其臣寒浞所灭。

［12］浞（zhuó）：即寒浞，本为伯明氏谗子弟，后羿用为家臣，后用为相。浞笼络羿身边的亲近，贿赂收买臣民，又怂恿羿放纵于田猎游乐。后来浞在羿打猎归来时杀死羿，夺其国，又取其妻为己有。《离骚》中说：“羿淫游以佚田兮，又好射夫封狐。固乱流其鲜终兮，浞又贪夫厥家。”即是讲此（事又见《左传》襄公四年、哀公元年）。纯狐：羿妻。

［13］眩妻：本为伯夔之妻，被后羿所灭的伯封之母，为后羿所占有。她协助寒浞霸占羿之正妻纯狐。爰谋：参与谋划。

［14］革：皮革，传说羿能射穿七层皮革。

［15］交：交谋，合谋。吞：吞并，吞灭。揆（kuí）：谋划，算计。

［16］鳌（áo）：大龟。戴：负荷。抃（biàn）：两手相击。这里指四肢舞动。《列子·汤问》中言，渤海之东有五山，常随潮波上下往还，帝恐山上仙人失去居地，乃命禹强“使巨鳌十五举首而戴之”。说明巨鳌因不失其水而乐，又因使仙圣不失其居处而安心。

［17］释舟陵行：释水而陆行。释，去掉，离开。陵，山地。这句和下句是说龟所以能负山如舟船者，是因为在水中，如果使龟离开水而陆行，怎么能移动山呢。以喻做有益于人世之事，会得到人们的支持，如水之载舟。

［18］奡（ào）：寒浞的儿子，寒浞与纯狐所生。他力大无比又纵欲残忍，曾杀死夏后相（太康之侄，仲康之子），后被少康所杀。奡，原作“浇”，古通“奡”。《论语·宪问》：“羿善射，奡荡舟，俱不得其死然。”孔注：“奡，多力，能陆地行舟。”先秦文献中多以“罔水行舟”喻违反天理，做倒行逆施之事。

［19］何求于嫂：结合下文看，其表面是求女岐代为缝裳，实则是垂涎其美色。

［20］少康：夏后相之子。后羿、寒浞、奡依次篡权先后代夏政，后来少康灭奡，恢复夏王朝。王逸注：“言夏少康因田猎放犬逐兽，遂袭杀浇而断其头。”逐犬：使犬，放犬。

［21］颠陨：坠落，指砍掉。

［22］女岐逢裳：奡嫂即女岐。女岐为奡缝裳，是非礼的行为。古人所说裳为下衣。奡之裳破而让其嫂缝补，有挑逗之意。

［23］馆同：即同馆。爰：乃。止：住宿。这是回问敖死之前的一件事，言附逆者也没有好下场。

［24］颠易厥首：指因认错将女岐看作奡而被砍头。易，换，指砍错。

［25］亲以逢殆：作为亲近者受了这个祸。奡之死，是因他“求于嫂”，使少康在道义上得到支持。

奡谋易旅[1]，	奡用心制造上下成套的甲衣，
何以厚之[2]？	以什么使夏之军民感念服从？
覆舟斟寻[3]，	当年夏王在斟寻大败终于倾覆，
何道取之？	商汤用了怎样的手段取得成功？
桀伐蒙山[4]，	夏桀王讨伐蒙山之国，
何所得焉？	得到什么可心的东西？
妺嬉何肆[5]，	妺嬉有什么放纵行为，
汤何殛焉[6]？	商汤王将她流放而死？
厥萌在初，	夏桀的奢华之风此前已经萌生，
何所意焉[7]！	当时的君王怎能料想夏朝未来？

璜台十成[8]，	用美玉装饰的台阁高达十层，
谁所极焉？	是谁怂恿他这样的穷奢极侈？
登立为帝[9]，	曾经是一代帝王的女娲，
孰道尚之[10]？	因何种道义被尊奉推崇？
女娲有体，	女娲只是一个女人身，
孰制匠之[11]？	是谁造就了她的身体？
缘鹄饰玉[12]，	雕着天鹅图案以玉装饰的礼器，
后帝是飨[13]。	朝廷一直用它们来祭祀上天。
何承谋夏桀[14]，	为何承先王之意想永保天下的桀，
终以灭丧？	结果却是一朝颠覆适得其反？
帝乃降观[15]，	商汤前往民间去考察民情，
下逢伊挚。	正好遇到难得的贤才伊尹。
何条放致罚[16]，	为什么流放桀以示对其惩罚，
而黎民大悦[17]？	夏朝的黎民百姓却欢天喜地？

以上问夏亡国之事。

【注】

[1] 奡谋易旅：奡用心制造上下成套的甲衣。奡，原作“汤”，清牟廷相谓“浇（奡）之误”。闻一多言：“上下文皆言浇呈，此不当忽及汤。”今据改。易旅，闻一多言：“易旅，即治甲。甲必厚而能坚，故下文曰‘何以厚之’也。”

[2] 何以厚之：以什么使夏之军民得到好处，皆归于己。指汤之仁政。

[3] 覆舟斟寻：指浇灭斟鄩的事。《竹书纪年》中载：“浇及斟鄩大战于潍，覆其舟灭之。”斟寻，即斟鄩，夏同姓诸侯。其地在今河南省偃师县东北十三里。

[4] 蒙山：即“岷山”，夏时国名。《竹书纪年》：“桀伐岷山，得二女，曰琬，曰琰，爱之而弃其元妃妹嬉于洛，以与伊尹交，遂亡夏。”

[5] 妹（mò）嬉：《国语·晋语》云：“夏桀伐有施，有施人以末嬉女焉。”

末嬉即“妹嬉”，妹嬉开始甚有宠于夏桀。被疏之后，始私通于伊尹。肆：放纵，过分的行为。

［6］殛：惩罚。此言妹嬉之死，既因与夏桀之荒淫，也因其通于伊尹。商汤不允荒淫之风蔓延。

［7］意：通“臆”，预料，测度。

［8］璜台：用玉装饰的楼台。十成：十层。

［9］登立为帝：指女娲登首领之位而立为帝。

［10］道：道义。尚：尊奉。

［11］制匠：制作。

［12］缘鹄：饰以鹄的形象。缘，装饰。鹄，天鹅。饰玉：用玉装饰。此句指祭器的精美。

［13］后帝：天帝。飨（xiǎng）：这里是使动用法，使享用。

［14］承谋：承先王之意而谋划，以图永久。上古帝王祭天仪式盛大，以求保佑。其实天命背后的判断标准是人事。不修德行，不重民事，就会失去天命。

［15］帝：指汤。降观：指成汤东巡，下察民情。

［16］条：鸣条，地名，在今山西省安邑县。汤伐桀，桀走鸣条，流放而死。致罚：行天之罚。

［17］民：原作“服”，为“民”字之误。“服”古作“艮”，与“民”相近，故得误。王逸注言：“黎，众也。说，喜也。”悦：原作“说”，通“悦”。

第三部分，问夏人之兴、夏之建国、夏初的太康失国和桀之亡夏。其贯穿始终的思想是：得人心，天则助之；失人心，天则弃之。诗人认为，禹之后人民不服从禹推荐的益为首领而是服从启，是因为鲧禹对社会的贡献太大。而启为王之后连续出现波折，是因为他不注重民生而只知享乐。而后来几个代夏而立的人也同样只知享乐，最终由启的重孙少康恢复了夏王朝。这一部分突出说明了有道而兴、无道而亡的道理。战国之时一般人对商周历史较为清楚，对夏代初期情况了解不多，故诗中以较大篇幅讲了这一段历史中发人深省的事。这一部分所表现思想还有一点值得注意：屈原没有夷夏之分，“帝降夷羿”便表现出这一点。

简狄在台[1]，　　有娀氏之女简狄居于高阁之上，

喾何宜[2]？	帝喾怎么知道她能匹配于自己？
玄鸟致贻[3]，	燕子受托传情达意并留下燕卵，
女何嘉[4]？	简狄吞下燕卵为什么就能生子？
该秉季德[5]，	王亥秉承父亲德行继承王位，
厥父是臧[6]。	他的父王本来对他十分赞赏。
胡终弊于有易[7]，	为什么他竟然败给有易氏？
牧夫牛羊？	被有易氏俘虏去放牧牛羊？
干协时舞[8]，	王亥时时露着两胁执盾牌而舞，
何以怀之？	为什么引起有易氏之女的爱恋？
平胁曼肤[9]，	那身材丰满肤色润泽的有易女，
何以肥之[10]？	为什么会看上这个贩牛的青年？
有易牧竖[11]，	有易氏那个只会放牛羊的小子，
云何而逢[12]？	如何发现了王亥同妻子的隐情。
击床先出[13]，	首领绵臣密谋在床上击杀王亥，
其命何从[14]？	王亥是怎样保全了自己的性命？
恒秉季德[15]，	王亥的弟弟王恒持守父亲的政教，
焉得夫朴牛[16]？	用什么办法夺回了商人买的朴牛？
何往营班禄[17]，	为什么后来运输粮食以换取耕牛，
不旦还来[18]？	常常是连夜赶回不敢至天明即返？
昏微遵迹[19]，	上甲微遵循前辈先人的道路，
有狄不宁[20]。	讨伐有易氏使他们不得安宁，
何繁鸟萃棘[21]，	为什么像众鸟聚在一棵树上，
负子肆情[22]？	让他们在草垫上放纵私情？
眩弟并淫，	昏聩的弟弟们干淫乱之事，

危害厥兄[23]。	甚至危害到兄长为君为王；
何变化以作诈，	为什么他们诡谲且又无行，
而后嗣逢长[24]？	商代的国祚却能久远绵长？

【注】

［1］简狄（dí）：有娀（sōng）氏之女，传说为帝喾（kù）的次妃。台：指高台上的阁中。

［2］宜：读为“仪”，匹配。

［3］玄鸟：燕子。传说玄鸟陨卵，简狄吞之，生下契，为殷人的第一个男性祖先。致贻（yí）：送上礼物，这里指遗留下了燕子卵。

［4］女何嘉：简狄为何就有了孩子。嘉，生子。

［5］该：王亥，殷始祖契的六世孙。秉：秉承。季：王亥之父，名冥。

［6］厥：其。臧：善，嘉许。

［7］弊：困败。有易：夏代国名，北方游牧民族，当今河北易水一带。《山海经·大荒东经》中说：“王亥讬于有易、河伯仆牛。有易杀王亥，取仆牛。”王亥出逃，流落在外。有易，原作“有扈”，清刘梦鹏《屈子章句》以为当作“有易”，传写之讹误。王国维、闻一多等均有论述，今据改。下面“有易牧竖”同。

［8］干协：胁盾。协为“胁”字之借。《管子·幼官》：“胁盾，盾也。”干即盾。称作“胁盾”，是因为作战时主要用以保护两胁。万舞时露胁而舞，时以盾挡于胸前。胁，胸之两侧。时：是。

［9］平胁：胸部丰满（不见肋骨）。曼肤：润泽的皮肤。

［10］何以肥之：凭什么同她（有易女）相配。言王亥本非有易氏之人。肥，“嫛”之借字，即“妃”字，这里是匹配的意思。

［11］有易牧竖：指有易氏首领。竖，蔑称，犹言小子。

［12］云何：如何。古本《竹书纪年》中说：“殷王子亥宾于有易而淫焉，有易之君绵臣杀而放之。”

［13］击床先出：绵臣向床上的王亥砍击，王亥逃出。但《山海经·海内北经》中说“王子夜（“亥”之误）之尸，两手、两股、胸皆断异处”，则王亥最后还是被杀。

［14］其命何从：言即使有为君之资格，如无德，也难以存活。

［15］恒：亥之弟。殷人王位继承以兄终弟及为主、子继为辅。季：即冥，亥与恒之父。秉：秉承。

［16］朴牛：《吕氏春秋·勿躬》叙其事作“服牛”，可以耕地、驾车的牛，相对于游牧民族只用于食肉而言。看来商人在建国前就同游牧民族有商业贸易，以取得用于耕田、运输的牛。

［17］营：经营。班禄：用谷物以贸易。班，通“搬”，这里为贩运之义。禄，本指用于祭祀之谷米，这里泛指谷米。

［18］不旦还来：天未明即返。旦，原作“但”，“旦”之借字。因其兄之教训，不敢等至天明即返。

［19］昏微：即上甲微，为亥之子。其命名取义于昏暮之时，故曰“昏微”。今本《竹书纪年》：“十六年，殷侯微以河伯之师伐有易，杀其君绵臣。”遵迹：遵循先人之往迹，即王亥、王恒之事业。

［20］有狄：即有易。王亥应是由北方游牧民族中引入牛运输的第一人，故王亥在甲骨文中被称为高祖亥。上甲微则进一步破除了与北方民族通商的障碍。

［21］繁鸟萃棘：多鸟聚于一树。此喻有易之君以一女子引诱来其他男子。

［22］负子：即负菑（zī），在草垫上。菑，割下来的干草。

［23］眩弟并淫，危害厥兄：眩，当是“胲”之误。“胲”是“亥”的繁文。亥弟，即王亥与其弟王恒。言兄弟俩都中了美人计，为什么只危害其兄而王恒无事。意思是王恒是将计就计，要回了失去的牛，又让王亥之子杀了有易之君。

［24］逢：壮大。长：久远。这是说王恒坚守其父兄之志，故使殷商昌盛而有天下。

以上问商之兴。简狄生契之后，问王亥本来继承其父德行，他父亲很看重他，何以在同游牧部落（可能是河伯）交易中，招来杀身之祸。王亥大概是中原地带最早提倡驯牛、用牛耕作运输的人。有功劳，但因生活上不检点，不仅未能继承父亲任部族首领，还命丧于外。但王亥毕竟作出了贡献，为后人所记。《管子·轻重戊》：“殷人之王，立皂牢，服牛马，以为民利，而天下化之。”所以甲骨文中反映历代商王的祭祀中，王亥和上甲微的地位很高，与契、汤并列。

成汤东巡，	商汤到东部的领地进行访查，
有莘爰极[1]。	一直到了最东面的有莘氏之地。
何乞彼小臣[2]，	为什么他只向有莘氏要个小臣，
而吉妃是得[3]？	却因此得到了带来幸运的妃子？
水滨之木，	当初有莘氏在水边的桑树中，
得彼小子[4]。	得到了不同一般的婴儿伊尹。
夫何恶之，	为什么等长大之后又厌恶他，
媵有莘之妇[5]？	把他作为给女儿的陪嫁奴隶？
汤出重泉，	商汤被放逐到重泉之地，
夫何罪尤[6]？	他到底有什么罪过可言？
不胜心伐帝，	如果汤不堪忍受讨伐夏桀，
夫谁使挑之[7]？	那又是谁让他先发起挑战？
初汤臣挚，	当初汤把伊尹作为陪嫁小臣要来，
后兹承辅[8]。	后来让他承担了辅佐国政的大任。
何卒官汤[9]，	因为什么他能在汤身边担任要职，
尊食宗绪[10]？	最后同汤一起享受祭祀如同正宗？

以上问商的建国及建国后何以能长久。商朝自商汤建国至纣之亡国共554年。

【注】

［1］有莘（shēn）：古国名，在今河南开封东南的陈留县。爰：乃。极：到达。

［2］乞：求。小臣：指挚，即伊尹。

［3］吉妃：带来幸运的妃子。传说汤闻伊尹有贤才，几次向有莘氏要伊尹，有莘氏不给，于是汤向有莘氏求婚。有莘氏嫁女给他，以伊尹为陪嫁。

［4］水滨之木，得彼小子：这是写伊尹降生之事。传说伊尹母亲怀孕时，梦

见有神女说，看见灶里生蛙应尽快离开，不能回头。不久，灶中蛙生，其母急往东走，终忍不住回头一看，只见身后大水涌来，其母溺死，化为一棵空桑。水退后，有小儿在桑中啼哭，有人取回养大，就是伊尹。言伊尹本不凡之人，可惜有莘之君不识。成事必得识贤才。

［5］媵（yìng）：奴隶社会里嫁女时跟从陪嫁的男女奴隶。

［6］汤出重泉，夫何罪尤：传说汤被夏桀关押在重泉（水牢之地），汤行贿之后被放出。重泉，在夏台，地当在今河南。罪尤，罪过。

［7］不胜心伐帝，夫谁使挑之：汤无罪而见囚，愤怒不能克制，遂以伐夏桀。不是出自他人之挑拨。不胜心，不堪忍受。挑，挑动。或言汤伐桀是受伊尹鼓动。以下原有“皇天集命”四句，将上下文意隔离。本为问西周兴亡之部分，已移于后。

［8］兹：乃。承：举，进。

［9］卒：最终。官汤：做汤的相。

［10］尊食：在殷的太庙中受祭祀。宗绪：殷王朝的宗庙系统。

彼王纣之躬[1]，	那商纣王的身心和行为，
孰使乱惑[2]？	是谁使他变得狂妄发昏？
何恶辅弼[3]，	为什么他厌恶辅佐他的大臣，
谗谄是服[4]？	而只用一些进谗献谄的小人？
比干何逆[5]，	比干违背了纣王的什么旨意，
而抑沉之[6]？	要被压制打击又要了他的命？
雷开何顺[7]，	雷开是怎样顺从纣王旨意的，
而赐封之？	给他厚厚的赏赐又不断加封？
何圣人之一德[8]，	为什么圣人有着同样的德操，
卒其异方[9]？	他们最后的结局却完全两样？
梅伯菹醢[10]，	梅伯因为规谏而被剁成肉酱，
箕子佯狂[11]。	箕子为避祸而佯装精神失常。

受赐兹醢[12]，	纣王用九侯做成的肉酱赐给西伯，
西伯上告[13]。	西伯便向上天报告了纣王的恶行。
何亲就上帝罚[14]，	为什么纣王会亲身受到严厉惩罚，
殷之命以不救？	殷朝的灭亡已没有挽回的可能？

【注】

［1］王纣：殷王纣，商代最后一个君王，名受。躬：身，这里指身心。

［2］孰：谁。乱惑：昏乱迷惑。

［3］恶（wù）：憎恶。辅弼：忠直之臣。

［4］谗谄是服：只相信中伤好人和阿谀奉承之人。服，用。

［5］比干：纣的叔父，因强谏纣而被剖心。逆：抵触。

［6］抑沉：压制埋没。沉，原作“沈”，古同“沉”。阿：迎合。

［7］雷开：纣时奸臣，以阿谀得宠。何顺：是怎样顺从的模样。

［8］圣人：指梅伯、箕子等。一德：相同的品德。

［9］卒：终。其：乃。异方：不同的表现形式、途径。

［10］菹醢（zū hǎi）：古代的一种酷刑，把人剁成肉酱。

［11］箕子：纣王的叔父。佯（yáng）：假装。箕子知纣王被奸佞包围，会陷害忠良，故披发假装癫狂以避祸。梅伯、比干因直言受酷刑而死，箕子假装疯狂，微子闭口不言。他们都是贤达之人，而在当时的情况下采取的方法不同，皆因君王无道，这就是商朝终究灭亡的原因。以上史事参《史记·殷本纪》。佯，原作“详”，古通用。今为便于诵读而改。

［12］受：纣名。赐兹醢：纣杀死九侯（即鬼侯）做成肉酱以赐西伯。

［13］西伯：周文王。上告：向上帝控告（古人设祀以告于天）。

［14］亲就：身受。

以上问商纣之亡国。

第四部分，问殷商一朝之兴起、建国与亡国。商之先祖与北方游牧部族交易生产、生活资料，将牛引入中原用于交通运输，对上古经济文化发展贡献甚大。商汤之建国，也因其识人爱才，能得民心。殷商之亡，在于纣之宠信奸佞、残害忠良又惑于女色。从种种发问中，读者似也可以看出诗人对楚国历史的回顾。

稷维元子[1]，	后稷既然是帝喾的长子，
帝何竺之[2]？	天帝为何使他出生就受磨难？
投之于冰上，	他被遗弃在野外的寒冰之上，
鸟何燠之[3]？	群鸟为什么用翅膀给他保暖？
何冯弓挟矢[4]，	为什么后稷能拉大弓射长箭，
殊能将之[5]？	又很有领导民众的特异才干？
既惊帝切激[6]，	他出生时难产惊吓到了帝喾，
何逢长之[7]？	为何他的后嗣却能昌盛绵长？

【注】

[1] 稷：后稷，周人始祖。元子：长子。后稷的母亲姜嫄为帝喾的元妃。

[2] 帝：指天帝。竺：古通“毒”，古音相近。此处为狠毒之意。

[3] 燠（yù）：暖。传说姜嫄履巨人迹而生下后稷，以为不祥，于是抛弃于僻巷，牛羊保护他；抛弃在森林里，有人伐木时收留了他；抛弃在河冰上，鸟儿张开翅膀暖着他（见《诗经·大雅·生民》）。故后稷名“弃”。

[4] 冯（píng）：强其弓。挟矢：带着箭矢。

[5] 殊能：特异的才能。将：统帅。此承上言后稷事。后稷当尧舜时，能用强弓。

[6] 惊帝：因当初难产使帝喾受到惊吓。切激：激烈。

[7] 逢长：指周的后嗣昌盛绵长。这是说后稷从小接受磨炼，长大后才有德行、能力。

以上问周人之兴。

伯昌号衰[1]，	西伯昌发号施令于殷衰落之际，
秉鞭作牧[2]。	全力地关顾民生使之越来越强。
何令彻彼岐社[3]，	为什么天命让周人离开宗庙之地，

命有殷国[4]？	迁都于丰镐之地而取代了殷商？
迁藏就岐[5]，	当初周人搬迁粮物到了岐山脚下，
何能依？	人们为什么跟随公亶父迁徙流转？
殷有惑妇[6]，	殷纣王身边有妲己那狐媚的妇人，
何所讥？	谁还有什么办法能够向他进谏？
师望在肆[7]，	吕望在朝歌的街市做屠夫，
昌何识？	西伯昌怎么看出他是能人？
鼓刀扬声[8]，	吕望挥动屠刀高声叫卖，
后何喜[9]？	文王为什么看到就高兴？
武发杀殷[10]，	武王姬发起兵杀死了殷纣王，
何所悒[11]？	是什么引起他的深思和忧虑？
载尸集战[12]，	载着文王神位联合诸侯攻商，
何所急？	又是什么原因使他那样心急？
伯林雉经[13]，	纣王在鹿台的柏林之处自缢，
维其何故？	他为什么会落得这样的结局？
何感天抑地[14]，	为什么他的死上感天下警世，
夫谁畏惧？	哪些人会因此有所约束畏惧？
会朝争盟[15]，	伐纣大军清晨在牧野踊跃盟誓，
何践吾期[16]？	诸侯们为什么会按期聚于孟津？
苍鸟群飞，	各路军队铺天盖地苍鹰般飞来，
孰使萃之？	什么力量使他们如此合力齐心？
列击纣躬[17]，	周武王用轻剑击砍纣王的尸体，
叔旦不嘉[18]。	周公旦不认为除纣即天下永安。
何亲揆发，	为什么他参与夺取天下的谋划，

定周之命以咨嗟[19]？	在周家天下已定后又深深感叹？
授殷天下，	老天爷当初把天下授予商人，
其位安施[20]？	为什么后来又转移给了周人？
及成乃亡[21]，	取得了天下却又让他灭亡，
其罪伊何？	这说明殷王犯了什么罪行？
争遣伐器[22]，	各地都争着派遣军队参与战争，
何以行之？	武王用了什么办法将他们发动？
并驱击翼[23]，	大军从左右夹击殷商军的两翼，
何以将之？	武王凭什么能将他们一并统领？

【注】

［1］伯昌：周文王，姓姬，名昌。纣时为西方诸侯之长，所以号西伯。号衰：发号施令于殷朝衰落之期。

［2］秉鞭：执鞭，比喻任官执政。牧：封建时代对管理百姓的地方官的称呼。

［3］彻：移动。岐：古地名，在今陕西岐山县东北，周灭殷之前在此。社：古代垒土为坛，以祀后土神。各地均可立社以祭，但有国者祭社象征拥有整个国土王权，故在政治中心之地。周逐步强大以后，迁都于丰，所以也迁社于丰。

［4］命有殷国：受命代替殷朝的统治。命，即所谓天命。

［5］迁藏就岐：周先公起初居于邠（今陕西彬市至甘肃宁县一带），后因戎狄的侵略，古公亶父率周人迁于岐，民亦从之。藏，贮藏之物。就，往。

［6］惑妇：指妲己。

［7］师望：即吕望，文王以其为师，故称师望。肆：市肆，街市。

［8］鼓刀：挥动刀砍肉。扬声：高声叫卖。

［9］后：指文王。

［10］武发：周武王，名发。殷：指殷纣王。

［11］悒（yì）：忧郁不安。是说武王灭商后，便想到守天下之不易。

［12］尸：这里指木主，即写有死者禄位名字的木头牌位。集战：会战。文

王死不久，武王伐纣，车上载着文王神位。

［13］伯林：疑本作“柏林”，鹿台所在必为林园，多松柏。雉经：以绳缢死。

［14］感天：使上天关注。抑地：使人有所约束、自律。

［15］会朝：聚会于早晨。争盟：争相盟誓。武王伐纣，到了孟津诸侯都来会师，武王作《泰誓》。《诗经·大雅·大明》写周人伐殷商之军，“其会如林，矢于牧野”。“矢”即起誓、誓师。

［16］践吾期：指按武王约定的时间。

［17］列击：《说文》：“列，分解也。”列，通“裂”。躬：躯体。《史记·周本纪》言，纣败，自焚死，武王至纣死所，射之三发，然后“以轻剑击之，以黄钺斩纣头，悬大白之旗”。

［18］叔旦：即周公，名旦。武王之弟。不嘉：不赞成。周公并不赞成亲击纣之尸体、悬其首于大白旗的做法，因为周公不认为除掉一纣天下即永安，应考虑如何避免后来的在位者变得如纣一样。

［19］何亲揆发，定周之命以咨嗟：为何在辅佐武王建立周朝之后，常常叹息。揆，辅佐。发，武王名。咨嗟，嗟叹。定：原作“足”，归上句，然而语意难明。朱熹《集传》作“定”，属下句。今从之。

［20］施：移。二字古音相同可以通借。如《诗经·周南·葛覃》“施于中谷”，《毛传》：“施，移也。”

［21］及：至。原作“反”，朱熹引一本作“及”。闻一多等主张作“及”，今据改。

［22］伐器：本指兵器，这里代指参战士卒。

［23］并驱：同时前进。击翼：攻击敌之两侧。

以上问周建国之事。

昭后成游[1]，	周昭王举行大规模的巡行，
南土爰底[2]。	一直到了南方楚国的境地。
厥利惟何？	到底贪图什么特别的利益？
逢彼白雉[3]。	就是看上了楚国的白野鸡。

穆王巧梅[4]，	周穆王很善于扬鞭御马，
夫何为周流[5]？	又何必一定要周游各地？
环理天下[6]，	他绕大圈子走遍整个天下，
夫何索求[7]？	到底是要寻找什么东西？
妖夫曳衒[8]，	怪人夫妇牵引着沿街叫卖，
何号于市？	为什么要在街市高声呼喊？
周幽谁诛，	周幽王诛杀了什么人，
焉得夫褒姒[9]？	又是怎样得到的褒姒？
皇天集命[10]，	老天把天命授予了商汤之族，
惟何戒之？	怎样告诫他们守天下的道理？
受礼天下[11]，	当初天意让商族人拥有天下，
又使至代之[12]？	后来又为什么让周人来代替？

【注】

［1］昭后：即周昭王，成王之孙。成游：开始这次出游。指以大军伐楚，即《吕氏春秋》所谓“周昭王亲征荆”。

［2］爰：乃。底：至。

［3］逢：迎。白雉：白野鸡。清人毛奇龄说：“按《竹书纪年》，昭王之季，荆人卑词致于王曰：‘愿献白雉’。昭王信之而南巡，遂遇害。”毛氏所引《竹书纪年》文字不见于文献，但与《天问》所说相合。周昭王本有服南夷之志，故图谋伐楚，献白雉之类，为远方部族向王室表示臣服之意。屈原并不赞成周昭王图谋伐楚的行为。

［4］穆王：昭王之子。巧梅：王夫之《楚辞通释》：“梅，与‘枚’通，马策也。巧梅，善御也。”周穆王周游天下，好名马，也必然善于御马。

［5］周流：周游。诗人认为这也是荒废政事的行为。

［6］环理：即周游。传说穆王周行天下。

［7］何索求：索求什么？诗人认为从昭王时图谋讨伐周围国家，穆王的时候不管政事而周游天下，均开启了不好的风气。

[8] 曳：牵引。衒（xuàn）：且行且卖，指沿街叫卖。

[9] 褒姒：幽王之妃子。传说周宣王时有两句童谣："檿（yàn）弧箕服，实亡周国。"意思是桑弓和草编的箭袋要灭掉周国。后来有夫妇在街上叫卖这两样东西，被认为是妖人而遭到追捕。他们出逃的路上，发现了一个被抛弃的小女孩，就收养了她并逃奔褒国。女孩长大即褒姒。幽王攻褒，褒人将其献于幽王，为幽王所宠爱。其后荒淫无道，不理国事。申侯联合犬戎、缯人攻杀幽王于骊山之下。（见《国语·郑语》《史记·周本纪》）诗人认为是周幽王荒淫无道使周亡国。

[10] 集命：将拥有天下之命集于（殷人）身上。集，集中，止于。

[11] 礼：通"理"。

[12] 又使至代之：指周伐纣而代商有天下。此言周幽王暴虐而无爱民安天下之心。代，替代。以上四句原在"初汤臣挚"四句之前，意不连贯。今移于此。

以上问有关西周灭亡之事。

第五部分，问周人的兴起、西周王朝的建立与灭亡。同前两部分一样，从周族的始祖问起。因周人兴起于陇东，逐渐东移，早期发展中少有波折，故兴起部分篇幅较少。周人火商之时，正值商王朝势力强大，唯以纣王之暴政，形成周边部族的反抗，而周人亲民又能团结其他部族，故得以灭商而代之。

天命反侧，	上天的奖掖不是一成不变的，
何佑何罚？	它是根据什么保佑或者惩罚？
齐桓九会[1]，	齐桓公多次召集诸侯安定天下，
卒然身杀[2]。	到头来却被囚禁因饥饿而死！
勋阖梦生[3]，	功业卓著的阖闾是寿梦之孙，
少离散亡[4]。	从小就经历了流窜奔波之苦。
何壮武厉，	为什么后来具有刚武的精神，
能流厥庄[5]？	使他的威望流布于诸侯之间？

中央共牧[6]，	本应是中原的周天子治理天下，
后何怒？	眼下情形你周王生气有什么用？
蜂蚁微命[7]，	眼前全是一些短命的毒蜂凶蚁，
力何固[8]？	它们争斗起来怎么都那么拼命？
惊女采薇[9]，	采摘薇菜充饥的女子受到惊吓，
鹿何佑？	野鹿为什么会帮助她脱离困境？
北至回水[10]，	她一直向北来到回水之地，
萃何喜？	为什么才有了喜悦的心情？
兄有噬犬，	齐景公的身边养有凶狠的猛犬，
弟何欲？	其弟针为什么想弄到自己手上？
易之以百两[11]，	公子针说要出一百辆车来换取，
卒无禄[12]。	竟落得被驱逐出国将爵禄丢光。

【注】

［1］齐桓：齐桓公，春秋五霸之一。九会：齐桓公多次召集诸侯会盟。

［2］卒然：终然。齐桓公晚年任用奸人易牙等。齐桓公重病，易牙等为乱，桓公被囚禁因饥饿而死，故曰“身杀”。

［3］勋阖：吴王阖闾。阖闾有开吴之功，故曰“勋阖”。梦生：阖闾的祖父寿梦的子孙。

［4］离：通“罹”，遭遇。吴王僚立，阖闾散亡在外。

［5］流：流播。厥：其。庄：威严。庄，原作“严”。陈本礼、丁晏、俞正燮、孙诒让等均认为本即“庄”字，当是避汉明帝之讳而改，作“严”也不合韵。今改回。

［6］中央：指周王朝。共牧：合在一起治理。古代统治者管理天下叫“牧民”。

［7］蜂蚁：蒋之翘《七十二家评楚辞》：“今蜂蚁微命而好争，其力甚固，盖蜂有毒而蚁好斗故也。以喻上失其政，九州无牧，诸侯战争，不可禁止，以讥当时之事耳。”微命：指当时大大小小新旧诸侯而言。

［8］力何固：意谓都是为争夺利益而拼命。蚁：原作“蛾”，洪兴祖、朱熹并云：“古蚁字。”朱熹引一本作“蚁”。今据改。

［9］惊女采薇：王逸注“昔者有女子采薇菜，有所惊而走，因获得鹿，其家遂昌炽，乃天佑之”。清初李陈玉《楚辞笺注》“昔有避难之女，采薇而食，至于回水之上，遇神鹿救之，衔草而为之食，则又何所喜乎”。具体情节皆已失传。旧说多以此四句问伯夷、叔齐事。按这一部分问东周列国时事，不当又插入伯夷、叔齐事。

［10］回水：程嘉哲《天问新注》“陕西千阳、岐山一带古称回中，北面有漆水环绕。漆水上游招贤镇，相传是姬昌招待远方人士的地方。本诗所说的‘回水’即回中之水——漆水”。

［11］易：交换。两：同“辆”。

［12］禄：爵禄。传说春秋时秦景公身边养有猛犬，他的弟弟公子针想用一百辆车和他交换，秦景公看出其用心，夺其爵禄，驱逐出国。

吴获迄古[1]，	楚人的远祖吴回在很早时，
南岳是止[2]。	就已活动经营于南岳之地。
孰期去斯，	谁想到在他外出活动之时，
得两男子[3]？	妻子为他生下了一对儿子？
彭铿斟雉[4]，	彭祖斟上了养生的野鸡汤，
帝何飨？	帝尧为什么也愿意尝一尝？
受寿永多[5]，	彭祖他能够活那么多年，
夫何长？	是什么原因让他年高寿长？
荆勋作师[6]，	历来武功卓著的楚国军队，
夫何先？	为什么决战中能常胜称强？
吴光争国[7]，	吴国公子光杀王僚而自立，
久余是胜[8]。	却能够屡次战胜我们楚国。
何环闾穿社[9]，	为何吴军乱窜于闾社之中，

以及丘陵，	甚至破坏先王的宗庙陵寝，
是淫是荡[10]，	奸淫妇女搜刮民间的财物，
爰出子文[11]？	哪有令尹子文那样的能臣？
吾告堵敖以不长[12]。	子文曾告诫堵敖用奸佞国运难长。
何试上自予[13]，	为什么子文警诫君王并以正自持，
忠名弥彰？	他的忠正之名越来越为人所难忘？
薄暮雷电[14]，	时至黄昏天空中又是电闪雷鸣，
归何忧？	如能返回郢都自身有什么担心？
厥严不奉[15]，	君王你如果不按法度严于行事，
帝何求？	即使祈求上帝又会有什么作用？
伏匿穴处，	我屈身隐处在偏远的山洞之中，
爰何云[16]？	有什么可说、说了又有谁能听？
悟过改更，	只要君王认识过错并加以改正，
我又何言？	我个人还能有什么要说的事呢？

【注】

[1] 吴获：即吴回，楚人先祖。迄古：终古，言已有长久的时间。

[2] 止：停留，居住。

[3] 孰期去斯，得两男子：《山海经·海内经》中说“伯陵同吴权之妻阿女缘妇。缘妇孕，三年，是生鼓延、殳。殳始为侯，鼓延是始为钟，为乐风”。《大荒西经》又说“祝融生太子长琴，是处榣山，始作乐风”。吴权即吴回（吴获），阿女缘妇所生即诗中所说“得两男子”，鼓延为长子，即“太子长琴”，为乐风者。这是关于楚人来源的传说。此下原有“薄暮雷电，归何忧”等六句，显然为诗人自述当时环境以结尾文字，今移于后。

[4] 彭铿：彭祖。楚人始祖吴回六个孙子之一，生于尧之时。

[5] 永：长。言上古朝野无事，君与民皆无所忧。

[6] 荆勋作师：荆勋，世有功勋的楚国。为楚人自豪之称。以兴师为功。王

逸注言，初，吴楚边邑吴女争桑于境上，怒而相攻，“于是楚为此兴师，攻灭吴之边邑”。诗人认为自己先挑动生事，虽一时得益，也难长久。

［7］吴光：吴王阖闾名光。争国：争夺王位。

［8］余：我，我们，这里代指楚国。春秋末期，楚屡败于吴王阖闾，郢都曾被攻破。此言吴公子光在争夺王位和伐楚中都能重用人才。这也是暗喻楚王不能用人，故几次惨败于秦。

［9］环：环绕。穿：穿行。闾：闾里。社：古代若干闾里所立以祭土神之处。环穿自闾社丘陵，指吴军乱窜于闾社之中。

［10］是淫是荡：指吴军的行为。《左传·定公四年》：“吴入郢，以班处宫。”杜预注：“以尊卑班次，处楚王宫室。”将军尚如此，士卒之乱可想而知。

［11］爰（yuán）：（在）哪里？子文，名斗穀於菟，楚成王时令尹，执法不避亲赏，又捐家财以解楚国之难。后因子玉伐陈有功而谦让己令尹之职。

［12］吾：闻一多《楚辞校补》谓当作“语”，古多通用。堵敖：楚文王之子，在位时令尹子元专权，毫无忌惮。成王袭弑堵敖即位，子元被杀，子文为令尹，极力纾缓国难。成王施惠于民，结好诸侯。此句承上，说令尹子文向成王谈楚国过往的治乱之道，以诫楚成王，这是子文忠名弥彰的原因。此后楚国君臣励精图治，其后的楚庄王成为春秋五霸之一。子文是屈原“举贤授能”政治理想中的典型人物。

［13］试：告诫，进谏以警诫。自予：自念，自持。

［14］薄暮雷电：写诗人作诗时情景。也暗喻楚国当时形势“风雨如晦”。从此以下是针对当时的楚国之事而发的感慨。

［15］厥严：指国君用人、行事的法度。奉：尊奉，保持。

［16］这句说我已经被放逐，伏藏岩穴，还能说什么呢。

以上主要由春秋以来一些事情纵论历来兴亡之理，只同人心向背有关。

【评析】

《天问》作于诗人于怀王当政被放汉北云梦之时，当在创作《离骚》之后，其构思应与拜谒先王之庙与公卿祠堂时看到的有关历史、神话、传说的壁画有关，而所表现主题与《离骚》中“陈辞”部分一致。约作于怀王二十八年（前301年）前后。

王逸说屈原被放逐之后“见楚有先王之庙及公卿祠堂，图画天地山川神灵，琦玮谲诡，及古贤圣怪物行事”，遂成此篇。屈原第二次被放在江南之野，即洞庭一带。长江以南楚人开发较迟，没有楚先王宗庙及公卿祠堂。汉北的东北部距楚旧都鄢（也叫鄢郢，在今宜城东南）不远。拜谒鄢郢的楚先王、先公之祠庙激起屈原对楚国前途的深切忧虑。希望怀王对治国之道有些较深入的思考。

《天问》全诗的层次是宇宙与天文，鲧禹治水和九州大地，夏之兴亡，商之兴亡，宗周之兴亡，六国及楚事这六部分，而以问三代兴亡与春秋时显示出的兴亡之理这四部分为主体。

本诗中问三代之事，非完全按历史年代先后问。首先，每一朝代都主要问三段：兴起、建国、亡国。所以给人的感觉一是不连贯，二是不完整。其次，每个朝代都是从其始祖问起，如问完夏桀的亡国之后，又从尧舜之前的高辛氏帝喾之妃简狄生契问起；问完商纣王的亡国之事以后，又从尧舜之时周人始祖后稷初生问起。加上有不少窜简，所以给人以时间上混乱的感觉。其实，虽然流传中有所窜乱，但整体结构是看得出的。

屈原写《天问》是希望有机会献给怀王，使他从历代的兴亡成败中明白“有道而兴，无道而亡”之理，并不仅仅是为了发泄愤懑，也不是如有的学者所说，表现什么人生哲学上的疑问。《天问》同《离骚》不同的是，它更多是借着对历史的回顾，表现对一些现实问题的看法。

《天问》表现的思想是：无论自然界还是人类社会，违背天道都是难以长久的，是自取灭亡。武王伐纣时之《泰誓》中说：“民之所欲，天必从之。”（《左传·襄公三十一年》引）“天视自我民视，天听自我民听。”（《孟子·万章》引）屈原正是继承了这种有利于社会发展的哲学观念。他在《离骚》中说：“皇天无私阿兮，览民德焉错辅。夫维圣哲以茂行兮，苟得用此下土。瞻前而顾后兮，相观民之计极，夫孰非义而可用兮，孰非善而可服？”可以说正是《天问》所要证明的“天理”。

《天问》说：“皇天集命，惟何戒之？受礼天下，又使至代之？”这是问皇天集禄命于王者之身，是怎样告诫他的，让他以礼而治天下，又为何使异姓来取代他。意思就是：上天让他要重民生，有法度，有所戒惧。如其不能遵此以行，而是违背仁德，失去民心，那么上天就会使他人代之。从这些诗句可以看出，《天问》同《离骚》的主导思想是一致的。

《天问》在表现形式上有两点比较特殊的地方：

第一是为什么写天地日月星辰、山川大地奇闻？这同当时一些学者在思想较浅薄的君主前采取谲谏的方式有关。《史记·孟子荀卿列传》说到驺衍等人看到有国者骄奢淫侈，不能尚德，恐正面谏说难以被接受，故先从闳大不经之事理说起，而由一些具体事物说天道之理，甚至于天地未生，“窈冥不可考而原”之时，“先列中国名山大川，通谷禽兽，水土所殖，物类所珍，因而推之，及海外人之所不能睹”，逐渐论及社会、历史，“然要其归，必止乎仁义节俭，君臣上下、六亲之施始也滥耳”。因为那些“淫侈”的“有国者”，你向他讲治国安民之道，他便厌倦，认为又要揭他的短；说得太多，还会震怒。当然，开头这两部分所问的问题有一定趣味性，可开拓读者的思想，但也是天道，人得接受它。

第二是为什么全诗要采用发问的形式？《天问》是要通过纵览先代兴亡，说明一个真理。但如果采用正面叙述的办法，那些人主一看就会厌弃之。诗人把要说的意思不直接说出，而包含在问句之中，引导人君自己去思考玩味，给了这些人君显示聪明才智的机会，也显得含蓄一些；从阅读的方面来说，有启发性，使读之者变为明理者。

本诗篇名“天问”，也具有两层意思：一是由天地万物问起，是关于天道之问，表现了“天理”。二是《尔雅·释诂》中说：“天者，君也。”说明屈原写此篇不是给一般人读的，而是写给楚怀王看的。这是“天问”的第二义。

本诗对于反映当时古人在天文、地理方面的自然科学知识和我国早期的历史，都有很高的认识价值。它虽用传统的四言诗的句式，但句式字数、问的方式及设问的句数等时有变化，语言凝练而生动。清代夏大霖在其《屈骚心印》中说本诗“奇气纵横，独步千古”。郭沫若《屈原研究》一文中说“这篇要算空前绝后的第一等奇文字”，“更单就它替我们保存下来的真实的史料而言，也是抵得过五百篇《尚书》”。所以，无论从文学史、文化史、上古历史文献等任何一方面来说，《天问》都具有很高的学术价值与文化价值。

涉　江

屈　原

《涉江》作于顷襄王元年（前298）冬，是现存屈原被放于江南之野以后的第一篇作品。顷襄王继位之后放诗人于江南之野（楚境的长江以南，主要指郢都、云梦一带的长江以南）。当年二月秦军攻楚、取析（今河南省西南部淅水边，正当楚丹阳之地）十五城之时，诗人随郢都老百姓逃亡，到彭蠡泽后沿赣水南下，西南至庐水上游的陵阳。这些在《哀郢》中有生动描写，只是《哀郢》为九年后回忆之作，写于《涉江》之后。顷襄王元年秋冬之际又入长江，向西由水路至鄂渚（今武昌），陆行至洞庭湖西北角，沿沅水直至溆浦。庄蹻于怀王二十八年（前301）年底重沙之战中失败，在亲秦势力的诬陷打击下愤怒起事，二十九年初率军撤至黔中（今湘西）。屈原沿庄蹻南行路线直至溆浦，已近楚国南疆，不能再向南。他此行的目的应是为了解庄蹻的情况。他大致在溆浦暂住了一段时间，写了《涉江》。

原文	译文
余幼好此奇服兮[1]，	我自幼就喜欢这奇异的服装，
年既老而不衰。	虽然年华已老但兴致却未减。
带长铗之陆离兮[2]，	佩带的宝剑长长地挂在身边，
冠切云之崔嵬[3]。	头戴高耸的切云冠上指云天。
矫兹媚以私处兮[4]，	保持着美好的节操独身而处，
愿曾思而远身[5]。	几次思量着早些离开扬越之地。
哀南夷之莫吾知兮[6]，	伤心在陵阳无人了解我的内心，
旦余济乎江湘[7]。	天亮时起身渡长江过湘水而向西。

【注】

[1] 好（hào）：喜欢。奇服：奇异的服装，包括下文提到的长铗、切云冠等。因其被放逐后最初所到之地陵阳，本为扬越人所聚居处。当地天热，着衣极简，当地人看楚贵族之家官宦文士所服宽袍大袖感到奇异。汤炳正《楚辞类稿》云："盖屈子自称'奇服'，并非谓异于众人。实指异于其他国家或异于其他民族之服饰耳。此乃屈子深厚的爱国主义或强烈的民族意识之体现。"

[2] 长铗（jiá）：长剑。铗，本义为剑柄，此处代指剑。陆离：长的样子。

[3] 冠（guàn）：用为动词，同于"戴"。切云：冠（guān）名，取义于高切青云。切，摩。崔嵬（wéi）：高耸的样子。此下原有八句："被明月兮珮宝璐。世溷浊而莫余知兮，吾方高驰而不顾。驾青虬兮骖白螭，吾与重华游兮瑶之圃。登昆仑兮食玉英，与天地兮同寿，与日月兮齐光。"根据《哀郢》《怀沙》及本篇第二段以后各部分看，屈原在沅、湘一带的创作，已失去在汉北时作品的浪漫主义的激情而趋于平实。王逸《楚辞章句》中《涉江》排在《惜诵》之后。《惜诵》之尾部与《涉江》开头部分产生窜乱。上引数句恰与《惜诵》的风格一致。据闻一多《楚辞校补》移于《惜诵》之末。

[4] 矫：通"挢"，举。这里是持有、保持之意。兹媚：指上文所说"奇服"。兹，此。媚，美好。

[5] 曾思：反复思考（今"曾孙"即指第三代孙，含有"曾"之古义）。远身：远远离开。由《哀郢》可知，屈原在顷襄王元年被放江南之野，是由彭蠡泽（今鄱阳湖）向南，至湖西侧的陵阳。"矫兹媚"二句原上窜至《惜诵》之末，今

参闻一多说移于此，与“哀南夷”二句为一节，真阳合韵。

［6］南夷：指居于长江以南、彭蠡泽以西的扬越人。楚人以其文化落后，故称之为“南夷”。

［7］济乎江湘：诗人是出彭蠡湖后，沿长江向西过湘江口再向西入沅水。

第一段，表明自己的人生态度，准备西行。

乘鄂渚而反顾兮[1]，	登上长江边的鄂渚而回头远望，
欸秋冬之绪风[2]。	我在秋冬季的寒风中阵阵长叹。
步余马兮山皋[3]，	放开马在水边的高地缓步而行，
邸余车兮方林[4]。	让我的车停在广阔的树林前面。
乘舲船余上沅兮[5]，	乘着有窗的小船溯沅水而上，
齐吴榜以击汰[6]。	船上的人齐举大桨激起波澜。
船容与而不进兮[7]，	水流急的地方船只来去打转，
淹回水而凝滞[8]。	遇到漩涡便在原处旋转不前。
朝发枉渚兮[9]，	早上从沅水支流向着枉渚出发，
夕宿辰阳[10]。	晚上到了沅水上游的辰水之阳。
苟余心其端直兮[11]，	只要我内心一直保持端正无邪，
虽僻远之何伤？	即使到再偏远的地方又有何妨？

【注】

［1］鄂渚：长江边高出的沙丘，当在湖北武昌、鄂州一带。

［2］欸（āi）：叹息。屈原在秋末初冬之际由长江入湘江，冬季至溆浦，已霰雪无垠。

［3］山皋（gāo）：傍水的高地。

［4］邸（dǐ）：舍，停宿。方林：广阔的树林。或以为地名，胡文英《屈骚指掌》言即岳州方台山。

[5] 舲（líng）船：有窗的小船。上：溯流而行。沅：沅水，发源于今贵州都匀云雾山，上游称清水江，至湖南黔阳始称沅水，东北入洞庭。

[6] 吴榜，大桨。《方言》："吴，大也。" 汰（tài）：水波。

[7] 容与：旋转徘徊。

[8] 淹：留。回水：漩涡。凝滞：滞留不前。

[9] 发：出发启程。枉渚：地名，枉水入沅水处的一个小湾，在今湖南常德南。渚，原作"陼"，同"渚"。

[10] 辰阳：地名，在今湖南辰溪县西。

[11] 苟：假如，这里意为"只要"。端直：正直。因诗人是沿庄蹻入滇的路线行走到溆浦，则快到楚国疆域之外，作为被放大臣，如有人上奏朝廷会有是非，所以说"苟余心之端直兮，虽僻远之何伤"。

第二段叙说由江湘一带南行的经过，同时表现了诗人永远坚守端正的品性。

入溆浦余儃佪兮[1]，	到了溆水边上我来回地走动着，
迷不知吾所如。	迷茫中不知道该朝哪一个方向。
深林杳以冥冥兮[2]，	眼前望不到边的森林深邃幽暗，
乃猿狖之所居[3]。	这正是那猿猴之属栖息的地方。
山峻高以蔽日兮，	眼前高峻的大山挡住阳光，
下幽晦以多雨。	山下一片昏暗又阴雨绵绵。
霰雪纷其无垠兮[4]，	雨夹着雪珠飘落到无边无际，
云霏霏而承宇[5]。	阴沉的云气弥漫着低到屋檐。
哀吾生之无乐兮，	哀叹我这一生没有什么乐趣，
幽独处乎山中。	一个人处于偏僻幽静的山中。
吾不能变心而从俗兮，	我不能改变初心而追随世俗，
固将愁苦而终穷[6]！	这就决定了我将会窘迫终生。

【注】

[1] 溆（xù）浦：今湖南溆浦县地，在溆水滨。溆水在溆浦县西三十里，西北流入沅水。儃佪（chán huái）：徘徊。

[2] 杳（yǎo）：幽深。冥冥：昏暗的样子。

[3] 狖（yòu）：黑色长尾猿。“乃”字据洪兴祖、朱熹俱引一本补，骚体诗句式句中虚词一般在第四字位置。

[4] 霰（xiàn）：雪珠、雪粒。纷其：纷纷。无垠（yín）：无边。

[5] 霏（fēi）霏：云弥漫的样子。承：承接。宇：屋檐。

[6] 终穷：穷困到底，在穷困潦倒中结束一生。

第三段写溆浦的自然环境与后面的打算。

□□□□兮，	
□□□□。	（二句已佚）
接舆髡首兮[1]，	楚先贤接舆剃发像受过髡刑，
桑扈裸行[2]。	古代的隐士桑扈曾露体而行。
忠不必用兮[3]，	忠诚的人不一定得到任用，
贤不必以。	贤能的人也未必得到关注。
伍子逢殃兮[4]，	伍奢因遭受谗言而被杀害，
比干菹醢[5]。	比干忠言直谏而被剁肉泥。
举前世而皆然兮[6]，	前面的各朝各代都是这样，
吾又何怨乎今之人！	我又何必怨恨当今的君王。
余将董道而不豫兮[7]，	我今后还是正道直行不会犹豫，
固将重昏而终身[8]。	本就准备死在僻远蛮荒的地方。

【注】

[1] 接舆：春秋末年楚国的隐士，《论语·微子》《庄子·人间世》中均记有其事。髡（kūn）首：剃掉头发，古代的一种刑法。朱熹《集注》云：“披发佯狂，

后乃髡。”《天问》以此表示了对世俗的反抗。

［2］桑扈：古代的隐士，即《庄子·大宗师》中子桑户。此二句与上下皆不合韵，不成一节，其上疑缺二句。

［3］必：一定。　以：任用。

［4］伍子：伍奢，春秋时楚贤臣，因谏楚平王不应信费无忌之谗言而猜忌太子建，为平王所杀。

［5］比干：殷末贤臣，纣王的叔父，因谏纣王，被剖心。菹醢（zū hǎi）：肉酱。这里指古代一种酷刑，把人剁成肉酱。

［6］与：借作“举”（繁体“舉”的上部即“與”，上古时二字音同，故得通借），全部。

［7］董道：正道。王逸注：“董，正也。”不豫：不犹豫。

［8］重昏：指“幽闭于南夷荒远之中”（王夫之说），“以深入无人之境言”（蒋骥说）。意同。

第四段，诗人已知历史上贤能之人往往得不到好下场，也决不向腐朽势力低头的决心。

乱曰：	尾声：
鸾鸟凤皇，	有优秀品格的鸾鸟和凤凰，
日以远兮[1]；	一天天飞得越来越远；
燕雀乌鹊，	无能的燕子麻雀乌鸦之流，
巢堂坛兮[2]。	却将巢穴筑在宫廷和祭坛。
露申辛夷，	露申辛夷这些有用的香草，
死林薄兮[3]；	在丛林的野草中枯萎埋没；
腥臊并御[4]，	恶臭污浊之物却得到进用，
芳不得薄兮[5]。	芳香洁净的都丢弃在角落。
阴阳易位，	白天和黑夜竟然完全颠倒，
时不当兮[6]。	我这一生未能遇上好时光。

怀信侘傺[7]，　　　　怀着忠诚而在这里茫然无主，
忽乎吾将行兮[8]！　　决定起身离开这偏远的地方。

【注】

[1] 二句比喻有能力、有远见且忠诚于朝廷的人，一天天离开楚国。暗指被迫离开楚国入滇的庄蹻和早在怀王十九年即留于燕国的屈景等人。

[2] 巢：用为动词，筑巢。堂：殿堂。坛：土筑的高台，古代用于祭祀、朝会、盟誓、封拜等。

[3] 死林薄：枯萎于草丛之中。薄，丛生的草。

[4] 并御：全部任用。

[5] 薄：这里用为动词，靠近，接近。

[6] 时不当（dàng）：不逢其时。

[7] 侘傺（chà chì）：失神、茫然的样子。

[8] 忽：很快地。吾将行：言将离开溆浦，向东去沿湘水而北上。

第五段为乱辞，对楚朝廷的腐败表现了极大的愤慨，也包含了对庄蹻这样的人只能远走高飞的深切惋惜。

【评析】

《涉江》是屈原于顷襄王元年初冬所写，时屈原五十六岁，故篇中说“年既老而不衰”。屈原以“余幼好此奇服兮，年既老而不衰，带长铗之陆离兮，冠切云之崔嵬”表示自己保持青少年时代所树立的人生信念和道德修养不会变；他虽然被放江南之野，失去了重返朝廷的希望，但他永远热爱楚国。当时楚人所谓“江南之野”包括彭蠡泽以西的陵阳一带。屈原先在那里停留了大半年。那里是扬越部族所在之地，故篇中称之为“南夷”。屈原返回洞庭湖后，沿沅水南行至溆浦。这是楚黔中郡的最南部，诗人这样长行不会没有目的，这就是为了了解在怀王二十九年退到黔中的庄蹻部队究竟怎样了。庄蹻于怀王二十八年底起事，后撤出郢都，由黔中（今湘西）向南，以楚军名义攻克且兰（牂牁，今贵阳），入

夜郎，最后入滇（今云南中部滇池一带），形成一个代表了楚国政治势力与文化的地方政权[①]。屈原在完全没有可能回朝廷为国家尽力之时，希望庄蹻能经营南方，在稳定楚国的局势、增强楚国的国力方面起到作用。以往论《涉江》者都未能说清屈原何以要沿沅水行至楚南部极偏僻之地，因而也就不能揭示这篇作品深刻的主题。对诗中“鸾鸟凤皇，日以远兮”的喻义也无法明白。

作品开头的“带长铗之陆离兮，冠切云之崔巍”二句中，上句是说佩着长长的宝剑，这应是表示其思想上重视武功的一面。屈原首先是一位有政治理想的改革家。“冠切云之崔嵬”，比喻其高尚的人格，也象征着礼仪与文化。这两句不仅包含了楚人传统的服饰习俗，也表现了屈原永远保持民俗服饰的爱国情怀。这两句诗首先是刻画出诗人的外部形象。历来屈原的画像也是据这两句诗创作的。

作为本诗主要部分的第二段、第三段，写了从鄂渚（今湖北武昌、鄂州一带）至溆浦（溆水下游西折入沅水处）的自然环境，联系当时季节、天气、沿途地理状况和陆行、水路的情况。陆行车马在山林之中，其艰难可想而知，水行则是逆沅水而上，“船容与而不进兮，淹回水而凝滞”，也是极为吃力的。诗人这一路“朝发枉渚兮，夕宿辰阳”，其结尾言：“苟余心其端直兮，虽僻远之何伤？”进一步表明心迹。诗人于年初被放于江南之野，当时因秦军由汉水中游向南进攻，虽沅、湘下游皆在“江南之野”范围中，但不能停留，只有至陵阳；至秋冬之季形势大体稳定，他由彭蠡泽以西的陵阳至湘水下游就可以了（该地也在陵阳郡的范围之内），为什么要直至沅水下游，并沿沅水而一直向南呢？我以为这同《怀沙》一诗所写相同路线的远行一样，都与了解怀王二十九年由黔中（今湘西）南行入滇的庄蹻的情况有关。庄蹻是楚庄王之后，以庄为氏（参清梁玉绳《汉书人表考》卷八），也属于没落贵族。齐楚垂沙之战后，亲秦的保守旧贵族将责任推在主张联齐抗秦一派身上，他才被逼起事。屈原关心他南下入滇后的情况，也希望他在统一西南方面有所作为，故两次沿沅水而南行以了解情况。《涉江》一诗不但包含有很深的思想内容，体现着诗人的政治主张与中华一统的思想观念。从“深林杳以冥冥兮”以下六句，大处着笔，而能引起人的想象。这段文字同诗人的经历密切联系，又借景以抒情，其题材的选取与艺术表现对后代的纪游诗或曰

① 参赵逵夫《庄蹻事迹与屈原晚期的经历》，《文史》第55辑。收入《屈原与他的时代》，人民文学出版社2002年版。

行旅诗有很大影响，故《涉江》被视为述行赋之祖和山水诗赋之祖。

屈原作于江南之野的作品同样体现出深厚真诚的情感和引类譬喻的特征，但不同于作者被放汉北时创作的《离骚》《惜诵》等打破时空界线，在现实与幻想世界间自由活动的浪漫风格，而是转向真实和直接的抒发。

湘　君[1]

屈　原

君不行兮夷犹，	湘君啊你不赴约而犹豫盘桓，
蹇谁留兮中洲[2]？	是谁把你留在了水中的沙滩？
美要眇兮宜修[3]，	我容颜美好又进行适宜打扮，
沛吾乘兮桂舟[4]。	快速地驾起了我的桂木小船。
令沅湘兮无波，	我命沅水和湘水不起波浪，
使江水兮安流！	要让长江的水平缓地流淌。
望夫君兮未来，	远望那湘君他还没有来到，
吹参差兮谁思[5]！	我吹着排箫还能把谁念想！

【注】

[1]《湘君》是祭湘君时所演唱。湘君是湘水神，居于湘水边上，湘夫人是天帝之女，居于洞庭之山。《湘君》是女巫以湘夫人的口吻表达对湘君的思慕与追求。诗中表现的是湘夫人出了洞庭湖东来到湘水入江处，进入湘水在某处等候湘君。

[2] 蹇：梗阻之义。楚方言常有修饰语置于句首的习惯。中洲：洲中。

[3] 要眇（yāo miǎo）：美好的样子。

[4] 沛：水速流的状态，此处用以形容舟行之速。

[5] 参差：长短不齐，这里指排箫。谁思：思谁。此句写湘夫

人因等湘君不来而产生的埋怨情绪。

驾飞龙兮北征[1]，	驾起龙形的桂木船向北行进，
邅吾道兮洞庭[2]。	出湘水进入长江又转道洞庭。
薜荔柏兮蕙绸[3]，	薜荔编成船帘蕙草编成帷帐，
荪桡兮兰旌[4]。	溪荪缠在长竿上兰草作旌旗。
望涔阳兮极浦[5]，	望着涔水南面那无尽的水滨，
横大江兮扬灵[6]。	让我横穿过大江向北去寻找。
扬灵兮未极，	疾驶的船儿还没到涔水边上，
女婵媛兮为余太息[7]。	侍女也为我无谓的奔波叹息。
横流涕兮潺湲[8]，	我一下忍不住不禁涕泪交下，
隐思君兮悱恻[9]。	深深地思念着湘君悲痛难抑。

【注】

［1］飞龙：龙形船。前所云“桂舟”，是就材料言，此就外形言。北征：指向北出湘水。战国时湘水经今之临湘直入长江。

［2］邅（zhān）：转折。洞庭：洞庭湖，在湖南省北部，长江南岸。

［3］薜荔：常绿藤本灌木。柏：席箔，指船舱的帘壁。蕙绸：以蕙草织为帷帐。蕙（huì），香草名。又名九层塔、零陵香。绸，借为“帱”，床帐。

［4］荪（sūn）：香草名，即溪荪。桡（náo）：曲木，这里指上端弯如拐棍的长竿。

［5］涔（cén）阳：在洞庭湖以西涔水之北，靠近长江。极浦：远处的水滨。此句写其向西远望。

［6］横：横渡。扬灵：让船冲过去。灵：借作“𪁉”，指舱两侧有窗的船。此句是写在长江南侧向北去寻找。

［7］女：指湘夫人的侍女。婵媛：联绵词，也作“撣援”。此处形容长叹中气喘的样子。

［8］横流涕：指涕泪交集。涕（tì），眼泪。潺（chán）湲（yuán）：此处形容涕泪涟涟。

[9] 隐：痛伤。悱恻：内心悲苦。原作“陫侧”，据闻一多说改。

桂棹兮兰枻[1]，	桂木的船桨木兰制成的船舷，
斫冰兮积雪[2]。	划桨激起的浪花如堆堆雪团。
采薜荔兮水中，	这样奔忙就像在水里采薜荔，
搴芙蓉兮木末[3]。	像在树梢上寻找水生的红莲。

心不同兮媒劳，	如果两心不一媒人就会白白忙乎，
恩不甚兮轻绝。	如果感情不深稍有波折便易中断。
石濑兮浅浅[4]，	行进中遇到沙滩急速在上面冲过，
飞龙兮翩翩[5]。	龙形的船只随着水流轻快地向前。
交不忠兮怨长，	交情不深才形成这样无奈的嗟怨，
期不信兮告余以不闲！	说好的相会却不守信又说没空闲。

【注】

[1] 棹（zhào）：长桨。枻（yì）：船舷，即船侧板。

[2] 斫（zhuó）：砍。积：堆起。这句是写船桨拍击水面，激起白色的浪花。

[3] 搴：楚方言，摘。木末：树梢。

[4] 濑（lài）：湍急之水。浅（jiān）浅：形容水流很快的样子。

[5] 翩翩：轻的样子。

朝骋骛兮江皋[1]，	从早上一直在江边来回奔忙，
夕弭节兮北渚[2]。	黄昏时歇在江北岸的沙洲上。
鸟次兮屋上[3]，	静默的鸟雀聚集在清冷的屋顶，
水周兮堂下。	呜咽的江水围绕着凄冷的厅堂。

捐余玦兮江中[4]，	我取下身上的玉玦来投向江中，
遗余佩兮醴浦[5]。	解下所戴的玉佩在醴水边丢弃。
采芳洲兮杜若，	在长满芳草的沙洲上采摘杜若，
将以遗兮下女[6]。	准备交给湘君身边的侍女。

时不可兮再得，　　　相见的时机失去后难以再相遇，
聊逍遥兮容与。　　　我姑且在这里徘徊着消散忧思。

【注】

［1］江皋：江边。此句是叙说上午之事。

［2］弭（mǐ）节：指停止前进。弭，停止。节，旌节，上古使臣等过关卡所用。北渚（zhǔ）：指靠近洞庭湖北岸的小洲。

［3］次：止宿。

［4］捐：丢弃。玦（jué）：一种玉佩，其状似环而有缺口。“玦”与“决”音同，故古人赠玦以示诀别或断绝关系。这里丢弃了玦，则表示永不分手。

［5］遗：丢弃。醴浦：澧水之滨。醴通作“澧”。“佩”“背”古音同，故遗佩有永不相背之意。

［6］遗（wèi）：赠予。下女：湘君的侍者。同“陛下”“膝下”“足下”一样，为古人对于对方一种委婉的说法，实指赠湘君。

【评析】

《湘君》《湘夫人》二篇应为屈原作于被放江南之野即陵阳时。因为楚人取得长江以南之地稍迟，这两个神灵不会进入楚宫廷祭祀的传统神灵中去。同时，这两篇中表现男女爱情的情节太明显；两篇情节上相关联，戏剧性强且具有民间表演的特征不合于祭祀歌舞的风格。《九歌》本只九篇，而今有十一篇，前人提出多种猜想以解决这个问题，都不能得到普遍认可。其实是收集者以这两篇与《九歌》中各篇相类而并入。

《湘君》全篇是主祭湘君的女巫以湘夫人的口吻表现对湘君的思慕与追求。因为湘水与洞庭山相距甚近，古代民间传说湘君与天帝女相爱成婚，故称“湘夫人”。抒情主人公性格主动而泼辣，《山海经·中山经》中说：“洞庭之山……帝之二女居之，是常游于江渊……出入必以飘风暴雨。”本篇所写与其性格相应。

全诗展现了一个敢于大胆追求爱情的女性的内心世界。

从诗歌开头一段所写看，湘夫人是从洞庭湖中洞庭之山出来后先至湘水入江处等待湘君。至“吹参差兮谁思”，久久等候湘君未至。“令沅湘兮无波，使江水兮安流”，她希望湘水、江水不阻湘君之行。她吹起排箫，排遣忧思，也有给湘

君以音信的意思。

第二段写湘夫人驾船北行，转道洞庭。她远望涔阳的水浦，水波沙渚，云树茫茫，湘君身影，杳然不见，于是又北出洞庭。“望涔阳兮极浦，横大江兮扬灵”，表现出湘夫人迫切的心情以及追求不懈的顽强精神。她的侍女也被感动，为之叹息；因一直不见湘君，一时湘夫人悲情突发，不禁涕泪横流。表现了湘夫人真挚的爱情与坦率的性格。

第三段写湘夫人和侍女一起奋力往江对岸划船的景象，她在猜疑和埋怨的心情中到了江对岸。

第四段开头两句是举出一日的早晚行程，“夕弭节兮北渚”是说最后到了原来约定的场所。然而，湘君并不在北渚，时近黄昏，一片愁人的景象。末尾写湘夫人又起身，把玉玦投入江中，又远至澧浦，将玉佩丢弃在那里，既留下信息，也表示对湘君至死不渝的爱情。她又在芳洲上采集杜若，准备送给湘君。她表现出要等待湘君到来的样子。

可以看出，全诗故事情节与时间、地点的转移是清楚的。只是由于这些都服从于塑造抒情主人公的形象，都是在抒情中透出，很少连贯的叙述。

诗中湘夫人的形象是鲜明的。首先，她美丽又善于打扮。她喜爱香花、香草、香木，会吹排箫，表现出了她的纯洁、高尚和聪慧。其次，她在爱情上表现得大胆、热情、执着，敢于追求。第三，她坦率、泼辣。她时而吹排箫以抒发忧思，表现出对湘君失约的不满；时而感情迸发，涕泪横流。希望、忧思、悲伤，在诗中均予以表现。湘夫人的这一性格特征是对战国时代已很突出的男女不平等现象的反抗。在当时，妇女受到种种礼仪制度的限制，强调顺从、柔弱，在上层社会中女子更要受到种种限制，得到真正的爱情是很难的。湘夫人敢于追求，忠于爱情，在当时已是理想化的人物。

此诗叙事抒情的背景是在秋季。诗中提到薜荔、蕙草、溪荪、兰草以及前面写到的杜若，都是秋季才展现出美好色彩的植物。同时，《湘夫人》与本篇情节上是相关联的。《湘夫人》写到的白薠、白芷、椒、辛夷、杜衡也都是秋天方盛的植物（其中也写到荪、蕙、薜荔等）。另外，诗中写“沛吾乘兮桂舟”“飞龙兮翩翩”等，都是形容船轻快的样子，也非水上结冰的严冬时节的状况。所以，“桂棹兮兰枻，斫冰兮积雪”两句，是说用船桨在江水中拨起一片片的浪花，如同白雪一样。苏东坡在其《念奴娇·赤壁怀古》中的“惊涛拍岸，卷起千堆雪”

或由此而来，也可以看出屈原诗歌富于诗意的描写及对于后代的影响。有的《楚辞》注本以这里是写严冬时节凿冰开路以行船，不仅与全诗意境不合，而且使这两句极美的句子变得十分平庸。

《湘君》《湘夫人》所表现的情节只选取了欢会前一次约会中寻觅不见的一段情节。突出地表现人物情绪的起伏变化，使人物思想性格的各个方面都得到充分的表现。这两诗各由一个抒情主人公来叙说、抒发，使抒情效果达到极致。

湘　夫　人[1]

屈　原

帝子降兮北渚[2]，	天帝的女儿降临在北面的小洲，
目眇眇兮愁予[3]。	我远望水天茫茫令人忧思遽生。
袅袅兮秋风，	阵阵秋风吹起掠过树丛和湖水，
洞庭波兮木叶下[4]。	湖面泛起波澜岸边的树叶飘零。
登白薠兮骋望[5]，	登上长满白薠的高岸骋目远望，
与佳期兮夕张[6]。	与爱慕的人约定一起张罗准备。
鸟何萃兮蘋中[7]？	我为什么像鸟儿想飞却落入蘋草，
罾何为兮木上[8]？	又为什么像要捕鱼网却挂在树上？
沅有芷兮醴有兰[9]，	沅水有白芷澧水有兰草都芳香且珍洁，
思公子兮未敢言。	我喜爱那天帝的女儿啊却不敢坦言。
荒忽兮远望，	呆呆地看着前方恍惚不清目无所见，
观流水兮潺湲。	远远地只看到一片流水闪动着波澜。
麋何食兮庭中[10]？	麋鹿要觅食为什么却跑到了院中？
蛟何为兮水裔[11]？	蛟龙要求友为什么来到了浅水滩？
朝驰余马兮江皋，	悔恨自己早上骑着马在江边乱跑，
夕济兮西澨[12]。	到黄昏才回到洞庭湖西边的岸上。

【注】

［1］本篇为祭湘夫人所用，演唱时由男巫以湘君的口气表达对湘夫人的爱慕之情，故诗中称对方为“佳人”“佳”，或“帝子”“公子”（因传说湘夫人为帝之女。上古时王公的下一代无论男女均可称“公子”）。

［2］北渚：即《湘君》篇“夕弭节兮北渚”的北渚。这里点出本篇与《湘君》在情节上的联系。

［3］目眇眇（miǎo）：远望而模糊的样子。愁予：使我发愁。

［4］波：起波浪。木叶：树叶。

［5］白薠（fán）：一种秋天生的草，此处指长满白薠的高地。

［6］佳：佳人。期：约定。张：张罗准备。

［7］萃（cuì）：聚集。蘋：即田字草，细茎横生于泥中，四片小叶生于叶柄顶端。

［8］罾（zēng）：一种用竹木撑起的方形渔网。

［9］芷（zhǐ）：白芷。原作“茝”，与“芷”为古今字。醴：澧水。

［10］麋（mí）：麋鹿。庭：院子。

［11］水裔：水边。麋应在野外，蛟应在深水之中。以上二句表现出心里想着湘夫人，却不敢大胆去追求，只是自怨。

［12］济：渡过。西澨（shì）：指洞庭湖西岸。澨，水边。

闻佳人兮召予，	听说那美丽的心上人在召唤我，
将腾驾兮偕逝[1]。	将一起驾船去约定欢会的地方。
筑室兮水中，	我们要在水中的小洲筑起新居，
葺之兮荷盖[2]。	用莲叶作为瓦盖在新筑的房上。
荪壁兮紫坛[3]，	菖蒲编成室壁用紫贝来砌中庭，
播芳椒兮盈堂[4]。	堂屋四处都撒上了芳香的椒粒。
桂栋兮兰橑[5]，	桂木做大梁又用木兰做成椽子，
辛夷楣兮药房[6]。	辛夷木做门楣用芍药装饰卧室。
罔薜荔兮为帷[7]，	编织起薜荔作为床上的帷帐，

擗蕙櫋兮既张[8]。　　分开蕙草装饰屋檐高高挂起。
白玉兮为镇[9]，　　将白玉压在床席的四个角上，
疏石兰兮为芳[10]。　　各处撒上石兰屋子充满香气。

芷葺兮荷屋，　　把白芷覆盖在荷叶铺成的屋顶上，
缭之兮杜衡[11]。　　房屋的周围环绕一圈挂上了杜衡。
合百草兮实庭，　　汇集起各种香草布满了整个院落，
建芳馨兮庑门[12]。　　修建起一个香气四溢的廊庑大门。
九嶷缤兮并迎[13]，　　九嶷山的神灵成群结队前来祝贺，
灵之来兮如云。　　众神灵飘然到来如同天上的白云。

【注】

[1] 腾驾：使车马很快地跑。偕逝：一起去。

[2] 葺（qì）：覆盖。

[3] 紫坛：紫贝砌成的中庭。楚人谓中庭为坛。坛，通“墠”。

[4] 盈：满。撒椒取其味之芳香，又因椒多子。

[5] 橑（lǎo）：椽子。

[6] 辛夷：又名木笔，是药用植物和香花植物。楣（méi）：门框上横梁。药：芍药。房：卧室。

[7] 罔：通“网”，编织之意。帷：帐子的四周。

[8] 擗（pì）：分开。櫋（mián）：屋檐板。既张：已经张挂起来。

[9] 镇：压席子四角的东西。

[10] 疏：散布。石兰：一种生长在岩石上的兰花，即石斛，富有香气，花色美丽。自古作药用，《神农本草经》列为上品。

[11] 缭：缠绕。杜衡：马蹄香，又名杜葵。

[12] 庑（wǔ）：廊屋。庑门指大门。

[13] 九嶷：九嶷山，在今湖南宁远县境内。此处指九嶷山之神。缤：纷纷然，众多的样子。这里是想象九嶷山的众神一起来迎接湘夫人。

捐余袂兮江中[1]，　　我撕下袖头上有缺口的白袂，

遗余褋兮醴浦[2]。　　脱下对襟单衫丢在澧水之滨。
搴汀洲兮杜若，　　从水中的绿洲采摘香草杜若，
将以遗兮远者[3]。　　将要把它赠送给远方的佳人。
时不可兮骤得，　　相见的机会不能够常常遇到，
聊逍遥兮容与。　　我姑且在这里徘徊消散愁心。

【注】

[1] 袂（mèi）：袖口。

[2] 褋（dié）：一种对襟的单衣。从中开口，袂与褋含义与玦、佩相同。

[3] 远者：不在身边的人，指湘夫人。

【评析】

《湘夫人》同《湘君》一样，是用歌舞的形式表现的，也有一定的情节性。本篇开头一句说“帝子降兮北渚”，表现出与《湘君》篇末一段“夕弭节兮北渚”的照应，两篇情节上是相关联的。

本篇第一段三节是抒情主人公湘君听说湘夫人已到原来所约定的欢会之地北渚，于是他登上长满白薠的高处极目远望。他爱湘夫人却不敢大胆表达爱意，“思公子兮未敢言”，因此未能及时应约赴会。“鸟何萃兮蘋中？罾何为兮木上？”这是他自责自己所想与行为的不一致。“荒忽兮远望，观流水兮潺湲”则表现出他在悔恨中的呆想沉思。这一段揭示出湘君沉稳而内向的性格特征。

第二段写当听见湘夫人在各处找他，他表现得既高兴又激动，并带动了对于他们欢会情节的想象。这是内向型人物的情感化、情绪化，常超越现实具有空想的特征。这一段从另一方面表现了湘君的行动和思想情感的活动。

第三段六句，此时湘夫人又到别处去寻找他，未能见到，故同样以捐袂、遗褋表示永不相分、永不相背的决心。这应是古代楚人的风俗或仪式上的程式。其结果如何？让读者去想象。真可谓余味无穷。

要全面了解这首诗所塑造的抒情主人公形象，一方面要弄清湘夫人、湘君这两个神灵在当时神话故事中的身份；另一方面要从诗的本身，弄清诗人赋予了他们怎样的思想、性格和感情。

春秋战国时代已有种种障碍来防止青年男女的正常恋爱，扼杀青年的婚姻幸

福，而这一切又主要是通过限制妇女的社会生活、降低妇女的人格来实现的。但是湘夫人在爱情上表现得大胆、泼辣、主动，完全打破了男权社会加给妇女的桎梏。她对爱情的大胆追求，正反映了对种种限制的蔑视和反抗。

另一方面，由于在那个时代一般男子总是把自己看作家庭的统治者，操纵处理着一切主动权，妻子在他们心中随时可能失去位置，所以，妇女希望男子是诚实忠厚、感情执着的。因此，那些在爱情上忠诚守信的男子形象，就特别受到女子的赞扬和热爱。湘君对湘夫人充满了爱，却又是那样的拘谨，“沅有芷兮醴有兰，思公子兮未敢言”。他不敢放胆表白自己的情感，他尊重妇女。这种思想在几千年的封建社会是难得的，与湘夫人的大胆追求一样，对于古代男女不平等的社会制度具有反抗的意义。

在男权社会中，希望获得真正的爱情，女方就要敢于追求真正的爱情，男子则要忠诚守信。《湘君》《湘夫人》的抒情主人公形象是最早地集中表现出了这两点。我国后来的几个表现男女爱情的传说故事如《梁山伯与祝英台》《白蛇传》《七仙女配董永》等，里面的男性都十分忠厚老实，而女性却表现得热情主动。如果宏观地考察中国文学史上这一系列艺术形象的产生和发展过程，可以说，二《湘》在以强烈的反抗精神为基础塑造出青年男女理想的正面形象上，具有划时代的意义。

其次，作为帝女的湘夫人同湘水之神湘君的恋爱，也曲折地表现了这样一种思想：打破门户观念、等级观念才能实现男女平等基础之上的爱情。湘君只是地上一条河流的神，而湘夫人却是“帝子”，是天帝的女儿。他们的地位可谓有“天壤之别”。同北方长久流传的“牛郎织女”的传说完全一样，“湘君湘夫人传说”与“牵牛织女传说”南北相应，都是中国最早的爱情传说故事，都表现出打破门户观念、追求平等爱情的愿望，这在世界文学史上都是具有耀眼光芒的。

《湘君》《湘夫人》虽然是两首抒情诗，都是以两个相关人物独唱的形式表现的，因此两诗的情节相关联。而且，从组织结构方面说也紧密相扣。《湘君》中表现湘夫人在各处寻找湘君都不见，《湘夫人》中湘君的唱词说“朝驰余马兮江皋，夕济兮西澨”，是早上骑马在江边陆地上，下午才到西面的水边的。这种安排就像戏剧的“暗场”（有的戏剧情节从人物唱词中予以交代），所以说这两首诗也是我国早期戏剧的萌芽。

哀　郢

屈　原

《哀郢》是屈原被放于江南之野的第九年，他回忆被放时的情景而作。楚顷襄王元年，秦攻楚，大败楚军，斩首五万，取析十五城而去。秦军沿汉水而下，郢都震动。郢都人民向东逃难，诗中“方仲春而东迁”正即写此。由诗第四段说“至今九年而不复”可知，前半部分诗人写当年在秦军进攻中被放后东行，是回忆。诗中主体部分为回忆九年前之事。后两段中说到“江与夏之不可涉”，说明九年之中再没有北过长江、夏水到郢都之事。庄蹻离开郢都以后杳无音信，诗人深感楚朝廷中是“众踥蹀而日进兮，美超远而逾迈”。这也是让他感到十分伤心的。

皇天之不纯命兮[1]，　　老天爷的变化反复无常，
何百姓之震愆[2]！　　为什么要使百姓流离动荡？
民离散而相失兮，　　百姓都妻离子散不能相顾，
方仲春而东迁。　　正当仲春二月时向东流亡。

去故乡而就远兮，　　离开故土而走向远方，
遵江夏以流亡[3]。　　沿着长江和夏水向东流浪。
出国门而轸怀兮[4]，　　走出郢都城门时痛心伤怀，
甲之朝吾以行[5]。　　甲日的早晨我已经在路上。

发郢都而去闾兮，　　　从郢都出发离别了闾里，
怊荒忽其焉极[6]？　　　惝恍中不知该走向何方？
楫齐扬以容与兮，　　　大家都抬起桨来任船飘荡，
哀见君而不再得。　　　哀伤的是从此见不到君王。

【注】

[1] 不纯命：言天命无常。纯，首尾如一。林云铭说："不言君无善政而归之于天，以不便言君也。"

[2] 震愆（qiān）：震惊失所，流离在外。

[3] 遵：沿着。夏：夏水。夏水为长江在江陵以东分出的一支，东北流入汉水。汉夏合流一段古代也往往称为"夏"。

[4] 国门：指楚国都城的门。轸（zhěn）怀：痛心，伤怀。

[5] 甲之朝：甲日的早晨。朝：原作"鼂"。王逸注："朝，旦也。"则《楚辞章句》本作"朝"。夫容馆本引一本作"朝"，今据改。

[6] 怊（chāo）：悲伤。荒忽：通"恍惚"。极：终点。

第一段回忆九年前当秦军大举进攻楚国之时，诗人被放江南之野，出国门时的情景与即将远离时的悲伤心情。

望长楸而太息兮[1]，　　　望着故都高大的梓树长叹，
涕淫淫其若霰[2]。　　　禁不住泪水如雪珠般涟涟。
过夏首而西浮兮[3]，　　　船经过夏首后又向西漂流，
顾龙门而不见[4]。　　　回头看郢都东门早已不见。

心婵媛而伤怀兮[5]，　　　内心牵挂旧都我无比感伤，
眇不知其所跖[6]。　　　四周渺茫不知该落脚何方。
顺风波以从流兮，　　　任风波推移顺着湖水漂流，
焉洋洋而为客[7]。　　　在这无所归依中羁旅他乡。

凌阳侯之氾滥兮[8]，　　　乘着向四面扩散的阳侯大波，

忽翱翔之焉薄[9]。	迷惘中木船飘荡不知去何方。
心絓结而不解兮[10]，	内心惦念着国都总不能去怀，
思蹇产而不释[11]。	思绪萦绕纠缠始终难以摆脱。

【注】

[1] 楸（qiū）：梓树。其主干高，上古都邑中街道两边多种植。太息：长叹。

[2] 涕：这里指泪水。淫淫：泪流不止的样子。霰（xiàn）：雪珠。

[3] 夏首：夏水由长江分出的起点。西浮：指由长江转入洞庭湖。据《山海经·海内东经》载，战国以前洞庭湖口狭长，东北与长江相连。

[4] 龙门：郢都的东门。

[5] 婵媛（chán yuán）：牵引之义。此处为牵挂不舍的意思。

[6] 眇（miǎo）：通"渺"，茫远。跖（zhí）：踏。

[7] 焉：乃。洋洋：水无目标漫流的样子。这里指任船随水漂泊。

[8] 凌：乘着。阳侯：大波之神，此处指大波。

[9] 忽：迷惘。焉薄：止于何处。焉，疑问代词。薄，止、近。

[10] 絓（guà）结：牵挂而内心郁结。絓，挽住，系在什么上。

[11] 蹇产：曲折缠绕。释：解开。

第二段诗人回忆东行途中因不忍心远离郢都，而入洞庭湖向西回旋之情景。

将运舟而下浮兮，	将要驾着船儿顺江而东行，
上洞庭而下江[1]。	东北驶出洞庭湖进入长江。
去终古之所居兮[2]，	离开长久居住的故国之地，
今逍遥而来东。	如今已慢慢漂泊来到东方。

羌灵魂之欲归兮[3]，	灵魂牵萦故都希望能够归去，
何须臾而忘反？	哪里有片刻时间能忘记回还？
背夏浦而西思兮[4]，	已走过了夏浦却仍念着西边，
哀故都之日远。	伤心的是离故都却越来越远。

登大坟以远望兮[5]，　　登上江边的高丘举目远望，
聊以舒吾忧心。　　姑且安慰一下忧愁的内心。
哀州土之平乐兮[6]，　　伤心楚国富庶的乐土沦丧，
悲江介之遗风[7]。　　沿江淳厚的风俗无处可寻。

【注】

[1] 上洞庭：指由洞庭湖东北入长江。下江：顺长江而下。

[2] 终古：一生，有生以来。

[3] 羌：楚方言词，何乃，竟然。

[4] 背：背离，离开。夏浦：夏口，汉水夏水合流后入长江处。西思：向西而思，指思念着郢都。

[5] 坟：水边高地，堤岸。

[6] 州土：洞庭湖以北、云梦泽以东，沿大江西岸的带状平原，本为春秋时州国之地，故曰“州土”。平乐：地平人安。

[7] 江介：江间。

第三段诗人回忆行船不得已驶出洞庭湖东行时，留恋不舍的悲痛心情。

当陵阳之焉至兮[1]，　　面对着陵阳山还能到哪里，
淼南渡之焉如？　　向南进入彭蠡泽将向何处？
曾不知夏之为丘兮[2]，　　怎料想宗庙宫室竟成荒丘，
孰两东门之可芜[3]！　　谁令郢都两东门从此荒芜？

心不怡之长久兮，　　心情不悦已经有很长的时间，
忧与愁其相接。　　忧虑与愁苦交替着而不间断。
惟郢路之辽远兮[4]，　　想起回郢都的道路如此辽远，
江与夏之不可涉。　　长江夏水是不能逾越的难关。

忽若去不信兮[5]，　　回想放逐时的情景不到两晚，
至今九年而不复。　　至今已过九年仍然未能还都。

惨郁郁而不通兮[6]，	惨恻郁闷的心情终不能舒展，
蹇侘傺而含戚[7]。	惆怅失神下我悲情满腹。

【注】

［1］陵阳：包括洞庭湖以东至今江西省西部庐水上游，宜春以南之地。这里应为战国末年陵阳县之治所。《汉书·地理志》庐江郡："庐江出陵阳东南，北入江。"此庐江指庐水与赣江的合流。陵阳与汨罗江隔着武功山。1953 年在长沙仰天湖出土有"陵阳公"简，则古湘江下游汨罗江一带当时也属陵阳县地。故屈原在顷襄王元年秋冬之际离开陵阳治所，沿沅水南行，又沿湘水北上至湘江下游，之后便长期居于此。因这里也属陵阳。

［2］夏：大屋，指宫廷建筑。上古宫殿皆在台上，宫殿颓圮，则成土丘。

［3］两东门：指郢都城朝东的两座正门。

［4］惟：思。

［5］忽：忽忽，形容时间过得快。若：似。信：两夜。

［6］惨郁郁：悲伤而内心压抑，心绪郁结。

［7］蹇，楚方言语气词，同"乃"。侘傺：失神而立的样子。

第四段写诗人到达陵阳后的心情及九年来对郢都的思念和内心的悲苦。

外承欢之绰约兮[1]，	有些人表面顺从柔情媚态，
谌荏弱而难持[2]。	实际上软弱无能难以依赖。
忠湛湛而愿进兮[3]，	良臣忠心耿耿希望被进用，
妒披离而障之[4]。	嫉妒者纷纷而起设置障碍。
尧舜之抗行兮[5]，	唐尧虞舜都有高尚的德行，
瞭杳杳而薄天[6]。	光明正大的品行直指上苍。
众谗人之嫉妒兮，	一些专会进谗者群起诋毁，
被以不慈之伪名。	给他们加上不仁慈的罪名。
憎愠惀之修美兮[7]，	憎恶内心美好的贤德之士，

好夫人之慷慨[8]。　　喜好那些奸佞之徒的夸言。
众踥蹀而日进兮[9]，　　大批庸者奔走钻营反被重用，
美超远而逾迈[10]。　　贤能之士离开朝廷越来越远。

【注】

[1] 绰约：柔美的样子。绰，原作“汋”。洪兴祖：“汋，音绰。”王夫之：“汋，与绰同。”今据改。

[2] 谌（chén）：诚，实在。荏（rěn）弱：软弱。持：依靠。

[3] 忠：指忠诚的人。湛湛：深厚、厚重。

[4] 披离：众多纷乱的样子。披，原作“被”，洪兴祖、朱熹俱引一本作“披”，今据改。障：堵挡、阻碍。

[5] 抗行：高尚的行为。抗，同“亢”。

[6] 瞭（liǎo）杳（yǎo）杳：高远的样子。薄：接近。

[7] 愠惀（yùn lǔn）之修美：不善于表达而品德美好之人。愠惀，内心蕴积而不显露。修美，指品德美好。

[8] 好：喜好。夫：指示代词，同“彼”。慷慨：原作“忼慨”，《九辩》中相同之句，“忼”作“慷”'，姜亮夫认为“一声之变”。今据今之规范写法改。

[9] 众：平庸的人，谗佞小人。踥蹀（qiè dié）：小步快走。

[10] 美：指德行高尚的人。超远：远离。逾迈：越来越远。

第五段诗人联系九年前楚国局势和当时朝廷状况表现出无比的忧恨，对于庄蹻类人物因受到打击而远离朝廷表达出惋惜之情。

乱曰：　　尾声：
曼余目以流观兮[1]，　　我放开眼光向四方瞭望环顾，
冀壹反之何时？　　希望还都的愿望何时才能实现？
鸟飞反故乡兮，　　远飞的鸟雀最后都要归还故土，
狐死必首丘[2]。　　狐狸死时头还朝向栖居的小山。
信非吾罪而弃逐兮，　　确实不是我的罪过而遭到弃逐，
何日夜而忘之？　　哪一天哪一夜不希望能被召还？

【注】

[1] 曼余目：放开眼来。曼，曼曼，远的样子。流观：周流观览。

[2] 狐死首丘：传说狐狸死时要把头朝向生活过的小山丘。见《礼记·檀弓上》。

乱辞抒写诗人被放九年一直不能返回朝廷的悲伤与痛苦。

【评析】

《哀郢》是屈原在顷襄王九年（前290）所作。《楚世家》载顷襄王元年秦"大败楚军，斩首五万，取析十五城而去"。秦军沿汉水而下，则郢都震动。面对此种情形，亲秦的旧贵族又将责任推给一直坚持合纵抗秦的屈原，屈原被放于江南之野，随流亡百姓一起东行。全诗主要是诗人回忆当年被流放时同逃难的百姓一起东行的情形，结尾部分才抒写作诗当时的心情。

这首诗在结构上充分体现出诗的建筑美。全诗按其抒情的层次，可分六层，乱辞之外，每层三节。前三层为回忆，以被放后东行的过程为序，也体现出地域上的转移。第四层抒发当时作诗的心情，第五层写了诗人对造成国家、个人悲剧之原因的思考。乱辞在情志、结构两方面总括全诗，为第六层。可见诗人晚年在诗体艺术美的方面仍在进行不断的探索。

"皇天之不纯命兮，何百姓之震愆！民离散而相失兮，方仲春而东迁。"诗人绘出一幅巨大的哀鸿图。诗中说诗人走出郢都城门心痛如绞。他上船后仍不忍离去，抬起船桨任船飘荡：他要多看一眼郢都！他伤心再没有机会见到国君了（当时楚怀王被骗至秦，但诗人当时以为一定会回来）。"甲之朝"指诗人启程的具体日期和时辰，可见九年来他从未忘记过当时的情景。

"望长楸而太息兮"以下三节，诗人回忆当时船开后仍心系故都，不知所从。诗中从"西浮"以下写进入洞庭湖也是因为不忍远离京都，故说"顺风波"（而非顺江流），说"阳侯之泛滥"，说"翱翔"，等等，都是写在湖上回旋的情景。

"将运舟而下浮"写当时形势不能不东行。"上洞庭"言由洞庭湖北行，"下江"言顺江流而东。"羌灵魂之欲归兮，何须臾而忘反。背夏浦而西思兮，哀故都之日远。”随着离郢都的越来越远而不舍之情越来越突出，诗人还到江边的高地上回望郢都，当时他的内心真可谓是肝肠寸断。

“当陵阳之焉至兮”以下三节，写诗人作诗时的思想情绪，点出以上所写为回忆九年前之事。“心不怡之长久兮，忧与愁其相接。”虽然诗人心中一直思念着郢都，但不可能回去，因为“江与夏之不可涉”。楚怀王也已在五年前死于秦，这一点诗人应已知道。

“外承欢之绰约兮”以下三节，指出造成国家危难之根源。朝廷那些奸佞之徒之所以胆大妄为，关键还在于国君之心不正、目不明。“憎愠惀之修美兮，好夫人之慷慨”，其批判是十分尖锐的。

诗的前三层为回忆，其抒情主要通过记叙来表现；后两层是直接抒情。乱辞总承此两部分，写诗人虽日夜思念朝廷之事，却不能回到郢都，因而悲伤。“鸟飞反故乡兮，狐死必首丘”，语重意深，极为感人。

本诗开头先不交代是回忆，给读者以身临其境之感，留下深刻的印象。全诗结构整齐，语言上也是多用对偶句，如“去故乡而就远（兮），遵江夏以流亡”“过夏首而西浮（兮），顾龙门而不见”“背夏浦而西思（兮），哀故都之日远”等，与南北朝以后对偶句无甚区别。这是屈原骚体诗中形式上最严整的一首，体现出诗歌的建筑美，反映出屈原晚期创作风格上的发展变化，这对后来格律诗产生了很大影响。

怀　沙

屈　原

《怀沙》是屈原的绝笔。关于篇题之意，朱熹解作“怀抱沙石以自沉也”。后代学者大体都依据此为说。但沙是无法抱的，故此说难以成立。明代李陈玉《楚辞笺注》云:“当是寓怀于长沙。”然而楚人开发长江以南较迟，那里既无先王遗迹，也非屈氏世居之地，诗人无由怀念长沙，故也难以成立。实际上“怀沙”是一种比较隐晦的说法，是诗人惦记垂沙之战后向南的庄蹻军队。谭介甫《屈赋新编》就指出“怀沙”的“沙”指垂沙。楚怀王一再受秦国的欺骗，出尔反尔，同齐国等主张合纵的五国翻脸，造成五国的损失，故齐、韩等国出兵击楚，但齐国将领匡章本不想同楚开战，于是同楚兵隔泚水6个月未开战。楚怀王二十八年（前301）冬，齐宣王卒、湣王初立之时，齐、韩同楚国在垂沙开战，齐败楚，杀楚将唐蔑，由此引起楚廷内两派的激烈斗争，并于次年初爆发了“庄蹻暴郢”事件，庄蹻为楚庄王之后，任将军，属合纵派。为了平息事件，朝廷召回了屈原。庄蹻军队退出郢都后退至黔中，后渡江向南，经夜郎入滇称王。屈原一直惦记着庄蹻。他两次南行，都是沿着庄蹻入滇的路线，就说明了他对这一支军队的关心。

从本篇的乱辞看，作者当时“汩徂南土”是沿沅水南行，直至沅水上游。同在顷襄王元年秋冬之际路线一样，由沅入溆，再东行至湘水上游，然后沿湘水北行，故曰“进路北次”。农历四月或五月初到汨罗，诗人闻得顷襄王同秦昭王会于有楚先王之庙及公卿祠堂的楚故都鄢郢，知道楚国国运将不久长，遂选取五月五日投汨罗江而死。此篇应作于顷襄王十六年（前 283）农历五月初。

滔滔孟夏兮[1]，	漫长的初夏四月的天气，
草木莽莽。	沿途草木茂盛树荫浓密。
伤怀永哀兮[2]，	我内心哀痛且无尽悲伤，
汩徂南土[3]。	急切地走向了南方之地。
眴兮杳杳[4]，	抬眼远望前路迷茫邈远，
孔静幽默[5]。	看不见人影是一片寂静。
郁结纡轸兮[6]，	郁结的愁思在心中缠绕，
罹愍而长鞠[7]。	遭受了忧患而长期困顿。

【注】

[1] 滔滔：悠悠，形容夏日之长。“滔”“悠”上古音近。孟夏：即夏历四月。

[2] 伤怀永哀：长时间地伤心。指垂沙之战齐楚交战，楚廷内部矛盾引发了庄蹻暴郢事件。庄蹻的起事和领兵南行，也使楚国力量进一步削弱。

[3] 汩徂（yù cú）南土：急切地走向南方之地。汩，疾速行走。徂，去，往。庄蹻部队开始是退至黔中（今湘西）。怀王三十年（前 299）秦骗楚怀王至武关，要楚怀王割黔中地，也应是借口替楚灭庄蹻而提出，怀王不答应，遂挟之至咸阳。《后汉书 · 南蛮西南夷列传》中言庄蹻“从沅水伐夜郎，军至且兰。……既克夜郎，因留王滇池”。屈原之远至楚南土，应是要了解庄蹻的状况。

[4] 眴（shùn）：通“瞬”，注视，远望。杳（yǎo）杳：深远的样子。

[5] 孔：很，甚。幽默：僻静无声。

[6] 郁结纡（yū）轸（zhěn）：聚结缠绕，指愁思郁积。

[7] 罹：遭受。原作“离”，通“罹”。愍（mǐn）：忧痛。长鞠：长期穷困。

第一段写当初夏四月时诗人孤身一人再次南行，内心充满忧思。

抚情效志兮[1]，　　反复回想实情细审我的心志，
冤屈而自抑。　　我是受尽了冤屈而强自克制。
刓方以为圆兮[2]，　　有人叫我把方正的削为圆滑，
常度未替[3]。　　我坚守正常的法度决不放弃。

易初本迪兮[4]，　　改变最初所确定的正确道路，
君子所鄙。　　有修养的人认为是可耻之事。
章画志墨兮[5]，　　章程规划都记在了简策上面，
前图未改[6]。　　我对以前的设想决不会变易。

内厚质正兮[7]，　　内心敦厚且品质端正的人，
大人所盛[8]。　　被德高望重的圣贤所赞许。
巧倕不斫兮[9]，　　巧匠倕如果不砍削而雕刻，
孰察其拨正[10]。　　谁还能看出他技能的高低。

【注】

[1] 抚：揣摩、反复回想。情：实情。效：考核。

[2] 刓（wán）：削。圆：原作“圜”，今同“圆”。

[3] 常度：正常的法度。替：废弃。

[4] 易：改变。迪（dí）：道路。

[5] 章：章程。画：规划。志墨：用笔墨记下来。

[6] 前图：此前的规划。即上面所说“章画”的具体内容。即指楚怀王十六年以前诗人所定的进行政治改良的设想。

[7] 厚：厚实，言蕴积深厚。质正：品行纯正。

[8] 大人：圣贤，德高位尊的人。这里指明君与杰出政治家。盛：赞扬，称许。

[9] 倕（chuí）：相传为尧舜时的巧匠。《吕氏春秋·古乐》言其创造了鼙、鼓、钟、磬、笭、管、埙、篪、鞀、椎钟等乐器。斫（zhuó）：砍削。

[10] 拨正：曲直邪正。拨，邪曲，与“正”相对。如《管子·宙合》篇云：“夫绳扶拨以为正。”

第二段写自己坚持正道、坚持原来政治主张的决心。

玄文处幽兮，	黑红的花纹在幽暗之处，
矇瞍谓之不章[1]。	瞎眼人会说它不够显明。
离娄微睇兮[2]，	离娄眯着眼睛细心辨识，
瞽以为无明[3]。	瞎眼人反说他眼力太坏。
变白以为黑兮，	把本来白的说成了黑的，
倒上以为下。	把本在上面的压在下面。
凤皇在笯兮[4]，	凤凰反被关进了鸟笼中，
鸡鹜翔舞。	鸡和鸭却到处飞舞乱窜。
同糅玉石兮[5]，	把宝玉和石块混杂在一起，
一概而相量[6]。	用同一个标准来衡量价值。
夫惟党人之鄙固兮[7]，	那些结党营私者浅陋固执，
羌不知余之所臧[8]。	不明白我所怀理想的意义。
任重载盛兮[9]，	我担负的责任重大牵涉面广，
陷滞而不济[10]。	现在像车船沉陷而难以渡过。
怀瑾握瑜兮[11]，	虽然怀抱着美玉手拿着宝石，
穷不知所示。	却身处困境不知该向谁展示。
邑犬之群吠兮[12]，	乡邑的狗对着人成群地狂吠，
吠所怪也。	是吠它们没有见过的陌生人。
非俊疑杰兮[13]，	诽谤俊秀之才和猜忌高德贤士，
固庸态也。	这本来就是平庸之辈的行径。
文质疏内兮[14]，	外表和本质都朴素而木讷，
众不知余之异采[15]。	众人不理解我改良的异彩。
材朴委积兮[16]，	治国理政方面想到的很多，

莫知余之所有。　　　　没有人了解我的远大胸怀。

【注】

[1] 矇瞍（méng sǒu）：盲人。有瞳仁而看不见者曰“矇”，没有瞳仁而看不见者曰“瞍”。章：显明。

[2] 离娄：王逸注“古明目者也”。《孟子》《淮南子》中都提到，传说为黄帝时人，明目能见百步之外，秋毫之末。微睇（dì）：略加顾盼。

[3] 瞽（gǔ）：目盲之人。无明：看不见，没有视力。

[4] 笯（nú）：鸟笼。

[5] 同糅（róu）玉石：把玉和石头混杂在一起。

[6] 概：古代量粮食时用来刮平斗、斛的小木板。引申为标准。

[7] 党人：结党营私之人，指朝廷中反对改革的守旧势力。

[8] 羌：何为。所臧：所藏，所善，所认可的。指主张的美政。

[9] 任：抱，负担。载盛：车船等运载得很多。这是说当初所设想的要进行改革的事很多。

[10] 陷：陷没，指舟船而言。滞：停滞，指车、马而言。不济：未能成功。

[11] 瑾（jǐn）、瑜（yú）：皆美玉名。

[12] 邑犬：城邑中的犬。邑中人所聚居，一犬吠则群犬从而吠之。

[13] 非俊：责难、诋毁超群拔俗之人。非，责怪。疑杰：猜忌杰出之人。

[14] 文：指美好的言行（外在表现）。质：指优良的质地、本质。疏内：粗疏木讷。内，通“讷”。

[15] 异采：超凡的光彩。这是就宪令和其他政治改革的设想的意义而言。

[16] 材：加工好的可用之具。朴：未制作成器的木材。

第三段回顾楚朝廷中腐朽、顽固的旧贵族与坏人当道，使想为振兴国家而效命的人受到打击流落于外。

重仁袭义兮[1]，　　　　我积累宽仁之德且多行义事，
谨厚以为丰[2]。　　　　以谨慎敦厚的品性充实自身。
重华不可遻兮[3]，　　　重华那样的圣君不能再遇到，

孰知余之从容?	有谁能理解我的行为举动?
古固有不并兮,	自古明君贤臣难同时出现,
岂知其何故。	哪里能知道这当中的缘故。
汤禹久远兮,	商汤夏禹距现在太过久远,
邈而不可慕。	对我来说是遥遥不可倾慕。
惩违改忿兮[4],	克制愤恨的心情抛却怨气,
抑心而自强。	平抑内心来强行勉励自己。
罹愍而不迁兮[5],	饱受忧患却不改我的操守,
愿志之有像。	希望自己的志节有所归依。
进路北次兮[6],	向北行进中暂时停歇下来,
日昧昧其将暮。	已是日落后将近黄昏之时。
舒忧娱哀兮,	舒散忧愁排遣内心的悲哀,
限之以大故[7]。	眼下的形势已近我的死期。

【注】

[1] 重(chóng)仁:积累仁德。袭义:屡行义事。袭,重叠。

[2] 谨厚:谨慎笃厚。丰:充裕,富足。

[3] 重(chóng)华:虞舜之名。遻(è):逢,遇。

[4] 惩违改忿:止息、转移怨恨的心情。惩,止。违,"愇"字之借,忿恨。

[5] 罹(lí):遭遇。原作"离"。愍(mǐn):忧患。原作"慜",通"愍"。洪兴祖引一本作"愍",朱熹本作"愍"。今据改。

[6] 进路北次:连同下文看,诗人溯沅水至于辰阳以南,便不再朝南,暂作停留之后,入溆水,向东至资、湘上游,然后改而北行。

[7] 限之于大故:朱熹注"死期将至,其限有不可得而越也"。大故,王逸注"死亡也"。此时诗人已闻顷襄王与秦昭王会于楚故都鄢郢,知楚国之亡已不远,故有此语。

第四段抒发了诗人在沿湘水北行途中即将就死的悲哀。

乱曰：
浩浩沅湘[1]，
分流汩兮[2]。
修路幽蔽，
道远忽兮[3]。

尾声：
浩浩荡荡的沅水和湘水，
在洞庭的两侧疾速北流。
一路上树木遮蔽十分幽暗，
回想起全程真是远路悠悠。

增伤爰哀[4]，
永叹喟兮[5]。
世混浊莫吾知，
人心不可谓兮。

无休止的哀伤不断地悲泣，
我无奈地仰天长长地叹息。
举世混浊没有人真正了解我，
有些人的心思叫人难以措辞。

怀情抱质[6]，
独无正兮[7]。
伯乐既殁[8]，
骥焉程兮[9]！

我怀着对国家的深情保持着质直，
却无人对我的行为作出正确评判。
善于相马的伯乐早已不在人世，
罕见的良马又由谁来识别判断！

民生禀命，
各有所错兮[10]。
定心广志，
余何畏惧兮？

世上的人都禀受着天命，
各人有各人的生存境遇。
定下心思以恢宏志气，
我还有什么可以畏惧？

知死不可让[11]，
愿勿爱兮。
明告君子，
吾将以为类兮[12]。

我知道自己的死已不可避免，
宁愿毫不吝惜地放弃此身躯。
我明确告诉世上的贤人君子，
我将以此作为我最后的结局。

【注】

[1] 沅湘：沅水与湘水。屈原是先沿沅水南行，然后东至湘水上游，沿湘水

北上。这里有回顾此行全程之意。沅水发源于贵州中部，在湖南西部北流。湘水发源于湖南省东南部，在湖南东部北流（战国时是径入长江）。

[2] 汩：水急流的样子。

[3] 远忽：遥远。忽，远。

[4] 增伤：不断地悲伤。增，重，一再地。原作“曾”，洪兴祖注：“音增。”并引一本作增。今据改。《抽思》：“独永叹乎增伤。”“增伤”与“永叹”相对而言，意相近。爰：通“咺”，哀泣不止。

[5] 永叹喟（kuì）：长长地叹息。此下四句原在“余何畏惧”之后，今据王逸注，《史记》、朱熹《集注》和闻一多说移此。

[6] 抱质：保持着公正诚实的本性。原作“怀质抱情”，据《史记·屈原列传》改。

[7] 正：评判。作者言自己远行到南土荒鄙之地，是出于对国家长远利益的关心。然而，无人能对此作出正确的评判。

[8] 伯乐：秦穆公时的善相马者。殁：原作“没”，《史记·屈原列传》中作“殁”，今据改。

[9] 骥焉程：有谁来识别、衡量良马。程，衡量，计量。

[10] 错：通“措”，安置。

[11] 让：辞让，退避。

[12] 类：法式，法则，榜样。

乱辞总括自己沿沅水向南又东至湘水上游北行的景况，以及在当时形势下诗人舍生就死的决心。

【评析】

屈原从顷襄王元年被放于江南之野，十多年中，不能越过长江和夏水（《哀郢》“江与夏之不可涉”），对朝廷的具体事情了解有限，只是感到楚国在走向衰亡。他寄予希望的是垂沙之战后被逼起事、开向楚南疆的庄蹻部队。屈原从怀王十年起任左徒之职，即主张楚国先统一南方。以南方广大国土、民众和资源为基础，再统一全国。为此，他主张联齐抗秦，抑制秦国东向以吞并山东六国。但楚朝廷一些旧贵族为反对屈原的政治改革，在对外战略上也站在屈原的对立面。庄蹻本楚庄王之后，看来同昭滑一样，是赞同屈原的主张的。亲秦派使楚齐开战，结果垂沙一战大败，他们便将责任推到联齐抗秦者的身上，引起楚国上层的四分五裂。屈原在此情况下被召回以平定局势，后庄蹻军队便退到湘西，又逐步向南。屈原希望这支部队能开拓南土，为楚国将来的稳定与发展作出贡献。诗题“怀沙”，即怀想着垂沙之战后能形成的结果。庄蹻起事之后，对那些腐朽的权贵形成有力打击。那些顽固的权贵们将他们统统看作强盗，可谓“同糅玉石兮，一概而相量”。那些结党营私的旧贵族头脑固执，根本不能理解屈原的远大目标。屈原思想上坚持着前代圣贤的民本、仁政思想和中华一统观念。他仰慕古帝舜，仰慕建立了华夏统一王朝的夏禹、商汤。心中永远存有舜、禹这样安抚万邦、光被天下的圣君。

本篇的开头说，诗人“汩徂南土”。是说当初夏四月从洞庭湖西北沿沅水而南行。在对垂沙之战有关是非、结果的回忆之后，第四段说“进路北次兮，日昧昧其将暮”，应是由湘水上游折而北行之初。

乱辞是总结全文。诗人知道顷襄王完全抛弃了自己。他唯一寄一线希望的是庄蹻能否在经营南方上有所作为，但又毫无消息，他决定北归。至于会遇到什么意料之外的事，他无所畏惧。诗人自己也没有想到，当他到了汨罗江边的时候，听到顷襄王竟与秦昭王相会于有楚先王之庙与公卿祠堂的故都鄢郢，就似乎预感到了国家即将覆亡的结局，因而选择了楚民族历来十分重视的五月五日这个讲求清洁之日，投汨罗江而死。

《怀沙》在形式上用较短的句式，不像以前常用的骚体那样节奏舒缓，表现出一种急切、强烈的感情，这应该也是屈原当时心理的一种反映。

研读本篇，对弄清在屈原研究中一些含混不清的史实，弄清屈原同楚国当时一些重大事件的关系，揭示屈原政治思想的深刻内涵，以及了解屈原创作心理及创作风格的变化和屈原所创造骚体的前后发展变化情况，都有很大的帮助。

惜往日

景 瑳

《惜往日》和《悲回风》皆收入《九章》之中。汉代以来多认为是屈原之作。南宋初年李壁已怀疑其非屈原所作。其后魏了翁《鹤山渠阳经外杂抄》卷二录其文，也表赞同。明许学夷《诗源辩体》说："《惜往日》云：'不毕辞而赴渊兮，惜壅君之不识。'《悲回风》云：'骤谏君而不听兮，任重石之何益？'是岂屈子口语耶？盖必唐勒、景差之徒为原而作，一时失其名，遂附入屈原耳。'"与李壁之看法相同。曾国藩在其有关文字中几次说到此篇非屈原所作。近人陈钟凡、陆侃如、闻一多、刘永济等均从作品内容方面立论，证其非屈作。曹道衡《评〈关于屈原作品的真伪问题〉》节引了"何贞臣之无罪兮"二句和"临沅湘之玄渊兮，遂自忍而沉流。卒没身而绝名兮，惜壅君之不昭"四句说：

> 在这段文字中，屈原已经"遂自沉""卒没身"了，哪里还能赋诗？如非相信有鬼，恐怕没法子叫已死的屈原来写这篇《惜往日》了吧！"遂"和"卒"分明是已经完成了的话……再说这里的"贞臣""壅君"等辞和文句本身，都显然是第三者追述之口气。(《光明日报》1956年4月1日)。

胡念贻的《屈原作品的真伪问题及其写作年代》对有关问题作了深入细致的分析，认为绝非屈原之作（见其《先秦文学论集》）。

“申旦”一词,《思美人》云:“申旦以舒中情兮”,朱熹注:“申,重也。今日已暮,明日复旦也。”汪瑗注:“旦,天将晓也。申旦,犹言累日也。”陆时雍《楚辞疏》云:“申旦,达旦也。”然而《惜往日》中“孰申旦而别之”,是以“申旦”作明白解,此显然误解了屈原之意,则非屈原所作甚明。宋玉《九辩》“独申旦而不寐兮”,用法与屈原同,则《惜往日》也非宋玉所作。唐勒《论义御》《远游》《惜誓》都表现出明显的道家和神仙家思想,而《惜往日》则表现出法家思想。可见也非唐勒所作。从各方面来看,《惜往日》应如李壁、魏了翁、许学夷之推断,为景瑳所作,今题为景瑳作。

景氏为楚平王之后,楚平王有“景平”之谥,其非嫡袭子孙遂有以景为氏者。故景氏也是楚之贵族。楚宣王(前369—前340)有大臣景舍(见《战国策·楚策一》)。在威王至怀王朝有大臣景翠,楚威王七年(前333)景翠曾率军至鲁齐之地,怀王十七年(前312)春景翠以上柱国的身份领兵围了屈服于秦的韩国的雍氏之地。怀王二十二年(前307)秦拔韩宜阳,景翠以执珪之爵、上柱国之身份领兵往救之。在垂沙之战以后,庄蹻起事、楚国危难的情况下,景翠接唐蔑为令尹之职,“楚令景翠以六城赂齐,太子为质”(《战国策·楚策二》),屈原也得重返朝廷,重修齐楚之好。看来景翠在内政改革上同屈原的思想是一致的。[①] 从时间上说,景瑳应为景翠的孙辈,因而思想受其影响,也悼惜屈原的遭遇。

景瑳之名,《史记》作“景差”,《汉书·古今人表》作“景瑳”,以作“景瑳”为是。《汉书》写成后不久即有人作注,书写上保留了原来的写法,《史记》长时间在民间传抄,书写多有改易。司马迁《屈原列传》中言景瑳同宋玉、唐勒一样“好辞而以赋见称”,“皆祖屈原之从容辞令终莫敢直谏”。宋玉《风赋》《大言赋》《小言赋》中也提及。应主要生活于顷襄王、考烈王时代。

惜往日之曾信兮[1],	惋惜你往日曾得到信任,
受命诏以昭时[2]。	受君王之命修明宪令法度。
奉先功以照下兮,	继承先王功业以光照下民,

① 参赵逵夫《屈原时代楚朝廷内两派斗争的主要人物》,见《屈原与他的时代》,人民文学出版社2002年版,第248—306页。

明法度之嫌疑。	明确法度不清及含混之处。
国富强而法立兮，	国家富强且法制也得以确立，
属贞臣而日娭[3]。	君王把国事委托给忠臣而日日愉悦。
秘密事之载心兮[4]，	你心中存有改良政治类的机密大事，
虽过失犹弗治。	即便有小差错也能得到君王的宽恕。
心纯庬而不泄兮[5]，	你纯朴厚实不肯泄露改革的机密，
遭谗人而嫉之。	却遭受那些奸诈谗佞之徒的嫉恨。
君含怒而待臣兮，	怀王大为震怒处理了忠正的臣下，
不清澈其然否[6]。	不加分析辨别所听之事是假是真。
蔽晦君之聪明兮[7]，	奸臣们堵住王的耳朵遮蔽王的双眼，
虚惑误又以欺[8]。	使用各种虚假的手段把君王来欺骗。
弗参验以考实兮，	怀王不去对证各种说法以考求真相，
远迁臣而弗思。	就将你远远地流放到汉北不再挂念。
信谗谀之溷浊兮[9]，	听信那些进谗献谄的污浊话语，
盛气志而过之[10]。	便大发雷霆给你找出种种过失。
何贞臣之无罪兮，	为什么忠贞的臣子本没有过错，
被离谤而见尤[11]？	却遭到攻击诽谤而被大加训斥？
惭光景之诚信兮[12]，	这真是有愧于日月天光的诚信，
身幽隐而备之。	受害的人只有退居荒僻以防备。
临江湘之玄渊兮[13]，	你走近汨罗江湘江的水深之处，
遂自忍而沉流[14]。	带着你无尽的冤屈而沉入水下。

【注】

[1] 惜：惋惜。曾信：曾经被信任。

[2] 命诏：即诏命。昭时：使社会政治清平。司马迁《史记·屈原列传》载，

屈原“为楚怀王左徒，博闻强志，明于治乱，娴于辞令，入则与王图议国事，以出号令；出则接遇宾客，应对诸侯，王甚任之”。此当指以上事实而言。

［3］属（zhǔ）：托付。《史记·屈原列传》载，怀王命屈原草拟宪令，上官大夫在怀王处诬陷屈原曰“每一令出，平伐其功，曰以为‘非我莫能为’也”，则屈原草拟宪令是陆续公布的。贞臣：忠贞的臣子，指屈原。娭：同“嬉”。

［4］秘密事：指草拟宪令之事。《管子·立政》记载先秦时制定与发布宪令的有关规定：“宪未布，使者未发，不敢就舍，就舍谓之留令，罪死不赦。宪既布，有不行宪者，谓之不从令，罪死不赦。”《商君书·定分》亦言及法令制定、公布前的保密性。载心：存放于心中。

［5］纯厖（máng）：纯朴厚道。厖，丰厚，厚重。泄：泄露。《史记》载上官大夫诬陷屈原泄密且自邀其功，王怒而疏屈平。

［6］清澈：用为动词，指澄清、搞清楚。然否：对错。

［7］蔽晦：蒙蔽而使其昏暗。聪：听力好。明：视力好。

［8］虚：把无说成有。惑：把假说成真。

［9］谀（yú）：阿谀奉承。溷（hùn）浊：污浊。

［10］盛气志：勃然大怒，不容分说。过之：责备他。过，为“过失”一义的意动用法。

［11］被：遭逢。离：通“罹”，遭遇。“被离”为同义连用，楚语中有这种习惯。见：被。尤：指责。此节四句中“之”“尤”为之幽合韵。

［12］光景（yǐng）：日月的光与影。景，通“影”。

［13］江湘：指湘江支流汨罗江。战国时湘水直接流入长江。故在今汨罗江以北、岳阳市以东有地名“临湘”（今为市）。江湘，原作“沅湘”，沅水在洞庭湖以西，不相干。洪兴祖、朱熹皆引一本作“江”，今据改。玄渊：深渊。

［14］忍：忍心。沉流：投河。作者应是楚都迁于淮河流域以后的作家。

第一段回顾当年屈原受命制定宪令，以修明法度，富国强兵，而受到守旧的贵族权臣的陷害被疏远，后又被流放，竟至自沉于汨罗江。

卒没身而绝名兮[1]，	你最终为国家而死又失去名声，
惜壅君之不昭[2]。	惋惜的是糊涂的君王不能醒悟。

君无度而弗察兮，　　　君王不按法规行事不细心考察，
使芳草为薮幽[3]。　　使得芳草隐没在深山水泽之处。

焉舒情而抽信兮[4]，　怎样才能抒发真情展示诚信，
恬死亡而不聊[5]。　　你是宁可死去也不苟且偷生。
独障壅而蔽隐兮[6]，　只因为有重重障碍加以遮蔽，
使贞臣为无由。　　　使忠贞之臣见君王无路可通。

闻百里之为虏兮[7]，　听说百里奚曾被俘当过奴隶，
伊尹烹于庖厨[8]。　　伊尹原本在厨房中熬粥煮肉。
吕望屠于朝歌兮[9]，　吕望在朝歌干过屠宰的营生，
宁戚歌而饭牛[10]。　宁戚做商贩时深夜唱歌喂牛。

不逢汤武与桓缪兮[11]，若不是遇到商汤周武齐桓秦穆，
世孰云而知之？　　　世人谁会把他们名字挂在口头？
吴信谗而弗味兮[12]，吴王夫差听信谗言不细心辨别，
子胥死而后忧[13]。　杀掉伍子胥后便遭到亡国之忧。

介子忠而立枯兮[14]，介之推忠心一片却被烧死，
文君寤而追求。　　　晋文公醒悟过来才去寻求。
封介山而为之禁兮，　改绵山为介山禁止人采樵，
报大德之优游[15]。　来报答他的大德恩情深厚。

思久故之亲身兮[16]，思念着长期相处的亲近之人，
因缟素而哭之[17]。　穿着白色孝服祭奠流泪哭泣。
或忠信而死节兮，　　有的人秉持忠信为保全节操而死，
或訑谩而不疑[18]。　有的人一直欺诈谎骗却不被怀疑。

弗省察而按实兮[19]，君王对进言不作审查与核实，
听谗人之虚辞。　　　一味相信进谗者的编造之词。

芳与泽其杂糅兮[20]，　芳香的东西和污垢混杂一起，
孰申旦而别之[21]？　有几个国君能细心加以辨析？

何芳草之早殀兮，　为什么芳草早早地被摧残而死？
微霜降而下戒[22]。　微霜一降便给草木肃杀的信息。
谅聪不明而蔽壅兮[23]，　一定是君王耳朵不灵受到蒙蔽，
使谗谀而日得。　使得谗谄小人一天比一天放肆。

【注】

［1］卒：终于。没：淹没，淹死。

［2］壅君：易受蒙蔽之君。《商君书·慎法》："壅君安能以御一国之民？"

［3］为：于、在。薮（sǒu）：湖泽。幽：深。此节"昭""幽"二字为宵幽合韵。

［4］抽信：表达真情。抽，一一述之。

［5］恬（tián）：安。不聊：不苟且，不苟生。

［6］障：隔绝。原作"鄣"，同"障"，今改为"障"。壅：堵塞。蔽隐：义同"障壅"。

［7］百里：百里奚，春秋时虞国人，虞国亡，被晋国所虏，又作为陪嫁奴隶被送往秦。后逃跑，被楚国抓住，秦穆公知其贤，以五张羊皮将他赎回，任为大夫。从此穆公得其帮助，成就了霸业。为虏：做俘虏。

［8］伊尹：即挚，商汤的贤相。本是有莘氏的陪嫁奴隶，曾做厨师。商汤举以为相，协助汤攻灭夏桀。烹：烹饪。庖厨：厨房。

［9］吕望：姓姜名望，吕为其氏。周武王称之为"师尚父"，故后代多称为姜尚。相传殷纣王时他曾在殷都朝歌当过屠夫，后到渭水之滨钓鱼，周文王发现他是个贤才，遂以为师，予以重用，后辅佐武王灭商。

［10］宁戚：春秋时卫国人，经商到齐国，一天晚上喂牛歌唱，抒其不遇之情，恰为齐桓公所听到，知其为贤人，用为辅佐之臣。饭牛：喂牛。

［11］桓：齐桓公。缪（mù）：通"穆"，指秦穆公。

［12］吴：指吴王夫差。弗味：不能辨别谗言。

［13］子胥：伍子胥，本楚人，名员，字子胥。楚平王杀其父与其兄，子胥

逃至吴，助吴王阖闾刺死王僚取得君位，又攻楚入郢都，鞭平王之尸。后在助吴王败越之后，反对吴王伐齐，主张进一步灭越。吴王不听，听信太宰嚭（pǐ）的谗言，逼他自杀。不久后，吴国被越所灭。诗中的“后忧”，即指亡国之事。

[14] 介子：介之推，“介子”为尊称。晋文公的臣下。文公（重耳）早年流亡在外十九年，介之推随行，曾割其股肉为重耳充饥。重耳回晋国夺取君位后，封赏同行者，却遗漏了介之推。于是介之推与其母隐居绵山。晋文公派人寻找，他不肯出来，文公想用烧山的办法逼他出山，结果他抱着大树被烧焦。文公为了纪念他，亲自素服哭祭，并改绵山为介山，封山禁樵，永远祭祀介之推。立枯：抱树站着被烧焦。

[15] 优游：功德广大的样子。

[16] 久故：故旧，老交情。亲身：近身，不离左右的人。

[17] 因：因袭，穿上。缟（gǎo）素：白色丧服。之：指介之推。

[18] 或：有的人，这里指屈原一类人。诡谩：欺诈。

[19] 省察：考察。按实：核实。

[20] 泽：此处通“襗”，贴身内衣，易染污垢，喻奸佞丑行。本篇关于“泽”字的用法与《离骚》和《思美人》不同，乃是误解了屈原文意所造成。杂糅：混合在一起。

[21] 申旦：此处作“明白”解。别：区分。

[22] 微霜降：喻谗人开始陷害的手段。下戒：使地上之草木皆不得生长。

[23] 谅：料想。聪不明：犹言听觉不灵。

第二段由屈原之死联系历代谗人得势时贤良受打击排挤之事，对顷襄王朝政治的黑暗给以揭露与抨击。

自前世之嫉贤兮，	自古贤良美好之人就常受嫉恨，
谓蕙若其不可佩。	还说蕙草和杜若不适宜于佩带。
妒佳冶之芬芳兮[1]，	忌妒美丽俊俏之人的芬芳气息，
嫫母姣而自好[2]。	嫫母一样的丑人故意做出媚态。
虽有西施之美容兮，	即使有西施的一样美丽容貌，

谗妒入以自代[3]。　进谗嫉妒的人也能设法取代。
愿陈情以白行兮[4]，　如果想陈述实情以表白自己，
得罪过之不意。　便会得到你意想不到的罪责。

情冤见之日明兮[5]，　你的真情和冤屈越来越明白，
如列宿之错置[6]。　像众星罗列在天空一样显眼。
乘骐骥而驰骋兮，　虽然是驾驭着良马骐骥奔跑，
无辔衔而自载。　但没有缰绳牵引便十分危险。

乘泛泭以下流兮[7]，　乘着竹木的小筏子顺流而下，
无舟楫而自备[8]。　没有船桨而任凭它乱漂乱撞。
背法度而心治兮，　违背法度而一切只凭心而治，
譬与此其无异[9]。　说起来与上面所为没有两样。

宁溘死而流亡兮[10]，　你宁愿忽然死去随水而漂亡，
恐祸殃之有再。　生恐再看到什么更大的祸殃。
不毕辞而赴渊兮，　很多话没有写出就跳入深水，
惜壅君之不识[11]。　可惜昏君却一点不放在心上。

【注】

［1］佳冶：此代指美女。

［2］嫫（mó）母：相传是黄帝的妻子，容貌甚丑。此处代指容貌丑陋者。姣：美好，指故作媚态。

［3］谗妒：这里指善谗言、好嫉妒者。入：插入，混入。自代：自己取而代之。

［4］白行：讲清楚自己的行为。

［5］情：实情。见（xiàn）：显现。

［6］列宿（xiù）：群星。错置：错杂罗列。

［7］泭（fú）：同“桴”，小的竹木筏子。下流：顺水而下。

［8］自备：自用。言没有桨而用自己的手划水随意漂流。

[9] 譬：原作“辟”。洪兴祖引一本作“譬”，注：“辟，喻也，与‘譬’同。”朱熹同。今据改。

[10] 溘（kè）死：突然死去。流亡：随水漂流而去。

[11] 不识（zhì）：记不住。识：同“志”，记住。

第三段进一步指出屈原忠心为国而受谗被放，从此楚国不断走向没落，屈原受迫害而死的事实越来越清楚，但遗憾的是作为一国之君的楚王仍然不悟。

【评析】

本篇是屈原死后，楚国作家景瑳为悼念屈原而作。作品开始先叙说屈原当初受信任草拟宪法之事，可见作者是一个很有政治眼光的人。作者对屈原在楚怀王前期“受命诏以昭时”“奉先功以照下”的作为，给予了极高的评价：“明法度之嫌疑，国富强而法立兮。”这也是最早对屈原在政治上的贡献作出的准确评价。

篇中对屈原所受的不公正待遇表示了极大的愤慨，句句针对着楚王。如“蔽晦君之聪明兮，虚惑误又以欺”，末段“自前世之嫉贤兮”以下四句等。篇中揭露了谗谀小人诬陷屈原的事实，而从头到尾是将矛头对准楚王，如第一段中“君含怒以待臣兮，不清澈其然否”“弗参验以考实兮，远迁臣而弗思。信谗谀之溷浊兮，盛气志而过之”。第二段中：“君无度而弗察兮，使芳草为薮幽。”“独障壅而蔽隐兮，使贞臣为无由。”“不逢汤武与桓缪兮，世孰云而知之？”“谅聪不明而蔽壅兮，使谗谀而日得。”第三段自“乘骐骥而驰骋兮”以下十句，全是批评国君任性而为；“背法度而心治”一句，则指出了其思想实质。“惜壅君之不识”，是作者最为痛心之处，以此句作为全篇的结尾，十分有力。作者这样大胆批评楚王，一则因为时过境迁，怀王早已死去，且顷襄王也已至晚年，楚国更是衰弱，因此作者能够坦率地谈楚国在此前政治、外交、用人等方面的一些重大失误，对前代君王提出十分严厉的批判。

毫无疑问作者在悲悼屈原之中也联系了自己的遭遇，“愿陈情而白行兮，得罪过之不意”等，既是述说屈原的遭遇，也可以说是借以抒发自己的情怀。

篇中一些句子同屈原作品的句子很相近，甚至完全相同。自清代吴汝纶《古文辞类纂评点》以来，不少学者认为本篇多用屈作文意，甚至套用屈作原文，对其评价不高。其实，这正是战国末期楚国文学受到屈原影响的表现。《史记·屈原列传》所说“皆祖屈原之从容辞令”“好辞而以赋见称”。本篇和宋玉的《九辩》《悲回风》及一系列散体赋，还有唐勒的《远游》《惜誓》《论义御》，共同展现了屈原之后楚国文学的发展状况，而真正继承了屈原的思想，对屈原的遭遇表现了深切同情，对屈原之投水而死表现出无比沉痛的心情，对造成屈原与楚国政治悲剧的楚王作出严厉批判的，只有这一篇。从研究屈原生平与思想、研究屈原思想对战国末期楚国作家的影响方面说，这一篇最重要。

悲　回　风

宋　玉

《悲回风》是宋玉的作品。南宋李壁（1159—1222）的《王荆公诗注》在《闻吕望之解舟》一诗注附《诗后漫记》附诗云："《回风》《惜往日》，音韵可凄其！追吊属后来，文类玉与差。"他根据《悲回风》《惜往日》两诗所表现的情感和一些语句同屈原身份的矛盾，认为这两篇分别为宋玉、景瑳之作。近代以来很多著名学者亦认为《惜往日》《悲回风》非屈原所作，所提出的怀疑，理由也越来越充分。[①]

本篇以"悲回风"开头，实即写秋景与秋天的感受。看下"草苴比而不芳""薠蘅槁而节离兮，芳已歇而不比""漱凝霜之雰雰""悲霜雪之俱下兮"诸句即可知。"悲回风之摇蕙"其意同于《九辩》之"悲哉秋之为气也，萧瑟兮，草木摇落而变衰"。两诗都突出地表现了宋玉的悲秋情怀。此前学者多误为屈原之作。然而篇末说屈原投江而死无宜于事，则为屈原死后他人所作可知。就其思想与文风而言，也非景瑳与唐勒之作，而与《九辩》多共同之处，则为宋玉之作无疑。

① 参看《〈惜往日〉题解》及拙文《再论〈惜往日〉〈悲回风〉的作者问题》，《文献》2009年第3期，第7—16页。

悲回风之摇蕙兮[1]，　　哀怜蕙草遭受着大风的摧折，
心菀结而内伤[2]。　　我内心愁苦郁结而十分感伤。
物有微而陨性兮[3]，　　秋气虽然微弱也能损毁生命，
声有隐而先倡[4]。　　风声虽然隐约也将秋信播扬。

夫何彭咸之造思兮[5]，　　为何要追念那殷代贤臣彭咸，
暨志介而不忘[6]！　　想赶上其志节之心总是不忘。
万变其情岂可盖兮，　　纵然手段万端岂能遮掩事实，
孰虚伪之可长！　　哪有靠虚假的表象得以长久？

鸟兽鸣以号群兮[7]，　　鸟兽鸣叫是为了召唤同类，
草苴比而不芳[8]。　　鲜草混于枯草就失去芳香。
鱼葺鳞以自别兮[9]，　　鱼类身着密鳞炫示自己的特异，
蛟龙隐其文章[10]。　　蛟龙在云雾中将鳞甲花纹隐藏。

故荼荠不同亩兮[11]，　　所以苦荼甜荠不可能同地而生，
兰茝幽而独芳。　　泽兰白芷在幽隐处才保持芳香。
惟佳人之永都兮[12]，　　只有君子贤良才会美德永存，
更统世而自贶[13]。　　虽历经数代仍然能自重自强。

眇远志之所及兮[14]，　　我那高远志向想要达到的目标，
怜浮云之相佯[15]。　　惋惜它就像云朵般飘浮在天上。
介眇志之所惑兮[16]，　　痛恨那目光短浅之人对我的质疑，
窃赋诗之所明。　　就私下里写诗来表明自己的志向。

【注】

[1] 回风：旋风，大风。

[2] 菀（yù）结：郁结。菀，原作“冤”，洪兴祖引一本作“宛”，朱熹引一本作“苑”，皆“菀”之借。戴震《屈原赋注》作“菀”，今改作“菀”。

[3] 物有微而陨性：言秋风之为物其始虽小，而足以陨伤草木之生命。这是

喻谗人微言中伤之害。性，生机。

［4］隐：隐约。先倡：先导，始发。

［5］彭咸：楚先贤，以正道身洁名传后世。参《离骚》第一部分第三段“愿依彭咸之遗则”注。造思：追怀，成思。

［6］暨：与“及”通。志介：志节，指志向与气节。

［7］号（háo）群：求群。

［8］苴（jū）：枯草。比：合，并。

［9］葺（qì）鳞：以鳞覆盖其身。自别：别于其他鱼类或其他动物。鱼为水中之小者，此以喻一般人。

［10］文章：指蛟龙身上的鳞甲花纹。此以喻非常之人。

［11］荼（tú）：一种苦菜。荠（jì）：春天最早生出的一种野菜，味香甜鲜美。

［12］佳人：这里指有良好素养的人。永都：永远美丽。都，本义同“鄙”相对，指人穿着与气质上的齐整、得体。这里用以指内心美。

［13］更统世：犹言经历数代。更，经历。统世，朱熹《集注》：“谓先世之垂统传世也。”宋玉为由楚怀王朝经顷襄王至考烈王时人，因经历三世，故如此说。贶（kuàng）：本义为赐予、嘉惠，引申为自许、自重。此节意连下节，其间并无转折，而下节末句“窃赋诗之所明”，“窃”为自谦之词。

［14］眇（miǎo）远：高远。王逸、朱熹、汪瑗、林云铭等俱以为高远之义。王充《论衡·别通》：“开户内（纳）光，坐高堂之上；眇升楼台，窥四邻之廷，人之所愿也。”“眇”即用为高的意思。

［15］相徉：同“徜徉”，徘徊往返。也作“相羊”“相佯”。此据洪兴祖引一本改。

［16］介：借作“忦（jiá）”，痛恨，切齿。眇，通“渺”，小。

第一段因秋风之起，花草受到摧残，联系到自己被革职斥退的现实悲哀，表现了自己洁身自好的决心。

惟佳人之独怀兮，	作为贤良之人与众不同的情怀，
折若椒以自处[1]。	我摘取杜若和申椒以保持清芳。
曾歔欷之嗟嗟兮[2]，	一次次地感慨抽泣不时地悲叹，

独隐伏而思虑。

虽隐居荒僻却引出万千思量。

涕泣交而凄凄兮，
思不眠以至曙。
终长夜之曼曼兮，
掩此哀而不去[3]。

我涕泪交流而内心深感凄怆，
愁思绵绵难以安睡直到天亮。
整个的暗夜都显得无比漫长，
挥之不去这缠绕心头的哀伤。

寤从容以周流兮，
聊逍遥以自恃[4]。
伤太息之愍怜兮，
气於邑而不可止[5]。

醒后我从容舒缓地周游四方，
姑且优游自得不使太过惆怅。
却伤心慨叹这满腔的悲悯，
气息憋胀哽咽而难以通畅。

纠思心以为纕兮[6]，
编愁苦以为膺[7]。
折若木以蔽光兮[8]，
随飘风之所仍[9]。

纠结起各种的思绪成为佩带，
编织不断的愁苦做胸前兜囊。
折下若木的枝条来遮蔽阳光，
任凭旋风肆虐把我吹向何方。

存仿佛而不见兮[10]，
心踊跃其若汤。
抚珮衽以案志兮[11]，
怊惘惘而遂行[12]。

对于眼前的国事想视若无睹，
但心潮起伏如沸水剧烈跳荡。
抚摸玉佩和衣襟抑制着情志，
愁苦不安和迷惘中远走他方。

【注】

[1] 若：杜若，一种香草。

[2] 曾（céng）：通“层”，重叠，一次一次地。歔欷（xū xī）：叹息抽咽。嗟嗟：连连悲叹之声。

[3] 掩：挥去。

[4] 自恃：自持，自制。

[5] 於邑（wū yì）：同“呜唈”，哽咽。

[6] 思心：思绪，指思君念国之心。纕：腰间佩带，多编织精致。

［7］膺：胸，这里指胸衣，如当今之肚兜，用以护胸与腹部。上面多绣有花。均是比喻诗赋文章。

［8］若木：神话中长在昆仑西极之处的神树。蔽光：遮住日光。

［9］随：任凭。飘风：即本篇开头说的回风。仍：照旧。

［10］存：存在，现状。仿佛：模糊不清。

［11］抚：摸。衽（rèn）：衣襟。案：通“按”，压抑，控制。“按志”同于《离骚》中“屈心而抑志”“抑志而弭节”的“抑志”。

［12］怊（chāo）：惆怅失意。原作“超”，“怊”之借字。闻一多《楚辞斠补乙》引古有作“怊”者。今改作“怊”。惘惘：迷惘的样子。

第二段抒写了放逐中难以排解的忧思。

岁忽忽其若颓兮[1]，	岁月匆匆流逝如物件的下坠，
时亦冉冉而将至。	死期随着时间流逝即将到来。
薠蘅槁而节离兮[2]，	薠草与杜衡干枯且枝节断折，
芳已歇而不比[3]。	香气消散已尽繁花不再并开。
怜思心之不可惩兮[4]，	可怜自己一片忠心不因挫折更改，
证此言之不可聊[5]。	这表明群小对我的诽谤不能相信。
宁溘死而流亡兮，	我宁可忽然死去而魂飞魄散，
不忍此心之常愁。	不忍心为这些老是愁思萦怀。
孤子吟而抆泪兮[6]，	就像孤儿叹息着擦去泪水，
放子出而不还[7]。	又如被弃的孩子难以回家。
孰能思而不隐兮[8]，	谁能思念国家之事而不痛伤，
照彭咸之所闻[9]。	只有按所闻的彭咸处世之法。

【注】

［1］忽忽：形容时光过得很快的样子。原作“曶曶”，汪瑗《集解》作“忽忽”，王夫之：“‘曶’与‘忽’同。”今据改。颓：下坠。此言时光流逝之快。

［2］蘋：一种香草，名青蘋、蘋草，叶似莎草而稍大。蘅（héng）：即杜衡，一种香草，多年生。可作为香佩随身佩带。节离：断折。

［3］不比：言不浓、不盛。比，聚合。

［4］惩：因受到挫折与打击而不再有相关的行为。

［5］此言：应为"訾言"，误失一"言"字而成。訾言即诽谤之言。此句应作"证訾言之不可聊"。聊：聊赖，信任。

［6］吟：叹息。《战国策·楚策一》："昼吟宵哭。"抆（wěn）：揩拭。

［7］放子：被弃逐的儿子。尹吉甫之子伯奇为后母所谮，被放于外，古人常言之。

［8］隐：通"慇（yīn）"，哀痛。

［9］照：察知，明白。

第三段写自己年岁渐大而回郢都无期的悲痛。表示愿按照彭咸处世法则，洁身自好。

登石峦以远望兮，	登上石山顶端向远处眺望，
路眇眇之默默。[1]	道路幽远渺茫又一片沉寂。
入景响之无应兮[2]，	置身于不见人又无声响的地方，
闻省想而不可得[3]。	听不到一点能唤起记忆的声息。
愁郁郁之无决兮[4]，	愁闷和郁悒无法排解，
思戚戚而不解。	忧思悲戚也难以释怀。
心鞿羁而不开兮[5]，	内心受到束缚不能舒展，
气缭转而自缔。	气息郁结成团难以解开。
穆眇眇之无垠兮[6]，	四周静默辽阔一眼望不到边，
莽芒芒之无仪。	大地空旷广袤确实无可匹配。
声有隐而相感兮，	再微弱的声音也会相互感应，
物有纯而不可为。	过分纯粹之事往往事与愿违。

藐蔓蔓之不可量兮，　　道路遥远漫长不可度量，
缥绵绵之不可纡[7]。　　愁绪连绵难以梳理顺当。
愁悄悄之常悲兮[8]，　　深重的隐忧让我常感悲伤，
翩冥冥之不可娱[9]。　　纵使飞入云霄也难以心畅。
凌大波而流风兮，　　乘驾着波涛而随着风飘荡，
托彭咸之所居[10]。　　托身前圣彭咸居住的地方。

【注】

[1] 眇眇：通“渺渺”“邈邈”。洪兴祖：“眇眇，远也。”王念孙《广雅疏证》于《广雅》：“邈邈、眇眇，远也。”下引《楚辞·九章》《管子·内业》例云：“渺，与眇同。眇眇，犹邈邈耳。”

[2] 景：通“影”。响：回声。

[3] 省想：记得，记忆。

[4] 决：开、解，砍断。

[5] 靰羁（jī jī）：引申为束缚之义。靰，马缰绳。羁，马笼头。

[6] 穆眇眇：静默辽阔的样子。穆，通“默”，静默，“穆然”即默然。眇眇，通“渺渺”，辽阔的样子。

[7] 缥（piāo）绵绵：连绵不断的样子。不可纡（yū）：乱成一团，不能理顺，缠绕起来。

[8] 悄悄：忧愁的样子。

[9] 翩：疾飞。冥冥：高远。

[10] 托：寄寓。彭咸之所居：即上面所说“石峦”，下文所说“高岩之峭岸”“雌霓之标颠”。

第四段写登山远望国都，却长时间没有一点消息，诗人再次表示将学习彭咸，修洁持身。

上高岩之峭岸兮，　　我登上峭拔的险峰高崖，
处雌霓之标颠。　　又站在副虹的顶端上面。
据青冥而摅虹兮[1]，　　在长空中伸臂抚平彩虹，

遂倏忽而扪天[2]。　又伸手向上触摸到云天。

吸湛露之浮源兮[3]，　向浓重甘露流出的方向吸吮，
漱凝霜之雰雰[4]。　含吮着空中飘浮的阵阵寒霜。
依风穴以自息兮[5]，　靠在穿风的洞穴旁独自休息，
忽倾寤以婵媛[6]。　忽然又翻身醒来而叹息自伤。

冯昆仑以瞰雾兮[7]，　登临昆仑山俯视着游动的云雾，
隐岷山之清江[8]。　它遮挡住了岷山下清江的水影。
惮涌湍之礚礚兮[9]，　巨浪拍在悬崖上的声音令人心惊，
听波声之汹汹。　又听到在峡谷中的急流波涛汹涌。

纷容容之无经兮[10]，　波涛乱卷简直看不清水的流向，
罔芒芒之无纪[11]。　江水茫茫一片似乎已泛滥横溢。
轧洋洋之无从兮[12]，　无边的汹涌波浪看不清自何而来，
驰委移之焉止[13]。　不知蜿蜒奔驰到哪儿才能停息？

漂翻翻其上下兮[14]，　洪流滚滚时上时下向前方翻卷，
翼遥遥其左右[15]。　波面闪动像无数飞鸟不停展翼。
泛潏潏其前后兮[16]，　水势高涨漫溢或前或后地奔涌，
伴张驰之信期[17]。　伴随按时起落的潮汐造成壮观。

观炎气之相仍兮[18]，　看夏季炎热的空气不断升起，
窥烟液之所积[19]。　眼望着水汽渐渐凝聚成云雨。
悲霜雪之俱下兮[20]，　悲伤冬季寒霜冰雪接连飘落，
听潮水之相击。　也听见潮水汹涌地相互拍击。

借光景以往来兮[21]，　乘着岁月变换于天地之间，
施黄棘之枉策[22]。　使用的黄棘马鞭早已弯曲。
求介子之所存兮[23]，　我寻求介之推当年的隐居之地，

见伯夷之放迹[24]。	在这里见到唐尧之臣伯夷的遗迹。
心调度而弗去兮，	心中思量着前贤的美德不能去怀，
刻著志之无适[25]。	我铭记于心言行上绝不有所偏离。

【注】

[1] 据：凭借，依靠。青冥：青天。摅（shū）：抒发，舒展。这里指向两端抚平。

[2] 倏忽：疾迅的样子。扪：抚摸。

[3] 湛（zhàn）露：浓重的露水。浮源：指天空的甘露之源。

[4] 漱（shù）：吸吮。雰（fēn）雰：意同"纷纷"，霜雪纷降的样子。

[5] 风穴：古代神话中生风之处，为窟穴。自息：独自休息。

[6] 倾寤：翻身醒来。婵媛：此处指忧伤而喘息。

[7] 冯（píng）：通"凭"，登临，又如"凭眺"。瞰：看，俯视。

[8] 岷山：在四川、甘肃交界处，是岷江的发源地，长江与黄河的分水岭。岷，原作"岐"，同"岷"，今改作"岷"。清江：即岷江。

[9] 涌湍：汹涌的急流。礚（kē）礚：水流与石相撞的声音。

[10] 纷容容：纷乱的样子。无经：没有条理，这里指流向不清。

[11] 罔芒芒：辽阔而模糊的样子。罔，借作"潤"（同"漭"），水盛的样子。芒芒，同"茫茫"。无纪：没有头绪。指水由于峡谷中支流的冲入和礁石阻碍等相互冲击。《方言》卷十："緤、末、纪，绪也。南楚皆曰緤，或曰端，或曰纪，或曰末，皆楚转语也。"

[12] 轧洋洋：波浪翻滚、无边无际的样子。无从：不知从何而来。

[13] 委移：迂远的样子。焉止：止于何处。

[14] 漂翻翻：翻动起伏向前的样子。

[15] 翼遥遥：形容波面闪动，如无数水鸟不停展翼。遥遥，通"摇摇"，摆动的样子。

[16] 泛：水漫溢。潏（yù）潏：水上涌的样子。

[17] 信期：指起潮汐的准确时间。

[18] 炎气之相仍：指春夏天气越来越热。

[19] 烟液：云雨，古人以为是热气上升积聚而成。

［20］霜雪之俱下：指秋冬之季。

［21］光景：岁月。往来：指春、夏、秋、冬季节的变换。

［22］施：用。黄棘：即黄荆。古又名“楚”，为落叶灌木或小乔木，其枝曰荆条，古代常用为鞭策，此处指黄棘制的马鞭。

［23］介子：介之推之尊称。参《惜往日》第二段“介子忠而立枯兮”注。

［24］伯夷：尧之臣，重法制。参《橘颂》“行比伯夷”句注。放迹：遗迹，故迹。尧的活动地域也在晋中一带。

［25］刻著志：犹言铭记于心。刻，铭刻。著，附着。志，记下来。无适：无他适。

第五段由登上高岩之峭岸而俯视江河，说到气候和生活感受的不同，表示自己回想前贤美德，不会偏离。

曰[1]：	尾声：
吾怨往昔之所冀兮，	我哀怨以往的期望都未能实现，
悼来者之逖逖[2]。	担心将来要走的路还很远很远。
浮江淮而入海兮，	顺着长江淮河向东漂流到大海，
从子胥而自适[3]。	追随伍子胥报仇雪耻于心方安。
望大河之洲渚兮，	我眺望着那黄河当中的沙洲，
悲申徒之抗迹[4]。	申徒狄特立的操行令人伤感。
骤谏君而不听兮，	他屡次劝谏君王却不被接受，
任重石之何益[5]！	负石投河无益于世令人扼腕！

【注】

［1］曰：表示总括全篇之意，由楚辞早期体式中的“乱曰”而来。

［2］悼：恐惧，担心。逖（tì）逖：遥远。

［3］子胥：伍子胥，春秋时楚人，因其父兄被楚平王所杀，奔于吴国，佐吴王阖闾伐楚，攻入楚郢都，掘平王之墓，鞭其尸。后来伍子胥因越国之事强谏吴王，被杀，并抛尸江中。这句诗也证明本篇非屈原之作。屈原不可能以伍员为忠

臣而作为仰慕的对象。此是楚迁至淮河流域之后，一些士人会有的联想。

［4］申徒：申徒狄，大约为战国初年人。因谏其君而不被听用，愤世疾时，抱石（一说抱瓮）自投于河。抗迹：高行，特立独行的行为。

［5］任重石：即所谓负石投河。任，负。南方人习水，难以自溺而死，因而自杀者往往缚石于身或抱石投水。此句是由屈原联想及申徒狄而言。由此也多少可以看出宋玉思想观念同屈原之差异。从对伍子胥、申徒狄死而无益于世的惋惜上表示自己也不会同屈原一样投江而死。

【评析】

《悲回风》所表现的诗人在仕途无望情形下打算隐居自保的思想，同《九辩》中所反映的宋玉思想一致，在艺术方面也与《九辩》一样表现出对自然现象变化的敏感与观察的细致。可以说，这两篇都表现了诗人后来不被重视甚至于被疏远、抛弃的感受和情怀。诗人对于自然现象和当时所处生活环境有很多深刻的感受，这上面实际全打上了诗人自己情感的烙印。两诗在这方面的共同点很多。如两诗的开头，《九辩》是："悲哉秋之为气也！萧瑟兮，草木摇落而变衰。"《悲回风》是："悲回风之摇蕙兮，心冤结而内伤。"都以"悲"字起句，所表现的情绪、心境也是相同的。两篇都写到漫漫长夜，都反映出对辞赋创作的痴心。两篇有些句子很相近，反映了同一作者行文中铸词造句的习惯，应是其知识储备与潜意识的反映。

本篇虽然也叙贤者难容于世之悲，抒胸中无尽之愁，但同《离骚》《抽思》《思美人》《惜诵》及屈原作于江南之野的《涉江》等不同，看不出抗争的精神。此前学者们多联系屈原生平与屈原之时楚国历史言之，皆不得要领。

显然，本篇从思想上说同屈原的作品有一定的差异，而同《九辩》在很多方面一致。

第一，其中没有提到社稷、皇舆的地方，像《离骚》中"岂余身之惮殃兮，恐皇舆之败绩""亦余心之所善兮，虽九死其犹未悔""余固知謇謇之为患兮，忍而不能舍也。指九天以为正兮，夫唯灵修之故也"这样的意思，在这两篇中都找不到。

第二，表现愁苦的地方很多，却看不出抗争的决心。像《离骚》中对结党营私的小人直接进行抨击的文字，以及"虽体解吾犹未变兮，岂余心之可惩"这样刚强的句子，在《悲回风》《九辩》中也都没有。

但是,《悲回风》全篇也像《九辩》一样都是立足于现实的，它没有道家无为、虚静的思想和盼成仙、慕真人之类的空想。作者在朝中所任的职务并不高，不像屈原一样有过大的政治活动经历，所以篇中没有涉及同国家前途相联系的论说，也应该是正常的。其中所表现的品格不像屈原那样顽强不屈、九死不悔，则应是个体的特征，同个人的家庭环境、成长过程、仕宦经历有关，也同一个人所处的时代环境有关。在宋玉的时代，楚国迁于郢城，远离故都，国势益弱，民心也与此前不能相比。如再谈“汤禹俨而祇敬”“周论道而莫差”之类，那就完全成了空话。

艺术上的特征。首先是细致的心理描写，尤其是借自然环境来表现作者的情感状态、心理变化，体会之深刻，笔触细致，动人心弦。其次，比喻、象征手法的运用在屈原《离骚》《惜诵》《抽思》等作品的基础上，又向前推进了一步，有时同浪漫主义的想象结合起来，如“纠思心以为纕兮，编愁苦以为膺”“据青冥而摅虹兮，遂倏忽而扪天”等，都很有诗意。再次，抒情与写景结合，意境开阔，生动展示了抒情主人公的形象。如“登石峦以远望兮”以下几节，“上高岩之峭岸兮”以下几节，及“冯昆仑之瞰雾兮，隐岷山之清江”以下十句。这也同《九辩》开头的“登山临水兮，送将归”的词义比较相近。

另外,《悲回风》在语言的运用上也很有特色，一是用重叠词很多，也有不少双声叠韵词，这在描写环境、渲染气氛、抒发情感方面起到了很好的效果，诵读起来有韵味，也有气势。可以说，这篇作品已体现出汉代骋辞大赋的某些特色。二是铺排。与屈原各骚体之作比较起来，这一点表现得十分突出，这也是由屈原骚体诗（或曰骚体赋）向汉代骚体赋过渡的表现。

《悲回风》和《九辩》一样，有大量在细致的自然风光的描写中体现个人情绪、心理活动的段落。所以说，本篇和《九辩》《惜往日》《远游》《惜誓》共同展现了楚辞向汉赋的过渡。

九　辩

宋　玉

《楚辞章句》说："《九辩》者，楚大夫宋玉之所作也。"陆侃如《楚辞选·九辩》小引中说："《九辩》是宋玉在屈原《离骚》影响下产生的作品，也是长篇的自叙性的抒情诗。"由内容可知《九辩》是宋玉自述身世之作，"莽洋洋而无极兮，忽翱翔之焉薄？"第六章中"泊莽莽与野草同死"，还有篇中关于辽廓荒野之地的描写，都说明是作于宋玉被放疏的情况下。第八章中又说："愿赐不肖之躯而别离兮，放游志乎云中。""云中"即云梦。"云"古也作"邧"。今之湖北安陆市，在云梦县之北。这是说，诗人觉得即使被放疏也愿意到汉北云梦去。由此看，宋玉之被疏放，是在顷襄王迁陈之后，即顷襄王二十一年（前 278）之后。《九辩》也应作于这一时期。

"九辩"本上古乐曲名，同"九歌"俱见于《离骚》《天问》。故本篇同屈原的《九歌》一样是承袭自古相传乐曲之名而创的新词，也开启后世文人用旧曲或旧曲名填写新词之先声。

原文有所窜乱：一是今本第九章窜入了唐勒《远游》中的十二句（大约四句为一简，当为三简）；二是原乱辞大部分窜到了第一章之后，成为今本第二章，还有四句窜入今本第五章。这些句子"兮"字在句中，从内容与句式两方面看，显然为乱辞。此外还有个别字句由别篇窜入。今为消除前人的误解及便于阅读，俱加以订正。

悲哉秋之为气也！　　悲伤啊，秋天透露出的这寒凉之气！
萧瑟兮，草木摇落而变衰。　　一片凋零，草木摆动枝叶败落枯黄。
憭慄兮，若在远行[1]，　　内心凄怆啊，好像行进在很远的地方，
登山临水兮，送将归。　　登上山丘走到水边，远送旅友返家乡。

泬寥兮，天高而气清[2]。　　高空寥廓啊，天空高远而气息寒凉。
寂寥兮，收潦而水清[3]。　　水流寂静啊，江河水落而流波泛光。
憯凄增欷兮[4]，　　内心伤痛我不禁一次次地长叹，
薄寒之中人[5]。　　突然袭来的冷气令人背上发凉。

怆怳懭悢兮，去故而就新[6]。　　悲伤难耐呀，离开京都来到这陌生地方。
坎廪兮，贫士失职而志不平[7]。　　人生险峻啊，清贫之士无辜解职意难平！
廓落兮，羁旅而无友生。　　空虚孤单啊，寄居在外没有一个亲友。
惆怅兮，而私自怜。　　迷茫痛楚啊，我孤苦伶仃而独自伤情。

燕翩翩其辞归兮，　　燕子轻快地飞着离开这清冷地，
蝉寂寞而无声。　　寒蝉寂寞地藏起身来不出声音。
雁嗈嗈而南游兮[8]，　　大雁一声声鸣叫着飞向了南方，
鹍鸡啁哳而悲鸣[9]。　　鹍鸡不断地发出着细细的寒呻。

独申旦而不寐兮[10]，　　我孤独一人直到天亮难以入睡，
哀蟋蟀之宵征。　　可怜屋外的蟋蟀为活命而夜行。
时亹亹而过中兮[11]，　　岁月不停地流逝我已过了中年，
蹇淹留而无成[12]。　　却长期逗留在外至今一事无成。

【注】

[1] 憭慄（liáo lì）：凄怆。

[2] 泬（xuè）寥：高旷空虚的样子。凊（qìng）：寒冷的意思。原作“清”，与下句韵脚字重复，显然有误，今正。

[3] 寂寥：寂静无声。原作“宋廖”，洪兴祖引作“寂寥”。今据改。潦

(lǎo)：大水。

［4］憯凄：惨痛。增欷：一次次地悲叹。欷，叹泣声。

［5］薄寒：微寒。中（zhòng）：击中，引申为袭击。

［6］怆怳：悲伤失意的样子。懭悢（kuǎng lǎng）：失意的样子。

［7］坎廪：叠韵联绵词，不平的样子，此处喻困顿、遭遇不顺。

［8］噰（yōng）噰：雁叫声。原作"廱"。《文选》早期几种传本俱作"噰"，几种早期类书所引也作"噰"，洪兴祖、朱熹也皆引一本作"噰"，今据改。

［9］鹍（kūn）鸡：飞禽名，似鹤，黄白色。啁哳（zhāo zhā）：忽大忽小的叫声。

［10］申旦：彻夜。申，达，至。旦，凌晨。

［11］亹（wěi）亹：不停息地。过中：过了中年。

［12］蹇（jiǎn）：梗阻。淹留：久留。

（此下原有"悲忧穷戚兮独处廓"至"心怦怦兮谅直"18句，"兮"字在句中，是文末乱辞。且上一章及下一章都写秋景，插入此18句抒怀文字，使上下文意隔离。今移至篇末。）

以上为第一段，通过写秋天的萧瑟景象表现诗人被疏放在野时的悲凉情绪。

皇天平分四时兮，	老天将一年平分为四个季节，
窃独悲此凛秋[1]。	我在这寒凉的秋天格外伤感。
白露既下百草兮，	白露已经降到各种花草上面，
奄离披此梧楸[2]。	转眼间梧桐和楸树零落凋残。
去白日之昭昭兮[3]，	凛秋时明朗的白天匆匆过去，
袭长夜之悠悠。	接下来的夜晚便格外的漫长。
离芳蔼之方壮兮[4]，	正像我告别了壮岁的芳华时间，
余萎约而悲愁[5]。	委顿困窘中只感到无比的忧伤。
秋既先戒以白露兮[6]，	秋天已经下了白露作为警告，
冬又申之以严霜。	初冬时会加上更厉害的严霜。

收恢台之孟夏兮[7]， 然欿傺而沉藏[8]。	旺盛的初夏开启便很快过去， 一切都失去生机而先后潜藏。
叶菸邑而无色兮[9]， 枝烦挐而交横[10]。 颜淫溢而将罢兮[11]， 柯仿佛而萎黄[12]。	树叶灰暗失去鲜亮的颜色， 干枯的枝条纷乱地交叉着。 树的颜色渐渐显出衰竭之状， 枝条主干暗淡无光显得枯黄。
萷櫹椮之可哀兮[13]， 形销铄而瘀伤[14]。 惟其纷糅而将落兮[15]， 恨其失时而无当。	树梢上花叶尽落叫人看得难过， 整个树看起来细瘦又满是瘀伤。 想它们就这样纷乱地零落凋谢， 遗憾现在已非它们的美好时光。
揽騑辔而下节兮[16]， 聊逍遥以相佯[17]。 岁忽忽而遒尽兮[18]， 恐余寿之弗将。	牵着缰绳放下马鞭徐徐而行， 姑且随意走走心中毫无主张。 一年匆匆而过马上就到年底， 恐怕我后面的寿命不会太长。
悼余生之不时兮， 逢此世之俇攘[19]。 澹容与而独倚兮[20]， 蟋蟀鸣此西堂。	哀叹我一生没有遇上好的时光， 适逢这混乱的世道而行事荒唐。 尽量平下心来一个人倚几而坐， 只听见冬寒中蟋蟀鸣声在西堂。
心怵惕而震荡兮[21]， 何所忧之多方！ 仰明月而太息兮， 步列星而极明[22]。	我感到惊惧而内心震荡， 忧思这世道为什么纷乱无常？ 抬头看着明月长长地叹气， 在星光下来回踱步直到天亮。

【注】

[1] 凛秋：寒凉的秋天。凛，原作“廪”，古代几种《文选》的重要刻本并

作“凜”，洪兴祖、朱熹均引一本作“凛”。凛为正体，今据以改。

［2］奄：忽然，急遽地。离披：分散零落。

［3］“去白日”二句：言慢慢变得昼短夜长。去，离开。

［4］芳：指芳香的花草。蔼：茂盛。方壮：指夏季正茂盛之时。

［5］余：我，诗人自指。萎约：委屈穷约，穷困（刘永济说）。

［6］戒：警戒，警告。

［7］恢台：恢宏、旺盛的样子。洪兴祖、朱熹皆引一本作“炱”。傅毅《舞赋》：“舒恢炱之广度。”李善注：“恢炱，广大之貌。”

［8］欿傺（kǎn chì）：低落而停止。欿，凹陷。傺，止。沉藏：潜藏。沉，原作“沈”，古同“沉”。此一义今作“沉”，今改为正体。

［9］菸邑（yū yì）：黯淡的样子。

［10］烦挐（rú）：纷乱纠缠。挐，牵引。交横：交错。

［11］淫溢：浸渐。罢（pí）：通“疲”，衰竭。

［12］柯（kē）：树枝。仿佛：模糊之义。

［13］萷（shāo）：与“梢”同，树梢。櫹椮（xiāo sēn）：草木凋零的样子。

［14］销铄（shuò）：消损。瘀（yū）：本指人的血液瘀积。这里指树木因受伤而生瘤。

［15］惟：想，想到。纷糅（róu）：纷乱。糅，混杂。

［16］揽：持，牵着。骈（fēi）：驾在车前左右两旁的马，也称为骖。下节：即弥节，指放下鞭子，使马慢行。

［17］相佯：同“倘（cháng）佯”，自由自在地走。

［18］遒（qiú）尽：迫近，终，尽。

［19］侹攘（kuāng rǎng）：纷扰混乱的样子。

［20］澹（dàn）：恬淡，安定。容与：徐步而行。

［21］怵（chù）惕：恐惧。

［22］步列星：在星下漫步、徘徊。极明：到天亮。极，至。

以上第二段，仍由秋季的凄凉景色写自己的心情，连带写出个人的遭遇。

窃悲夫蕙华之曾敷兮［1］，我悲叹那蕙草之花层层绽放，纷旖旎乎都房[2]。　纷繁地展现在那都城的宫苑。
何曾华之无实兮[3]，　为什么重重的花朵不结果实，
从风雨而飞扬。　一个个随着风雨而零落飘散？

以为君独服此蕙兮，　本以为君王只能佩带这些蕙花，
羌无以异于众芳[4]。　它们却被看得同于普通的花草。
闵奇思之不通兮[5]，　哀伤有利国家的良策无法上陈，
将去君而高翔。　贤士只能离开君王而远走他方。

心闵怜之惨凄兮[6]，　我怜悯那些贤达的凄惨遭遇，
愿一见而有明[7]。　希望见到君王有所陈词表白。
重无怨而生离兮[8]，　他们没有过失而被迫离开朝廷，
中结轸而增伤[9]。　内心悲痛凝结而徒增伤感之情。

岂不郁陶而思君兮[10]，　我难道不是长久忧伤思念君王，
君之门以九重。　可是进王宫要经过一道道门槛。
猛犬狺狺而迎吠兮[11]，　宫门上有凶暴的猛犬迎面狂吠，
关梁闭而不通。　何况对我是城门紧闭吊桥高悬。

皇天淫溢而秋霖兮[12]，　老天爷弄得到处秋雨绵绵，
后土何时而得干。　大地啊什么时间才能变干？
块独守此无泽兮[13]，　孤独地看守着荒芜的沼泽，
仰浮云而永叹。　仰望着浮云我长长地悲叹！

【注】

[1] 华：同“花”。曾：通“层”。敷：陈布。由此句引起对此前数十年中楚国政坛状况的回顾。

[2] 旖旎：繁盛的样子。都房：都城宫苑。

[3] 曾华：重重花朵。以上四句喻朝臣多华而不实之人。

[4] 羌：竟，竟然。众芳：一般的花草。

[5] 闵：哀伤、伤感。奇思：指挽救国家的主张。

[6] 闵怜：怜悯。惨凄：伤心。

[7] 有明：有所表白。

[8] 重（zhòng）：看重。无怨：指无过失。

[9] 中：内心。结轸：纠结。形容忧思郁结。

[10] 郁陶：忧思累积、难以排遣的样子。

[11] 猋猋：犬吠声。

[12] 淫溢：指雨水过度。霖：久雨不止。

[13] 块：块然，孤独的样子。无泽：荒芜的泽薮。无，“芜”字之借。

以上第三段，以秋天的花草为喻，言君王只看重那些华而无实者，自己有真才实学而不能被重用，且被放于外。

何时俗之工巧兮[1]，	为什么世俗是那样地工于心计，
背绳墨而改错[2]！	违背绳墨法度而随意改变措施？
却骐骥而不乘兮，	抛弃了千里马而不愿乘驾奔驰，
策驽骀而取路[3]。	赶着无能劣马抄捷径着意投机。
当世岂无骐骥兮？	难道当世没有可以驰骋的骏马？
诚莫之能善御。	其实是没有高人来将它们驾驭。
见执辔者非其人兮，	骏马看到执鞭的人不是高手，
故駶跳而远去[4]；	就会跳起来向别处狂奔而去；
凫雁皆唼夫粱藻兮[5]，	被圈养的鹅鸭吃着粟米水草，
凤愈飘翔而高举。	凤凰则高高地飞翔上凌天际。
圜凿而方枘兮[6]，	圆形的斧孔配方形的斧柄榫头，
吾固知其鉏铻而难入[7]。	我早就知道互相抵触难以楔入。
众鸟皆有所登栖兮，	普通的鸟儿都有停留栖居之处，
凤独遑遑而无所集。	唯凤凰飞来飞去找不到梧桐树。

愿衔枚而无言兮[8]，	我本想象嘴里衔着横木不再说话，
尝被君之渥洽[9]。	可是也曾蒙受过君王的恩德滋润。
太公九十乃显荣兮[10]，	姜太公九十岁才被重用彰显荣耀，
诚未遇其匹合。	是此前没有遇到政见相合的君主。
骐骥伏匿而不见兮，	千里骏马隐藏起来不愿再现身，
凤皇高飞而不下。	凤凰在空中高高飞翔不肯落地。
鸟兽犹知怀德兮，	鸟兽也知感念自己受过的恩德，
何云贤士之不处[11]？	怎么能说贤士不愿为朝廷效力？
骥不骤进而求服兮[12]，	良马不会急于随便驾起一辆车子，
凤亦不贪喂而妄食。	凤凰也不会贪人喂养而胡乱就食。
君弃远而不察兮[13]，	君王对疏远者不考察其是否有错，
虽愿忠其焉得！	臣子虽想效忠于君王又怎能如愿！
欲寂寞而绝端兮[14]，	打算自甘寂寞断了回朝廷的念头，
窃不敢忘初之厚德。	内心深处又不能忘记君王的恩典。
独悲愁其伤人兮，	我独自悲伤忧愁几乎要肝肠断裂，
冯郁郁其何极[15]！	满腔愤懑何时才是我此生的终点？

【注】

[1] 工巧：工于巧伪之事。工，善于。

[2] 绳墨：木工加工木料时在上面用墨斗打的线，这里比喻法度。改错：改变法度。错，借为“措”，举措、计划、措施。

[3] 策：本义为马鞭，此处用为动词，用马鞭赶着。驽骀（nú tái）：劣马，比喻无能的人或品质低下的人。

[4] 駶（jú）跳：（马）跳跃狂奔。

[5] 凫（fú）：野鸭。唼（shà）：水鸟或鱼吃食。粱：粟米。藻：水草。

[6] 圜：同“圆”。凿：榫眼。枘（ruì）：榫头。

[7] 固：本来。鉏铻（jǔ yǔ）：不能吻合。

［8］衔枚：指闭口。枚，古代行军时为避免士兵喧哗有声响，让其口中衔的一种横木，状如筷子。

［9］被：身受。渥（wò）：厚。洽：恩泽。

［10］太公：姜尚。《史记·齐太公世家》中说，周文王出猎遇到姜尚，说："吾太公望之久矣。"因而称姜尚为"太公望"，后世称之为"姜太公"。姜尚助武王灭纣，当其受封于齐之时，已年届九十。

［11］何云：怎能说。不处：不肯留居。

［12］骤进：快步地向前。服：驾车。

［13］弃远：抛弃平时不亲近的人。远，指非其亲近者。察：细心看。

［14］绝端：切断端绪，指完全放弃仕进的念头。

［15］冯（píng）：愤懑。

以上第四段，揭示了楚朝廷舍弃骐骥凤凰而任用驽骀凫雁的政治状况，进一步指出诗人一直悲伤抑郁的根源。

霜露惨凄而交下兮[1]，	霜和露交加凄惨惨中一并而下，
心尚幸其弗济。	心里正庆幸未将草木全部摧残。
霰雪雰糅其增加兮[2]，	雪粒和雪片混杂下得越来越大，
乃知遭命之将至[3]。	便知道要遭受的苦难将到眼前。
愿徼幸而有待兮，	我想侥幸地等待出现好的转机，
泊莽莽与野草同死[4]。	茫茫荒原中将与野草一起终了。
愿自直而径往兮[5]，	我打算自己前去辩白直面君王，
路壅绝而不通；	但通向君王之路堵塞无法进入；
欲循道而平驱兮[6]，	想顺着当下的大路而驱车接近，
又未知其所从。	又不知道该托请谁、走什么路子。
然中路而迷惑兮，	就这样走到半路上我迷惑犹豫，
自压按而学诵[7]。	让自己安定下心志来学习吟诵。
性愚陋以褊浅兮[8]，	秉性愚笨鄙陋且处世之法浅薄，

信未达乎从容。

实在不知道该采取怎样的行动。

窃美申包胥之气盛兮[9]，
恐时世之不固[10]。
独耿介而不随兮，
愿慕先圣之遗教。

私下里赞美申包胥坚守誓约之气概，
又担心时下的风气是越来越不守约。
我独自坚守正直专一而不随波逐流，
希望能追随和实践前代圣贤的遗教。

处浊世而显荣兮，
非余心之所乐。
与其无义而有名兮，
宁穷处而守高。

处于乱世而只显耀个人的尊荣，
这并不是我内心的追求和喜好。
与其无道义而徒有一时的虚名，
宁愿甘于穷困保持高尚的节操。

食不偷而为饱兮[11]，
衣不苟而为温。
窃慕诗人之遗风兮，
愿托志乎素餐[12]。

谋食不靠投机耍滑而只为饱腹，
谋衣不会没有原则而只为温暖。
我私下仰慕《伐檀》诗的遗风，
以俭朴清贫的生活为生存心愿。

蹇充倔而无端兮[13]，
泊莽莽而无垠。
无衣裘以御冬兮，
恐溘死不得见乎阳春。

困顿窘迫的境况将会没有尽头，
所停留的荒原看起来无际无边。
没有棉衣没有皮裘来抵御严寒，
怕会突然死去见不到来年春光。

【注】

［1］霜露：比喻小人所施的种种迫害。交下：并下。形容其多。

［2］霰（xiàn）：雪珠。雰（fēn）：雪盛的样子。糅：混杂，形容霰雪乱飘的样子。

［3］遭命：谓干好事而遭祸殃。《论衡·命义》："遭命者，行善得恶，非所冀望。"

［4］泊：停留，止息。洪兴祖《补注》："止也。"莽莽：草野之地。

［5］直：自己表白。径：本义为小路，快捷方式，这里指不通过别人的引荐

疏通而径直去找楚王。

［6］循道：顺着大路。

［7］压按：指安定心志。学诵：学习作诵吟诗。

［8］褊（biǎn）浅：心地、见识等狭隘、短浅。

［9］美：赞美，称赞。申包胥：春秋时楚臣。伍员因楚平王杀其父兄而逃往吴国，临行言："我必覆楚国！"申包胥言："子能覆之，我必能兴之！"伍员佐吴王攻占郢都，楚昭王与卿大夫逃窜，申包胥徒步十日至秦，立于秦廷泣啼七日七夜，不食不饮，乞求援救，秦哀公遂出兵救楚。此处指其能坚定誓约。

［10］不固：不能坚守誓约。固，守信。　此下原有二句："何时俗之工巧兮，灭规矩而改凿"，由《离骚》中窜入。只是"何"原作"固"，"灭"原作"偭"，"凿"原作"错"。今删之。

［11］偷：投机取巧。原作"媮"，"偷"之异体。

［12］"窃慕"二句：言仰慕《诗经·魏风·伐檀》的作者，吃着简单清淡的饭已足。素餐：这里是素淡饮食的意思。引申为质朴节俭的生活。这里是化用《伐檀》之意，理解有所不同（《伐檀》中"素餐"是白吃饭的意思）。

［13］蹇：梗阻。古代楚方言中常有将修饰性词语提于句首的情况。充倔（jué）：同"䘨裾"，敝衣褴褛。《方言》："以布而无缘，敝而紩之，谓之褴褛。自关而西谓之䘨裾。"

以上第五段，似以"霜露惨凄而交下"领起，同篇首的"悲哉秋之为气"第二段的"悲此凛秋"，第三段的"悲夫蕙华"相照应，而将四段主要揭示当时社会现实的内容上下相连，结为一体，又侧重从个人的志向方面表现了对死守禄位者的鄙视和保持操守的决心。

静杪秋之遥夜兮[1]，	这晚秋的静静长夜里毫无声响，
心缭悷而有哀[2]。	忧愁的思绪缠绕着我哀伤不停。
春秋逴逴而日高兮[3]，	年岁忽忽增长一天比一天老去，
然惆怅而自悲。	我就这样懊恼而自己不断悲怆。
四时递来而卒岁兮[4]，	四季匆匆更替一年又将要到头，
阴阳不可与俪偕。	白天和黑夜更迭不会偕同成双。

白日晼晚其将入兮[5]，	光明的太阳到了傍晚总是要落山，
明月销铄而减毁[6]。	那明月也总是由圆渐损直至不见。
岁忽忽而遒尽兮[7]，	一年时光匆匆而过眼看又到年底，
老冉冉而愈弛。	老境渐渐到来我察觉到体力不支。
心摇悦而日幸兮[8]，	每天都高兴地抱着被用的希望，
然怊怅而无冀。	然而终究是内心消沉希望消失。
中憯恻之凄怆兮[9]，	肺腑之中觉得痛苦又感到悲伤，
长太息而增欷。	我长长地叹息着一阵阵地抽泣。
年洋洋以日往兮[10]，	时光就像流水一样一天天地流逝，
老嵺廓而无处[11]。	年老的我在这空旷之地没有居处。
事亹亹而觊进兮[12]，	一直勤勉行事希望能够得到任用，
蹇淹留而踌躇[13]。	却一直被阻拦滞留让我内心踌躇。

【注】

［1］静：原作“靓”，通“静”。朱熹注：“靓，与‘静’同。”今改为“静”。杪（miǎo）秋：秋末，暮秋。杪，树梢，引申为末端。

［2］缭悷（lì）：思绪缠绕，愁结不解。

［3］春秋：年岁。逴（chuō）逴：越去越远的样子。

［4］递来：循环往复，递代而来。

［5］晼（wǎn）晚：叠韵联绵词，日偏西将暮。

［6］销铄：消损，亏缺。指月亮由圆逐渐变为下弦，以至不见。指一月将尽。

［7］遒尽：将尽，终竟。遒，迫近。

［8］摇悦：喜悦。“摇”借作“繇”。《尔雅·释诂》：“繇，喜也。”幸：抱有侥幸，希望。

［9］中：内心。憯（cǎn）恻：痛伤。

［10］洋洋：水无目标乱流的样子。参《哀郢》第二段“焉洋洋而为客”句注。此处形容糊糊涂涂地让时光天天流逝。

[11] 嵺（liáo）廓：同“寥廓”，空旷的样子。

[12] 亹（wěi）亹：勤勉不倦的样子。觊（jì）：企图，希望，义同于“冀”。

[13] 蹇：梗阻。淹留：久留。

以上第六段，由漫长的秋夜诗人思绪缭绕，悲秋不断开始，悲叹时光流逝，而返回朝廷无望所产生的无限悲情。

何泛滥之浮云兮，	为什么满天翻涌的浮云，
猋壅蔽此明月[1]？	会很快遮蔽天上的明月？
忠昭昭而愿见兮[2]，	抱着一片衷心希望见到君王，
然阴曀而莫达[3]。	然而乌云遮蔽使我无从陈说。
愿皓日之显行兮[4]，	希望光明的太阳排除壅蔽正常运行，
云蒙蒙而蔽之。	可恨大片的乌云却要将它层层遮蔽。
窃不自料而愿忠兮，	我自不量力愿意为君王奉献忠心，
或黕点而污之[5]。	有的人却给你编造恶行加以污蔑。
彼日月之照明兮，	那太阳和月亮虽然照耀着大地，
尚黯黮而有瑕[6]。	也会受到遮蔽出现阴影和黑暗。
何况一国之事兮，	何况国君要关照一国很多事务，
亦多端而胶加[7]。	头绪繁多相互之间又纠缠关联。
被荷裯之晏晏兮[8]，	披着荷花的短单衣光彩又鲜艳，
然潢洋而不可带[9]。	然而宽大松散无法用衣带相连。
既骄美而伐武兮[10]，	显得美好无比以勇武自我夸耀，
负左右之耿介[11]。	却背离左右臣子的刚正与节度。
众踥蹀而日进兮[12]，	那些平庸之辈成天钻营着上窜，
美超远而逾迈。	卓越的人才却离朝廷越来越远。
农夫辍耕而容与兮[13]，	农夫如果停止耕作而随处乱转，

恐田野之芜秽。	结果恐怕是田地荒废野草长满。
事绵绵而多私兮，	国家的事务中总是因私害公，
窃悼后之危败。	我忧伤这样会遇到危败劫难。
世雷同而炫曜兮[14]，	世人异口同声自我夸赞炫耀，
何毁誉之昧昧！	最终竟成好坏不分一团昏暗！
今修饰而窥镜兮，	现在想修饰完善就照照镜子，
后尚可以窜藏。	将来遇大事还可以保住性命。
愿寄言夫流星兮，	我想让天上的流星为我传话，
羌倏忽而难当[15]。	为何它们迅速飞走难以接触？
卒壅蔽此浮云兮[16]，	终究是由于这些浮云的遮蔽，
下暗漠而无光。	造成天下黑暗没有光明的现实。

【注】

［1］猋（biāo）：本义为犬疾走，此处形容迅速。

［2］见：同“现”，表白。指陈述有关治理国家的忠言。

［3］阴：原作“露”，“黔”之误，同“阴”。曀（yì）：天阴沉。

［4］皓日：白日，喻君。显行：指排除壅蔽，光明地运行。屈原作品中称君为美人、哲王或以香草“荪”为喻。以日喻君，始于宋玉。

［5］黕（dǎn）：黑斑，污垢。点：小黑点。此处“黕点”用为动词，指污蔑，诬陷。此下原有“尧舜之抗行兮”等四句，是由《涉江》中窜入，只是个别文字有所改动。今删。

［6］黯黮（dàn）：昏黑。瑕：玉上的斑疵。

［7］胶加：纠缠不清。

［8］被（pī）：披。裯（dāo）：直襟单短衣。晏晏：鲜盛的样子。

［9］潢（huǎng）洋：同“滉漾”，水深广的样子。这里用来形容衣宽大不着体。不可带：宽大不能约束。古人着衣必束带。

［10］骄美：以美好而骄傲。伐武：以勇武自夸。

［11］负：背离。左右：左右臣子。耿介：专一有节度。

[12] 踥蹀：细步快行，这两句是用了屈原《哀郢》中的句子。此前尚有“憎愠惀之修美兮”等二句，应是早期读者批出了《哀郢》中此二句前之二句，被窜入正文，今删。

[13] 辍（chuò）：停止。容与：犹豫徘徊。

[14] 炫曜（yào）：强光闪耀。又引申为眩惑、迷惑。

[15] 倏（shū）忽：快速的样子。当：相值，相遇。

[16] 卒壅蔽此浮云：为“卒壅蔽于此浮云”之省。卒，终究。壅蔽，堵塞，遮蔽。

以上第七段，诗人连续失眠而仰望夜空，从浮云遮蔽明月想到朝中奸臣蒙蔽君王，表现出对国家未来的深深忧虑。

尧舜皆有所举任兮[1]，	唐尧虞舜都选任了贤能之人，
故高枕而自适[2]。	所以能高枕无忧而惬意轻松。
谅无怨于天下兮，	确信自己未结怨于天下民众，
心焉取此怵惕[3]？	怎么会如此无故地胆战心惊？
乘骐骥之浏浏兮[4]，	只管乘驾着骏马快速地奔驰，
驭安用夫强策[5]？	驭者哪里用得着粗硬的马鞭？
谅城郭之不足恃兮，	想来坚固的城郭都难以依靠，
虽重介之何益？	穿上层层铠甲又怎能保平安？
邅翼翼而无终兮[6]，	我小心谨慎却没有好的结果，
忳惛惛而愁约[7]。	心中郁闷处在愁苦忧伤之中。
生天地之若过兮[8]，	人生天地之间终是倏若过隙，
功不成而无效。	功业没有成就可谓万事皆空。
愿沉滞而不见兮[9]，	本想这样沉于下层不再显现于世，
尚欲布名乎天下。	又想也应该在世上留下好的名声。
然潢洋而不遇兮[10]，	无所傍依遇不到赏识自己的贤达，

直怐愗而自苦[11]。　　自己还一直死心眼在痛苦中硬挺。

莽洋洋而无极兮，　　在这广阔无边的山原泽薮之地，
忽翱翔之焉薄[12]？　　各处游荡最终要落脚什么地方？
国有骥而不知乘兮，　　国中有骏马而执策者不知使用，
焉皇皇而更索[13]？　　又能到哪里匆忙去把骏马寻访？

宁戚讴于车下兮，　　宁戚是在夜晚的时候歌唱于车下，
桓公闻而知之[14]。　　桓公听到他所唱便知是贤能之人。
无伯乐之善相兮，　　没有像伯乐这样的善于识才之人，
今谁使乎訾之[15]？　　现在让谁在识别人才上用力上心？

罔流涕以聊虑兮[16]，　　怅惘地流着眼泪推想国家的将来，
惟着意而将之。　　我只有立定心志保持自己的人格。
纷纯纯之愿忠兮[17]，　　抱着一片诚挚感情希望为国效忠，
妒被离而障之[18]。　　那些嫉妒的人连成一片进行阻隔。

愿赐不肖之躯而别离兮，希望赐我这不成才的人离职，
放游志乎云中[19]。　　让我到云中之地去尽情游览。
计专专之不可化兮[20]，我内心的主张坚定不会改变，
愿遂推而为臧[21]。　　希望尽微力使国家有所好转。
赖皇天之厚德兮，　　依靠着上天赐予的深厚恩德，
还及君之无恙。　　还有机会看到君王身体康健。

【注】

[1] 举任：推举、任用。史载尧舜举任了皋陶、稷、契、禹等及“八恺”（高阳氏才子八人）、“八元”（高辛氏才子八人）等众多贤能。

[2] 高枕而自适：无忧而心情舒畅。

[3] 怵（chù）惕：惊惧。

[4] 浏浏：水流极快的样子。此处形容马驰极快。

［5］强策：用马鞭使劲赶。

［6］邅（zhān）：欲行不行，犹豫不决。翼翼：恭敬谨慎的样子。

［7］忳（tún）：忧伤。惛惛：同“惽惽”，郁闷的样子。愁约：忧愁穷困。

［8］若过：如同忽然闪过。即所谓“倏若过隙”。

［9］沉滞：隐匿，埋没。不见：不显现于世。见，同“现”。

［10］潢（huáng）洋：此处为无所傍依的样子。

［11］直：简直是。怐愗（kòu mào）：愚昧的样子。

［12］忽：迷惘。焉薄：到哪儿去。薄，靠近，到达。

［13］皇皇：同“遑遑”，匆匆忙忙。索：搜求。

［14］“宁戚”二句：参《离骚》第三部分“宁戚之讴歌兮，齐桓闻以该辅”二句注。

［15］訾（zī）：度。识别，衡量。《礼记·少仪》：“不訾重器。”朱熹曰：“訾，犹计度也。”訾，原作“誉”，据朱熹、闻一多说改。

［16］罔：通“惘”，怅然若失的样子。聊虑：即“料虑”。

［17］纷纯纯：十分诚挚的样子。

［18］被（pī）离：分散一片。此处形容奸佞之徒纷纷从各方面来阻挡。障：遮蔽，阻挡。原作“鄣”（国名），“障”之借。今改用正体。

［19］云中：即云梦汉北之地。距楚旧都纪郢较近。　此下原有“乘精气之抟抟兮”至“扈屯骑之容容”十二句，完全是神仙家游仙意识的表现，与本篇思想及创作风格不合，当是唐勒《远游》中的文字，因此处有“放游志乎云中”，误以“云中”为天界而置于此。今移彼处。

［20］计：打算。专专：十分专一的样子。

［21］推：用力推转。臧：善，美。

以上第八段，着重表现治国全在任用贤人的思想，也借以批判了当时君王的愚昧昏庸。然而末尾还是表现了对君王的祝愿，这是封建社会中爱国又往往同忠君连在一起的表现，也显出诗人情绪上无法解脱的矛盾。

悲忧穷戚兮独处廓[1]，　悲伤忧愁又穷困地独处于空旷之地，

有美一人兮心不绎[2]。　有这样一个德行美好的人心情不舒。

去乡离家兮徕远客[3]，　背井离乡远远地客游来到这里，
超逍遥兮今焉薄[4]？　到处转悠着不知该落脚于何处？

专思君兮不可化[5]，　一心思念君王这一点永远不会变，
君不知兮可奈何！　君王不知我的心意使我无可奈何！
蓄怨兮积思，　怨气和愁思一直这样地久蓄积聚，
心烦惛兮忘食事。　内心烦乱常常忘记了饮食和饥渴。

愿一见兮道余意，　很想再见君王一面叙说我的心意，
君之心兮与余异。　但君王的心思和我已经不再相同。
车既驾兮朅而归[6]，　驾车向京城走了一段后我又返回，
不得见兮心伤悲。　难以见到君王让我内心十分悲痛。

倚结軨兮长太息[7]，　我靠着车厢上的围栏长长地叹息，
涕潺湲兮下沾轼。　眼泪唰唰地流了下来沾湿了车轼。
慷慨绝兮不得[8]，　激愤地割断这一情感又难以做到，
中瞀乱兮迷惑[9]。　内心烦乱完全没有了确定的主意。

私自怜兮何极[10]，　独自伤心和悲叹一直要到几时？
心怦怦兮谅直[11]。　我这耿耿之心永远忠诚和正直。
谓骐骥兮安归？　说到千里马哪里是它们的归宿？
谓凤皇兮安栖？　说到凤凰哪里是它的栖息之地？
变古易俗兮世衰，　改变了古道的世俗风气也变坏，
今之相者兮举肥[12]！　现在相马的人只知肥马的价值！

【注】

[1] 慼（cù）：窘迫、穷困的意思。原作“戚”，“慼”之借。洪兴祖、朱熹俱引一本作“戚”，今据改。廓：空旷之地。

[2] 有美一人：一个德行美好的人。为作者自指。绎：“怿”之借。愉悦，愉快。

［3］徕：同“来”。

［4］超：远。逍遥：漂泊，徘徊。焉：哪里。薄：靠近。

［5］专：只是，一味地。化：改变。

［6］朅（qiè）：离去。

［7］结軨（líng）：车厢的方木格围栏。

［8］慷慨：激愤的意思。慷，原作“忼”，洪兴祖、朱熹引一本作“慷”，《文选》各种注本并作“慷”，今据改。

［9］中：内心。瞀（mào）乱：昏乱。迷惑：六神无主。

［10］何极：会到何种地步。犹言“焉至”。极，终极之处。

［11］怦（pēng）怦：忠直的样子。谅直：诚实正直。此节前二句“极”“直”为韵（职部），后四句“归”“栖”“肥”微肥合韵。

［12］相者：承上“谓骐骥兮安归”言，指相马者。举肥：推举肥壮的马。言不识良马。

以上是第九段，相当于乱辞，写出一些具体回忆，补说全篇以上所发情感的根源。

【评析】

《九辩》是宋玉自述身世之作，也是宋玉的代表作。“辩”字为“辩章”“辩白”之义。宋玉继承屈原《离骚》《抽思》《思美人》《惜诵》等作品的创作成就作出《九辩》，对汉以后骚体赋的创作也有很大影响。

读《九辩》，要对它有一个清晰的认识、理解并作出正确的评价，要明白以下三点：

第一，宋玉之时楚国的形势比屈原后期更差。顷襄王二十年秦将白起拔楚之西陵和鄢、邓，二十一年拔楚都郢，楚仓皇迁都于陈。二十二年秦又拔巫、黔中郡，顷襄王质太子于秦以求和好。这是宋玉悲伤消极情绪的根源。

第二，宋玉同屈原的家世不同，所接受的教育也不同。屈氏是楚宗室贵族出身。宋玉则出身一般士人之家，宋氏在楚国历史上不见有一个重要人物。宋玉能保持正道直行，是很难得的。在楚国旧贵族把控朝政的情况下，他没有说话的权利，只能在君王身边委婉地表达自己对一些问题的看法，至于顷襄王是理解还是没有理解，是在意还是不在意，他都无权多问。

第三，屈原曾在朝中任要职，特别是参与过国家内政外交方面一些重大问题的决策。他悲伤的是后来楚怀王听信谗言一改此前的态度，停止政治改革，又变合纵抗秦为亲秦抗齐。诗人担心国家危败倾覆，故诗中表现出强争的精神。宋玉只是一个地位不高的文士，从来没有进入国家政治中心。宋玉伤心的是自己作为一个正直的文士，也难以在朝立足。所以我们不能将《九辩》《悲回风》中所体现的思想情绪，同屈原诸作中所反映的思想相比。我们不能因为屈、宋作品中反映思想的差异而否定《九辩》《悲回风》所表现的思想及诗人的可贵品质。可以说，如果是苟且偷生之辈，他既有文才就不会不能保住在君王身边的地位，也不会有这种深沉的忧患意识。《九辩》和《悲回风》都是诗人被放逐的情况下写成的。他为什么被放？这一点关系到对宋玉人品和对《九辩》思想内容的评价。诗中说："处浊世而显荣兮，非余心之所乐。与其无义而有名兮，宁穷处而守高。"应该说，在当时混乱的吏治环境下，他是保持了一个正派文士的思想作风的。但他没有同那些权贵抗争的资本，只能在一些问题上忍气吞声，或者产生离开当时环境的想法。所以说，他的思想品质和作风与屈原相近，应该是受到屈原影响的。

《九辩》中沉痛地写道："农夫辍耕而容与兮，恐田野之荒秽。事绵绵而多私兮，窃悼后之危败。"表现出关心人民生存状况的民本思想，也对楚国危亡之势十分痛心。由此就可以看出《九辩》进步的思想观念。这种思想表现出有社会责任感的官吏文人的品质。这同他的民本思想、爱国思想是结合在一起的。

《九辩》中也写到国事日非、田野荒芜的情况，反映了楚国自迁陈之后政治越来越腐败，不断走下坡路，迫近危亡的状况。

《九辩》继承了《离骚》抒泄愤懑和《抽思》《涉江》借景写情的手法，而又有所发展。下面又联系草木的变化，特别提到离家远行、羁泊他乡，送一起在外的朋友归家时孤独无依的心情，都十分动人。其中写思乡心情、彻夜失眠等情景，也都细腻真挚，动人心弦。作品将文人失意与伤秋结合起来，开创了中国文学的"悲秋"主题。故而杜甫感慨"摇落深知宋玉悲"（《咏怀古迹》）。朱熹则进一步解释说：

秋者，一岁之运，盛极而衰，肃杀寒凉，阴气用事，草木零落，百物凋悴之时，有似叔世危邦，主昏政乱，贤智屏绌，奸凶得志，民贫财匮，不复振起之象。是以忠臣智士，遭谗放逐者，感事兴怀，尤切悲叹也。萧瑟，寒凉之意。憭慄，犹悽怆也。在远行羁旅之中，而登高望远，临流叹逝，以送将归之人，因离别之怀，动家乡之念，可悲之甚也。(《楚辞集注》卷六)

清人王夫之亦就“悲哉！秋之为气也”一段说“因时而发叹也。人之有秋心，天之有秋气，物之有秋容，三合而怀人之情，凄怆不容已矣”。(《楚辞通释》)

诗的形式上也有些新的探索。如开头“悲哉秋之为气也！萧瑟兮，草木摇落而变衰”，是由《抽思》“悲秋风之动容兮”一句而来，但置之篇首，句子稍自由，更能体现出抒情的特征。此外，篇中有几段的结尾一节或开头一节为之句，既继承了屈原四句一节的诗体形式，又有些规律性变化，突出了作品在形式上的灵活性与抒情性。唐勒的《远游》和《惜誓》也有这个特征，这应看作是骚体诗在屈原之后的发展与变化。

今本《九辩》文字有所窜乱，影响了人们对其艺术成就的评价。一是窜入了《哀郢》中的八句、《离骚》中二句，显得重复，似乎宋玉不过是抄袭模仿屈原而成；二是窜入了《远游》中的十二句，所表现神仙家思想观念与全篇从现实经历方面表现个人哀愁的情感不一致，与宋玉的整个创作风格不合，也与宋玉思想不合；三是原最后一章（相当于乱辞）窜到前面，本来是很有力的收尾，在前面反而隔离上下文意。这些以前也影响了学者们对宋玉创作艺术成就的评价。

伟大诗人杜甫诗中说：“摇落深知宋玉悲，风流儒雅亦吾师。”(《咏怀古迹》)可以看出宋玉在杜甫心目中的地位。明代陆时雍评《九辩》说：“举物态而觉哀怨之伤人，叙人事而见萧条之感候。”(《读楚辞语》)清代吴世尚说：“《九辩》比兴居多，最得风人之致。其于世道衰微，灵均坎壈，止以一‘秋’字尽之，何其言简而意括也！”(《楚辞疏》)所论俱甚得肯綮。至于鲁迅《汉文学史纲要》所说《九辩》“虽驰神逞想不如《离骚》，而凄怨之情实为独绝”，则是对其文学史地位的恰切定位。

远　游

唐　勒

本篇自汉代以来多从王逸之说认为是屈原之作。但其思想与屈原不合，有突出的仙道家思想；多以星象学词语为喻，又多套用屈原《离骚》等作品原句。因此清代胡濬源《楚辞新注求确》、吴汝纶《古文辞类纂评点》均提出异议。从创作风格和所表现出的思想观念来说，也与宋玉的作品差距很大。学者们对唐勒、景瑳又没有什么印象，既不是屈原、宋玉的作品，有的学者便说是汉代人的作品。但这个看法没有任何证据。本篇的押韵合于先秦古韵，为先秦时代作品无疑。结合银雀山汉简出土唐勒《论义御》看，所反映思想意识、知识系统、语言特色等各方面看，应为唐勒之作。①

唐勒，战国末期楚国辞赋作家，《史记·屈原列传》说："屈原既死之后，楚有宋玉、唐勒、景差之徒者，皆好辞而以赋见称。然皆祖屈原之从容辞令，终莫敢直谏。"可知其大体与宋玉同时，而年岁较宋玉稍大（《汉书·艺文志》列于宋玉之前）。唐勒主要生活在楚顷襄王（前298—前263在位）时代，创作活动应主要在楚都迁至郢陈的一段时间，曾为楚国掌天文星象记事的太史。明董说《七国考》引张华《感应类从志》中说：

① 参赵逵夫《唐勒〈论义御〉与由楚辞向汉赋的转变——兼论〈远游〉的作者问题》，见《屈原与他的时代》，人民文学出版社2002年版，第514—544页。

有苍云围轸，轸，楚之分野，是不善之征。楚太史唐勒乃夜以葭灰遗于地，乃更灭拂之，其苍云为之半减。

《太平御览》《北堂书钞》引《春秋文耀钩》作“唐史”，《事类寄奇》引作“太史唐勒”。楚国唐氏是掌天文的世家。《史记·天官书》言周以来之掌天文者：“周室：史佚、苌弘；于宋：子韦；郑则裨灶；在齐：甘公；楚：唐眜。”唐勒应为唐眜之后。《汉书·艺文志》著录“唐勒赋四篇”。存有《远游》《惜誓》以及银雀山出土的《论义御》，另外存《奏土论》佚文（见《水经注·汝水注》）。

悲时俗之迫阨兮[1]，	悲伤当下的习俗让人无处立足，
愿轻举而远游。	真想成为神仙飞升去各处遨游。
质菲薄而无因兮[2]，	只是自己道行浅薄还缺乏凭借，
焉托乘而上浮？	靠什么才能离开人世升到云头？
遭沉浊之污秽兮[3]，	长久地遭到混浊之物的浸染，
独郁结其谁语？	愁思纠缠着我向谁倾诉心情？
夜耿耿而不寐兮[4]，	长夜中睁大眼没有一点睡意，
魂茕茕而至曙[5]。	灵魂孤独地就这样熬到天明。
惟天地之无穷兮，	细想想天地广大而无边无际，
哀人生之长勤；	伤心自己一生只知勤苦辛劳；
往者余弗及兮，	过去的事情已没有办法追回，
来者吾不闻。	将来的世道怎样也无法知道。
步徙倚而遥思兮[6]，	徘徊着头脑中想得很远很远，
怊惝怳而乖怀[7]。	心神不宁总感到有违于初衷。
意荒忽而流荡兮，	我一时迷茫随意地各处游荡。
心愁悽而增悲。	忧愁和凄凉交汇着悲情日增。
神倏忽而不反兮[8]，	像魂魄忽然远离而不再返回，

形枯槁而独留。　　只有枯瘦的身躯孤独地停留着。
内惟省以端操兮[9]，　　内心里自审以端正自己的操守，
求正气之所由[10]。　　希望永远保持一身正气的根底。

【注】

[1] 时俗：指此世道。迫阨（è）：狭隘局促。阨，阻塞，困厄。

[2] 质：气质，质性。菲薄：浅薄。无因：无由，无所凭借。

[3] 沉浊：聚积的混浊。此指时世不清。之：原作“而”，洪兴祖、朱熹引一本作“之”，今据改。

[4] 耿耿：清醒，明白。

[5] 茕茕（qióng）：孤独无依的样子。

[6] 徙倚：徘徊不定。

[7] 怊（chāo）：心无所依。惝（chǎng）怳（huǎng）：心神不宁的样子。乖怀：违背意志。

[8] 神：精神。倏忽：疾急貌。反：同“返”。

[9] 惟：思。省：察。端操：端正操行。

[10] 所由：所进入之道。指增强正气之途径。

第一段，言朝政腐败、上下风气变坏，诗人感到当时的社会自己无法生活，因而幻想离开人世，轻举神游，以保持一身正气。

漠虚静以恬愉兮[1]，　　存着平静淡漠的心境达到安适愉悦，
澹无为而自得。　　不想再追求其他而只求能安然自得。
闻赤松之清尘兮[2]，　　听说赤松子超脱世尘去了清静之地，
愿承风乎遗则[3]。　　我愿继承他潜心自修以得超脱之法。

贵真人之休德兮[4]，　　我崇尚赤松子大仙的美好德行，
美往世之登仙。　　羡慕古时的人们能够修道成仙。
与化去而不见兮[5]，　　我愿同他们一样蜕形离开尘世，
名声著而日延。　　名声越来越显著以至代代流传。

奇傅说之托辰星兮[6]，	我惊奇傅说死后精神上托于辰星，
羡韩众之得一[7]。	羡慕韩众能得到专一的成仙之道。
形穆穆以浸远兮[8]，	他们的形体杳冥越来越远离人世，
离人群而遁逸[9]。	也就脱离了尘世而不再会有烦恼。
因气变而遂曾举兮[10]，	凭借着精气的变化我高高升起，
忽神奔而鬼怪[11]。	倏忽间如神灵奔行如鬼怪变化。
时仿佛以遥见兮，	有时似乎远远看到尘世的情形，
精皎皎以往来[12]。	精灵之气在天地之间往来上下。
绝氛埃而淑尤兮[13]，	超脱人世尘埃以摆脱眼前的忧患，
终不反其故都；	再不会返回忙碌受累的故国都城。
免众患而不惧兮，	免去受小人陷害造成的种种祸患，
世莫知其所如。	世人从此再也不知道我何去何从。
恐天时之代序兮，	担忧那春夏秋冬一轮一轮地替换，
耀灵晔而西征[14]。	那光耀的太阳反复从东向西运转。
微霜降而下沦兮[15]，	寒霜一出现地上便形成肃杀之气，
悼芳草之先零。	悲伤那些香草首先开始萎谢凋残。
聊彷徉而逍遥兮[16]，	姑且徘徊着优游自得安闲如意，
永历年而无成[17]。	经历了很多年至今仍一事无成。
谁可与玩斯遗芳兮[18]，	谁可以与我共赏这些芳草香花？
长向风而舒情[19]。	常面向清风借吟诵来抒发苦情。
高阳邈以远兮，	楚人的始祖高阳距今太遥远了，
余将焉所程[20]？	我应效法谁来规范自己的品行？

【注】

［1］漠：淡然，淡漠。虚静：不为物扰，指虚其心，静其志。此为道家修身应事之道。恬（tián）：安静、愉悦。

[2] 赤松：即赤松子，传说中的仙人。清尘：这里指清静无为之境。

[3] 承风：传承其作风、风气。遗则：遗留下来的法式。

[4] 真人：奉仙道者称得道者为“真人”。休德：善德，美德。

[5] 与化去而不见：与造化同去不再现身。化去，指解脱形骸使精神任随造化而去。

[6] 奇：惊奇。傅说（yuè）：殷武丁时贤相。相传傅说死后，其精神“乘东维，托辰尾”，化为天上的辰星。辰星：二十八宿之一，即水星。

[7] 韩众：古代仙人名。传说他常骑白鹿而显身于人间。秦始皇时也有一人叫“韩众”，为另一人。得一：得到宁静专一的为仙之道。道家以“一”为天地万物之本，“一”即道。故《老子》第三十九章云：“天得一以清，地得一以宁，神得一以灵，谷得一以盈，万物得一以生，侯王得一以为天下贞。”

[8] 穆穆：杳冥静寂的样子。浸远：渐渐远去。浸，逐渐。

[9] 遁逸：遁去，隐迹逃遁。

[10] 因：凭借。气变：六气之变，“六气”即天地四时之气。一说指阴、阳、风、雨、晦、明之气（《左传·昭公元年》）。曾举：高举飞升。曾，同“层”。

[11] 忽神奔而鬼怪：倏忽之间如神般奔行无止，如鬼般变怪莫测。

[12] 精：即“重曰”一段第二节之“精气”。皎皎：明亮的样子。皎，原作“晈”，朱熹《集注》本作“皎”，洪兴祖引一本作“皎”，今据改。

[13] 绝：超越。氛埃：指尘世的喧嚣之气。淑尤：犹言化凶为吉。淑，善。尤，祸患。“淑”这里为使动用法。

[14] 耀灵：仙道家对太阳的尊称。晔（yè）：光明的样子。征：行。

[15] 下沦：下界万物被摧毁。沦，沉没。

[16] 聊：姑且。彷徉：徘徊、游荡。逍遥：安闲自在。

[17] 永历年：言年纪已经老大。永，久。

[18] 玩：观赏、把玩。遗芳：承上文“芳草先零”言，喻不能成仙而凋零衰老的人。

[19] 长：原作“晨”。朱熹《集注》本作“长”。据闻一多说改。

[20] 焉所程：犹言何所取法。程，品式，标准。

第二段，回想成仙的赤松子、韩众的得天地之道，傅说的托身于星辰，都是

"名声著而日延"。诗人惜时光之不待己，而思考如何能得道成仙。

重曰[1]：	再加申述：
春秋忽其不淹兮[2]，	一年的四季很快过去不会停歇，
奚久留此故居？	何必要长期留在这人间的居地？
轩辕不可攀援兮[3]，	轩辕那样的圣君高远难以求助，
吾将从王乔而娱戏[4]。	我将跟随仙人王子乔娱乐嬉戏。
餐六气而饮沆瀣兮[5]，	饿了就吸食六气渴了饮用清露，
漱正阳而含朝霞[6]。	吸食日中之气口含朝露的清香。
保神明之清澄兮，	一直保持着精神上的清新澄净，
精气入而粗秽除。	将精气吸入而将浑浊之气吐光。
顺凯风以从游兮[7]，	要乘着南方之风随它到处游历，
至南巢而壹息[8]。	到神鸟朱雀栖息之地稍事休息。
见王子而宿之兮[9]，	拜见王子乔并向他恭敬地请教，
审壹气之和德[10]。	问他怎样才能通于德又和于世。
闻至贵而遂徂兮[11]，	听闻仙人的真言点化立即起身，
忽乎吾将行——	很快我就要实践远行求仙之愿——
仍羽人于丹丘兮[12]，	跟着飞仙羽人到昼夜长明的丹丘，
留不死之旧乡[13]。	让自己留在可以长生不死的地方。
朝濯发于旸谷兮[14]，	早晨到太阳升起的旸谷洗濯头发，
夕晞余身乎九阳[15]。	傍晚让扶桑的九个太阳晒干身体。
吸飞泉之微液兮[16]，	口渴时吸吮飞泉涌出的细细清水，
怀琬琰之华英[17]。	怀里揣着美玉的精华作为粮食。
玉色頩以脕颜兮[18]，	我气色极好面如美玉般光洁，
精醇粹而始壮。	精气醇正感到自己身体强壮。

质销铄以汋约兮[19]，　　肉体清瘦却显得轻盈绰约，
神要眇以淫放[20]。　　灵魂美好且纵游无拘无束。

嘉南州之炎德兮[21]，　　我赞赏这南方有着先天的炎德，
丽桂树之冬荣[22]。　　美丽的桂树在冬天仍枝叶稠密。
山萧条而无兽兮，　　山野里清静又没有凶狠的野兽，
野寂漠其无人。　　原野广阔也不见有什么人来往。
载营魄而登霞兮[23]，　　承载着修炼过的魂魄登上远游之路，
掩浮云而上征[24]。　　我升于浮云之上向遥远的地方飞去。

【注】

[1] 重曰：是对上一段所表现想要远离人世的想法再次加以申述。上一段点到“悲时俗之迫阨”，这一部分点到“春秋忽其不淹”，意谓如果自己还年轻，也不一定产生这个打算。

[2] 忽：疾速。淹：滞留。

[3] 轩辕：黄帝名号。或以为黄帝居于轩辕之丘，因以为名号。攀援：攀附。

[4] 王乔：即王子乔，古代仙人名。相传是周灵王的太子晋，得道成仙。

[5] 六气：阴阳风雨晦明之气。沆瀣（hàng xiè）：北方夜半之气，为清露。

[6] 漱：“敕”之借字，吸食的意思。正阳：南方日中之气。

[7] 凯风：南风，夏日之风。

[8] 南巢：南方神鸟朱雀所栖之处。这个传说同二十八宿有关。上古时星象学家将黄道赤道附近二十八个星宿作为观察日月运行的标志，分为四组，每组以各星为点联系起来联想成一动物，以便记忆与称说，即东方苍龙七宿，北方玄武七宿，西方白虎七宿，南方朱雀七宿。古人以坐北朝南为正位，言左右一般是就面南时而言，故曰“左青龙，右白虎，前朱雀，后玄武”。此处南巢是因朱雀而言。

[9] 王子：即王子乔。宿：通“肃”，恭敬而问。

[10] 审：究问。壹气：指上文之“正气”“精气”，以其纯一不杂，故称“壹气”。和、德：道家修养的境界。《淮南子·原道训》：“无为言之而通乎德，恬愉

无矜而得于和。”

［11］至贵：最宝贵的真言。徂（cú）：往，指远游。

［12］仍：就，跟随。羽人：神话中的飞仙。丹丘：传言昼夜长明的神仙所居之地。

［13］不死之旧乡：《山海经·海外南经》载，有羽人之国，国中有不死之民。

［14］旸（yáng）谷：神话中日出之处。旸，原作“汤”，二字古可通用。为便于诵读，改作“旸”。

［15］晞（xī）：晒干。九阳：指扶桑树上栖息的九个太阳。乎：原作“兮”，洪兴祖引一本作“乎”。据闻一多说改。

［16］飞泉：即飞瀑。传说在昆仑西南的飞谷中。微液：指飞泉的细微流水。

［17］怀琬琰（wǎn yǎn）：带上精玉琬琰。汪瑗注：“怀，藏也。”理解近是。华英：玉之精美者。

［18］頩（pīng）：指容颜气色好。脕（wàn）颜：指容貌美艳如玉有光泽。脕，光泽。

［19］质：形体。销铄（shuò）：减损消瘦。汋（zhuó）约：同“绰约”，轻柔的样子。

［20］神：指灵魂，与上文质（肉体）相对而言。要眇：美好的样子。淫放：纵游无拘。

［21］嘉：赞美。南州：南土，指楚国。炎德：南方属火，故曰炎德。

［22］丽：美丽。此处作动词，赞美。冬荣：指桂树至冬不凋。

［23］营魄：经过修炼的体魄。登霞：古本或作“登遐”，遐，远；“登遐”即远游。

［24］掩浮云：在浮云之上，掩盖浮云。征：行。

以上写诗人再三思考之后，决定脱离凡尘上天周游。

第三段，诗人说即使是圣贤君主轩辕，自己也不可能攀附得到，只能寻找王子乔这样一般臣僚或曾经的王族修成者去请教修行之道。故决定到丹丘去跟从仙人，准备留在不死的旧乡。

乘精气之抟抟兮[1]，
骛诸神之湛湛[2]。
骖白霓之习习兮[3]，
历群灵之丰丰[4]。

我乘着团团凝聚的阴阳精灵之气，
想追赶上悠游在天界的神灵仙尊。
驾起白色的虹霓在前面牵引车辆，
穿过了天空中一团团的列宿亮星。

左朱雀之茇茇兮[5]，
右苍龙之躣躣[6]。
属雷师之阗阗兮[7]，
导飞廉之衙衙[8]。

左边是朱雀在翩翩飞翔，
右边是苍龙在腾云前进。
让雷师在后面发出轰轰的响声，
开道的飞廉顺风而行一路畅通。

前轻辌之锵锵兮[9]，
后辎乘之从从[10]。
载云旗之逶迤兮[11]，
扈屯骑之容容[12]。

前面可坐可卧的车子铃声响亮，
后面承载辎重的车辆紧紧相随。
云彩作为旗帜在空中舒展飘扬，
护后的侍卫和骑士众多又有为。

集重阳入帝宫兮[13]，
造旬始而观清都[14]。
朝发轫于太仪兮[15]，
夕始临乎於微闾[16]。

让车驾与随行一起上至九重天顶，
造访太白金星观瞻了天帝的宫殿。
早晨在天宫前天帝受众神行礼处，
黄昏时到达玉微宫这座东方玉山。

屯余车之万乘兮，
纷溶与而并驰[17]。
驾八龙之婉婉兮[18]，
载云旗之逶迤[19]。

在这里聚集起有上万随从的车辆，
众多的车马一起舒缓地行在云上。
前面驾的八条龙时伸时展在飞动，
高举彩云做旗帜在风中伸展飘扬。

建雄虹之采旄兮[20]，
五色杂而炫耀。
服偃蹇以低昂兮[21]，
骖连蜷以骄骜[22]。

竖起彩虹在云旗顶端如旄飞动，
天空里五彩缤纷真是无比灿烂。
车驾正中的龙马矫健地飞奔着，
左右的龙马高低起伏奔腾向前。

骑胶葛以杂乱兮[23]，	众多的车骑交错而行显得杂乱，
斑漫衍而方行[24]；	行进的车队连绵不断浩浩荡荡。
撰余辔而正策兮[25]，	我一手牵着缰绳一手高扬玉鞭，
吾将过乎句芒[26]。	准备顺便去拜访东方之神句芒。

【注】

［1］精气：阴阳精灵之气。抟（tuán）抟：团团。形容精气纯聚的状态。“乘精气之抟抟兮”至“扈屯骑之容容”12句，原窜入宋玉《九辩》末尾部分，然其与《九辩》思想完全不合，也与上下文意不衔接。由“精气”“朱雀”“苍龙”及说到“精气”等词语可看出是《远游》中文字无疑。今据其内容移补于此。

［2］骛：追驰。湛湛：纷盛的样子。

［3］骖（cān）：驾车时车前两旁的马。此处指驾驭。习习：飞动的样子。

［4］历群灵：王逸注“周过列宿”。则指从天空众多的星宿中穿过。丰丰：众多的样子。

［5］朱雀：南方朱雀七星。这里是诗人幻想出的与其名称相应的神鸟、神兽。茇（bá）茇：飞扬的样子。

［6］躣（qú）躣：蜿蜒行进的样子。

［7］属（zhǔ）：连接，跟随。这里是使动用法，使……跟随。雷师：雷神。阗（tián）阗：雷声，犹言“轰轰”。

［8］导：前导。原作“通”，洪兴祖、朱熹均引一本作“道”，闻一多说当作“道”，通“导”，今改作“导”。飞廉：风神。衙（yá）衙：行走的样子。

［9］轻輬（liáng）：古代用于长途旅行的车辆，可坐可卧，车厢帷幔上开有窗，可以通风。锵锵：车铃声。

［10］辎乘（zī shèng）：辎重车。从从：车行的样子。

［11］逶迤：联绵词，舒卷的样子。原作“委蛇”，古音同。

［12］扈（hù）：护后的侍卫。屯骑（jì）：成群的骑士。容容：众多的样子。

［13］集：鸟之所止曰集，此指同随行护卫皆止于天庭。重阳：层天。古说积阳为天，而天有九重。这里应指天的最上层。

［14］造：至，造访。旬始：星名，即太白星。清都：天帝宫阙。《列子·周穆王》：“清都、紫微、钧天、广乐，帝之所居。”

［15］发轫（rèn）：撤去止车木启行。轫：止车木。太仪：天宫前天帝视臣下行威仪之处。

［16］於微闾：传说中的东北方玉山，盛产美玉。

［17］纷：形容车马之盛多。溶与：同“容与”，这里是舒缓从容的意思。

［18］婉婉：同“蜿蜿”，形容龙之伸展、盘曲的样子。

［19］载：举起，高举。逶迤（wēi yí）：形容云旗迎风舒卷之状。原作“委蛇”。

［20］建：立起。雄虹：虹之内环，色彩鲜明者称雄虹。这里是指用雄虹来作云旗之旄。旄（máo）：旗杆顶尖处的牦牛尾装饰。

［21］服：居中驾车的两马称“服”。偃蹇（yǎn jiǎn）：矫健自如的样子。低昂：龙马前行时高低起伏的样子。

［22］骖（cān）：驾车的边马称“骖”。连蜷（quán）：一高一低或弯曲的样子。这里是形容龙马上下屈伸前进的样子。骄骜（ào）：肆意怒奔的样子。 此上原有“命天阍其开关兮，排阊阖而望予。召丰隆使先导兮，问太微之所居”。前两句是屈原《离骚》中句子，个别字有变动。王逸以来诸家都解第二句是开了关望其进入。但下面又说“召丰隆使先导”“问太微之所居”，则前两句是多余，应为旁批解“召丰隆”二句文字窜入，今删。“召丰隆”二句应为“乱曰”前一节文字窜此，已移后。

［23］骑（jì）：车骑。胶葛：交错纠缠的样子。

［24］斑：纷杂的样子，同于《离骚》“斑陆离”的“斑”。漫衍：连绵不尽的意思。

［25］撰：攥，持，拿着。正策：指用马鞭指挥队伍。策，马鞭。

［26］过：过访。句（gōu）芒：东方青帝之佐，为主管树木之神。

第四段，写诗人想象乘着由自己的精气调动的天上二十八宿中的朱雀和苍龙所驾之车，让雷神、风神作为侍卫，升上天去。诗人到了东方的於微闾，并到清帝之所。

历太皓以右转兮[1]，	经过东方古帝太皓的居处转而右行，
前飞廉以启路。	风伯飞廉作为开路者走在车马前面。

阳杲杲其未光兮[2]，	太阳还没有升起来大放光芒，
凌天池以径度[3]。	只是从天池腾起刚升向高天。
风伯为余先驱兮，	风伯在最前面为我做先驱，
氛埃辟而清凉[4]。	扫除了尘埃空气变得清新。
凤凰翼其承旂兮[5]，	凤凰展开双翼与云旗相接，
遇蓐收乎西皇[6]。	在西皇那里遇见蓐收金神。
揽彗星以为旍兮[7]，	伸臂捉住流动的彗星作为旍旗，
举斗柄以为麾[8]。	一手持着北斗的斗柄指挥随从。
叛陆离其上下兮[9]，	旍旗和飘带色彩斑斓上下飘动，
游惊雾之流波。	我在翻滚流动的云雾中游览前行。
时暧曃其曭莽兮[10]，	时近黄昏周围已变得昏暗不清，
召玄武而奔属[11]。	让玄武引领大家接连奔走跟随。
后文昌使掌行兮[12]，	后面有文昌星来统管随行车骑，
选署众神以并毂[13]。	从众神中挑选出掌事并驾齐驱。
路曼曼其修远兮，	前面的道路还十分的漫长和辽远，
徐弭节而高厉[14]。	我减缓速度稍事停留而精神高举。
左雨师使径待兮[15]，	让左侧的雨师抄小路到前面等待，
右雷公以为卫。	又让右边的雷公来负责护卫之事。
欲度世以忘归兮，	打算超越尘世而忘记归去，
意恣睢以担挢[16]。	随心怡然自得且放开心胸。
内欣欣而自美兮，	内心喜悦感到无比舒坦美好，
聊愉娱以自乐[17]。	姑且享受当下的欢娱和喜乐。
涉青云以泛滥游兮[18]，	车马在云端行走着我纵情游览，
忽临睨夫旧乡[19]。	忽然向下俯视看到自己的故乡。

仆夫怀余心悲兮，	仆夫流露出不舍我也一阵心酸，
边马顾而不行。	两侧的骖马也停下来张望不前。

【注】

［1］历：经过。太皓（hào）：或作“太皞”“太昊”，五方帝中之东帝，原为古代部族长，亦称伏羲氏。右转：由东转向西。

［2］阳：太阳。杲（gǎo）杲：日升起后光辉明亮的样子。未光：还未大放光芒，日升起前的景象。

［3］凌：越过。天池：即日出之地“咸池”。原作“天地”，据俞樾、闻一多说改。径度：径直飞渡。

［4］氛埃：尘埃。辟：扫除。

［5］翼：展开翅翼。承旂（qí）：承托着云旗。旂，画有蛟龙的旗。

［6］蓐（rù）收：西方白帝之佐，主管金属之官。西皇：即西方白帝少皓。

［7］揽：这里是手臂向内一扫捉住的意思。旌：有羽饰的旗。

［8］斗柄：北斗七星中第五、六、七颗星，自古视为斗柄。麾：指挥用的旗。

［9］叛陆离：同《离骚》中的“斑陆离”，这里指五彩斑斓的样子。

［10］暧曃（ài dài）：昏暗。曭（tǎng）莽：朦胧不明。

［11］玄武：二十八宿中北方玄武七星，这里指北方之神玄武（道教有玄武大帝）。《史记·天官书》在“北宫玄武”下说：“其南有众星，曰羽林天军。”又说：“汉中四星，曰天驷。旁一星，曰王良。”羽林天军为天帝的护卫军，天驷为天帝驾车之马；王良为古之善御马者。这些便是诗人召玄武之原因。奔属（zhǔ）：奔走跟随。

［12］文昌：星宿名，这里拟人化为神灵之称。掌行：统管随从车骑。

［13］选署：选择，安置。并毂（gǔ）：并车而行。

［14］徐弭（mǐ）节：慢慢地停下来。高厉：高高扬起。

［15］雨师：雨神。径待：抄小路到前面去等待。待，原作“侍”。此句由《离骚》中“腾众车使径待”而来，应作“待”，朱熹《集注》本即作“待”，今据改。

［16］恣睢（zì suī）：自得的样子。揭骄：意态放肆。

［17］愉娱：娱戏，喜乐。愉，原作“媮”，此处同“愉”。今改为正体“愉”。

［18］涉：渡。泛滥：这里形容随云流漂泊、浮游不定的样子。

［19］临睨（ní）：由高处俯瞰。旧乡：指主人公升仙以前所居乡土。这里是指顷襄王二十一年所迁新都陈（今河南淮阳）。

以上写游至中原之地的上空。

第五段，写诗人由东方到了中原，在高空看到以前自己生活的陈，感到内心悲伤，连仆夫和马都恋恋不舍。表现出无论天上有多广大多美好，自己还是放不下楚国，表现出对陈的留恋。

原文	译文
思旧故以想像兮，	我想起自己的亲人和多年的朋友，
长太息而掩涕。	长长地叹息着忍不住流下了眼泪。
泛容与而遐举兮[1]，	车马随意徘徊走动然后奔向高处，
聊抑志而自弭。	姑且压抑着悲伤的心情不作理会。
指炎神而直驰兮[2]，	朝南面炎神的方向直奔而去，
吾将往乎南疑[3]。	我将直接到九嶷山所在之处。
览方外之荒忽兮[4]，	看一看边远渺茫广远的景象，
沛罔象而自浮[5]。	就像在无边的水上任意飘浮。
祝融戒而还衡兮[6]，	南方之神祝融劝我掉转车头，
腾告鸾鸟迎宓妃[7]。	我立即转告鸾鸟去迎接宓妃。
张《咸池》奏《承云》兮[8]，	陈设乐器奏起《咸池》《承云》，
二女御《九韶》歌[9]。	娥皇和女英为我歌唱《九韶》。
使湘灵鼓瑟兮，	让湘水之神湘君弹起瑟来，
令海若舞冯夷[10]。	让北海之神伴着河神共舞。
玄螭虫豸并出进兮[11]，	无角的黑龙与蟒蛇也出来凑热闹，

形蟉虯而逶迤[12]。　　那弯曲的样子不断变化婉转自如。

雌蜺便娟以增挠兮[13]，　　如虹霓的神女娇艳又轻盈美丽，
鸾鸟轩翥而翔飞[14]。　　鸾鸟来去盘桓着在头顶上飞翔。
音乐博衍无终极兮[15]，　　音乐舞蹈的欢乐毕竟没有穷尽，
焉乃逝以徘徊。　　我徘徊着思考离开南方该去何方。

舒并节以驰骛兮[16]，　　放开左右骖马的缰绳任其奔跑，
逴绝垠乎寒门[17]。　　直到天边上最北两山间的寒门。
轶迅风于清源兮[18]，　　在北海附近超过了迅猛的大风，
从颛顼乎增冰[19]。　　跟着北方之神来到层层冰雪中。

历玄冥以邪径兮[20]，　　走近便的小路绕道过访水神，
乘间维以反顾[21]。　　登上天的两维之间回头反顾。
召黔嬴而见之兮[22]，　　召造化之神黔嬴来与我相见，
为余先乎平路[23]。　　让他把我引导通向至道之路。
召丰隆使先导兮[24]，　　云神丰隆在前面铺路作为引导，
问太微之所居[25]。　　我问天帝所居的太微垣在何处。

【注】

[1] 泛容与：随意徘徊。与《涉江》“船容与而不进兮”一句中“容与”之义同。遐举：高高升起。

[2] 炎神：南方炎帝之佐祝融。王逸注：“南方丙丁，其帝炎帝，其神祝融。”此说已见《吕氏春秋·孟夏篇》，为秦汉以前的神话传说。

[3] 南疑：南方之九嶷山，古时也写作“九疑山”。由此也可以看出诗作于楚都迁陈之后。

[4] 方外：指中原以外的边远之区。这里指尘世之外。荒忽：同恍惚，隐约模糊的样子。

[5] 沛：流水疾速。罔象：汪洋一片、无涯无际的样子。

[6] 戒：事先告诫。还衡：旋转车衡，不继续前行。衡，车辕前的横木。

[7] 腾告：快速转告。宓（fú）妃：伏羲氏之女，死后化为洛水女神。

[8] 张：陈设。《咸池》《承云》：均为远古乐名。《咸池》相传为尧乐。

[9] 二女：上面言“往乎南疑”，下句又言“湘灵”，则此当指尧之二女娥皇、女英。战国时楚国民间又将她们传为湘夫人。御：侍奉。《九韶》：传说中的舜乐舞有《韶乐》九章。

[10] 海若：北海之神。冯夷：黄河之神，河伯。

[11] 玄螭（chī）：传说中的黑色无角龙。虫豸（zhì）：无足之虫，此处应指蛇蟒之类。

[12] 蟉虬（liú qiú）：盘曲的样子。

[13] 雌蜺：副虹。王逸注：“神女周旋，侍左右也。”这里是比喻身边的侍女。便（pián）娟：体态轻盈美丽的样子。增挠：《尔雅·释天》之《疏》引作“曾桡”。联绵词，形容舞态袅娜。

[14] 轩翥（zhù）：举翼高飞。

[15] 博衍：指乐曲内容广博繁盛，演奏绵延不绝。终极：穷尽。

[16] 舒并节：放松驾车双马的缰绳。并节，指几匹马的缰绳。

[17] 逴（chuō）：远。绝垠：天之边际。寒门：北方天边之门。《淮南子·地形训》：“北极之山曰寒门。”上古时人们想象最北两山之间为寒门，所以山也叫寒门之山。

[18] 轶（yì）：后车超越前车。此处指车速超越迅急之风。清源：八风所出之源。蒋骥说：“清源，水源，谓北海也。”

[19] 颛顼（zhuān xū）：传说中北方之神。增冰：指层层冻结的坚冰。增，通“层”。

[20] 历：经过。玄冥：水神。《礼记·月令》：“北方其帝颛顼，其神玄冥”。

[21] 乘：登。间维：两维之间。“维”是古人拟定的天之度数。

[22] 黔嬴（qián léi）：天上的造化之神，一说为水神。

[23] 平路：指通向至道之路。以上写北游。

[24] 丰隆：神话中的云神。

[25] 太微：星名，在北斗之南。太微垣即星象神话中说的天帝所居之城。

第六段，诗人回想在人间的一些事情，最后还是决定离开。先到南方，再到北方，过访造化之神，希望能给自己指出一条平顺的大路。

曰[1]：	尾声：
道可受兮，	修仙之道可以心领神会，
而不可传；	但没有办法用言语相传；
其小无内兮，	它小到不可再分无所包含，
其大无垠。	大到无穷无尽而没有边缘。
无淈而魂兮[2]，	一个人不要扰乱自己的精神，
彼将自然。	天道就会在你身上自然显现。
壹气孔神兮[3]，	精纯不杂之气本就十分神妙，
於中夜存。	夜半脱离杂念时才存于心间。
虚以待之兮，	要虚心静待万事万物的变化，
无为之先。	不要不考虑环境条件以意为先。
庶类以成兮[4]，	事物的产生和变化都依道而成，
此德之门[5]。	这是个人修德成道的根本途径。
经营四荒兮[6]，	我观察走访了四方荒远之地，
周流六漠[7]。	天地上下东南西北全都走遍。
上至列缺兮[8]，	向上直至天顶上有裂隙之处，
降望大壑[9]。	向下直到东海外的大壑深渊。
下峥嵘而无地兮[10]，	极低处只觉深邃看不见地底，
上寥廓而无天[11]。	最高处空阔无际也不见苍穹。
视倏忽而无见兮，	目光闪烁一过似乎空无所见，
听惝怳而无闻[12]。	两耳恍恍惚惚似乎无响无声。
超无为以至清兮[13]，	这是超然无为所达清静之境，
与泰初而为邻[14]。	与天地未分时混沌之气为邻。

【注】

［1］曰：与《九辩》结尾同，为“乱曰”之省，此下至“此德之门”共12句窜乱至前“重曰”部分“审壹气之和德”句后，与上下文意不连贯，句式亦迥异。从内容、用词等方面看为本篇乱辞。今移于此。

［2］淈（gǔ）：搅混，扰乱。原作“滑”，古音同，义相近。今据洪兴祖、朱熹共引一本改。而：此处同“尔”，你。

［3］孔：甚。

［4］庶类：万物。

［5］此德之门：此乃成道之根本途径。《老子》：“玄之又玄，众妙之门。”

［6］经营：这里指周遍观览走访。四荒：四方极荒远之处。

［7］周流：周游。六漠：即“六合”，指天地四方。

［8］列缺：天上的缝隙。缺：原作“鈌”，洪兴祖注：“与缺同。”朱熹本作“缺”。今据改。

［9］大壑：传说在东海之外。《列子·汤问》：“渤海之东不知几亿万里，有大壑，其下无底，名曰归墟。”列缺、大壑的传说应与这类神话有关。

［10］峥嵘：本形容高，此因形容地下，是言其深邃。无地：至于地之下。

［11］寥廓：空阔无际。无天：出天之上。

［12］惝怳：这里指模糊听不清。

［13］超无为：超然无为。以：而。至清：道家术语，指清虚静寂之境。

［14］泰初：太始。天地未开为混沌元气之时。为邻：指接近了泰初之境。

乱辞，总全诗之意，以尊道无为思想作结，反映出与诗人职业有关的哲学理念。

【评析】

《远游》是一篇充满奇幻色彩的浪漫主义作品，表现了诗人对楚国当时的政治状况和社会现实失去信心，幻想超脱于现实之外。诗中提到很多星象及天体方面的名物，都同唐勒任掌天文史官有关。因为多所铺排，已带有赋的特征，实启汉代骚体赋之体，对汉代骋辞大赋也有一定影响。

作者希望通过精神遨游来消释现实中的忧思和愤懑，思致纷纭，辞采绚烂。

作者向往神仙方士之道，寄意于天地六合之外，以远游四方而展开瑰玮之辞，申说“时俗迫阨”之悲和登遐成仙、脱离现实之乐。从艺术构思说，是受到《离骚》往观四方、溘风上征、上下求索表现方式的启发。清王夫之说：“此篇所赋，与《骚经》卒章志旨略同而畅言之。”（《楚辞通释》）明黄文焕说：“《远游》与《离骚》往观四方、溘风上征之旨同，而其上天下地、朝此夕彼，东西南北之递历，句法略相同。”（《楚辞听直》）不过整体看来，飘举出世、羽化成仙的思想倾向较之于《离骚》“九死未悔”“临睨旧乡”的深沉感喟，思想境界大为不同。这除了唐勒同屈原思想上的差异之外，还有两点必须看到：

第一，在顷襄王后期，楚国的形势比屈原在楚怀王朝被放汉北之时更差，顷襄王又完全听从一些维护旧贵族利益的权臣与亲信之言，贤良受到排挤打击，朝政紊乱，形势危机越来越明显。

第二，屈原从小就对政治改革、亲民强国抱有很大希望，以此为个人理想，而且在怀王早中期已进行了部分的政治改良（《史记·屈原列传》中言“每一令出”云云，说明已公布了一些改良措施）。唐勒是掌天文的太史，为战国之末治天文者。楚迁陈之后整个社会风气是好神仙之道。所以，唐勒对现实失去希望后，就产生了超越现实而保持个人高尚品德的空想。其中“惟天地之无穷兮，哀人生之长勤。往者余弗及兮，来者吾不闻”可以说是衰世的绝唱。明孙鑛说：“往者勿及，来者勿闻，一篇本旨，托游仙以寄意耳！”（《七十二家评楚辞》引）

《远游》全诗主要是写诗人在现实社会中难以保持自身人格、难以问心无愧地为国家干一些事情。难以为继的情况下幻想在天界的漫游，似乎是散漫无纪，随意而成，实际上各部分有所侧重，又密切相连，往往上一部分之末尾即带出或引出下一部分内容，转换自然，其思想、情感可谓一以贯之。

第一段，言时俗实际上是说楚国朝政腐败，君王昏聩，奸人妒贤，自己精神、体质都极差；言“愿轻举而远游”，是说现实中看不到出路，因而产生了脱离现实求仙以保持节操正气的幻想。然而要求成仙，人世间既无共同志向之人，先圣早已成为历史，无处求教，故也只是空想。第一段以下文字即由第一节这四句的思想展开。开头这一节既是第一段的开头，也是全篇提要。

《远游》同屈原早期作品不同的是诗中没有忆及曾受君王信任、君臣合作的内容，也没有关于“举贤而授能”等表现政治思想和希望再见到君王的内容；同后期几篇比较，没有关于湘水、沅水一带自然环境的描写和自己生活经历及对于远离朝廷的贤能之士表示同情、惦念的内容。与屈原作品不同的是多了一些关于星辰天象的词语，也多了关于古代传说中仙道人物及“道”“精”“清气”“壹”“壹气”“虚静”“无为”“方外”“化去”等道家和早期道教的用语。如第二段开头的“漠虚静以恬愉兮，澹无为而自得。闻赤松之清尘兮，愿承风乎遗则”，完全是仙道家之语。

本篇以瑰丽奇幻之词铺陈天地六合之游。元祝尧云：“其辞皆与庄周寓言同，有非复诗人托兴之义，大抵用赋体也。后来赋家为闳衍钜丽之词者，莫不祖此。”不仅道出其赋法特征，也指出了它的赋学史意义。其窜乱入《九辩》的“乘精气之抟抟兮”一段，用词讲究，几乎全用叠字，读来朗朗上口、音韵铿锵，具有很高的艺术水平。顾炎武便说：“连用十一叠字，后人辞赋亦罕及之者。”（《日知录》）

《远游》，融进了大量与天文星象有关的神话素材与仙道传说，迷离惝恍，令人目不暇接，心驰神往。这正是战国后期神话传说与原始宗教交汇的产物，突出反映了楚文化富于想象的特色。而这种借幻游仙境以寄托情思的写法，又开后世游仙诗之先河。清陈本礼说本篇“为后世‘游仙’之祖”（《屈辞精义》），清方东树进而指出郭璞的《游仙诗》是“本《远游》之旨而拟其辞，遂成佳制”（《昭昧詹言》），都是中肯之论。当然，前人看到《远游》思想内容方面的特征，又对它十分关注，评价也高，也不仅仅因为它是产生于战国末年的一首长诗，而是它对后代的诗歌创作确实也产生了一定的影响。《远游》不仅开游仙诗之先河，在诗的意境开拓、诗情诗意的表现上，也对很多诗人有明显的影响。如初唐诗人陈子昂的《登幽州台歌》：“前不见古人，后不见来者，念天地之悠悠，独怆然而涕下。”这其实就是《远游》开头第三节的改写。李白《把酒问月》中“今人不见古时月，今月曾经照古人。古人今人若流水，共看明月皆如此”，似乎也受这几句的启发。不仅李白的诗歌创作中时时见到《远游》的影子，其生平中一些事情也可能受到《远游》的影响。李白《感兴八首》之五中说：“十五学神仙，游仙未曾歇。”他自言二十五岁时“辞亲远游，南穷苍梧，东涉溟海”。同《远游》诗所写大体一样，而且措辞中将《远游》这个篇名纳于其中。他后来到长安，见到贺知章，初称作“谪仙人”。后因荐入京，被任为供奉翰林，其间看到宫廷生活的内幕及上层统治集团的荒淫腐败，对当时现实有了清醒的认识，以后诗歌既有如仙道之丰富想象，也表现出对现实的抨击和讽刺。李白在出蜀不久即遇道士司马承祯，如遇知音恩师，为之作《大鹏赋》，其中说："喷气则六合生云，洒毛则千里飞雪。邈彼北荒，将穷南图。"行文与《远游》相近。至于其诗作如《梦游天姥吟留别》等，更可以感受到唐勒《远游》的风格。

本篇也很注意诗的建筑美。它首先是继承了《离骚》《天问》等屈原作品四句为一节和末尾有乱辞的诗体形式，又有新的探索和突破。全诗五段中，第二、三、六和乱辞这四段的最末一节都是六句，有三段末尾仍是四句，可能是简牍的窜乱所造成。此前时有分段中将一节诗的前两句与后两句分在相邻两段中者，虽然是因不知先秦古韵造成，但也与忽视了诗的形式美有关。

惜　誓

唐　勒

《楚辞章句》说:“《惜誓》者，不知谁所作也。或曰贾谊，疑不能明也。”只是说有人认为是贾谊之作，并没有确定，但《惜誓》所表现的道家、神仙家思想与贾谊思想不合，可以确定非贾谊之作。明代张纶言《林泉随笔》说:“今考《史记》《汉书》本传，(贾谊)惟《吊屈原》《鹏鸟》两赋，而无此篇。且其死时年仅三十三，篇首乃谓‘惜余年老而日衰’，中又曰“寿冉冉而日衰”。汉文之时而谓之乱世可乎?谊未尝如梅伯、比干之所为，而又曰‘惜伤身之无功’。反复一篇旨意，而证之以出处本末，以为谊之作，未敢信其必然也。”慧眼卓识，所论十分有理。谢溱《四溟诗话》中也对贾谊说提出疑问。清胡濬源《楚辞新注求确》还说:“谊孙嘉尝与史迁通书，不应独忘此篇。”“词明是自惜自誓，非谊作也。”近人王泗原《楚辞校释》也断定非贾谊作。用屈原之意，代屈语惜之之说也难以成立。今由本篇内容所反映背景和作者情况，可断定为楚迁陈之后楚人之作。又其思想风格同唐勒的《远游》和《论义御》相近，从多方面看，应是唐勒之作。[①] 刘熙载《艺概·赋概》云:“《惜誓》，余释以为‘惜’者，惜己不遇于时，‘发乎情’也;‘誓’者，誓己不改所守，‘止乎礼仪也’。”其说是。

① 参拙文《论〈惜誓〉的作者与作时》，刊《文献》2000年第1期，收入《屈原与他的时代》，人民文学出版社2002年版，第545—556页。

原文	译文
惜余年老而日衰兮，	伤心我年事已高一天天衰老，
岁忽忽而不反[1]。	岁月匆匆过去也不会再回还。
登苍天而高举兮[2]，	我要登上那蓝天高高地升起，
历众山而日远。	在群山之上一天天越飞越远。
观江河之纡曲兮，	下看地面的江河弯弯曲曲，
离四海之沾濡[3]。	远离四海风波对我的浸湿。
攀北极而一息兮，	攀登到北极星上稍事休息，
吸沆瀣以充虚[4]。	吸一口清和之气姑且疗饥。
飞朱鸟使先驱兮[5]，	令神鸟朱雀飞起来在前面开路，
驾太一之象舆[6]。	驾着天神太一那象牙装饰的车。
苍龙蚴虬于左骖兮[7]，	苍龙屈曲着身躯当车左侧的马，
白虎骋而为右騑[8]。	白虎作为右侧的边马腾空而起。
建日月以为盖兮[9]，	让日月在上面作为车盖，
载玉女于后车。	车后面载着天上的玉女。
驰骛于杳冥之中兮[10]，	在高远的云天放开奔驰，
休息乎昆仑之墟[11]。	到昆仑山顶上再作休息。
乐穷极而不厌兮[12]，	我快乐到极点却兴致不减，
愿从容乎神明[13]。	希望和神仙一起逍遥游戏。
涉丹水而驰骋兮[14]，	渡过丹水以后再向前奔驰，
右大夏之遗风[15]。	看到前面有夏朝留的旧俗。
乃至少原之野兮[16]，	于是我到仙人的少原之野，
赤松王乔皆在旁[17]。	赤松子和王乔也在我身旁。
二子拥瑟而调韵兮，	两人将瑟抱身前调理琴弦，
余因称乎清商[18]。	我称赞说喜欢清商的高昂。

澹然而自乐兮[19]，	虽然我感到心神的宁静和快乐，
吸众气而翱翔[20]。	吸收着六气使身子在太空飞翔。
念我长生而久仙兮，	但回想长生不死在天上做神仙，
不如返余之故乡。	仍不如返回我长期生活的故乡。
黄鹄后时而寄处兮[21]，	鸿鹄错过高飞的时机暂居山林，
鸱枭群而制之[22]。	鸱鸮之流会群起对它进行制裁。
神龙失水而陆居兮[23]，	神龙如果离开大海而处于陆地，
为蝼蚁之所裁[24]。	就会受蛄蝼和蚂蚁的欺凌伤害。
夫黄鹄神龙犹如此兮，	连鸿鹄神龙都会有这样的遭遇，
况贤者之逢乱世哉[25]！	何况那贤者正逢着混乱的时代！

【注】

[1] 不反：即“不返”，言时间不会倒流。

[2] 高举：上升。这里有远去尘世之意。

[3] 沾：沾湿。濡（rú）：浸湿。王逸注：“遇四海之风波，衣为濡湿。”

[4] 沆瀣（hàng xiè）：北方夜半之气。这里指清和之气。充虚：意思是充空虚，疗饥渴。

[5] 朱鸟：二十八宿中南方七宿（井、鬼、柳、星、张、翼、轸）之总名。《史记·天官书》：“南宫朱鸟。”又称“朱雀”。本星宿名，这里是指神鸟。

[6] 太一：星名，在紫微宫。这里是指神灵。太一神，又作“泰一”，天神中最尊贵者。象舆：象牙装饰的车。

[7] 苍龙：二十八宿中东方七宿（角、亢、氐、房、心、尾、箕）之合称。《史记·天官书》：“东宫苍龙。”又称“青龙”。这里也是指能活动的神龙。蚴虬（yòu qiú）：叠韵联绵词，形容龙行屈曲的样子。骖（cān）：驾车四匹马中左右两边的马。

[8] 白虎：西方七宿（奎、娄、胃、昴、毕、觜、参）之合称。《索隐》引《文耀钩》：“西宫白帝，其精白虎。”骓（fēi）：车驾四马当中的两匹马。上文中“左”“右”互文见义，意为以苍龙为骖，以白虎为骓。此皆奇幻想象之词。

[9] 建：设立。

［10］杳（yǎo）：昏暗。

［11］昆仑之墟：即昆仑之山。墟，大丘。

［12］乐穷极：快乐达到了极点。穷、极，都是终点的意思。

［13］从容：放逸自得。在这里有游戏之意，故王逸注："愿复与神明俱游戏也。"

［14］丹水：水名，在今河南省西南部。楚人最早起于此丹水之阳即丹阳。驰：原作"驼"，古通"驰"。洪兴祖、朱熹俱引一本作"驰"，今据改。

［15］右大夏之遗风：右，通"有"。大夏，夏县，即西汉时的阳夏。相传为夏后太康所筑，故名。故址在今河南省太康县，其地南距郢陈只数十里。楚都迁于陈后，其地近于夏后太康之古城，有上古遗风。这里说从楚人的发祥之地来到了新迁之处。"丹水"句就楚人发祥之地而言，"大夏"句就楚最后之都邑而言。

［16］少原之野：传说中仙人居住的地方。

［17］赤松、王乔：传说中的仙人。

［18］称：赞美。商：古代五音之一，因商声高半音，故曰"清商"。

［19］澹然：恬淡自得的样子。此处用《远游》"澹无为而自得"之意。

［20］众气：和《远游》中的"六气"意思一致，指阴、阳、风、雨、晦、明之气。

［21］后时：犹晚迟，未赶上机会。寄处：寄居之地。

［22］鸱枭（chī xiāo）：即鸱鸮，猫头鹰，比喻恶人。

［23］失水：失去了水生环境。陆居：居于陆地。蛟龙是传说中的水中神兽。

［24］蝼蚁：比喻谗贼小人。裁：即"制"，制裁、欺凌之意。

［25］以上第一段之意已完，末一节 6 句，末句为一段之结尾甚为有力，其下原有"黄鹄之一举兮"6 句 34 字，从句式看应为乱辞的一节，共 6 句，当为篇其末尾一节，今移诗之末。

第一段，因思及自己年老不能为国效力，想象升于太空，登昆仑、涉丹水，寄托了对故乡的思念，由自身经历说明时当乱世。

寿冉冉而日衰兮，	我的年龄渐大一天天走向衰老，
固儃回而不息［1］。	时光在四季的循环中不断流逝。

俗从流而不止兮[2]，	一般庸俗之人随波逐流没有休止，
众枉聚而矫直[3]。	众人勾结起来要正直者改变意志。
或偷合而苟进兮[4]，	有的人苟且迎合追求侥幸重用，
或隐居而深藏。	有的人隐居在深山中避世不出。
苦称量之不审兮[5]，	苦恼的是朝廷的衡量完全不准，
同权概而就衡[6]。	不论贤愚精粗用一个标准处理。
或推移而苟容兮[7]，	有的人与世推移同流合污，
或直言之谔谔[8]。	有的人直言不讳忠谏诤诤。
伤诚是之不察兮，	伤心诚实的人并不被君王所关注，
并纫茅丝以为索[9]。	就像把茅草和丝线混在一起搓绳。
方世俗之幽昏兮，	当下世俗昏暗正是一片混乱，
眩白黑之美恶。	连黑白美丑都不能分辨之时。
放山渊之龟玉兮[10]，	把宝玉灵龟抛弃在山野水泉，
相与贵夫砾石[11]。	却拿碎石互相夸耀称赞无比。
梅伯数谏而至醢兮[12]，	商代的梅伯因多次劝谏遭菹醢之刑，
来革顺志而用国[13]。	佞臣来革会阿谀奉承而把持了朝政。
悲仁人之尽节兮，	可怜有仁爱之心的人力求尽到职责，
反为小人之所贼。	反而遭受小人的陷害而失去了性命。
比干忠谏而剖心兮[14]，	比干忠诚劝谏却被剖心，
箕子被发而佯狂[15]。	箕子为避迫害披发装疯。
水背源而流竭兮[16]，	水背离了源头就会枯竭，
木去根而不长。	树失去根系也无法生存。
非重躯以虑难兮，	我非珍惜自身担心遇害，
惜伤身之无功。	哀痛即使我死去也无作用。

【注】

［1］儃（chán）回：运转。此处指在岁月循环中时光流逝。

［2］俗：世俗之人。从流：原作“流从”，不成词句。此处用《离骚》“固时俗之从流”句意，今据改。

［3］众枉：许多邪曲之人。枉，不正。矫直：把直的弄成曲的。

［4］或：有的人。偷合：苟且迎合。苟进：以不正当手段侥幸得到重用。

［5］称量：测定物的轻重、多少。不审：不准确。审，审慎考察。

［6］同权概：用一样的评价标准。权，秤锤。概，量粟麦时刮平斗斛的器具。就衡：指说成差不多。衡，这里是平衡、相等之义。

［7］推移：随顺国君，委曲相从。苟容：苟且取悦使能相容。

［8］谔谔：直言貌。

［9］并纫：将两缕捻成一股。索：粗绳。茅和丝本不是一类，这里说将二者“并纫为索”，比喻混淆是非。

［10］放：放弃。龟玉：指宝龟与宝玉，比喻国家的重器。

［11］贵：这里是意动用法，以……为贵。砾（lì）石：碎石。

［12］梅伯：殷纣王的大臣，因屡次进谏而被杀。醢（hǎi）：肉酱。这里指商纣时的酷刑，把人剁成肉酱。

［13］来革：殷纣王时期的佞臣恶来，名革，后被周武王所杀。顺志：顺从纣王之意。用国：把持处理国事的大权。

［14］比干：殷纣王诸父，因直谏而被剖心。

［15］箕子：殷纣王诸父，谏而不听，乃披发佯狂为奴，为纣王所囚。佯狂：假装发疯。

［16］水背源而流竭：原作“水背流而源竭”。朱熹《集注》：“疑当作‘背源而流竭’。王逸注云：‘言水横流背其源泉则枯竭。’”何剑熏《楚辞拾沈》、汤炳正等《楚辞今注》之说略同。今据改。“水背源”与下句“木去根”正相对。

第二段仍由自己年岁已大引起，对当时朝政的混乱、坏人当道、贤能者受打击排挤等种种现象予以揭露，说明这些是自己一生真切的感受。

已矣哉[1]！	算了吧！

独不见夫鸾凤之高翔兮，	难道没看到鸾鸟凤凰高高飞翔，
乃集大皇之野[2]。	那是要栖息在天上的空旷星垣。
循四极而回周兮[3]，	顺着四方边极之地而周游观望，
见盛德而后下？	见到有大德之人才肯下落人间。
彼圣人之神德兮[4]，	那圣人有一般人不备的品德，
远浊世而自藏。	远离浑浊的人世而自我潜藏。
使麒麟可得羁而系兮，	假使麒麟可以仅用绳索羁绊，
何以异乎犬羊[5]？	岂不是和犬羊没有什么两样！
黄鹄之一举兮[6]，	鸿鹄向高空飞举，
知山川之纡曲；	便知山河的曲折；
再举兮，	再度飞向那高天，
睹天地之圜方。	就能看到天地的边缘。
临中国之众人兮[7]，	俯视华夏大地的民众，
托回飚乎徜徉[8]。	借着回旋的疾风游览。

【注】

［1］已矣哉：叹词，相当于“算了吧”。

［2］大皇：指天。古也作“大皇”。高诱注：“大皇，天也。”野：此指星宿所当之区域，故与“大皇”连文。

［3］循：巡行。四极：四方极远之地。

［4］神德：非凡的德行。

［5］乎：其义同“于”。原作“虖”，据洪兴祖、朱熹引一本改。

［6］黄鹄：即鸿鹄，“黄”“鸿”双声。这句以黄鹄作比，说明贤者应当站得高、望得远。此下 6 句，原窜至第一段之末，表示周围环境不能容己，将远游之意，当为本段结尾，今移此。

［7］临：临视。中国：上古时代，华夏族建国于黄河流域一带，以为居天下之中，故称中国。

［8］托：依托。回飚（biāo）：回旋而上的疾风。徜徉（cháng yáng）：安闲

自在地步行。

结尾学习屈原《离骚》，以“已矣哉”领起，表现了不向各种丑恶势力低头的决心。

【评析】

《汉书·艺文志》于屈原赋之后即“唐勒赋四篇”。此篇与《远游》，还有银雀山汉墓竹简中新发现的《论义御》，应为其中三篇。《惜誓》之题意，徐仁甫《楚辞别解》说：“《惜誓》篇名不可解，旧说皆不通。据《楚辞》名篇通例，当作‘惜余年’。而作‘惜誓’者，誓借为‘逝’，惜年华如逝水也。仲尼谓‘逝者如斯夫’，阮籍《咏怀》云：‘孔圣临长川，惜逝忽若浮。’正作惜逝。惜逝又有惜死之义。‘惜死’一词见《七谏·自悲》王逸注。”说极精到。汤炳正等《楚辞今注》之说大体同。

《惜誓》正是唐勒“自伤不遇”之作。唐勒同宋玉一样，政治上是不得意的，但二人的思想不同。唐勒任楚太史之职，楚都迁陈之后，靠近山东淮海之地，仙道之风盛行，唐勒的思想带上较突出的仙道家特色，寄理想于虚无，以此逃避现实、摆脱苦恼。唐勒在朝主要为司天文天象之太史职，故篇中将神仙家“左青龙，右白虎，前朱雀，后玄武”的苍龙、白虎、朱鸟也写入，并写到凡人而成仙的赤松、王乔。所表现的思想观念与知识侧重，同《远游》一致。但唐勒并非完全忘却现实，成为“方外”之人。他仍然不能忘记国家的危亡，也时时惦记着故都，希望楚国能恢复昔日的安定与强盛。“念我长生而久仙兮，不如反余之故乡”，正体现了他的主导思想。而其中混杂的道家、神仙方士思想，也反映出楚国迁陈之后思想领域的混乱不堪。

前两段开头分别以“惜余年老而日衰兮”“寿冉冉而日衰兮”开始，似乎是因为年老而日衰，故欲求仙以求长生，而具体抒情中却不忘国家、不忘民生、不忘故国。第一段中说：“念我长生而久仙兮，不如反余之故乡。”而故乡的现实却是：“黄鹄后时而寄处兮，鸱枭群而制之。神龙失水而陆居兮，为蝼蚁之所裁。”故最后说：“况贤者之逢乱世哉！”一句即点出一切悲苦的中心所在。第二段则在开头两句之后具体写当时政治的黑暗与社会的混乱，并且回顾了历史上很多忠贤之士被残杀之事，不仅表现出对当时楚国政治与社会的不满，也是对整个封建专制制度表现出批判。第三段承上两段之意，表示出自己还是真想脱离当时的现实社会。

本诗在诗体形式上除继承骚体诗四句一节的结构之外，每段最后一节为六句。末段开头学《离骚》乱辞，以“已矣哉”领起，句式也有所变化。其风格同《远游》大体一样。

本赋之表现手法颇具想象力，朱熹赞其“实亦瑰异奇伟”(《楚辞集注》)，晁补之《离骚新序》言“《惜誓》弘深，亦类原辞”。《远游》便写得更为汪洋恣肆，不仅思想倾向相通，艺术风格也相近。而其中浪漫夸饰的想象与语言，和《论义御》等也有着共同的特征。

大　招

屈　原

《楚辞章句》中说："《大招》者，屈原之所作也。"这是汉代人的普遍看法。下面说："或曰景差，疑不能明也。"这只是说当时有这个说法。所以其具体介绍还是从屈原生平方面来论述的。北宋晁补之《重编楚辞》谓"《大招》古奥，非原莫能作"。南宋朱熹《楚辞集注》说："其谓原作者，则曰词义高古，非原莫及；其不谓然者，则曰《汉志》定著原赋之二十五篇，今自《骚经》以至《渔父》，已充其目矣。其谓景差则绝无左验。"但实际上，按《楚辞章句》的编排次序，前二十五篇中《九辩》《惜往日》《悲回风》《远游》四篇非屈原之作，则《大招》之前，尚只23篇，算上《招魂》《大招》刚好25篇。明黄文焕《楚辞听直》、清林云铭《楚辞灯》、蒋骥《楚辞余论》皆以《大招》《招魂》为屈原之作，并提出是招国君之魂的。《大招》后半是写楚王宫中景象，前人所谓景瑳"悼屈"之说，都是不对的。当时楚国已临近亡国之时，与诗后半所写兴盛景象完全沾不上边。则《大招》为屈原所作无疑。

与《招魂》比，《大招》形式上较原始，无序辞、乱辞，语助词用"只"，与《诗经·鄘风·柏舟》"母也天只，不谅人只"相同，应是屈原早期之作。根据作品内容，联系屈原生平来看，当是楚威王死时所作。[①]本篇最后一部分写楚国的强大、政治的清明及诗人对

① 参赵逵夫《屈原的冠礼与早期的任职》，见《屈原与他的时代》，人民文学出版社2022年版，第110—129页。

于进一步改革政治的理想，这只有作于楚威王末年才说得过去。

本篇收集得较迟，存在窜简问题，在所难免。其中个别地方不押韵，或相关文字间插进了别的内容形成不连贯，本书也作了适当调整。

青春受谢[1]，	春日承接着冬季而到来，
白日昭只[2]。	阳光逐渐变得温暖灿烂。
春气奋发，	春天阳气上升大地回暖，
万物遽只[3]。	万物萌动一片生机盎然。
冥凌浃行[4]，	黑夜中未化的冰凌满路，
魂无逃只。	灵魂呀你不要逃离家园。
魂乎归徕[5]！	灵魂呀，你回来！
无远遥只。	千万不要走得太远。
魂乎无东[6]！	灵魂呀，不要到东面去！
东有大海，	东面有大海，
溺水漖漖只[7]。	淹没一切的溺水到处乱冲。
螭龙并流[8]，	有角和无角龙在里面游动，
上下悠悠只。	忽上忽下弯弯曲曲地翻腾。
雾雨淫淫[9]，	那里大雨不断雾气蒙蒙，
白皓胶只[10]。	白茫茫的一片上下不分。
魂乎无东！	灵魂呀，不要到东方去！
旸谷寂寥只[11]。	旸谷那里不见人寂静无声。
魂乎无南！	灵魂呀，不要到南方去！
南有炎火千里，	南方天气炎热如在火中。
蝮蛇蜒只[12]。	蝮蛇弯弯曲曲满地都是。
山陵险隘[13]，	山陵处道路险隘而难行，
虎豹蜿只[14]。	虎豹盘旋没有安全之地。
鰅鳙短狐[15]，	有牛一样大的怪鱼和含沙射影的鬼蜮，
王虺骞只[16]。	还有巨大的蟒蛇伸起头来向周围环视。

魂乎无南！　　　　灵魂呀，不要到南方去！
蜮伤身只[17]。　　　　鬼蜮之类会伤害到你。

魂乎无西！　　　　灵魂呀，不要到西方去！
西有流沙[18]，　　　　西方是随风流动的沙漠，
漭洋洋只[19]。　　　　看起来真是无边又无际。
豕首纵目[20]，　　　　猪头怪物有竖着的三眼，
被发鬤只[21]。　　　　披着的头发会一下竖起。
长爪锯牙[22]，　　　　长长的爪子和锋利锯齿，
诶笑狂只[23]。　　　　捉住人就发疯似的怪叫。
魂乎无西！　　　　灵魂呀，不要到西方去！
多害伤只。　　　　那里有很多怪兽会伤害你。

魂乎无北！　　　　灵魂呀，不要到北方去！
北有寒山，　　　　北面高高的寒山其冷无比，
逴龙赩只[24]。　　　　一身赤红的烛龙散发冷气。
代水不可涉[25]，　　　　宽阔无边的代河难以渡过，
深不可测只。　　　　河水深深不可测量其河底。
天白颢颢[26]，　　　　天上飘着大雪白茫茫一片，
寒凝凝只。　　　　寒气冻结真的是冰天雪地。
魂乎无往！　　　　灵魂呀，你不要去！
盈北极只。　　　　那严寒充满了极北之地。

【注】

[1] 受：承接。谢：序。顾炎武《日知咏》卷二十七："谓四时之序，终则有始，而春受之耳。"

[2] 昭：明亮。只：语助词，如《诗经·邶风·燕燕》"仲氏任只"，《鄘风·柏舟》"母也天只，不谅人只"。

[3] 遽（jù）：仓促，很快。

[4] 冥凌浃行（jiá háng）：黑夜中冰凌满路。冥，幽暗。凌，冰凌。浃，冰

连为一片。行：道路。《诗经·卷耳》："嗟我怀人，置彼周行。"

［5］徕：同"来"。下同。魂乎：原作"魂魄"。然而精气为魂而形体为魄（如说"气魄"），招魂令其附魄，故不当曰"招魂魄"。据闻一多说改。第二段"魂兮归来，闲以静只"同。

［6］魂乎无东：原作"魂乎归徕，无东无西，无南无北只"。与后面关于西面、南面、北面各节不一致，闻一多认为是后人据王逸注中总括之语而加。今据改。

［7］溺水：易于沉没物体，故叫"溺水"。漖（yóu）漖：水流湍急的样子。

［8］螭（chī）龙：传说中无角为螭，有角为龙。并流：在水流中并游。"游""流"二字古通用。

［9］淫淫：过多，这里指久雨不止。

［10］白皓：白茫茫。胶：连接成一片。

［11］旸（yáng）谷：参《天问》"出自旸谷"、《远游》"朝濯发于旸谷兮"注。寂寥：寂静孤独。原无"廖"字，与上不合韵。洪兴祖引一本下有，朱熹本有"寥"，今增之。

［12］蝮（fù）蛇：一种大毒蛇，头呈三角形，体色灰褐有斑纹。蜒：蜿蜒。

［13］陵：原作"林"。洪兴祖、朱熹俱引一本作"陵"。林不会有险隘问题。据闻一多说改。

［14］蜿：虎豹盘旋的样子。

［15］鰅鳙（yú yōng）：传说中的怪异之鱼。即《山海经·东山经》"鳙鳙之鱼"。"鰅""鳙"二字音近。短狐：即鬼蜮，能含沙射影以伤人。

［16］王：大。虺（huǐ）：毒蛇。骞（qiān）：昂首。

［17］蜮：即上文之"短狐"。身：原作"躬"，与上不谐韵，应是"身"字之误。"身"属上古真部，与上寒部合韵。今据江有诰《音学十书·楚辞韵读》说改。

［18］有：原作"方"，据闻一多说改。流沙：沙子随风而移动，故称流沙。

［19］漭（mǎng）洋洋：浩瀚无涯貌。

［20］豕首：头似猪。纵目：是说还有一只竖着的眼睛，即三目。这是由传说中氐人的祖先神而来。①

① 参赵逵夫《三目神与氐族渊源》，《文史知识》1997年第6期，第33—39页。

[21] 被：通“披”。鬤（ráng）：头发竖起。《史记·赵世家》“以乐乘为武襄君”，张守节《正义》：“襄，举也。”“举”与“上”之义同。

[22] 锯牙：牙齿如锯。锯，原作“踞”，朱熹注：“疑当作锯”，今据改。

[23] 诶（xī）：通“嬉”。

[24] 逴（chuō）龙：神话中的“烛龙”，其目睁为昼，闭为夜。赩（xì）：赤色。

[25] 代水：古水名，在代国，当今河北蔚县。

[26] 天白：冰雪连天而白。颢（hào）颢：冰雪洁白的样子。

第一部分在开头之后，主要写四方极远之地的险恶可怕，目的是让所失之魂不要到四方远处去。

魂乎归徕！	灵魂呀，你回来！
闲以静只[1]。	回来才能够安闲清静。
自恣荆楚[2]，	在楚国可以随心随意，
安以定只。	生活安宁又舒坦平稳。
逞志究欲[3]，	达成愿望又满足喜好，
心意安只。	真正感到心意的安定。
穷身永乐[4]，	一辈子无忧无虑，
年寿延只。	自然会延年益寿。
魂乎归徕！	灵魂呀，你回来！
乐不可言只。	回来后快乐无穷尽。
五谷六仞[5]，	现在五谷粮食堆积如山，
设菰粱只[6]。	顿顿摆着喷香的菰米饭。
鼎臑盈望[7]，	满眼是煮着牛羊肉的餐鼎，
和致芳只[8]。	适合的调料让其香气四散。
内鸧鸽鹄[9]，	肥肥的鸧鹒鹁鸽和天鹅肉，
味豺羹只[10]。	用豺肉炖的美羹味道新鲜。
魂乎归徕！	灵魂呀，你回来！
恣所尝只[11]。	任你尽情享受这些美餐。

鲜蠵甘鸡[12]，	新鲜的海龟肉配鲜美的鸡肉，
和楚酪只。	再加上楚地的奶酪一起品尝。
醢豚苦狗[13]，	用酱拌猪肉用苦茶包着狗肉，
脍苴蓴只[14]。	加上蘘荷使其变得更为芳香。
吴酸蒿蒌[15]，	吴地的酸汤中有香蒿和蒌蒿，
不沾薄只[16]。	那味道不浓不淡又不同寻常。
魂乎归徕！	灵魂呀，你回来！
恣所择只。	任你挑选种种美味加以品尝。
炙鸹蒸凫[17]，	烧烤的灰鹤火蒸的野鸭，
煔鹑陈只[18]。	烫过的鹌鹑肉摆在席上。
煎鰿臛雀[19]，	油煎的鲫鱼和黄雀羹汤，
遽爽存只[20]。	无法形容的美味口中留香。
魂乎归徕！	灵魂呀，你回来！
丽以先只[21]。	陈列出这些来请你先尝。
四酎并熟[22]，	经过四酿的美酒味道醇厚，
不涩嗌只[23]。	喝起来爽口绝对不会噎呛。
清馨冻饮[24]，	气味清香芳冽正适合冷饮，
不歠役只[25]。	无论喝多少也不会被喝光。
吴醴白蘖[26]，	吴地白酒曲酿成的甜米酒，
和楚沥只[27]。	加上楚地的清沥酒细品尝。
魂乎归徕！	灵魂呀，你回来！
不遽惕只[28]。	回来后才不会有什么惊慌。

【注】

[1] 闲以静：安闲而清静。以，而。下“安以定”用法同。

[2] 恣：随意。荆楚：楚国。楚又称为“荆”。

[3] 逞志：称心快意。究欲：尽其所欲。

[4] 穷身：终身。

［5］六仞：形容谷物堆积之高。仞，长度单位，古八尺为一仞。

［6］设：供设。菰（gū）粱：菰米，俗称茭白，其实如米，可以做饭。

［7］臑（nào）：牛羊等动物腿部。为味之美者，常用以祭祀及供尊贵者。盈望：犹满眼，即“望之满案”。

［8］和：调和。致芳：使其芳香。

［9］肭（nà）：肥。原作“内”，洪兴祖、朱熹均引一本作“肭”，今据改。鸧（cāng）：鸟名，又名鸧鸹（guā）。鹄（hú）：天鹅。

［10］味豺羹：谓将豺肉加入羹汤，以调和其味。羹，用肉、菜等做的汤。

［11］恣：放纵，毫不拘束。尝：体验。

［12］鲜：鲜美。蠵（xī）：一种大龟，此指龟肉。甘鸡：肥美之鸡。

［13］醢（hǎi）：肉酱。豚：小猪。苦狗：以苦茶叶包狗肉而制成。

［14］脍（kuài）：细切的肉，这里意为细切。苴蓴（jū pò）：即蘘荷，姜科植物，根似姜芽，可为香料，亦可作蔬菜。

［15］吴酸：吴地人的酸味，古以吴地人擅调酸味。蒿：香蒿，艾类植物，嫩时可食。蒌（lóu）：蒌蒿，生于水中，香脆可食。

［16］不沾薄：不浓不淡。沾，汁浓。薄，味淡。

［17］炙：烤。鸹（guā）：鸟名，又名鸧鸹、麋鸹。蒸：原作“烝”，通“蒸”。凫：野鸭。

［18］煔（qián）：用沸汤煮烫。鹑（chún）：鹌鹑。陈：陈上。原作“敶”，通“陈”，今改作“陈”。

［19］鲭（jì）：鲫鱼。臛（huò）：通“臛（huò）”，肉羹。这里指做成肉羹。雀：黄雀。

［20］遽（jù）爽存：美味常存留于口。遽，通“剧”，强烈，这里引申为“极其”。存，在，这里指长留于口。

［21］丽：古通“离”，陈列之义。

［22］四酎（zhòu）：经过四次酿制的醇酒。酎，醇酒。并孰：每次都酿熟。熟：原作“孰”，通“熟”。

［23］不涩（sè）嚎（yì）：指酒不会因苦涩而呛窒咽喉。嚎，原作“嗌”，汤炳正《今注》：“嗌，同‘嚎’，窒喉。”其说是，今据改。

［24］清馨：清香。冻饮：冰冻后的酒。

[25] 不歠（chuò）役：常用不缺，言其多。歠，通“辍”，停止。役：使用。

[26] 吴醴（lǐ）：吴地酿制的甜酒。白蘖（niè）：白色的酒曲。

[27] 和楚沥：配上楚地的清酒来喝。沥：清酒。

[28] 不遽惕（tì）：指不必惶恐畏惧。遽，惶恐。惕，惊惧、不安。

第二部分主要写宫中精致多样的美食与珍贵美酒，以吸引君王之魂回来。

代秦郑卫[1]，	奏起代、秦、郑、卫等北方之乐，
鸣竽张只[2]。	竽管之类的乐器演奏声音响亮。
伏戏《驾辩》[3]，	有伏羲时传下来的《驾辩》之曲，
楚《劳商》只。	也有楚人的传统曲调《劳商》。
讴和《扬阿》[4]，	众人齐声唱和着《扬阿》之歌，
赵箫倡只[5]。	赵国的美妙箫乐作为前奏乐章。
二八接舞[6]，	十六个舞女分成两队接替而舞，
投诗赋只[7]。	合着唱诵诗赋的节拍舞姿飞扬。
魂乎归徕！	灵魂呀，你回来！
定空桑只[8]。	等你来调定宫中的古瑟空桑。

叩钟调磬，	敲起铜钟调和石磬的清脆声，
娱人乱只[9]。	最动人心魄的是乐曲的尾声。
四上竞气[10]，	四个环节都是前后竞争比赛，
极声变只[11]。	乐曲的抑扬变化美到了极致。
魂乎归徕！	灵魂呀，你回来！
听歌撰只[12]。	来听听宫中的歌唱和吟诵声。

朱唇皓齿，	红红的嘴唇白白的牙齿，
嫭以姱只[13]。	婀娜多姿又都相貌秀丽。
比德好闲[14]，	既贤淑好德又性情文静，
习以都只[15]。	姿态动人又熟习风尚礼仪。

丰肉微骨[16]，	体态丰满骨骼那样纤秀，
调以娱只[17]。	性情和顺叫人舒心惬意。
魂乎归徕！	灵魂呀，你回来！
安以舒只。	回来真是既安乐又舒适。
嫮目宜笑[18]，	好看的眼睛总是含着笑意，
娥眉曼只。	两道弯弯的秀眉又长又细。
容则秀雅，	容貌秀美举止又显得文雅，
稚朱颜只[19]。	娇嫩的脸蛋透红不用脂粉。
魂乎归徕！	灵魂呀，你回来！
静以安只。	回来既宁静又十分安逸。
姱修婉心[20]，	亭亭玉立的美女温婉又善良，
丽以佳只。	面容那样姣好又有良好素养。
曾颊倚耳[21]，	面颊丰满两耳自然向后贴合，
曲眉规只[22]。	眉毛弯弯得像圆规画成一样。
滂心绰态[23]，	情感丰富充沛姿态绰约动人，
姣丽施只[24]。	姣好美丽又显得自然大方。
小腰秀颈[25]，	纤细的腰肢配着修长脖颈，
若鲜卑只。	就像紧束细腰的鲜卑姑娘。
魂乎归徕！	灵魂呀，你回来！
怨思移只[26]。	可以让你把烦怨忧思忘光。
易中利心[27]，	内心那样平和又聪明伶俐，
以动作只。	行为举止表现出好的性情。
粉白黛黑[28]，	粉一样白的面庞用黛描眉，
施芳泽只。	搽上膏脂光彩又香气喷喷。
长袂拂面，	舞蹈时长长袖子拂过脸面，
善留客只。	观看的客人都不舍得离开。
魂乎归徕！	灵魂呀，你回来！

以娱夕只[29]。	在这里你可以终夜欢心。

青色直眉[30]，	青黑色的眉毛不用再描画，
美目媔只[31]。	好看的眼睛真是顾盼传情。
靥辅奇牙[32]，	带酒窝的脸蛋齐整的牙齿，
宜笑嗎只[33]。	顾盼一笑真的是让人心动。
丰肉微骨，	身体丰满又那样窈窕可爱，
体便娟只[34]。	那体态真是又灵动又轻盈。
魂乎归徕！	灵魂呀，你回来！
恣所便只。	这里你随心所欲怎样都成。

【注】

［1］代秦郑卫：四个春秋战国时国名。代国在今河北蔚县东北，战国初为赵国所灭。郑国在今河南偏北的中部，公元前375年为韩国所灭。卫国在今河南省东部，为秦所灭。代、郑、卫在中原之地，为东西南北交通之地，商业繁荣，乐舞自然也发展快。秦在西部，音乐多高亢之音。

［2］竽：乐器名。张：乐器开始演奏。

［3］伏戏：即伏羲。《驾辩》：传为伏羲所创之乐曲。

［4］讴：齐歌。和：以歌诗彼此相应。《扬阿》：歌曲名，即《招魂》中所说"发《阳荷》些"的"阳荷"之曲。

［5］赵箫：赵地之箫。倡：同"唱"，此处指为歌配乐。

［6］二八：二列，一列八人，共十六人。此指两队美女轮流舞蹈。

［7］投：投合、配合。

［8］定：定音调弦。空桑：瑟名。

［9］娱人：使人欢娱。乱：乐曲的尾声，各乐器并奏，情绪达到高潮，故曰"乱"。

［10］四上：演奏的四个环节依次而进。竞气：比赛中一个比一个努力要强。

［11］极声变：穷尽音乐的各种变化。

［12］歌撰：指歌唱与诵赋。撰，陈述。原作"譔"，今改为"撰"。

［13］嫭（hù）：美丽。以：而。下几处用法同。姱（kuā）：美好。

［14］比德：均有品德。好闲：喜爱娴静。

［15］习：熟习礼节。都：美好时尚，风姿优雅。“都”本京都之义。都人，京都之人，后用以指美丽、时尚、大方的女人。

［16］丰肉：体态丰满。微骨：骨骼纤秀。

［17］调以娱：容态和顺而善于娱人。调，和顺。

［18］嫮（hù）目：美目。宜笑：善笑，指笑得自然而动人。

［19］稚朱颜：脸色红润娇嫩。稚，鲜嫩。

［20］姱修：美丽修长。婉心：王逸注：“性婉顺而善心肠。”原作“滂浩”，洪兴祖引一本作“婉心”。据王逸注当作“婉心”。今据改。

［21］曾颊：面颊丰满，有双下巴。曾，通“层”。倚耳：耳向后贴（不是向两旁伸开的“张风耳”）。

［22］曲眉规：眉毛弯如半圆。规，本指画圆的工具，这里指眉呈半圆形。

［23］滂心：情感丰富。绰态：绰约姿态。

［24］姣丽：美丽。施：施展，展示。

［25］小腰：细腰，北方人认为楚国有爱细腰的传统（南方天热，人多清瘦）。秀颈：脖子修长。

［26］怨思移：指可使人忘却烦怨忧思。移，去除。怨思，原作“思怨”，王逸注：“去怨思也。”则古本作“怨思”。据闻一多说改。

［27］易中：内心平易。利心：心思巧慧。

［28］黛：青黑色颜料，这里指用黛画眉。

［29］娱夕：终夜娱乐。夕，夜。原作“昔”，通“夕”，洪兴祖、朱熹均引一本作“夕”，今据改。

［30］青色：青黑色眉毛。直眉：和好眉毛的颜色一致。直，古通“值”。

［31］緬（mián）：眼波流荡、顾盼生辉的样子。

［32］靥（yè）辅：长有酒窝的脸颊。奇牙：牙齿美好。

［33］嗎（xiān）：笑容姣好的样子。

［34］便（pián）娟：轻盈美丽。

第三部分写宫中丰富的歌舞表演和美丽动人的演唱者，以吸引君王之魂回来。

夏屋广大[1]，
沙堂秀只[2]。
南房小坛[3]，
观绝霤只[4]。
琼毂错衡[5]，
英华假只[6]。
芷兰桂树，
郁弥路只[7]。
魂乎归徕！
恣志处只[8]。

高高的宫室里面很是宽大，
朱砂描绘的装饰十分秀美。
南房前有可以乘凉的平台，
楼观檐下有木槽可以承水。
美玉饰车毂金玉镶嵌扶手，
车上雕刻的花朵又大又美。
白芷兰草丛中长着桂花树，
大路小道到处洋溢着香味。
灵魂呀，你回来！
你可以尽情欣赏尽心体会。

曲屋步壛[9]，
宜扰畜只[10]。
腾驾步游[11]，
猎春囿只[12]。
孔雀盈园，
畜鸾皇只[13]。
鹍鹤群晨[14]，
杂鹙鸧只[15]。
鸿鹄代游[16]，
曼鹔鹴只[17]。
魂乎归徕！
凤皇翔只。

周围有曲折的小厅和长廊，
便于驯养宠物鹰犬和鹅鸭。
宫苑中可以驱车也可漫步，
春天可以在苑囿打猎玩耍。
园中各处都有开屏的孔雀。
也是鸾鸟凤凰的常住之家。
鹍鸡和仙鹤每天早上鸣叫，
有时也会见到秃鹫和鸧鸹。
常有天鹅这边飞起那边落下，
不断有绿色的鹔鹴冲向天涯。
灵魂呀，你回来！
看看鸟中之王凤凰的飞翔吧。

曼泽怡面[18]，
血气盛只。
永宜厥身，
保寿命只。
室家盈廷[19]，
爵禄盛只。

你有细腻皮肤与和悦面色，
血气方刚精力也十分旺盛。
一直保持有益的生活方式，
就一定能够延长你的寿命。
同族的能人站满整个朝堂，
爵位和俸禄也都相当丰盛。

魂乎归徕！　　　　　　灵魂呀，你回来！
居室定只。　　　　　　只有居于宫室最为安定。

【注】

［1］夏屋：高大的房屋。夏，通“厦”。

［2］沙堂：用朱砂粉饰的厅堂。秀：美好，秀丽。

［3］房：堂屋左右之侧室。坛：房前平台。

［4］观：楼观。绝霤（liù）：在屋檐边安置水槽以承接滴水，以免檐前溅水和滴在人身上。霤，檐下之滴水。

［5］毂（gǔ）：车轮中心穿轴承辐的部分。错衡：用金玉镶嵌车辕前的横木。

［6］英华：花。指车驾之美如花。嘏（gǔ）：大。原作“假”，通“嘏”，洪兴祖、朱熹皆引一本作“嘏”。今为便于理解与诵读，改作“嘏”。

［7］郁：茂盛。弥路：满路。

［8］恣志处：随意择其所处。处，原作“虑”，洪兴祖、朱熹俱引一本作“处”，形近致误，今据改。

［9］曲屋：主屋四周的房子。步壛（yán）：长廊。

［10］扰畜：巡抚牲畜。扰，王夫之《楚辞通释》：“读如饶，驯也。”

［11］腾驾：驱车奔驰。步游：徒步漫游。

［12］猎春囿（yòu）：春日在苑囿打猎。囿，畜养禽兽的园林。

［13］鸾皇：鸾鸟与凤凰。

［14］鹍（kūn）：鹍鸡。鹤：白鹤。鹤，原作鸿，与下文重复，据闻一多说改。群晨：在清晨定时鸣叫。

［15］鹙（qiū）：秃鹫。鸧（cāng）：鸟名，一名鸧鸹（guā）。

［16］鸿鹄（hú）：大天鹅。代游：此起彼落地飞翔。代，更替。

［17］曼：连接不断。鹔鹴（sù shuāng）：鸟名，长颈绿身，形似雁。

［18］曼泽：皮肤细腻润泽。怡面：面色和悦。

［19］室家：同一宗族者。盈廷：满朝廷。

第四部分写宫廷建筑与苑囿之美，以吸引君王之魂回来。

接径千里，	国内的道路纵横绵延千里，
出若云只。	大王出行时前后簇拥如云。
三圭重侯[1]，	有执桓圭、信圭、躬圭的王侯，
听类神只[2]。	听讼和断事都明察如神。
察笃夭隐[3]，	访查民间死亡病痛之苦，
孤寡存只[4]。	孤寡之人得以养老安身。
魂乎归徕！	灵魂呀，你回来！
正始昆只[5]。	你来才能掌好施政的先后。
田邑千畛[6]，	楚国的田野辽阔千里，
人阜昌只。	各处都人口昌盛繁密。
美冒众流[7]，	君王的美政遍及四方百姓，
德泽章只[8]。	真正是仁德明布恩泽广施。
先威后文，	以武力定国又以文德抚民，
善美明只。	君王的德政美善又有条理。
魂乎归徕！	灵魂呀，你归来！
赏罚当只。	朝中赏罚得当不再有瑕疵。
名声若日，	你的名声像太阳影响广泛，
照四海只。	照得四海之地都一片明亮。
德誉配天，	你的德行可与老天爷相比，
万民理只。	将万民的生活都料理得当。
北至幽陵[9]，	名声北面传至幽州之地，
南交阯只[10]。	南面直到叫交趾的地方。
西薄羊肠[11]，	西面达羊肠小路的陇山，
东穷海只[12]。	东面一直能到大海汪洋。
魂乎归徕！	灵魂呀，你回来！
尚贤士只[13]。	来崇尚贤能之士振兴朝纲。
发政献行[14]，	发布政令让百官来致力行事，

原文	译文
禁暴苛只[15]。	禁止苛政暴行对百姓的伤害。
举杰压陛[16]，	提拔英杰能人站满殿前台阶，
诛讥罢只[17]。	黜退总诋毁他人的平庸之才。
直赢在位[18]，	正直的能人居于紧要的职位，
近禹麾只[19]。	如同伺立在明君大禹的身边。
豪杰执政，	由豪杰之士管理国家的大事，
流泽施只[20]。	向老百姓施行着君王的恩泽。
魂乎归徕[21]，	灵魂呀，你回来！
国家为只。	你来治理国家兴利又除害。
雄雄赫赫，	国家军力强大声名显赫，
天德明只。	君王的德行光明而辉煌。
三公穆穆[22]，	朝中的三公都恭敬端庄，
登玉堂只[23]。	有序地来往于朝堂之上。
诸侯毕极[24]，	受封诸侯全部应命而到，
立九卿只[25]。	朝中立有多位重要长官。
昭质既设[26]，	进行射礼的箭靶已摆好，
大侯张只[27]。	君王大射的箭靶也安放。
执弓挟矢，	大家手执雕弓与利箭，
揖辞让只[28]。	彬彬有礼地互相揖让。
魂乎归徕！	灵魂呀，你回来！
尚三王只[29]。	崇尚三王的业绩大加发扬。

【注】

［1］三圭：指公、侯、伯三爵。圭是古代帝王、诸侯朝会时所执的礼器，公执桓圭，侯执信圭，伯执躬圭。重侯：尊贵的王侯。公、侯、伯三爵等级高于子、男，故云。

［2］听：听讼。类神：明察如神。

［3］察：察访。笃：厚待。夭隐：死亡病痛。

［4］存：存恤救济。

［5］正：定。始昆：施政之先后。昆，后。

［6］田邑：田野和都邑。畛（zhěn）：田间小路。

［7］冒：覆盖。众流：各族各类人。楚人居于江汉地区，其南、其西、其东均有些少数民族部族。屈原一直主张先统一南方，作为统一全国的基础。

［8］章：通“彰”，显著，明显。

［9］幽陵：幽州，古九州之一，在今河北、辽宁一带。

［10］交阯：又作“交趾”，泛指今五岭以南地区。

［11］薄：至，迫近。羊肠：山名，今山西太原，南北朝以前陇山有以“羊肠”为名的山路。

［12］穷海：极于海滨。穷，穷尽、穷极。

［13］尚：通“上”。尊崇、举用。

［14］发政：发布政令。献行：进用有仁德之行者。献，进。

［15］禁暴苛：止暴苛之政。暴苛，原作“苛暴”，与下“罢”“麾”“施”不合韵。“苛”字合韵。今据闻一多说改正。

［16］举杰：举用俊杰之士。陛：殿堂台阶，此指朝廷。

［17］诛：责退，惩罚。讥：指只会恶言讽讥他人者。罢（pí）：通“疲”，指无能之人。

［18］直赢：正直之士。赢，直。

［19］近禹麾：接近大禹的麾下，这里指立于英明的君王身边。

［20］流泽：朝廷的恩泽。施：施行。

［21］归徕：原作“徕归”，与上下同一位置句子不合。朱熹本作“归徕”，据闻一多说改。

［22］三公：古时辅佐天子的三位职位最高的官员，周代以太师、太傅、太保为三公。穆穆：庄严、和美的样子。

［23］登玉堂：原作“登降堂”，联系下文“三公穆穆”“诸侯毕极”二句看，当作“登玉堂”。宋玉《风赋》：“北上玉堂，跻于罗帷……乃得为大王之风也。”《韩非子·守道》：“人主甘服于玉堂之中。”今据闻一多说改。

［24］诸侯：指楚王之外的诸封君。毕极：全部到来朝见。极，至。

［25］立：设立。九卿：古时中央政府的九个官职。

［26］昭质：白色的箭靶。质：古时举行射礼时的箭靶。

［27］大侯：天子大射时张设箭靶所用的兽皮或布，《仪礼·乡射礼》："凡侯：天子熊侯，白质。"

［28］揖辞让：古代行射礼，发射前相互辞让。揖，拱手行礼。

［29］尚：尊崇、效法。三王：楚三王，即《离骚》"昔三后之纯粹兮"之"三后"，指西周末年楚君熊渠所封的句亶王、鄂王、越章王。旧说为夏禹、商汤、周文王，似不妥。

第五部分说君王身体尚好，回来后可以一直保养好身体，统一中华大地。"万民理""尚贤士""孤寡存""德泽章""善光明""赏罚当""禁苛暴""举杰压陛""直嬴在位"，既表现出诗人当时对楚国发展前景的积极展望，也流露出诗人对楚国政治改革的设想。

【评析】

《大招》是屈原早期的作品。与《招魂》相比，《大招》的形式更为原始而较少创造，语言也质朴古奥，孙鑛说："光艳不如《小招》（按：指《招魂》），而骨力过之。"（《七十二家评注楚辞》引）所谓"骨力过之"，即诗中所表现的思想充满了信心，表现得自豪而有力。它是屈原早期招楚威王魂之作，时在公元前329年，比怀王之死（前296）早33年，当时楚国的形势比楚怀王末年和顷襄王时要好得多。篇题之所以名为"大招"，主要是与《招魂》区别之故：汉代刘向编定的《楚辞》书中，《大招》在《招魂》之后，而先秦时期区分相同篇目，位置在前者往往加"小"或不加，在后者则加"大"以别之；如《诗经》中先列《小雅》，再列《大雅》，"雅诗"中先有《小明》，再有《大明》；先有《甫田》，再有《大田》。春秋以前行文中也是言"小大"，而不言"大小"。如《尚书》："殷罔不小大，好草窃奸宄。"（《微子》）"越小大邦用丧""聪听祖考之遗训，越小大德。"（《酒诰》）"至于小大，无时或怨。"（《无逸》）《尚书》中这样的例子有十多处，其他如《逸周书》《论语》《国语》《左传》中也皆如此。因上古时人论事是由小到大言之，这同事物发展本身都是由小到大有关，所以常言"小大"。加之《大招》收集得比较迟，列于《招魂》之后，自然名《大招》。

本篇在开头当春季之时招魂而由春季作为小引，这自同楚威王去世的时间有关。楚威王应卒于公元前 329 年春，而作者笔下则表现出一种“春气奋发”、万物兴盛的气象。这一方面同楚国当时的形势有关，另一方面也同诗人正处于青年时代有关（屈原当时虚岁二十五）。

本篇主体部分先是按招魂辞的固定格式陈述四方之险恶，一定程度上也反映古人对四方之地的认识，如“东有大海”“南有炎火”“西有流沙”“北有寒山”，但也带有民间传说以及神话的成分，如东方的“螭龙并流”，南方的“鰅鳙并流”，西方的“豕首纵目”等。反映出战国以前楚地民间对四方的认识或夸张性叙述，从民俗角度看也有一定意义。篇中写这些，是为了呼唤“魂乎归来”。次则铺陈楚国宫廷的饮食佚乐；最后夸饰楚国之地域辽阔、人民富庶、政治清明。最后一部分既表现了诗人的美政思想与改革政治任用贤才的观念，也表现出突出的中华一统观念，希望地域广大的楚国能统一华夏。诗人首先展望了中华广阔的国土，北至何处，南至何处，西至何处，东至何处，然后提出“尚贤士”，即《离骚》中说的“举贤授能”，打破由贵族一代一代世袭的传统制度政治改革目标，说到执政中的“德泽章”“赏罚当”“禁苛暴”。作者年轻时流露出的美政思想，《离骚》中回顾青年时的政治理想，正与此一致。篇末“魂乎归来，尚三王只”，同《离骚》中步武前王、称述“三后”，《抽思》中“望三王（“王”原误作“五”）以为像”的情形一样，都反映出屈原作为楚三王的后代，追念楚国最强盛的时代，既要尊称国君先祖，又要光耀自己始祖的心情。前人评价其“文甚平淡，意甚深微”（屈复《楚辞新注》），“昭昭大节，与日月争光”（陈本礼《屈辞精义》），“于此可以见原志意之远，学术之醇，迥非管、韩、孙、吴及苏、张、庄、惠游谈杂霸之士之所能及”（蒋骥《山带阁注楚辞》）。

本篇全用“□□□□，□□□只”的句式，由两个分句组成一个完整的句子。从这个角度说，大部分仍为四句一节。只有开头一节多为五句一节，显示出不变中的有规律的变化。因为《大招》《招魂》不完全是抒情，也有仪式的目的性，要大体上遵照传统的招魂辞来写，故稍显变化，以克服呆板。其中个别小节句子与全篇情形不同，应是窜乱所致，

总体来看，本篇已反映出作者的创作天才，全篇铺排夸饰，讲究辞藻；各层次并列组成，已具有《文心雕龙·诠赋》所说“铺采摛文，体物写志”，“写物图貌，蔚似雕画”的特征，对汉大赋的结构模式有着深远的影响。

渔　父

屈　原

《楚辞章句》云:“《渔父》者，屈原之所作也。”明代以来有些学者怀疑非屈原之作。所提出理由主要是文章开头称“屈原既放”。《史记·屈原列传》开头言“屈原者，名平”，古人自称是称名不称字的，因此断定非屈作。其实是《史记》文字在流传中形成讹误。《史记》人物传均首列其名，再言列其字。如《仲尼弟子列传》关于孔子弟子七十余人小传文字；又《昭明文选》于各篇作者均列其表字，而于《离骚》等屈原之作是署“屈平”，可见屈平为屈原的表字，《屈原列传》中文字在南北朝之时尚无误。所以，由这一点而否定屈原的著作权，不能成立。另外有学者认为其中有道家思想，依据便是渔父说的“圣人不凝滞于物”以下几句。此说是孤立地就某些字句而发议论。不论其中屈原的态度究竟是什么，恰恰反映了一些人对诗人的不理解，表现了诗人的孤独与悲哀。郭沫若《屈原赋今译》在《卜居》注中说:“原文以‘移’‘波’‘醨’‘为’为韵，尚是先秦古韵。”王力《汉语诗律学·导言》第一部分也说:“这种古韵绝不是汉以后的人所能伪造的。”《渔父》为屈原作品无疑。从开头渔父见而问之曰:“子非三闾大夫欤?”可知是写初到汉北不久的感受，当作于怀王二十四年（公元前305）夏。

屈原既放，游于江潭[1]，	屈原被放逐后，游于汉北的江潭，
行吟泽畔[2]。	在水潭边一边走一边长叹。
颜色憔悴，形容枯槁[3]。	面色憔悴，形体消瘦。
渔父见而问之曰：	一位渔翁碰到他，问他说：
“子非三闾大夫欤[4]？	“您不是三闾大夫吗？
何故至于斯？”	怎么到了这里？”

【注】

［1］既放：已经被放逐。游：游荡。江潭：指汉江边聚水而成湖泊。《抽思》：“长濑湍流，泝江潭兮。”指游于汉江边沼泽之地。王夫之《楚辞通释》：“南人通谓大水曰江。”前人因“江潭”之称而以《渔父》作于被放江南之野时，误。

［2］吟：叹气。《广韵》引《说文》：“吟，呻吟也。”泽：沼泽，湖泊。

［3］颜色：脸色。形容：体态容貌。

［4］子：古代对男子的尊称。三闾大夫：楚国负责王族子弟教育的官职。欤：原作“与”，表示疑问的语气词。

屈原曰：	屈原说：
“举世皆浊我独清，	“满世间的人都污浊了，只有我自洁其身；
众人皆醉我独醒，	所有的人都醉了，只有我保持清醒，
是以见放[1]。”	所以被放逐。”
渔父曰：	渔父说：
“夫圣人者，不凝滞於物[2]，	“圣人对万事都不拘泥固执，
而能与世推移。	能随世道的变化有所变通。
举世皆浊，	满世的人都污浊，
何不淈其泥而扬其波[3]？	你为什么不也搅浑泥水，推波其中？
众人皆醉，	所有的人都醉了，
何不餔其糟而歠其釃[4]？	你为什么不也吃酒糟、喝薄酒？
何故深思高举[5]，	为什么一定要思虑深远、行为高尚，
自令放为[6]？”	让自己被弄到放逐的地步？”
屈原曰：	屈原说：

“吾闻之：
‘新沐者必弹冠[7]，
新浴者必振衣。’
安能以身之察察[8]，
受物之汶汶者乎[9]？
宁赴常流[10]，
葬于江鱼之腹中。
安能以皓皓之白[11]，
而蒙世俗之尘埃乎？”

“我曾经听说：
‘刚洗了头的人戴帽子时一定会弹一弹，
刚洗了澡的人穿衣服时一定要抖一抖。’
怎么能以净洁的身体，
承受外物的污垢？
我宁愿跳到长河之中，
葬身在江鱼的肚子里。
怎么能让洁白之身，
沾染世俗的尘埃呢？”

【注】

[1] 是以：因此。见放：被放逐。

[2] 凝滞：黏着，引申为固执不变。

[3] 淈（gǔ）：搅浑。扬其波：同其风，随其波。

[4] 餔（bū）：吃。糟：酒糟。歠（chuò）：同“啜”，喝。醨（lí）：《说文》：“薄酒。”餔糟歠醨，指与众同醉而不独醒。

[5] 高举：为很高的目标而努力，与众不同。举，一种向上的动作。

[6] 为（wéi）：表疑问的语气词。

[7] 弹（tán）冠：弹去冠上的灰尘。

[8] 察察：明审清晰的样子。

[9] 物：外物，世俗。汶（mén）汶：同“惛惛”，糊涂，心中昏昧不明。

[10] 赴：往，投向。常流：长流，即江河之水。

[11] 安：怎。皓（hào）皓：洁白的样子。这里喻品行之贞洁。

渔父莞尔而笑，鼓枻而去[1]，
乃歌曰：
“沧浪之水清兮[2]，
可以濯吾缨[3]；
沧浪之水浊兮，
可以濯吾足！”

渔父微微一笑，打着短桨离去，
口里唱道：
“沧浪水澄清的时候，
可以用来洗我的冠缨；
沧浪水浑浊的时候，
可以用来洗我的双足。”

遂去，不复与言。	于是离去，再没有说什么。

【注】

［1］莞尔：微笑的样子。鼓枻（yì）：用桨拍打水面。鼓，拍打。枻，短桨。

［2］沧浪之水：即春秋时代的清发水，又名“清水”，发源于湖北省东北部，经随州、安陆、云梦入于汉。至宋代时，当地仍名其随州以南西侧一条支流为“浪水”。“沧浪”即“清水”之义。汉水在郢都以东第二次大转折，变为向东流，沧浪水流入这一段汉水中。

［3］濯（zhuó）：洗。缨：用以系冠的带子，由鬓下垂，挽结于颔下。

【评析】

有的学者认为《渔父》具有道教思想，汤炳正《释“温蠖”——兼论先秦汉初屈赋传本中两个不同的体系》一文通过细致的考证，由《渔父》篇具体词语的运用说明：“屈原生于道家学说盛行的楚国，对道家的观点当然是习闻常见的。所以，他在回答渔父时所说的‘安能以身之察察，受物之汶汶者乎’，即系袭用道家《老子》的原话，反其意而用之以驳道家的观点。”《老子》中有这样一句话：“俗人皆昭昭，我独昏昏；俗人皆察察，我独闷闷。”屈原正是袭用《老子》中“俗人皆察察，我独闷闷”一句之意。那么，如汤先生所说，“《楚辞章句·渔父》‘安能以身之察察，受物之汶汶者乎’这句反驳道家的话”，“是针对《老子》的原话而立言”。则《渔父》篇不仅不是宣扬道家的思想观点，相反，是反驳了道家的思想观点。

《渔父》作于屈原被放汉北之时，篇中的“宁赴常流”被后代有人改为“宁赴湘流”，以证王逸放于江南之野的说法，朱季海《楚辞通故》已引唐代文本证其误，此处不多说。

本篇通过对比，显现了屈原的高大形象。朝廷中一些目光短浅、贪婪腐败的旧贵族，以及昏庸的楚王和社会上一般人不理解屈原。但他从国家利益考虑，从广大人民的生死存亡着想，不会改变自己的主张，也不会放弃从青年时代养成的“闭心自慎，终不失过”“秉德无私，参天地”（《橘颂》）的秉性。从这个角度说，它具有永久的教育意义。

本篇结构用“述客主以首引”的方式，主体部分是骈联的几组文字，上承莫敖子华《对楚威王》，是屈原在《大招》之后的散体小赋类作品。这种体裁在《卜居》中进一步发展，使中间部分“合綦组以成文，列锦绣而为质”(《西京杂记》卷二载司马相如论赋语）有了明显的体现，对后来庄辛的《谏楚襄王》《说剑》，宋玉的一些赋作都有影响，开宋玉《对楚王问》《风赋》《钓赋》《登徒子好色赋》等论理小赋的先河。

本为论理，但用比喻的方式说出，含蓄，耐人寻味，引人深思。渔父唱着《沧浪歌》而离去，“不复与言”，表现了诗人生活的周围很多人对他的不理解，同《卜居》中郑詹尹的拒绝之语及《离骚》中女媭的骂詈是一样的。

本篇在形式上对后代赋产生了深远影响的还有一点，就是结尾处引述了《沧浪歌》。宋玉的《登徒子好色赋》、枚乘的《梁王菟园赋》、司马相如的《美人赋》等后世不少散体赋用了以特定之人唱歌作结的形式。由这点更可以看出本篇对散体赋形成的影响。

卜　居

屈　原

关于《卜居》的作时与作地，王夫之《楚辞通释》言："盖怀王时原去位居汉北事。"怀王二十四年屈原被放汉北，任掌梦之职。联系《离骚》中两写卜疑的情节看，应是反映了同样的心态与经历。清周拱辰《离骚草木史》云："古人登庙而卜，归其智于祖也。"蒋骥《山带阁注楚辞》也说："详其词意，疑在怀王斥居汉北之日也。"并认为与《思美人》作时相近。顷襄王朝被放江南之野，那里不可能有太卜。而汉北在楚故都鄢郢之西北，会有占卜之官。本篇根据其开头"三年不得复见"之语，应作于怀王二十七年（前302）。作于《渔父》《抽思》《思美人》《招魂》《惜诵》之后，《离骚》《天问》之前。

关于《卜居》题意，王逸认为是"稽问神明，决之蓍龟，卜己居世何所宜行，冀闻异策，以定嫌疑，故曰《卜居》也"。则屈原居汉北之地，对因自己坚持改革内政与正确的对外政策而屡遭打击疏放一直不能理解；对一些谗佞误国之臣使国家不断走向败亡反得到信任以及朝政日非竟无人关心，也忧愤不能去于怀。本文表面是借此倾吐内心，以求指点，实际上是通过这种方式表现了对当时政治与社会风气的忧虑与痛心。

屈原既放，	屈原已经被放逐在外，
三年不得复见。	三年了不能与君王见面。
竭智尽忠[1]，	他用尽全部心力，献出一片忠诚，
而蔽障於谗。	却受到谗人的挑拨离间。
心烦虑乱，	内心烦忧又思虑纷乱，
不知所从。	不知以后该怎么办。
乃往见郑詹尹曰[2]：	于是去见太卜郑詹尹说：
“余有所疑，	“我有些疑虑的事情，
愿因先生决之[3]。”	想通过先生为我加以决断。”
詹尹乃端策拂龟[4]，	郑詹尹于是数好筹策，擦拭龟壳，
曰：“君将何以教之？”	说道：“请问有什么事需老夫指点？”

【注】

[1] 智：原作“知”，古通“智”。洪兴祖《补注》、朱熹《集注》皆引一本作“智”，今据改。

[2] 郑詹尹：姓郑；詹尹，即“占尹”。

[3] 因：凭借，依靠。

[4] 策：蓍草，用为筮。龟：龟壳，用为卜。这是进行卜筮时的虔诚表示。

屈原曰：	屈原说：
“吾宁悃悃款款朴以忠乎[1]？	“我是应该忠实勤恳朴拙地尽职尽责呢？
将送往劳来斯无穷乎[2]？	还是应该迎来送往无休止地应酬奉承？
宁诛锄草茅以力耕乎[3]？	是主张锄去野草竭力耕作呢？
将游大人以成名乎[4]？	还是选择游说权贵求取高名？
宁正言不讳以危身乎[5]？	是应该正言不讳地直谏而不计个人安危？
将从俗富贵以媮生乎[6]？	还是要顺从大流、求取富贵、苟且偷生？
宁超然高举以保真乎[7]？	是应该超脱世俗、保持自己的本性？
将哫訾粟斯、喔咿儒儿以事妇人乎[8]？	还是要忸怩作态、示媚献谄来讨好妇人？
宁廉洁正直以自清乎？	是应该廉洁正直洁身自好？
将突梯滑稽、如脂如韦，以絜楹乎[9]？	还是要巧舌如簧、圆滑善变取悦他人？

宁昂昂若千里之驹乎？
将泛泛若水中之凫、与波上下[10]？
偷以全吾躯乎？
宁与骐骥亢轭乎[11]，
将随驽马之迹乎[12]？
宁与黄鹄比翼乎[13]？
将与鸡鹜争食乎[14]？
此孰吉孰凶？
何去何从？
世混浊而不清[15]，
蝉翼为重，
千钧为轻；
黄钟毁弃[16]，
瓦釜雷鸣[17]；
谗人高张，
贤士无名。
吁嗟默默兮[18]，
谁知吾之廉贞？”

是应该气宇轩昂如千里之马？
还是轻飘飘像水里的鸭子随波上下？
苟且偷安地保全自身？
是应该同骏马并驾齐驱？
还是在劣马后面步其后尘？
是应该同鸿鸟比翼而飞？
还是要和鸡鸭共食相争？
这些事，怎样做是吉，怎样做是凶？
应该远离什么，应该依从什么？
世上混浊而分不清是非，
蝉的翅膀被认为是重的，
千钧的重量反被说成是轻的；
声音洪亮的黄钟被毁坏废弃，
瓦盆却被敲得如雷声般轰鸣；
谗谄之人身居高位张扬跋扈，
贤能之士处于下僚默默无闻。
唉，不说了吧！
有谁了解我的清廉坚贞？”

【注】

［1］宁：宁可，宁愿。与下句“将”组成“宁……将……”的句式，表选择，悃（kǔn）悃款款：忠实诚恳的样子。

［2］劳（lào）：慰问。

［3］力耕：竭力耕作。本句体现了屈原重农的法家思想。

［4］游：游说。

［5］这一句反映出屈原思想中法家的因素。

［6］媮（yú）：此处同“愉”，快乐。

［7］举：一种向上的动作，升起，起来。保真：保持真实的本性。

［8］哫（zú）訾（zǐ）：忸怩，羞羞答答的样子。栗斯：拘谨、小心的样子。都是双声联绵词。喔咿（wō yī）、儒儿：皆嗲声嗲气装憨献媚的样子。言其声之

含糊作态。事：侍奉、服侍。妇人：当暗指南后郑袖之流。

［9］突梯、滑稽：俱为双声联绵词，指油嘴滑舌、圆滑善变。脂：油脂，喻滑溜。韦：熟牛皮，喻柔软。絜楹（xié yíng）：用熟牛皮之类柔软的东西测度楹柱之粗细。此承其前的“如韦如脂”言之。“絜楹”喻随物而变，与以矩度正物截然相反。

［10］泛泛：漂浮不定的样子。凫（fú）：野鸭，比喻随波逐流者。

［11］亢轭（kàng è）：并驾齐驱。亢，通“抗”，相敌，并比。轭，车辕前套马用的横木。

［12］驽（nú）马：劣马。喻不才之臣。

［13］黄鹄（hú）：又名鸿，即大雁。

［14］鹜（wù）：鸭。鸡鹜喻指没有远大目标、缺乏能力的人。

［15］混（hùn）浊：混乱污浊。混，原作“溷”，“混”之异体。

［16］黄钟：古乐十二律之一，声调最为洪亮。毁弃：毁坏废弃。

［17］瓦釜（fǔ）：瓦制的用于烹饪的锅，秦人也当作乐器用来敲击，同“缶”。中原、齐楚之地以为其陋不足以登大雅之堂。

［18］吁嗟（xū jiē）：慨叹声。默默：同“嘿（mò）嘿”，昏暗、是非不明的样子。

詹尹乃释策而谢曰[1]：	郑詹尹放下蓍草，抱歉地说：
“夫尺有所短，	“用尺量长物则显得短，
寸有所长；	用寸量短物则显得长。
物有所不足，	事物都会有它的短处，
智有所不明，	聪明人也有想不到的地方。
数有所不逮[2]，	有些事龟策卜者无法推算，
神有所不通[3]。	有些事神仙怕也难以预想。
用君之心，	就按照您的内心，
行君之意。	实践您的主张。
龟策诚不能知此事[4]！”	这龟策确实不能给您开出良方。”

【注】

［1］释：舍，从手中放下。谢：推辞，表示抱歉。

［2］数：本指卜筮时蓍草之数，后用以指卦数。不逮：不及，达不到。

［3］通：明白。

［4］诚：确实，实在。

【评析】

《卜居》也是屈原以对问方式写的赋作，比起《渔父》来，中间的铺排部分更为集中，已具备散体赋的特征。

首先，先有一小段交代事情原委的文字，以引起全篇主体的排比文字，这正是刘勰《文心雕龙·诠赋》所提出赋之要素的第一条“述客主以首引”，也即所谓“序以建言，首引情本”。

其次，篇中并列的八组文字，每组以“宁……将……”的选择句式列出两种情况，形成本篇的主体。这八组文字正是社会根本是非所在，在乱世之中，很多人将这些是非颠倒了。诗人的悲剧也正在一些人对这八个是非问题认识的颠倒上。这里表现了作者在这些方面同当权的贪婪之徒有着根本的分歧，其含义是深刻的。从文章结构特征上说，正是刘勰所说“铺采摛文，体物写志”（《文心雕龙·诠赋》）的散体赋特征。

再次，诗人用一些比喻的句子，揭示出重要的道理，使它有了更广泛的意义，读之可以发人深省。在八组对比文字之后，有一小段收束上文，可以说是“乱以理篇，写送文势”（《文心雕龙·诠赋》）。所以从结构特征和语言特征上说，本篇已符合刘勰说的散体赋或曰文赋的形式，只是不以赋名之而已。

本篇内容上应特别注意以下两点：

一、表现了法家的思想。文中所列八组问题。每一组的上句所反映的主张或理想，都同法家的一致。如关于“力耕”和禁止游士空谈，《商君书·农战》就重点讲过这个问题，《韩非子·亡征》对有关问题分析得很细致，论述极为深刻。屈原所说的“超然高举”“保真”，是主张以国家利益为重，保持忠于国家的正直、公正之心。再如关于“廉洁正直以自清”的思想，《韩非子·孤愤》云：“其修士皆以精洁固身”“恃其精洁，而更不能以枉法而治，则修智之士不事左右，不听请谒矣。”

二、在八组互相对立的文字之后，“世溷浊而不清”至“谁知吾之廉贞”一段，反映了他对当时楚国朝政的揭露和对楚国前景的忧虑。郑詹尹的回答似乎比较空泛，被有的学者认为是表现了道家思想，其实这也是一个误解。蒋骥说：“《卜居》本意，盖以恶既不可为，而善又不蒙福，故向神而号之，犹阮籍穷途之泣也。”(《山带阁注楚辞》) 末段詹尹之语，实际上是屈原借郑詹尹之口说明他所遇到的矛盾在当时根本就无法解决，诗人只有在山野中默默无闻地生活而已。

本篇从表现手段和构思上说，就是《离骚》中灵氛占卜、巫咸决疑的雏形。因此，《卜居》是屈原于汉北之时所作，写于《渔父》之后，《离骚》之前。

《卜居》中提出的八对问题给历史上的很多人在人生路口进行抉择时予以鼓励，使他们分清是非，坚持真理，张扬大义，成为被后人所铭记、怀念、赞扬的人物。所以，本篇成为历来人们爱诵读的篇章。

招　　魂

屈　原

《招魂》是屈原的作品。司马迁在《史记·屈原贾生列传》中说:“余读《离骚》《天问》《招魂》《哀郢》，悲其志。”则司马迁认为《招魂》是屈原所作甚明。《楚辞章句·招魂序》则认为是宋玉招屈原之魂而作。这同诗中描写宫室、音乐、饮食等，全是王宫奢华富丽歌舞宴饮的内容不一致，不可取。明黄文焕、清林云铭、蒋骥、屈复、胡文英等并认为是屈原所作。近代以来马其昶、郭沫若、徐仁甫、王泗原、汤炳正等认为是屈原招楚怀王魂所作。

本篇当作于屈原被放汉北后的两三年中，大约在怀王二十六年(前303)春。当时屈原任“掌梦”之职，负责管理云梦游猎区及楚王与公卿们游猎事宜。从开头及乱辞看，楚怀王在一次田猎时遇青兕受到惊吓，故屈原撰辞以招王之生魂。①

朕幼清以廉洁兮，	我从小品行清高又廉洁，
身服义而未沬[1]。	力行道义从来没有懈怠。
主此盛德兮，	坚守着这些高尚的品德，
牵于俗而芜秽[2]。	却受到周围恶俗的牵制。
上无所考此盛德兮[3]，	君王不考察我盛美之德，
长罹殃而愁苦[4]。	让我长期遭患愁苦不已。

① 参拙文《汉北云梦与屈原被放汉北任“掌梦”之职考》，见《屈原与他的时代》，人民文学出版社2002年版，第307—337页。

【注】

[1] 身服：身体力行。服，行。沬（mèi）：通“昧”，暗淡，这里比喻懈怠。

[2] 芜秽：草荒，比喻人的荒废。

[3] 上：君王。考：考察。

[4] 罹：遭遇。原作“离”，同“罹”，据洪兴祖引一本改。

以上是作者的篇首题诗，说明因君王不能理解自己，受到打击，至汉北处于悲苦之中，故今日在此为君招魂。

帝告巫阳曰[1]：	上帝告诉巫阳说：
“有人在下[2]，	“下界有一个人，
我欲辅之。	我想给他以帮助。
魂魄离散，	他的魂魄离开身躯已飘散，
汝筮予之[3]！”	你占卜去处让其返回身躯。”
巫阳对曰：	巫阳回答说：
“掌梦[4]！	“这是掌梦的职责！
上帝命其难从[5]。”	上帝的这个命令我难以听从。”
“若必筮予之[6]。	“你一定要占卦把魂魄招还。
恐后之谢[7]，	恐怕时间迟了魂魄将会失散，
不能复用。”	灵气如果消失则难以再附体。”

【注】

[1] 帝：天帝。巫阳：神话中的巫师名，见《山海经·海内西经》。

[2] 有人：指楚怀王。

[3] 筮（shì）：以蓍草来占卜（魂魄之所在）。予之：还给他（让其附体）。予，给予。

[4] 掌梦：掌管云梦泽渔猎和向宫廷进贡诸事的下等官吏，相当于中原国家的泽虞一职。楚人名泽曰“梦”，“掌梦”即掌云梦泽之事。前人以为占梦之官，乃是望文生义。又有人解释为掌招魂者，然而“招魂”与“掌梦”只简单从字面看也是两回事，俱不可从。

[5] 上帝命其难从：此言楚王在云梦射兕受惊，招魂当是掌梦之官的职责，非己之任。故曰“命其难从”。原无“命”字，从闻一多《楚辞校补》说，据一本补。

[6] 若：尔。以下三句为天帝之言。

[7] 谢：凋谢，散失。

第一部分，为小引，说明作本篇之根由及同掌梦之关系。

巫阳焉乃下招曰：	巫阳于是向人间招魂说：
魂兮归来！	灵魂啊，回来！
去君之恒干[1]，	为什么要离开您的躯干，
何为乎四方些[2]？	而到四方去飘荡呀？
舍君之乐处，	舍弃您的安乐处所，
而罹彼不祥些！	而遭遇种种的不祥呀！
魂兮归来！	灵魂啊，回来！
东方不可以托些[3]。	东方之地不可以托身呀。
长人千仞[4]，	巨人的身高有八百丈，
惟魂是索些。	专门找活人的灵魂呀。
十日并出[5]，	十个太阳同时出现在天空中，
流金铄石些[6]。	金属熔成水而石头变尘土呀。
彼自习之，	巨人们已经习惯那里的炽热，
魂往必释些[7]。	人的生魂在那里会被熔化呀。
归来兮！不可以托些。	回来啊！那里不可以托身呀。
魂兮归来！	灵魂啊，回来！
南方不可以止些。	南方之地不可以停息呀。
雕题黑齿[8]，	额上刺花、牙齿漆黑的人，
得人肉以祀，	得到人便割下肉来祭祀，
以其骨为醢些[9]。	连骨头也会被剁成泥呀。

原文	译文
蝮蛇蓁蓁[10]，	长长的毒蛇到处都有，
封狐千里些[11]。	巨型狐狸有千里之大。
雄虺九首[12]，	毒蛇雄虺有九个脑袋，
往来倏忽，	来去乱窜如电闪风驰，
吞人以益其心些。	专吞活人来补益其心呀。
归来兮！不可以久淫些[13]。	回来啊！不可以滞留呀。
魂兮归来！	灵魂啊，回来！
西方之害，	西方之地的险恶情形，
流沙千里些[14]。	流动的沙丘广阔千里呀。
旋入雷渊[15]，	可以把人卷入雷渊之中，
爢散而不可止些[16]。	将人磨碎而不会停止呀。
幸而得脱，	即使你侥幸从雷渊中逃出，
其外旷宇些。	周围是空旷的无边沙漠呀。
赤蚁若象，	红色的蚂蚁如同大象一样，
玄蜂若壶些[17]。	黑色毒蜂像葫芦的样子呀。
五谷不生，	那地方不能生长五谷庄稼，
丛菅是食些[18]。	人们以丛生的茅草为食呀。
其土烂人，	那里的土地让人皮肤溃烂，
求水无所得些。	想喝一滴水也是不可能呀。
彷徉无所倚[19]，	你徘徊飘荡无所凭依，
广大无所极些[20]。	只见那一片流沙没有边际呀。
归来兮！恐自遗贼些[21]。	回来啊，担心在那里会伤害到你呀。
魂兮归来！	灵魂啊，回来！
北方不可以止些。	北方也不可以停息呀。
增冰峨峨[22]，	层层累积的坚冰高高耸立，
飞雪千里些。	千里的飞雪飘扬寒冷无比呀。
归来兮！不可以久些。	回来啊，那里非久留之地呀！

【注】

[1] 去：离开。恒干（gàn）：寄托魂魄的躯体。

[2] 些（suò）：语气词。沈括《梦溪笔谈》："今夔、峡、湖、湘及南北江獠人，凡禁咒句尾皆称'些'，乃楚人旧俗。"此二句将"何为"置于下一分句之前，突出"四方"之不可往，以引起下文。

[3] 托：寄托、寄居。

[4] 长人：神话中说东方有长人之国，专吃人的魂魄。《山海经·海外东经》《大荒东经》皆有大人之国。

[5] 并：原作"代"。"代出"则属正常现象。据闻一多说改。

[6] 流金：金属熔化而流淌。铄（shuò）石：把石头熔化。

[7] 释：熔解。

[8] 雕题：刺有花纹的额头。此即上古的刑天氏，为氐人之先民。题，额头。黑齿：用漆把牙齿涂黑。《山海经·海外东经》有"黑齿国"。

[9] 醢（hǎi）：肉酱。

[10] 蝮（fù）蛇：一种大毒蛇，体色灰褐。蓁（zhēn）蓁：原指草木茂盛，这里形容蝮蛇聚集的样子。

[11] 封狐：大狐。

[12] 雄：大。虺（huǐ）：毒蛇的一种。

[13] 久淫：长久淹留。

[14] 流沙：沙漠中沙随风流动，故称"流沙"。

[15] 旋入：卷入。雷渊：神话中水回旋有声的深渊，或称"雷泽"。

[16] 靡（mí）散：糜烂碎裂。

[17] 玄蜂：黑色毒蜂。壶：通"瓠（hù）"，葫芦。

[18] 菅（jiān）：茅草。

[19] 彷徉（páng yáng）：游荡不定。倚：依傍。

[20] 极：穷，尽。这里指边际。

[21] 遗（wèi）贼：自取祸害。贼，祸害。

[22] 增：通"层"。

第二部分第一层，写东南西北各方的险恶，让魂魄不要到四方去。

魂兮归来！	灵魂啊，回来！
君无上天些[1]。	你不要往天上去呀。
虎豹九关，	虎豹把守着九重天门，
啄害下人些。	看见凡人就会咬死呀。
豺狼纵目[2]，	豺狼的眼睛竖立而视，
往来侁侁些[3]。	成群地往来搜寻不停呀。
一夫九首[4]，	守门的汉子有九个脑袋，
拔木九千些。	可以连续拔树九千棵呀。
悬人以嬉[5]，	他们将人倒悬起来玩耍，
投之深渊些。	投入万丈的深潭之中呀。
致命于帝，	直到他们向上帝禀报后，
然后得瞑些。	人才结束痛苦得以瞑目呀。
归来兮！往恐危身些。	回来啊，去天上怕有灾难危及呀。

魂兮归来！	灵魂啊，回来！
君无下此幽都些[6]。	你不要到下面的地府中去呀。
土伯九约[7]，	阴间之神土伯身子共有九节，
其角觺觺些[8]。	头上长着两个角十分锐利呀。
敦脄血拇[9]，	厚厚的胸背和沾满鲜血的手指，
逐人駓駓些[10]。	看见人便快速奔跑死命追逐呀。
三（参）目虎首[11]，	还有长着三只眼睛的虎头怪物，
其身若牛些。	身躯庞大到可以与耕牛相比呀。
此皆甘人[12]，	他们都把活人当作自己的美食，
归来兮！恐自遗灾些。	归来啊，去那里会有苦头吃呀。

【注】

[1] 无：此处同“勿”。

[2] 纵目：竖着眼睛。纵，原作“从”，古通“纵”。为便于诵读，改用本字。

[3] 侁（shēn）侁：众多的样子。

[4] 夫：成年男子，或某类服役、承担体力任务之人。“一夫”二句本在“豺狼”二句之前。然而其下为“悬人以嬉，投之深渊”，豺狼不会悬人嬉戏，又投之深渊，则此二句是误窜于前，今正之。

[5] 悬人：指九头巨人把人倒悬起来。嬉：玩耍。嬉，原作“娭”，“嬉”之古体。

[6] 幽都：地下的都邑，犹后世民俗所谓阴曹地府。

[7] 土伯：指地府之神。约：因土中虫蛇之类身皆有节，故人们想象地下神身上也是有一道道节甲。

[8] 觺（yí）觺：锐利的样子。

[9] 敦：厚。脄（méi）：背上的肉。血拇：沾满血的手。

[10] 駓（pī）駓：急速奔跑的样子。

[11] 虎首：头如老虎。

[12] 此：指土伯。甘人：以人肉为美味。

第二层写天上和地下幽都之可怕。

魂兮归来！	灵魂啊，回来！
入修门些[1]。	来进入郢都的南门呀。
工祝招君[2]，	擅长祭祀的男巫在招呼你，
背行先些[3]。	背过身子退行着引导你呀。
秦篝齐缕[4]，	秦地的竹笼系着齐地丝线的提绳，
郑绵络些[5]。	罩着郑绵织就的装饰十分精美呀。
招具该备[6]，	招引你的器具都已经齐备，
永啸呼些。	长长地呼叫着请君听清呀。
魂兮归来！	灵魂啊，回来！
反故居些。	回到你长期居住的宫中呀。

【注】

[1] 修门：楚国郢都南关三门之一。

［2］工祝：擅长祭祀祈祷的男巫。工，巧。祝，男巫。

［3］背行：倒退着走。工祝因为要引导被招的魂，故面向所招之魂，倒退而行。先：先导。

［4］秦篝（gōu）：竹笼。秦人善于制篝，故称“秦篝”。古代招魂时要将被招者的衣服放入竹笼以引导魂魄回来。齐缕：产于齐地的彩线，用作竹笼的提绳。

［5］郑绵：产于郑地的棉线。络：织成网络，这里指竹笼的装饰，以求显眼而具有特征。

［6］招具：招魂用的工具，即篝、棉、络等。该备：完备。

第三层，呼魂归来引至故处。

以上为第二部分，写东、南、西、北及天地上下的环境险恶，劝失散的魂魄不要去任何一方，而应返回其身。

天地四方，	天地上下和东西南北四方之地，
多贼奸些[1]。	有很多凶恶害人的东西呀。
像设君室，	你的画像安顿在你的卧室，
静闲安些。	那里清静而且安全闲适呀。
高堂邃宇[2]，	高高的厅堂连着深广的屋宇，
槛层轩些[3]。	四周的栏杆之内又有窗棂遮蔽。
层台累榭[4]，	层层的高台之上是重叠的楼阁，
临高山些。	在上面可以俯视高丘的景致呀。
网户朱缀[5]，	镂空的花格门扇涂以丹朱之色，
刻方连些[6]。	带雕刻的方格窗橱精致之极呀。
冬有突厦[7]，	冬天有深邃的大房子可以保暖，
夏室寒些。	夏天有宽敞的屋子清凉无比呀。
川谷往复[8]，	室外的河水和小溪流曲折来回，
流潺湲些。	流水之声如同奏响的乐曲呀。
光风转蕙，	轻风吹拂着蕙草不停地摆动，

泛崇兰些[9]。	从从兰草摇动着散出香气呀。

【注】

[1] 贼奸：凶恶害人之物。

[2] 邃（suì）：深远。

[3] 槛（jiàn）：栏杆。层轩：指走廊上一道道的窗棂。

[4] 累榭（xiè）：高榭。台上有屋叫榭。

[5] 网户：指带有镂空花格的门。朱缀：门上饰以朱丹。缀，装饰。

[6] 刻方连：雕镂的方格相连成图。

[7] 突（yào）厦：深邃的大房子。突，深邃。

[8] 川谷：指宫室周围的溪流。

[9] 泛：飘动，洋溢。崇兰：从从兰草。崇，"从"的同音假借。

第三部分第一层，写楚王内宫建筑之美，以招引灵魂的到来。

升堂入奥[1]，	登上高堂来到房屋的最里处，
朱尘筵些[2]。	都有红色的地毯连接铺地呀。
砥室翠翘[3]，	光亮的石板墙上装饰着翠羽，
挂曲琼些[4]。	琼玉制的圆钩将帘帐挂起呀。
翡翠珠被，	翡翠织的被子上缀满了宝珠，
烂齐光些[5]。	处处珠光闪耀着光彩迷离呀。
蒻阿拂壁[6]，	细软的丝绸罩住靠床的墙壁，
罗帱张些[7]。	床前张挂着轻薄的绮罗帐子呀。
纂组绮缟[8]，	五彩的丝带连着各色的绸缎，
结琦璜些[9]。	上面挽结着各式各样的美玉呀。
室中之观，	室中陈列着的种种观赏之物，
多珍怪些。	有很多是既珍贵又很稀奇呀。
兰膏明烛，	点燃着兰香脂膏制成的蜡烛，
华容备些。	装饰华美的侍女各司其职呀。

二八侍宿[10]，	有十六个美女夜间来侍宿，
射递代些。	按顺序照料安寝依次更替呀。
九侯淑女[11]，	各封国选来的众多温存美女，
多迅众些[12]。	远远超过一般女子的才智呀。
盛鬋不同制[13]，	浓密的头发梳着不同的发式，
实满宫些。	在整个后宫之中到处都是呀。
容态好比[14]，	她们容貌姣好而且待人温存，
顺弥代些[15]。	真正是自古以来绝世无双呀。
弱颜固植[16]，	娇嫩的容颜个个都亭亭玉立，
謇其有意些[17]。	朱唇未启已露出深意呀。
姱容修态[18]，	动人的容颜修长的身形，
絙洞房些[19]。	散立在深深的内宫各处呀。
蛾眉曼睩[20]，	细长的眉毛下柔婉的双目，
目腾光些[21]。	闪动的目光将情感传递呀。
靡颜腻理[22]，	细腻的颜面和柔滑的肌肤，
遗视矊些[23]。	投送的目光中充满情意呀。
离榭修幕[24]，	随行在京都之外的离宫别帐，
侍君之闲些。	在君王清闲之时倾心服侍呀。

翡帷翠帐，	翡红色的帷帐翠绿色的帐顶，
饰高堂些。	装饰得高堂之内漂亮无比呀。
红壁沙版[25]，	红垩涂的墙壁丹砂绘的隔板，
玄玉梁些。	装饰屋梁花纹的是黑色玉石呀。
仰观刻桷[26]，	抬头看镂刻着图案的方形椽子，
画龙蛇些。	上面画着的龙蛇勾连伸屈呀。
坐堂伏槛，	若在堂屋边上扶着栏杆而坐，
临曲池些。	向下可以看得到清水曲池呀。
芙蓉始发，	池中的荷花刚刚开放，
杂芰荷些[27]。	红花间映衬着绿色的菱芰呀。
紫茎屏风[28]，	还有紫茎的水葵夹杂在其间，

文缘波些[29]。	上面的脉络随水波闪动不息呀。
文异豹饰，	装饰奇异戴着豹皮头饰的武士，
侍陂陁些[30]。	湖边的斜坡上有肃立着侍卫呀。
轩輬既低[31]，	游乐结束后各种车子返回宫室，
步骑罗些[32]。	步兵和骑兵罗列在周围恭侍呀。
兰薄户树[33]，	门前成片的兰草两边长着绿树，
琼木篱些[34]。	珍奇的树木整齐地围成藩篱呀。
魂兮归来！	灵魂啊，回来！
何远为些？	你为什么要去遥远之处呀？

【注】

[1] 奥：房屋的深处，指内室。

[2] 朱承：红色的承尘。铺在地上的红色的幕，即地毯。

[3] 砥室：用光滑的石板砌成的屋子。砥，磨平的石板。翠翘：翡翠鸟的长尾羽，用以装饰。

[4] 曲琼：挂衣服、帘帐的玉钩。

[5] 烂齐光：光彩灿烂，交相映照。

[6] 蒻（ruò）：通“弱”，细软。阿：细缯，一种轻细的丝织物。拂壁：遮覆墙壁。拂，通“茀”，遮蔽。

[7] 罗帱（chóu）：绫罗的床帐。

[8] 纂（zuǎn）组：指各种丝带绶带。红色为纂，五色相杂为组。绮：有花纹的丝织品。缟：素色的丝织品。

[9] 结琦璜：把琦璜用丝带系结起来。琦，一种美玉。璜，半圆形的玉璧。

[10] 二八：两列，古乐舞八人为一列。侍宿：侍候过夜者，指美女。

[11] 九侯：九侯之地，泛指地域之广。

[12] 多迅众：多超过一般。

[13] 盛鬋（jiǎn）：浓密的头发。鬋，鬓发。

[14] 好：美好。比：与人交往，对人亲近。

[15] 顺：“洵”之借字，确实，真正。弥代：犹绝代、盖世。

[16] 弱颜：娇嫩的容颜。固植：指亭亭玉立。“植”一本作“立”。

[17] 謇（jiǎn）：楚方言助词。

[18] 姱（kuā）容：美好的容貌。修态：修长的体态。

[19] 絙（gēng）：义同"亘"，引申为络绎不绝。

[20] 曼：长。睩（lù）：眼睛。

[21] 腾光：指美人眼波流动。

[22] 靡颜：细腻的颜面。腻理：柔滑的肌肤。

[23] 遗（wèi）视：投送目光。遗，报赠。矊（mián）：脉脉含情的样子。

[24] 离榭：宫廷外的台榭，即所谓离宫。修幕：大帐，临时居住所设。

[25] 红壁：红垩涂抹的墙壁。沙版：用丹砂画饰的轩版（堂宇间的隔板）。

[26] 刻桷（jué）：雕刻过的方形椽子。

[27] 芰（jì）：菱芰。一种生于水中的植物，叶片铺于水面。

[28] 屏风：即水葵，圆叶在水上，其茎紫色。

[29] 文缘波：言水葵上的脉络随水波而隐显摆动。

[30] 侍陂陁（bēi tuó）：守卫在高下的山坡上。陂陁，高低不平的山坡。

[31] 轩：有篷的车。辌（liáng）：有窗可供卧息的车。低：通"抵"，到达。

[32] 步：步行的随从。骑（jì）：骑马的随从。

[33] 兰薄：丛生的兰草。薄，草木丛生。户树：种植在每个门前。

[34] 琼木篱：言以嘉木为篱以护丛兰。琼木，指名贵的树木。

第二层，写宫室内陈设之美、侍奉之周到与伏槛赏花所见景致，以招引灵魂的归来。

室家遂宗[1]，	全宗族的人们都奉你为宗主，
食多方些[2]。	大家准备各种各样的美食呀。
稻粢穱麦[3]，	大米、小米、早麦、大麦样样全有，
挐黄粱些[4]。	还掺杂着颜色似金的黄米呀。
大苦咸酸，	特别的苦味和咸、酸味食品，
辛甘行些。	辛辣甘甜的美味陈列齐备呀。
肥牛之腱[5]，	切好煮好了的肥牛的蹄筋，
胹若芳些[6]。	煮得软烂发出诱人的香气呀。

和酸若苦[7]，	适当地加上酸味苦味的调料，
陈吴羹些[8]。	陈上吴地特有风味的羹汁呀。
胹鳖炮羔[9]，	煮好的甲鱼和新烤的羔羊，
有柘浆些[10]。	上面又滴上了甘蔗水浆呀。
酸鹄臇凫[11]，	醋蒸的天鹅肉清炖的野鸭，
煎鸿鸧些[12]。	熬煮的大雁和鸧鹄肉味奇香呀。
露鸡臛蠵[13]，	风干的鸡肉与龟肉做的汤羹，
厉而不爽些[14]。	味道虽浓烈却也不败口味呀。
粔籹蜜饵[15]，	油炸的糖油糕和带蜜的甜糕，
有餦餭些[16]。	还有用麦芽稻芽熬成的干糖呀，
瑶浆蜜勺[17]，	白色美酒加上蜂蜜来调和，
实羽觞些[18]。	会兴致大增地斟满酒杯呀。
挫糟冻饮[19]，	刚滤去酒糟的新酒用来冷饮，
酎清凉些[20]。	清酒的味道醇厚且清凉呀。
华酌既陈[21]，	雕铸华美的酒斗陈列出来
有琼浆些。	斟满了清澈晶莹的酒浆呀。
归反故室，	你回来仍到以前所居之处，
敬而无妨些。	大家尊敬你没有一点改变呀。

【注】

[1] 室家：家庭、家族。宗：尊崇。

[2] 多方：多种多样。

[3] 粢（zī）：粟米，即小米。穱（zhuō）：早熟的麦子。

[4] 挐（rú）：糅，掺杂。这里指用各种精细的粮食做饭。黄粱：小米。

[5] 腱（jiàn）：蹄筋。

[6] 胹（ér）：煮得烂。若：而，连词。

[7] 和：调和。若：和，与。

[8] 吴羹（gēng）：吴地之羹汤。羹，用肉、菜等做的汤。

[9] 胹（ér）：煮。炮（páo）：一种做菜的方法，连着皮毛包起来烧烤。

[10] 柘浆：甘蔗汁，用于烹调。“柘”，古代与“蔗”字通用。

［11］酸鹄：以酸酢烹调的鹄肉。臇（juàn）凫：把野鸭熬成浓汤。臇，少汁的羹。凫，野鸭。

［12］鸧（cāng）：鸟名，一名鸧鸹（guā）。

［13］露鸡：风干之鸡。臛（huò）蠵（xī）：用龟肉做羹。臛，肉羹。蠵，一种大龟。

［14］厉：浓烈。爽：楚人谓败口味曰"爽"。

［15］粔籹（jù nǚ）：用蜜和米油煎而成的食品。蜜饵（ěr）：用蜜和黍米面制成的糕饼。

［16］怅惶（zhāng huáng）：用芽麦或稻芽熬制成的糖。

［17］瑶浆：颜色如玉的美酒。蜜勺：美酒再调上蜂蜜来饮用。勺，调和。

［18］实：倒满。羽觞（shāng）：古代的一种酒杯，鸟形。鸟为羽类，故名。

［19］挫：挤压。冻饮：冰冻后的酒。宫廷中于严冬敲冰块窖藏之，供夏日消暑、冻酒之用。

［20］酎（zhòu）：醇酒。

［21］华酌：有华彩的酒樽。

第三层，写宫中饮食之美。

肴羞未通[1]，	鱼肉等美食还没有上全，
女乐罗些。	歌女舞队已排列在前呀。
陈钟按鼓[2]，	陈列好编钟安放好皮鼓，
造新歌些。	用新编的歌词来歌唱呀。
《涉江》《采菱》，	先唱《涉江》接着是《采菱》，
发《扬荷》些[3]。	然后齐声唱起《扬荷》狂欢呀。
美人既醉，	陪侍的美人已经现出醉意，
朱颜酡些[4]。	淡淡红晕在面颊上显现呀。
嬉光眇视[5]，	逗人的眼神含情而视，
目曾波些[6]。	目光就像秋波忽闪呀。
被文服纤，	她们披着绮绣与纤罗，
丽而不奇些。	美丽无比又不矫揉造作呀。

长发曼鬋[7]，	长长的头发黑亮的两鬓，
艳陆离些。	飘起的秀发光彩艳丽呀。
二八齐容[8]，	十六名美女同样的装扮，
起郑舞些[9]。	跳起了郑国流行的舞蹈呀。
衽若交竿[10]，	身体旋转时衣摆飘飞如翅，
抚案下些[11]。	忽然下蹲像鸟落在眼前呀。
竽瑟狂会[12]，	竽瑟等的合奏欢快地响起，
搷鸣鼓些[13]。	咚咚的鼓声夹杂在其间呀。
宫庭震惊，	整个宫廷都为歌声所震动，
发《激楚》些[14]。	《激楚》歌声更是高入云端呀。
吴歈蔡讴[15]，	轻妙的吴地曲调和蔡地民歌，
奏大吕些[16]。	伴着大吕的乐曲缓急相间呀。
士女杂坐，	观赏的男女都混杂而坐，
乱而不分些。	打破了礼防不再刻意避嫌呀。
放陈组缨[17]，	解开了衣带和冠缨随手放置，
班其相纷些。	排定的座位次序也完全打乱呀。
郑卫妖玩[18]，	郑卫舞女的各种舞具佩玩之物，
来杂陈些[19]。	都随意地堆放在大家的眼前呀。
《激楚》之结[20]，	演唱《激楚》歌者的发髻式样，
独秀先些。	俊美秀丽应该是独居其先呀。

【注】

[1] 羞：美味的食物。此一义今作“馐”。通：陈本礼《屈辞精义》言本作“彻”，汉人避汉武帝讳改。其说是。“未彻”指菜肴尚未撤去。

[2] 陈：陈设。原作“敶”，通“陈”。洪兴祖、朱熹皆引一本作“陈”，今据改。按：安置。

[3] 发：唱起。《扬荷》：也作“阳阿”，当是一种合唱的歌曲。上句的《涉江》《采菱》也都是楚歌曲名。

[4] 酡（tuó）：指喝酒后脸发红。

[5] 嬉光：逗人的眼神。眇（miǎo）视：眯着眼睛看，含情而视的样子。

［6］目曾波：形容闪闪目光如阵阵水波。曾，通“层”。

［7］曼鬋（jiǎn）：黑亮的鬓发。曼，有光泽。鬋，两鬓的垂发。

［8］齐容：容饰一致。

［9］郑舞：春秋战国时郑地为交通枢纽，歌舞新风盛行。

［10］衽（rèn）：衣襟。竿：“干”字之借，盾。此形容身体旋转时衣襟飘起如翅（似盾）。

［11］抚案下：指手臂伸开身体端直下蹲，如按抑之状。

［12］狂会：猛烈地合奏。会，节奏相合，也即合奏。

［13］搷（tián）：击。

［14］《激楚》：楚地舞曲名，节奏急促，音调激昂，故名。

［15］歈（yú）、讴（ōu）：都是指歌曲歌谣而言，因其地不同而称说不同。“歈”之声细，“讴”之声洪，地理风气使然。

［16］大吕：乐调名，六阴律之一。

［17］放陈：随意放置。组：衣带。缨：帽带。

［18］郑卫妖玩：郑、卫之地舞女所戴的舞具与佩玩，因其新奇，故曰妖玩。此上承“士女”以下几句言，非重复言舞女。

［19］杂陈：言与士人的组缨堆放在一起。

［20］《激楚》之结：演出《激楚》歌曲者的特别髻。结，王逸注：“头髻也。”

第四层，写宫廷音乐舞蹈之欢快。

琨蔽象棋[1]，	美玉做的博具象牙做的棋子，
有六簙些[2]。	还有博弈所用的六簙之器呀。
分曹并进[3]，	对局的双方齐头并进，
遒相迫些。	毫不相让紧紧相逼呀。
成枭而牟[4]，	一个得了彩另一个也现出胜局，
呼五白些[5]。	大喊着“五白”又掷起骰子呀。
晋制犀比[6]，	走棋受到钳制时慢慢地思考着，
费白日些。	对弈双方在思量中消磨时光呀。
铿钟摇簴[7]，	撞击编钟时连钟架都轻轻摇动，

揳梓瑟些[8]。　弹奏着梓木琴瑟清音飘溢呀。
娱酒不废，　欢畅的饮酒大家都不愿停杯，
沉日夜些[9]。　皆沉浸在欢娱中夜以继日呀。
兰膏明烛，　带兰草香味的蜡烛照得通明，
华灯错些[10]。　镂金错彩的灯具华丽无比呀。
结撰至思[11]，　酒兴之中构思写作尽其想象，
兰芳假些[12]。　文采如兰花之香沁人心脾呀。
人有所极，　在场的人可以说是各有才智，
同心赋些[13]。　心意相通才互相酬唱和诗呀。
酎饮尽欢，　大家都边斟边饮尽情又尽兴，
乐先故些[14]。　亲朋和旧友们都欢乐无比呀。
魂兮归来！　灵魂啊，回来！
反故居些。　回到你长期居住的宫室呀。

【注】

[1] 琨（kūn）蔽：用琨玉装饰的一种博弈之具，形如箸，剖竹为之，一面称青，一面称白，共六枚，投之以决行棋之法。琨，美玉。象棋：象牙做的棋子，一局有十二个。

[2] 六簙（bó）：博弈之制。二人对局，用六个筹码，又各有六个棋子，故称六簙。

[3] 分曹：指博弈的双方。曹，偶。并进：二人相对行棋。

[4] 成枭：古时下棋的术语。棋子先到目的地的即将棋竖起，称为“枭棋”。牟：通“侔”，相等，指博弈双方势均力敌，不相上下。

[5] 五白：指五颗骰子未刻画的一面均在上。这是一种纯采，可得大胜，故而博弈双方都大叫“五白”。

[6] 晋：通“进”，指行棋进攻。制：钳制。犀：通“迟”，指行棋缓慢。“迟比”，指对棋进度缓慢，互相较量。比，较量。

[7] 铿（kēng）：撞击。簴（jù）：悬挂钟、磬的木架。“摇簴”言撞击之力剧，以至于钟架摇动。

[8] 揳（jiá）：弹奏。梓瑟：用梓木制成的瑟。梓木质地优良，轻软耐朽，

故用以制乐器。

［9］沉：原作“沈”，此一义今通作“沉”，今改作“沉”。

［10］灯：原作“镫”，古同“灯”，今“镫”字只读第四声，义为马镫。为便于诵读，今改为“灯”。　错：雕错成文。

［11］结撰：构思写作。至思：尽其想象。

［12］兰芳：同于《思美人》的“芳华”，喻华美的辞藻，指诗篇。假：借作“格”，至，来。王逸注：“假，至也。”《仪礼·士冠礼》：“孝友时格，永乃保之。”郑玄注：“格，至也。”二字古音相近。

［13］同心赋：因心意相同，故互相酬唱、和诗。

［14］先故：故旧。

第五层，写宫中博弈诗酒之尽兴欢乐。

以上第三部分从各方面展现都城宫廷中居住、饮食、歌舞、博弈消遣之美，以吸引君王灵魂的归来。

乱曰：	尾声：
献岁发春兮，汩吾南征[1]。	进入新年春气升啊，我南行急速，
绿蘋齐叶兮，白芷生[2]。	绿蘋的叶子长齐啊，白芷也生出。
路贯庐江兮，左长薄[3]，	路过芦江左边是一片宽广的森林，
倚沼畦瀛兮，遥望博[4]。	靠着池塘的原野和大泽无边无际。
青骊结驷兮，齐千乘[5]，	四匹黑马驾的车子有千辆同时发，
悬火延起兮，玄颜烝[6]。	火从高处向下蔓延，夜晚烟气笼罩。
步及骤处兮，诱骋先[7]，	步行、追逐、奔驰和处止皆有向导，
抑骛若通兮，引车右还[8]。	于是长驱如行大道使车轮右转放矢。
与王趋梦兮，课后先[9]，	跟随着君王在云梦泽狩猎比试先后，
君王亲发兮，青兕惮[10]。	君王放箭后被发疯犀牛惊吓失神。
朱明承夜兮，时不可以淹[11]。	太阳一出一夜将过，不能再等，
皋兰被径兮，斯路渐[12]。	泽边的兰草覆盖小径，天路可寻。
湛湛江水兮，上有枫[13]，	清澄的汉江边上长有枫树，

目极千里兮，荡春心。	举目远望，千里春色摇荡人的心胸，
魂兮归来哀江南[14]！	灵魂归来啊，江南之地会令人伤心！

【注】

[1] 献：进。发春：春气发扬。汩（yù）：水流急速的样子，这里形容行进之速。南征：南行。

[2] 绿：原作"菉"，通"绿"。《文选集注》陆善经本即作"绿"。闻一多说："菉当读为绿，'绿蘋'与'白芷'对文。"今据改。蘋：一种生在浅水中的水草。"绿蘋"与下"白芷"对文。齐叶：整齐地生出新叶。白芷：一种香草。

[3] 庐江：即"芦江"，在襄阳汉水之间，又叫中庐水。薄：草木丛。

[4] 畦：大片的田。瀛（yíng）：大泽。遥望博：远望则视野开阔。

[5] 青骊：青黑色的马。驷：车上所驾四匹马。齐千乘（shèng）：千乘齐发。乘，古代四马一车叫一乘。

[6] 悬火：高处的火。延起：蔓延燃起，因野兽都惧怕火，这里是说从高处点火将野兽赶下来，供君王射猎。玄颜烝（zhēng）：夜晚天空烟气笼罩。玄颜，指夜晚的天空。《释名》："天谓之玄。"烝，火气上升。

[7] 步及骤处：四字意思平列，言有步行者，有追逐者，有奔驰者，有处止者。围猎时众人各司其职。诱：田猎时的向导。

[8] 抑：句首语词，略同于"于是"。若：顺。右还（xuán）：右转。

[9] 课：比试。

[10] 君王亲发兮，青兕（sì）惮：王逸注："言怀王是时亲自射兽，惊青兕牛，而不能制也。"发，射箭。惮，受到惊吓。青兕，古代犀牛一类的野兽。青兕中箭后发狂而不能制，怀王因而受惊。青兕惮，原作"惮青兕"，与上下皆不押韵。据闻一多说改。

[11] 朱明：太阳。淹：停留。此句言王受惊吓已过一昼夜。

[12] 皋兰：长在水边的兰草。皋，水泽之岸。被（pī）：覆盖。渐：隐没。此言道路不好找，因而招魂。

[13] 湛（zhàn）湛：水清的样子。

[14] 哀江南：此因云梦在靠近长江处，江南虽属楚，但广袤荒瘴，散落江

南则更难以回归。

乱辞为第四部分，指出楚王失魂的根由与作者的心情。

【评析】

《招魂》是屈原被放汉北期间因楚怀王在汉北云梦狩猎中受到青兕的惊吓，为其招魂而作。

《招魂》体现出屈原对楚地招魂辞这种传统艺术形式的继承与创造。本篇由三部分组成：序辞、招魂辞、乱辞。序辞交代招魂的缘起，含蕴地点出自己任掌梦之职，楚王在此射猎中出事受惊自己有责任。名义上是上帝令巫阳招魂，巫阳认为是掌梦的责任而终究受上帝之命而招魂，这是诗人艺术表现的手法，实际上是出于诗人之手。由此已显露出迷离奇幻的特色。

招魂词主体部分说的其东如何、其南如何、其西如何、其北如何，然后说家中居住、饮食、亲友欢乐如何，及结尾乱辞，由《大招》可知这是按旧招魂辞结构格式，但其中讲四方之险恶，多承旧式凭借传说与想象；而讲宫廷则虽有夸张，大体近于真实。而此乱词则就现实而言，与开头相应。

招魂辞正文则如王逸所说，是“外陈四方之恶，内崇楚国之美”，以恐吓其灵魂不要远去，吸引其尽快归来。这是全篇的主体。这部分的前半多神话传说，又充满了夸张；后部分则罗列夸张赞美之能事。其语言骈散结合，讲究辞藻；各层次并列铺陈，可谓“合綦组以成文，列锦绣而为质”(《西京杂记》卷二引司马相如论赋之语)，“比物属事，离辞连类”(枚乘《七发》)，反映着先秦时代楚国招魂辞的一般形态；而一声声“魂兮归来”的急切召唤，苍凉、凄厉中又蕴含着依依深情。

乱辞补叙怀王失魂的缘由，与序辞共同显示着作品形式的创新。在传统招魂辞的基础上，不仅交代清楚了事件的背景，而且还直接寄托着作者的情思。其情感较之于招魂辞之声声呼唤，更显浓郁挚著、动人心魄。“献岁发春兮，汩吾南征”，在春秋代序、岁月逝往中展开追忆；“皋兰被径兮斯路渐”，香草覆径而归路迷离；“湛湛江水兮上有枫，目极千里兮伤春心”，春色勃发、满眼生机，而心绪哀婉、情致悲凉。正是如此，“魂兮归来哀江南”便是“无限凄凉中的一声长唤”，这声长唤“由《招魂》生出，又超迈《招魂》，成为千古哀音。它的生命的一部分后来就延续在庾信的《哀江南赋》里”。(扬之水《先秦诗文史》) 从句式上来说，乱辞不同于招魂辞“□□□□，□□□些”的句法，而是以“□□□□兮□□□”铺排开来，更显得情感之绵长与语气之回环。与《涉江》《哀郢》《怀沙》《抽丝》等篇的乱辞相比较，可看出句式的变化也流露着情感的跌宕起伏。

同《大招》比起来，写四方凶险的部分更多采用传说与神话，全篇铺排的语言特征更为突出。正如明孙鑛所评：“构格奇，撰语丽，侈谈怪论，琐陈缕述，务穷其变态，自是天地间一种瑰伟文字。”(《七十二家评注楚辞》引）陆时雍道：“文极刻画，然鬼斧神工，人莫窥其下手处。”(《楚辞疏》)

《招魂》铺张扬厉的作风对于后来辞赋的发展有极大的影响，宋玉的《高唐赋》《神女赋》正是屈原《招魂》影响下产生的，在内容铺排上与《招魂》后半部有很多共同点。汉代枚乘的《七发》从结构方式到语言特征都与《招魂》极为相近。可以说《招魂》直接启迪了汉代赋家枚乘、司马相如等，是骋辞大赋的上源之一。只是《七发》是从心理方面引导梁太子，非同《大招》《招魂》中传统体式中告诫灵魂不要乱行，故没有铺排四方与天上、地府凶险的内容，而着重在叙说现实生活中对方感兴趣的事情。

刘勰《文心雕龙·诠赋》中关于赋的特征有所总结：“述客主以首引，极声貌以穷文。斯盖别诗之原始，命赋之厥初也。”这是说开头设客主问答，以引出全文，而全文又着力对一些环境、景象进行描写。所谓“极声貌”即对描写对象极尽形容描摹之能事；所谓“穷文”即用尽了最好、最贴切的词汇。《招魂》正是这样。所以说，《招魂》在中国赋史上是占有重要地位的。

要特别指出的是：并不是说楚国此前的招魂辞本来就是如此。我们以《大招》《招魂》相比可以看出，《招魂》比《大招》更具抒情味，更具文学性，也是更接近于汉代骋辞大赋的体式。篇首题诗和乱辞，都是诗味淳厚的极佳的抒情诗。从这个方面说，汉代的很多骋辞大赋没有一篇抵得上它。

主要参考书目

《楚辞补注》,［宋］洪兴祖，中华书局 1983 年版。

《楚辞集注》,［宋］朱熹，上海古籍出版社 1979 年版。

《楚辞集解》,［明］汪瑗集解，汪仲弘补辑，熊良智、肖娇娇、牟歆点校，上海古籍出版社 2017 年版。

《楚辞灯》,［清］林云铭，清映雪草堂藏版。

《山带阁注楚辞》,［清］蒋骥，上海古籍出版社 1984 年版。

《楚辞校补》，闻一多,《闻一多全集》第五卷，湖北人民出版社 1993 年版。

《屈原九歌今译》，文怀沙，上海棠棣出版社 1952 年版。

《屈原九章今译》，文怀沙，上海棠棣出版社 1953 年版。

《屈原赋今译》，郭沫若，人民文学出版社 1953 年版。

《屈原离骚今绎》，文怀沙，上海文艺联合出版社 1954 年版。

《离骚语文疏解》，王泗原，上海文艺联合出版社 1954 年版。

《屈原赋校注》，姜亮夫，人民文学出版社 1957 年版。

《离骚纂义》，游国恩主编，金开诚补辑，中华书局 1980 年版。

《天问纂义》，游国恩主编，金开诚、董洪利、高路明补辑，中华书局 1982 年版。

《天问论笺》，林庚，人民文学出版社 1983 年版。

《屈赋新探》，汤炳正，齐鲁书社 1984 年版。

《楚辞选注及考证》，胡念贻，岳麓书社 1984 年版。

《楚辞直解》，陈子展，江苏古籍出版社 1988 年版。

《屈原集校注》，金开诚、董洪利、高路明，中华书局 1996 年版。

《屈原与他的时代》，赵逵夫，人民文学出版社 1996 年版。

《楚辞今注》，汤炳正、李大明、李诚、熊良智，上海古籍出版社 1996 年版。

《屈骚探幽》，赵逵夫，甘肃人民出版社 1998 年出版，巴蜀书社 2004 年再版，上海古籍出版社 2018 年修订版。

《楚辞集校集释（上下）》，崔富章、李大明主编，崔富章总主编，《楚辞学文库》第四卷，湖北教育出版社 2003 年版。

《楚辞语言词典》，赵逵夫主编，上海辞书出版社 2013 年版。

《楚辞》，赵逵夫解读，袁行霈主编《中华传统文化百部经典》之一，崔富章、徐志啸、廖可斌审订，国家图书馆出版社 2019 年版。